蒲公英计划

匪迦 著

春风文艺出版社
·沈阳·

图书在版编目（CIP）数据

蒲公英计划/匪迦著. —沈阳：春风文艺出版社，2024.6
 ISBN 978-7-5313-6677-5

Ⅰ.①蒲… Ⅱ.①匪… Ⅲ.①幻想小说—中国—当代 Ⅳ.①I247.5

中国国家版本馆CIP数据核字（2024）第055828号

春风文艺出版社出版发行
沈阳市和平区十一纬路25号　邮编：110003
辽宁新华印务有限公司印刷

责任编辑：韩　喆	特约营销：刘沐晗
责任校对：赵丹彤	封面设计：琥珀视觉
印制统筹：刘　成	幅面尺寸：165mm×230mm
字　数：400千字	印　张：24.25
版　次：2024年6月第1版	印　次：2024年6月第1次
书　号：ISBN 978-7-5313-6677-5	
定　价：45.00元	

版权专有　侵权必究　举报电话：024-23284391
如有质量问题，请拨打电话：024-23284384

目　录

第 1 章　国际永眠中心 / 001

第 2 章　眼镜内外的红色身影 / 024

第 3 章　淀山湖空难 / 046

第 4 章　星火计划 / 075

第 5 章　灵境汇 / 095

第 6 章　最后一个嫌疑人 / 114

第 7 章　双线出动 / 136

第 8 章　载入史册的对话 / 162

第 9 章　初见端倪 / 190

第 10 章　意想不到的告别 / 214

第 11 章　坦白局 / 240

第 12 章　为了地球，为了文明 / 266

第 13 章　时间不够用了 / 286

第 14 章　要么获胜，要么死亡 / 313

第 15 章　蒲公英计划 / 334

第 16 章　最后的访问 / 352

番外：扫墓 / 381

第1章
国际永眠中心

这是戴梓轩站在讲台上的第二十个年头。

研究生毕业后的头八年,他觉得时间过得特别慢,谈恋爱,失恋,娶妻,生子,评职称,当班主任,似乎每一年发生了什么,他直到今天都能够大致回想起来,完全不需要借助自己专属的AI外接云脑。

可从第九年起,自从那件事情发生以来,当他和这个地球上的所有人一样,都希望时间能够溜走得慢一点儿时,却事与愿违。之后的十二年像是被按下了加速键,还至少是八倍速的那种。

他只记得,自己站在这个讲台上,作为主责理科老师,从高二下学期接手,每两年送走一批高三的学生,然后周而复始。每次他都会说:"你们是我带过的最差的一届。"但每次高考发榜之后,他的名望便上涨一点儿。一如最近这些年的气温,尤其是这两年。

十二年前,全球科学家前所未有地发出警告:地球气温已经进入了不可逆的上升通道。口径之一致,实为罕见。一开始他和许多人一样,以为这不过是历史的重复,危言耸听而已。可是,真实体感和世界各地这些年频繁发生的事件无不提醒着他:这次不一样。

此刻,尽管教室里的空调正在强劲工作,他依然感到口干舌燥。这种感觉不单单是生理上的。

昨天,小区和学校同时发出通知,受持续高温以及海水倒灌的影响,淡水供给预计会发生约一周的中断，各家各户均需要提前做好储水准备。这可是在上海，在临港啊！周边就是大海，区域内还有滴水湖，众多海水淡化高科技企业驻扎在此，竟然会缺淡水？他活了四十五年，还是第一次遇到这样的情形。但大概率不会是最后一次。

望着眼前整齐就座的三十个学生，他还是调整好了自己的心情，扶了扶无框眼镜，说道："各位同学，接手这个班之后，短暂的四个月很快便过去了，明天就开始放暑假。如果我是你们，我可能不会有丝毫放松，毕竟，一年之后马上就要高考，而根据我自己的经验，高考之后那个暑假才是最畅快淋漓的——当然，前提是你们考得还不错……"

台下一阵无奈地笑。

"那么，在我们下课前，大家还有什么问题没有？毕竟我们再次见面，就要等到两个月以后了。"

"戴老师，我有一个问题……"一个束着马尾辫，戴着高度近视眼镜的女生小心翼翼地问道，"情况会变得更糟吗？"

戴梓轩心一沉。她并没有说是什么情况，但是所有人都知道她说的是什么。不过，他不打算与这样一种无谓的自怨自艾共振下去。

"放心，不会影响你们明年高考，别想拿这件事情做借口，在暑假里放飞自我。"

女生扑哧笑了。有些凝重的气氛舒缓了几分。戴梓轩不想让大家仅仅浅薄地发笑。

"各位同学，我比你们多活三十年，虽然你们现在借助人工智能AI的手段，知识和信息的获取比我要容易得多，也能够轻而易举地超过我的储备，但是在经验这个方面，我还是可以觍着脸皮当你们老师——更何况，高考除了指定的'考场助手'之外，是严禁使用其他AI设施的。"

"刚才艾佳那个问题，本质上是对变化的恐惧，或者说，是对变得更坏的恐惧。我拿自己的经历来说，这个问题需要辩证地看。变化当然是时时刻刻发生的，在我出生的时候，我的父母和他们的同龄人似乎很喜欢用'梓''轩''然'等看上去有些古风的字给孩子取名字，导致我从小到大认识不下十个'梓轩'，仿佛所有人都五行缺木。"

台下更多的人笑了起来。

"而现在，你们的名字又回归简洁，几乎都是两个字。又比如，拿高考来打比方，当年恢复高考，科目一开始是很简单的搭配，3+1，3+2，后来慢慢地有了什么文科综合，理科综合，3+x，3+2+1，3+3等，再后来，搞得更复杂，每个地方还不一样。但是到这几年，似乎又有化繁为简、整齐归一的趋势。我举了这两个例子，就是想说明，变化虽然在发生，但总归是会均值回归的，是有周期的……"

说到这里，戴梓轩心中咯噔一下："这句话，我自己信吗？"

就在他扪心自问的当口，台下一个粗粗的嗓音冒了出来："戴老师，艾佳问得太腼腆了，还是我来！您觉得星火计划能成功吗？您是'永眠派'，还是'飞升派'？"

戴梓轩还未用视线锁定声音的源头，便已经通过耳朵分辨出来。他眉头微微一皱。每个班，哪怕整体成绩和学风再好，也总有几个不服管教的刺头，把无知当个性，把肉麻当有趣，把AI赋予的外接能力当成自己的禀赋，最明显的，把父辈们的权势与财富当成自己随时随地可以探取和继承的禁脔。

邹通便是这个班上的刺头头中头。不过，学生的问题还是要回答的。

"星火计划已经执行了十二年，能否成功，还是要看联合国和各国政府，看每一个地球人的配合，我没法回答你，毕竟我不是联合国秘书长，不是国家主席，也无法代表地球上的人类，我只能代表我自己……另外，它的进展都是公开数据，你一搜便知。"

"戴老师，其实我更关注的，是你到底是'永眠派'，还是'飞升派'。"邹通晃着自己那颗大脑袋，继续追问。他留着短平头，脸上的横肉和眼里的戾气过早驱散了这个年龄本应浑然天成、弥足珍贵的少年感。

戴梓轩觉得胸中有一团火蹿了出来。他努力抑制情绪，但似乎不是特别奏效。

"这个跟你没有关系，我相信，每个人都有自己的选择，我们虽然是师生关系，我还要陪你们走过一年的荆棘之路，但那也不意味着我需要告诉你这件事，或者，我可以反问，邹通，你是哪一派呢？"

"老子是少年派！哈哈哈……"话音刚落，邹通似乎也觉得有点儿过了，便稍微收敛住自己，但依然斜着脑袋似笑非笑地说，"我肯定是'飞升派'，这样就可以天天待在'灵境汇'里不出来了。"

"'灵境汇'不是必须成年才能玩的吗？你还不到十八岁。"

"戴老师，您不会真幼稚地认为，这条规矩就能挡住我吧？"

"如果我掌握了证据，你会受到处分。"

"好好好……戴老师，别这么认真，至少，我绝对不会是'永眠派'。只有戆大才会去把自己好端端的身体冻起来。"

说到这里，邹通似乎想到了什么，把身子一歪，冲着角落里一个一直很安静的少年喊道："'门捷劣夫'，只有你爸那样的戆大才会去当小白鼠呢！不，小白鼠至少还是活的，他这是冻肉！"

那少年容貌颇为俊美，面容略显苍白，浓密而稍显杂乱的黑发之下，是一道剑眉和一双黑得发亮的眼睛。高挺的鼻梁，天生的朱红色嘴唇在脸色的衬托下更显鲜艳。

他一直在角落里默默地注视着暑假前这最后一堂课教室里发生的一切，仿佛自己不是其中的一员。他未想到，自己竟然会躺枪。不过，听到邹通的话，他并没有着急，而是抿嘴一笑。

"邹通同学，我叫门捷，不叫门捷列夫，我没有发明元素周期表。"

"嘿嘿，别给自己脸上贴金了！谁说你是门捷列夫啦？你是'门捷劣夫'，恶劣的劣！冻肉生出来的种，怎么可能是良品？"邹通很得意自己刚才电光石火之间想出来的谐音梗，显得很有文化的样子。教室里响起稀稀拉拉的笑声，都来自邹通平日里的僚机们。

"我爸生我的时候，还没有去参加人体低温冬眠试验。"门捷倒也不恼，依然细声细语地回答。

"你……"邹通有种一拳打到软棉花上的感觉。

"好了！邹通，如果今天这堂课是开学第一课，你现在已经被我请出教室了！"戴梓轩喝道。

"嘿嘿……戴老师，这不是最后一堂课了吗？马上放暑假，我也就是活跃活跃气氛，您大人不记小人过，好吗？"

戴梓轩深呼吸一口气，扶了扶自己的无框眼镜，又顺手将自己那柔软而偏分在一侧的头发捋了捋。手指轻触头皮，他心中一声叹息。白发虽尚未入侵，黑发却已在不断退守阵地。

他没有理会邹通，只是正色冲着台下说道："各位同学，无论未来会发生什么变化，有一点我是确定的。在我们的一生中，会遇到很多挑战，很多对手，甚至敌人，但是归根到底，你唯一的对手就只有一个，那便是你自己体内那个好逸恶劳、永远拒绝长大的小孩儿。"

说到这里，他摆了摆手，同时冲着教室门口转身走去。前脚正要迈出大门时，他突然想到了什么，回头望向角落里的少年。

"门捷，到我办公室来一下。"

当门捷来到戴梓轩办公室的时候，已经是夕阳西下。阳光的红晕透过玻璃幕墙洒在他修长的身上，地板上留下一道淡影，温暖而静谧。他喜欢这样的感觉。但是，门捷知道，如果不是这不知疲倦的空调和去年玻璃幕墙上刚刚涂装的新型隔热材料，此刻的他，早已接受炙烤。

想到这里，他远远地望向滴水湖。那是临港的象征，临港的眼。此刻，她的水位已经不到自己童年记忆中的一半。不知怎的，门捷总觉得她是活的，此刻正在张开嘴呼救，她对干涸的恐惧和对逝去青春的忧伤全部都刻印在了自己眼底。

办公室里除了戴梓轩，已经没有其他老师。几乎所有的人都已经躲在北国的某个度假村里避暑，或者在去往北国的路上。

"戴老师，感谢您还陪我们坚持到最后一节课。叫我来有什么事吗？"

"这是我的工作，其他老师也是把课上完了之后才去度假的呀，没有任何区别。"戴梓轩递给门捷一听冰镇苏打水。门捷也不客气，接了过来，咕咚咚咚喝了两口。

"叫你过来呢，一是让你别往心里去，邹通那小子仗着有点儿背景，喜欢瞎搞，不过我观察他这么久，觉得他也不敢太过分，毕竟是生活在'灵境汇'里的人……唉……我还挺可怜他的。"

"戴老师多虑了，最近这阵子，自从他知道我爸的事情之后，就没少挑衅我，不过，我犯不着跟他一般见识，更何况……我也要去申请加入那个试验了。"

戴梓轩仔细地盯着门捷的眼睛，试图在那双乌黑透亮的眼里找到些什么。他接手这个班才四个月，平日里这个少年十分低调，除了考试总是名列前茅以及在年级或者校级活动时被其他班女生围观之外，几乎没什么存在感。但是，几天前，这个少年却提出一个让他意想不到的申请。

"那我们就谈谈这件事吧，其实我本来不需要跟你当面聊，你的申请已经在学校系统里获批……但是，你真的想清楚啦？不是为了逃避高考才想去的吧？我告诉你呀，根据相关规定，即便你睡上个三年五年，醒来之后，也还是高二学生，依然要参加高考，逃不掉的。"

门捷沉默了一会儿，摇了摇头："不是这样……事实上，我爸五年前参加第一代人体低温冬眠试验，也并不是因为他是'永眠派'，而是为参与星火计划做准备……"门捷的喉咙似乎被什么卡住了。

"如果你信任我，就试着慢慢说出来，说出来应该会比憋着好。毕竟我们明天就会分开，然后再见面的时候，就是高三了，到时候，我们都会忙得没有时间八卦。"戴梓轩轻柔的声音中带着他一直以来的那种幽默。门捷很喜欢这种幽默。

"我爸五年前被诊断出来肝癌，可以选择激进治疗，就是做手术，也可以选择保守治疗，就是作为'小白鼠'免费参与全球第一批人体低温冬眠试验，一直冷冻到手术成熟度更高，价格更低的时候，再醒过来做手术。那个时候，肝癌手术很贵，我们没那么多钱，正好冬眠试验的负责人是我爸的中学同学，也在全球寻找愿意参与试验的人，他向我爸承诺，休眠时间最长也只能做到五年，如果反悔，五年不算一个太高的沉没成本，毕竟如果不休眠，或许都活不过五年。而如果五年后依然无法负担手术费，则可以继续休眠，甚至可以一直休眠到星火计划成熟之时。他们一拍即合，所以就……"

"那，你妈呢？她怎么看这个问题？"

戴梓轩理解人在拮据之下可以做出很多疯狂的决定，但是，他不相信门捷的母亲愿意为了省那笔钱而放弃五年的陪伴，更何况，五年后，自己老了五岁，而丈夫却依然处于五年前的状态。对于女人来说，这或许比自己老了五岁更加可怕。毕竟，肝癌的手术费还不足以大到压垮一个普通上海家庭的程度。

"她在我爸肝癌确诊第二周，就跟他离婚了。她其实在外面有人。"

"那你爸那个中学同学呢？既然能够主持冬眠试验，收入应该不低吧？难道不应该帮老同学渡过难关吗？"

"他提了好几次，但都被我爸拒绝了。"

"……为什么？"

"因为他偃头偃脑的。"

戴梓轩看着门捷这张俊美的脸。他刚接手这个班才一个学期，还没来得及去细细地了解每一个学生背后的故事。在他自己还是学生的时候，就没有老师家访这回事儿了。每个家庭似乎都更加注重自己的隐私，而学校和老师似乎也不认为这个老旧传统有延续的必要性。毕竟越来越多的交流都在线上进行，面对面的沟通能少就少吧。

短暂的哽咽后，门捷又恢复了一如既往的宁静。戴梓轩不敢相信这个十六岁的少年，竟然一个人扛过了五年！门捷仿佛看出了他的心思。

"戴老师，一个人生活其实也挺容易。日常生活的需求基本靠 AI 就能解决，我不需要自己洗衣服，做饭，打扫卫生。我妈虽然背叛了我爸，但并没有抛弃我，还是会定期给我生活费。除去这几件事情，还有什么是高难度的吗？"

明年就要高考了，你倒是别在这个关头去把自己冻起来呀！去体验一下高难度的事情啊！这短暂的吐槽欲望很快又被对门捷的共情而取代。

"所以，你这次申请暂时退学留籍，是为了陪你爸？"

"是的。前阵子，他的五年休眠期到了，却又申请了继续休眠。也就是说，哪怕技术不再继续发展，他也将再睡上五年，到那个时候，我与他的年龄差就缩小了十岁。我不想那样，我想尽可能跟他保持同步，我不想叫看上去只比我大十来岁甚至同岁的人父亲。"

"明白了，我似乎没有什么理由反对。"

"戴老师没有考虑去试试吗？我其实很好奇，您的选择会是什么呢？"

办公室里十分安静。戴梓轩叹了一口气，说道："门捷，今天你跟我说了一些你的心里话，那我也投桃报李。虽然我估计自己跟你父亲是同龄人，但这个时刻，我还是希望你把我当一个可以平等交流的人，而不是高高在上的老师。"

"我一直都是这样的呀。"

戴梓轩站起身，走到办公室门口，将门轻轻关上，然后自己也去冰箱里取了一听苏打水，啪地拉开拉环，喝了一大口。沿着咽喉冰凉而下的气泡浮起了他的决心。

"在直接回答你的问题之前,我想跟你谈谈我对于人类文明发展的想法,平时也没机会聊这些。一言以蔽之,我是偏悲观的,尤其是面对现在这个局面的时候,你会发现,我们引以为傲的数百万年进化史和几千年文明史简直脆弱得不值一提。星火计划当中,已经会聚了全球最顶尖的科学家,每个领域的都有,可直到今天,十二年过去了,有什么突破性的体系进展吗?没有。"

"可是,新闻上经常有一些新突破的报道哇,用于运载火箭和航天器的核裂变发动机前阵子安全性刚刚有指数级提升,至少我们在短期的星际航行时,不会再担心坐在随时会爆炸的原子弹上了。核聚变发动机也有很多进展,虽然还没有达到完全可控状态。"

"门捷,这些当然都是进展,可是本质上依然没有摆脱工质推进的概念——核能推进与化学能源推进,在我看来,说到底都可以算是工质推进。"

"从化学能源到核能推进,也算是技术进步吧?"

"当然算进步,但进步与突破之间隔着不可逾越的障碍。我是教你们理科综合的,也算是对物理、化学都比较擅长,你看看今天教科书里的理论,哪些不是上百年的老古董啦?我们耳熟能详的常数,又有多久没更新过啦?普朗克常量,阿伏伽德罗常数,万有引力常数……唯一一个近年有突破性进展的便是突破香农极限的邓氏极限。但那发生在通信和信息论领域,并非物理和化学这样的基础学科。"

"所以戴老师,您不愿意去参加低温冬眠计划?因为多活几年并不能见证根本改变?"

"是的。别说现在低温冬眠只能延续五年,就算真的技术突然发生跃进,可以延续一百年,百年之后,当我醒来的时候,如果看到基础学科依然没有突破,会很绝望,会后悔不如一百年前就死掉。"

"那……您更加支持'飞升派'?"

"哼,那就更不靠谱了。管他们自己叫什么?'脱碳入硅派'。你听听这个说法,仿佛人类作为碳基生物,一夜之间就能脱胎换骨成为硅基生物一般,从此可以依靠AI操控复合材料和合金材料的航天飞机愉快地在宇宙中自由漫游,而不再需要地球。即便人类有这个让自己肉体湮灭的觉悟,只要这件事不是一瞬间发生,只要它是一个循序渐进的过程,就势必经历人类与

AI共存的阶段，就像现在这样，可是你看看AI带来了什么？人类本身的恶与毫无节制的AI一旦叠加，比癌症还恐怖一万倍。"

门捷摇了摇头，他平时的时间大部分还是聚焦在学业上，并没有戴梓轩那样多的时间，可以奢侈地去充分认识这个世界。

"刚才课堂上邹通说的'灵境汇'，你听说过吧？我知道你是有自制力的人，不会去过早沾染它，但是这个所谓的'AI+元宇宙'的沉浸式游戏，已经成为全球的精神鸦片了，太多的人深陷其中无法自拔，最要命的是，你不光可以去它遍布全球的'接入点'进入那个无比宏大而刺激的虚拟世界，还可以随时随地用自己的VR①设备接入，可以说，只要你想，可以从世界上任何一个角落进入其中，并且可以一天二十四小时生活在里面。很多人沉迷到大小便失禁、饿出胃病甚至脱水都不自知。这样的AI，能够帮人类脱离地球吗？"

"戴老师，您怎么知道这么多？"

"因为……我也玩过。"戴梓轩轻咳了一声。

"还有，昨天我们学校有一个高三学生的事你总知道吧？但你知道是什么原因吗？根本不是公告里所说，他因为高考发挥失常而一时冲动。事情的真相是，有人在他自己都不知情也没有授权的情况下，利用AI在他的各种社交账号和云外接设备中散布谣言，自曝高考作弊并且做出忏悔，因为证据确凿，连现场视频都提供出来了——当然，肯定是AI伪造的。他平时成绩不错，自尊心也很强，哪受得了这个诬陷？"

"可是，您是怎么知道这个真相的呢？"

"学校内部教工网里都发布了定点推送提醒，让我们都保守秘密。"

"那您怎么知道这个定点推送提醒，真是学校的官方推送，而不是有人刻意借助AI手段来引起恐慌，煽动人们猜忌的呢？"

"你说得很对，现在太难认识一件事情的真相了。真相已经成为套娃。所以，这恰好证明了我的观点。相比之下，'永眠派'虽然打着'长生不老'的幌子，但至少还是在踏踏实实地做事，低温冬眠的周期也的确有可能不断增长，'飞升派'呢？他们用海量数据喂出来的AI都干了些什么？"

---

① 虚拟现实头戴式显示设备。编者注。

两人不停歇地聊了好一会儿，都觉得有些口干舌燥，很同步地喝了一大口苏打水。办公室里短暂恢复了安静，夕阳斜射进来，毒辣的阳光被这栋楼的各种高科技手段驯服，十分温顺，似乎完全不知道两人的心中都掀起了多大的波澜。

过了良久，门捷皱了皱眉。戴梓轩此时的表现与刚才站在讲台上的模样不太一样，但门捷还是坚持自己的观点。

"戴老师，我觉得您……怎么说呢？有一点儿愤世嫉俗了。前两年作业还没那么多的时候，我研究过星火计划的材料，虽然很多描述我不怎么看得懂，但我总觉得人类最聪明的大脑所构建出来的计划，一定能够确保我们文明的延续。"

戴梓轩苦笑着，颇有些同情地盯着门捷。

"你说得没错，我们人类文明作为一个整体，一定是可以延续的，这一点，我毫不怀疑。但是，我们每一个个体呢？当精英们在制订星火计划的时候，是否考虑了地球上的每一个人呢？如果，人类文明的延续所需要的代价是牺牲四十亿人，而保证另外四十亿人的生存，我们俩又恰好是这个代价呢？如果只实现四十亿人的生存，算不算人类文明的延续？"

门捷有些语塞，他的确无法回答这个问题。这个问题的答案对于年仅十六岁的他来说，有些过于沉重。

"古代有句话，叫'达则兼济天下，穷则独善其身'，现在的局面，依我看便是'达则星辰大海，穷则行尸走肉'。你看看'灵境汇'的那些玩家们，像不像行尸走肉？AI或许给他们带去了生存的意义和希望，但能给他们生存的可能吗？而更多介乎于穷达之间的人，包括我，其实并不关心自己到底能不能离开地球，甚至对于我来说，给地球陪葬，埋骨在故乡，没准是一个更加心安的选项呢。你相不相信，这个世界上有一部分人，只要死亡的过程很干脆，并且没有痛苦，甚至愿意选择死亡，因为活着的苦，更多。"

门捷的眼神闪过一丝黯然，但很快又恢复了明亮。他没有说话，而是望向窗外。尽管窗外的世界被酷热笼罩，但成荫的绿树依然笔挺地站立着，并没有萎靡不振。

戴梓轩也意识到自己对学生说出了太多让他无法立刻吞下的话，便向后仰过去，将身子舒服地靠在椅背上，调整好自己的情绪。门捷熟悉的微笑又回到了他的脸上。

"去吧，如果要申请加入那个新一代人体低温冬眠试验，那就赶紧的，至少从学校这边，从我这边，已经给你开了绿灯。至于人家要不要你，这个试验对你未来的人生意味着什么，当你再次醒来的时候，这个世界会变成什么样，我不得而知。我只知道一件事，你多半还是要高考的。"

门捷站起身，冲戴梓轩微微点了点头，然后头也不回地走出办公室，离开了最后关头恢复到自己熟悉模样的师长。他三步并作两步，很快走到一楼大厅。大厅里的环境自适应系统在他出门前检测到了他的存在，立刻在他身边半米的空间喷就了一层淡淡的透明冷冻膜，将他笼罩，用来抵御即将到来的热浪。

门捷冲出了大楼。尽管体感依然凉爽，阳光却一下变得刺眼。他后悔没有戴上墨镜。他眯着眼睛，往校门口不远处的中心交通站冲过去。他要在那儿乘坐每天定期的电子垂直起降飞行器（eVTOL），俗称飞车，从临港起飞，经过三十分钟，便可抵达青浦。下车后，他只需要再坐几站地铁，便可顺利到家。他原本不用这样舟车劳顿，只是暑假里，学校不再提供学生宿舍。

接下来的两天，阳光有些收敛，气温也略微往下跌了两摄氏度，尽管仍然维持在四十摄氏度，但在门捷感受起来，不啻天赐"凉机"。一大早，他便乘坐地铁来到青浦新城的飞车总站。他已经咬牙在线上购买了十五分钟以后飞往临港的快车票。他今天的目的地国际永眠中心距离学校其实就两公里，位于滴水湖岸边。但是，当他计算了往返飞车票费用和在滴水湖旁找家酒店住上两天的住宿费后，并不难做出明智的决定——还是回家住更省钱。

穿过站厅入口处的AI安检通道，一路上他什么都不用干，便从容地来到飞车旁边，这才发现，这趟行程所乘的飞车，从外形上看，比两天前他从临港回来时坐的那一架要显得高级不少。不愧是快车票哇，飞车型号都不一样……贵一点儿就贵一点儿吧，反正马上就要睡上好几年。

以往，他乘坐的飞车都是多旋翼构型，看上去像是头顶上顶着好几个螺旋桨的直升机。一开始他还有些新鲜感，久而久之便不再心动，每次上车都倚靠在椅背上，在螺旋桨的噪声中小憩。

但今天这一架飞车，所有的螺旋桨都被厚重的机械臂包裹住，像是乖巧的风扇嵌在里面，整个外形一点儿都不像直升机，反而像长出手臂的跑车，酷炫极了。他兴奋地围着飞车看了好几圈，仿佛面对小时候父母给他买的玩具。整架飞车完全是流线型的样貌，每一个面，每一个角，都是圆润平缓的，一点儿都不突兀。虽然空气很干燥，它却给人一种滑溜溜、湿漉漉的感觉。飞车通体以银色为主色调，舷窗玻璃则是颇具科技感的深空蓝，在朝阳的照耀下，散发出耀眼的光芒。乌黑色的螺旋桨此刻正对着地面，享受片刻的休息。几分钟后，它们将飞速旋转起来，释放出巨大的推力，这些推力产生同样大小的反作用力。在这些反作用力的驱动下，整架飞机便垂直起飞了。

踏进飞车客舱时，门捷觉得自己已经想明白了它的原理。客舱里一共有八个座位，分为三排，三三二布局。每个座位都是人体工程学结构的配置，可以根据乘客的重量与身形做出自适应的调整，一看就价格不菲。

门捷一屁股坐上去，觉得自己坐在一堆钱上，尽管他也仅仅是在电视上见过那些"古早"的纸币。系好安全带后，他又忍不住四处张望，完全停不下来。客舱内饰也是经过精心设计的，色调以棕色为主，很有质感，顶上的天窗颜色可以根据周遭阳光的强度自行调节，使得乘客永远处于最舒适的氛围当中。

飞车的前端便是驾驶舱，说是驾驶舱，其实并没有驾驶员，自动驾驶早在十年前便已经接管了一切。但飞车制造商显然很有诚意和仪式感，依然在驾驶舱里放置了一整套仪表盘，实时显示着与飞车和飞行状态相关的各类信息。

尽管还未起飞，这些信息暂时处于静态，但如果乘客站在这一排仪表盘前，往前透过宽阔的前风挡玻璃望去，依然可以将整个中心站收入眼底，产生一种即将掌控一切的感觉。

"这种飞车的构型叫倾转涵道，比传统的多旋翼构型要高级。"坐在他身边的中年男子似乎看出了他眼里的好奇，解释道。门捷点头表示感谢。这时候，客舱内的提示音响起：

"尊敬的各位乘客，欢迎乘坐腾云驾雾公司的'凌云920'飞行汽车，我们今天从青浦总站飞往临港中心站，共耗时二十分钟，飞行高度一千米，请大家系好安全带，做好享受短暂而舒适的空中之旅的准备。"

"比前天回来那趟要快呢，果然更高级呀……"门捷思索道。

窗外机械臂里的螺旋桨开始飞速旋转起来，发出低低的吱吱声。飞车稳稳地垂直上升，飞离地面。这个过程中，门捷看到不下十架飞车在附近的站点升起，如蝴蝶出笼，奔赴各自的目的地，又有另外十余架飞车从不同的方向涌来，如飞鸟归巢，准备降落。

一大早，城市便已经进入了三维律动的节奏。当飞车达到飞行高度时，车外的机械臂迅速进行了九十度旋转，带动着其内嵌的螺旋桨垂直于地面，将原本向上的升力变成了向前的推力，往临港飞去。

门捷并没有如此前一样趁机小憩片刻，而是贪婪地看着脚下的大地，脚下的繁华大上海。天上并没有多少云彩，好在阳光尚未毒辣起来。闪亮而鲜黄的朝阳之中，高架桥上繁忙的车流，毛细血管般的道路中疾走的行人，此刻都像蚂蚁一般，让人只能看到群体的涌动，看不见个体的风格。大片大片的绿地与居民区犬牙交错地分布着，很快便让位于越来越高的大楼。大楼的幕墙在阳光下闪耀。

当飞车沿着航路飞越黄浦江时，门捷忍不住深吸了一口气。如一根蜿蜒缎带般的黄浦江两旁，已经存在几十年的高楼大厦依旧占据着最好的景观位，像是守望着脚下的长龙。左舷方向可以遥望陆家嘴"三件套"，它们继续撑住这座城市的高度，在相当长一段时间内，或许不会再被超越。右舷方向则能远眺大海，此刻的海水看上去完全静止着，人畜无害的样貌，令人一点儿都想象不到仅仅几天前，它们疯狂地向着岸边灌来，尽管波涛被沿岸修建的自动升降防洪堤阻拦，却依旧侵蚀着这个城市岌岌可危的淡水供应。

"我的家乡，真是美丽的城市，真是美好的世界呀……几天之后，我们就暂时分别吧……"

"AI也知道同性相斥，异性相吸这个道理吗？"门捷有些纳闷儿。自从前两天开始线上填报新一代人体低温冬眠试验的申请表开始，在来到国际永眠中心现场之前，他已经经历了两轮AI筛选测试，测试人员都是以甜美小姐姐虚拟形象出现，向他提出各种问题。而现在，他正身处国际永眠中心接待大厅的一角，进行入场登记。

整个大厅以淡蓝色为基色调，点缀着微黄色的灯光，大厅里的人虽然不少，但井然有序，每个人说话都轻声细语，嘈杂声也控制在一个可接受的范围。这样冷淡的风格也完美体现在他面前的女人身上。女人虽然容貌标致，身段婀娜，颇具成熟魅力，但面若冰霜，从她的眼里看不见一丝情感，整个人就像是一台精致的机器一般。

他怀疑自己面对的是第三轮AI筛选，这次AI不再投射成一个虚拟图像，而是内置在人形机器人当中，作为一个实体出现。他曾经看到过报道，这样的AI实体已经出现。女人低头麻利地在操作台上完成一番操作之后，抬头问道："你就是门捷？"语气也听不出一点儿起伏。"是的。"

"你才十六岁，确定这么年轻就要参加本次试验？之前的决定是你独立做出的吗？"

"我已经具备完全民事行为能力了，当然是独立做出的决定。而且，我爸目前也处于休眠当中，无法签字，所以我也申请了监护人签字豁免。"

"你的另外一名监护人呢？"

"你是说我妈？"

"是的。"

"那你这么拐弯抹角干吗？我找不到她。"

"因为，另外一名监护人未必是你妈，有可能是你爸'重要的另一半'。"

"你有完没完？我已经通过了两轮严格审核了，如果材料存在缺项，都不可能来这里吧！"

"那好，你的申请材料我们都审核过了，没有问题。我们只是最后确认一点：你真是因为父亲在我们这里参与了上一批试验，也就是第一批试验，才选择加入这次新一代试验的？"

"是的。"

"好的，稍后你戴上这个VR眼镜，它会给你之后所需要的一切指导——记住，任何情况下都务必戴上眼镜，除非它指示你可以摘下来。不过，我可以告诉你接下来马上需要做什么：在VR眼镜的带领下到你的胶囊当中去，把你提交申请表时我们要求你携带的物品先放好，然后去体检中心，我们会全面记录你所有的身体指标和数据。"

"还需要体检？"

"不是体检，是记录。我们不挑选参加试验者的身体素质，否则，你的父亲根本没有可能参与。"

当门捷接过女人递来的VR眼镜时，不小心触碰到了她的手指。他感受到一丝温热，也隐约嗅到一缕让鼻子感到相当舒适的清香。

"看来，她是个活生生的人哪！并不是机器人……"正思考着，女人已经将目光投向门捷的身后："下一位！"

门捷撇了撇嘴，乖乖地收好VR眼镜，往旁边走去。他抬起头，往大厅中央看过去，却无意中瞥见另一侧闪过一道身影。那身影显然属于一个女人，她身着艳红色长裙，浑身散发着青春气息，绝佳的身材与精美的侧颜瞬间便吸引了门捷的目光。她在整个大厅当中显得如此不同。

正当门捷的目光打算追随她而去时，却发现她已经消失在人群当中。他仔细扫视了好几遍，也没有再次发现她的踪影。一缕艳红就如此转瞬即逝地划过这个以冷淡为基调的大厅，仿佛倏忽间划过天际的流星，冲击着他十几年来刚刚懵懂初开的心灵。

门捷转过头，再次看到刚才给自己办理登记手续的女人，此刻她正在继续服务着刚才站在他身后的那个人，依旧是一副苦大仇深的表情。门捷悻悻地戴上VR眼镜。经过半秒钟的适应之后，他的视野立刻变得无比丰富。

刚才冷淡得甚至有一丝单调的大厅不见了，取而代之的，像是一片结构复杂、气势恢宏的宫殿。数十个房间，大小不一，形状各异，错落有致，但房间内的事物却无法查看，只能看到结构本身。根据房间距离的远近，其标识颜色也略有不同，并且平滑地过渡着。也就是说，通过颜色，门捷便可以判断那个房间或者建筑到底是触手可及，还是需要费些工夫才能抵达。

门捷这才醒悟过来，这个VR眼镜当中，已经内置了整个国际永眠中心的数字建模，而且以透视图的方式展现，使得他站在大厅里，无论往哪个方向望过去，都能将那个方向上的国际永眠中心结构看个一清二楚。视角达到了一百五十度，可以说，体验几乎与裸眼无异。

更早的时候，当他坐在那架即将降落在临港的"凌云920"飞车上俯瞰国际永眠中心时，并未预料到，滴水湖边这片整体布局呈H形的建筑群内部竟然如此精妙复杂。

"请按照箭头所指方向去往目的地，您一共有三十分钟时间，请务必在约定时间内完成，否则国际永眠中心不保证您可以按照原计划进入试验。如果未按约定时间完成，而您依然希望参与试验，将不得不在胶囊当中等待，等待时间无法估量,并且超出两天的住宿费用,我们不再免除。"

正在门捷惊叹之余,眼镜里传来一段提示音。又是女声。他的视野里随即出现了一个醒目的半透明绿色箭头,指向大厅深处。门捷不敢怠慢,快步踏着箭头而去。他一边走,一边依然不甘心地东张西望,试图找到刚才那个艳红色的身影。他并没有如愿以偿。

在一种失落的情绪当中,门捷首先抵达了自己的胶囊。胶囊当然只是一种形象的说法,它实质上就是一个三立方米左右的睡眠舱,恰好可以躺进去一个人,再顺便放点儿随身用品。在线申请参加这次试验时,他便被告知,只需要带最基本的随身物品过来即可。

"胶囊可以被视为进入试验之前参加体检期间的休憩之所,以及进入试验之后的储物箱,在进入深度休眠的漫长岁月中,你们的随身物品将被存储在胶囊当中,静候你们的苏醒,因此,请不要携带食品、干电池等无法经受岁月考验的东西……"

门捷仅停留片刻,便再次跟随着VR眼镜里的箭头,穿过好几道门之后,来到一间看上去很气派的办公室面前。办公室的门紧闭着。透过眼镜,门捷无法看见内部结构。他忍不住摘下VR眼镜。

视野里宏大的国际永眠中心架构和丰富的信息都消失了。取而代之的,是一条冷淡的走廊,和眼前同样冷淡的大门。光秃秃的,什么都没有。一切恢复了现实的简单。

VR眼镜提醒道:"请戴上眼镜。"重新戴上眼镜后,他才注意到,门上挂着一个名牌,这个名牌似乎只有在VR眼镜当中才会出现。

陈悠然博士——国际永眠中心首席科学家。看着门上的名牌,门捷有一刻恍惚:"这是我应该敲的门吗?"

如果每位参加试验的志愿者都要跟这位首席科学家见一面,他顾得过来吗?哪还有时间去搞研究?然而,还未等门捷伸出手去,门已然自行打开。"请进来吧!"里面传来一个中气十足的声音,"眼镜可以摘掉了。"声音里蕴藏着一股不由反驳的力量。门捷条件反射般照做,然后不由自主地循着声音往房间里走去,整个视野也迎来了他进入国际永眠中心之后最震撼的冲击——尽管他此时已经取下了VR眼镜。

这间办公室比他的老师戴梓轩在学校的那间办公室要大至少三倍,但戴梓轩那间办公室可是给六个老师同时使用的，这里则只属于这个叫作陈悠然的人。房间空间虽大，却并不显得很空旷。左右两面墙被书架完全占据。它们将整面墙从上到下完全覆盖，不露出一丝缝隙。书架上整整齐齐排满了书。除了图书馆，门捷长这么大，不记得在什么地方看到过如此多的书。这年头，纸质书已经越来越稀缺了。

靠近门口这一侧的墙边则摆放着一张平整的床，像是用来诊疗的。床边放置着几台闪烁着不同指示灯和信号显示屏的仪器，此刻正在平稳地运行着。但床上并没有人或者别的什么生物。

正对他的那面墙，有一半空间被一个硕大的工作台占据，工作台上摆放着好几台显示器。工作台后面显然坐着一个男人，刚才邀请门捷进来的声音便是由他发出的。见到门捷，他站起身，缓缓绕过工作台，朝着门捷走来。

这是一个中年男人，看上去跟他记忆中的父亲年纪相仿，保持着匀称的身材，但头发已经有一半花白。男人并未戴眼镜，所以门捷能看清他的双眼。"这是一双睿智的眼睛。"门捷对自己说。

"你就是门捷？"男人问道。

"是的。"

"近看起来，还真有点儿挂相。我是陈悠然，是你爸的朋友，也是他的老同学。"说着，他拍了拍门捷的肩膀，示意他坐在工作台前，然后自己坐在对面。

"真的吗？我爸爸叫什么名字？"直到现在，门捷依然不敢相信，自己的父亲，那个平时得过且过，碰到什么事情都乐呵呵的学渣，能有这样的学霸朋友。

尽管父亲在参与人体低温冬眠试验之前，已经跟他提过好几次这个陈悠然，但他并未亲见，甚至还怀疑父亲是为了打消自己的顾虑，而创造出了这样一个可以为他背书，且让自己放心，或者死心的人物。

陈悠然一笑："门嘉义呀，见到谁都嘻嘻哈哈，说话时也喜欢频频点头，所以我们都叫他脑门子。"

看来父亲说的是实话没错了。

"陈叔叔，我不想对我爸不敬啊，但是……我还是想不通，他怎么会有您这样厉害的朋友？您可是这里的首席科学家呀。"

"为什么不会呢?"

"因为我从未见过您。他的那些朋友,人都挺好,可在我印象中,没有谁有您这样大的成就。"

"朋友关系有很多种。有些朋友,不需要经常见面,甚至可以几年不见,再聚首的时候依然感到很亲切,感到彼此信任。我和你爸就是这样的朋友。"

门捷沉默了一阵,问道:"您作为首席科学家,需要跟每一个过来做试验的人聊天吗?这样的话,您哪有时间搞科研?"

陈悠然一愣,然后笑道:"我的确没那么多精力。但是,你不一样,你是脑门子的儿子。"说到这里,他收起了笑容,眉头微微一皱,弯腰从工作台最底下的抽屉里拿出一个文件袋。那是一个看上去很古老的牛皮纸文件袋,呈淡淡的褐黄色。门捷只在电视纪录片里见过这样的袋子。陈悠然隔着工作台将文件袋递给门捷。

"这是你爸五年前在我这里参与冬眠试验前给你留下的信,全部是用手写的。他嘱咐我,如果五年后他醒来的时候决定继续参与冬眠试验,就把它寄给你。现在好了,你主动送上门来了。"

门捷接过文件袋,鼻子里钻进一丝陈年旧事的味道。那种味道,他只在学校图书馆里的实体书区域闻到过。

"你现在不用看,待会儿可以先放回你的胶囊,做完今天的体检项目,晚上回去后再好好读。"

门捷点了点头,略微犹豫了一下,还是把心底憋了很久的话说出口:"我爸跟我说,您曾经主动提出帮他出手术钱,但他拒绝了。谢谢您。"

陈悠然摆了摆手:"几十年的老朋友,这点儿钱对我算不了什么,其实,对他也谈不上伤筋动骨。可惜,他心里藏着事,虽然不肯说,但我也大致能猜到。除了感情的伤口,没有什么伤口是需要无限期的时间去愈合的。"

门捷心里暗骂了一句,然后继续问道:"我听他说,这次您可能实现一些突破,把休眠期从五年延长到十五年?"

"是的,我已经跟他说得很清楚了,结果他还是坚持继续参加新一代的试验。我更没想到,你竟然也加入了。你可是我们这个试验有史以来最年轻的志愿者。"

"我只是希望再过几年,他看上去依然是我爸爸的样子,而不是我哥哥,甚至弟弟。"

"你的决定是对的，但还是有太多人不理解我们这个试验的意义，也因为几次事故而诋毁试验的目的。地球现在每年都比前一年更热，不戴着降温膜出门，外面根本没法待。虽然科学家们说这个趋势不可逆，但我还是希望，我的技术能帮助大家多睡几年，一觉醒来，发现地球美好如初，或者已经生活在太空里。"

"像您这样的科学家，可不能睡。"

"哈哈哈，我肯定不睡，至少得把休眠十五年的技术攻克，让你们爷儿俩都体验上，我再自己也去睡上个几年。"

门捷注意到，短短几分钟，陈悠然已经不动声色地掐掉了三个从工作台显示器上跳出来的通话请求。而他工作台旁边的那片相对空白的墙其实是一扇不显眼的门，门上淡淡地阴刻着几个字：试验监控大厅。这几个字似乎不需要佩戴VR眼镜便能看见。显然，他可以穿过这道门，直接去监控所有试验的情况。

门捷觉得自己已经待得足够久了。他小心翼翼地将文件袋夹在腋下，起身告辞。陈悠然也没挽留，而是冲着他点了点头："这两天想想还有什么事情没做，赶紧去做——当然，你也出不去了，只能线上实现。我们最早十五年后见，最晚也不会超过二十年。"

门捷感激地回头看了一眼陈悠然，然后离开了他的办公室。刚一出门，VR眼镜便主动提醒："请佩戴VR眼镜，继续跟随指示进行下一步。"在又重新恢复丰富多彩的视野里，门捷看到箭头又往胶囊所在的方向指去。

"看来……VR眼镜在监听我跟陈叔叔的聊天哪，否则，它怎么知道我要先回去放爸的这封信呢？还是说，这个行程已经提前定制在我的这副眼镜里了？"门捷想着。他又在脑海中对比戴上VR眼镜前后自己所看到景象的差别，稍微多思索了一步，不禁浑身发冷。

儿子，当你看到这封信的时候，我应该已经在一个棺材大小的冰柜里睡了五年，而且多半决定继续睡下去……我仓促地做出这个决定，并且没有征求你的意见，只是单方面通知你各种情况，便抛弃你而去。你才十一岁，我知道，如果我征求你的意见，答案多半是否定的，所以我自作主张地跳过了这个没有必要的环节——毕竟你还没有完全民事行为能力。

而且，现在各种AI设备已经能提供保姆级的服务，你又已经进入初中，开始寄宿。你表现出来的独立性，让我一点儿都不担心你，我相信你可以照顾好自己。

你老爸我虽然人到中年一事无成，碌碌无为——这也是你妈最忍受不了我的地方，可我知道我要什么，老婆孩子热炕头，狐朋狗友配美酒。虽然我没有大富大贵，但也通过自己的劳动让我们这个家实现了衣食无忧——好吧，家里的衣食无忧主要依靠你妈。但是，我自己很开心，我觉得你也很开心。我有一群很纯粹的朋友，不需要去计较太多利益和交换，因为要么他们也跟我一样，没什么好图的，要么他们知道我的性格，也很放心与我进行平等而不带利益绑定的来往——这对于他们那样的人来说，更加珍稀。

都说人类要完蛋了，这鬼天气一天比一天热，星火计划又没看到什么实质性的突破，很多人都很焦虑。但我不太赞同，所以选择参加这个人体低温冬眠试验，我想尽可能活得久一点儿，看到人类的未来。当然，如果看不到，也至少要比你妈活得久。据说我是全世界第一批参与试验者之一，可能会因为试验失败死掉，不过要么是试验失败死掉，要么是肝癌死掉，结局不都是一样的吗？更何况，主持试验的是你陈悠然叔叔，有机会你一定和他认识一下，他是我朋友里最优秀的一个，让我高山仰止的那种。尽管如此，他从来没有高高在上地俯视我。他是个好人，我跟你说过，他几次提出要出钱帮我动手术，都被我拒绝了。他向我保证，试验一定能成功，还向我保证，五年后我醒来的时候，他有信心让冬眠时间变得更长，比如说十五年。

至于你妈，我不想再说什么，成年人的每一个决定都需要自己为之承担后果。她说世界末日要来了，不想再过温吞水一样的生活，想去与她的真爱飞蛾扑火，然而她与我也曾经是那样的狂热。不过，我不希望你记恨她，毕竟她还是爱你的，而且她也向我保证，不但会承担你的日常开销，还会给你超出你需要的钱——当然，前提是你懂得克制，否则再多的钱也是不够花的。

五年后，如果不出意外，你应该能看到这封信，那个时候，你已经十六岁了，具备了完全民事行为能力，相比今天，也会更加成熟。你或许会认为，我不是一个好父亲，但我想说，等你长大后，或许能够理解吧。如果实在不理解，我也没有办法。但不论怎样，我都希望你能够独立思考，并且有能力去将这种独立性兑现，真正按照自己的方式去完成你的人生，无论人类的前景如何。哪怕地球明天就要变成烤炉，今天你也要做一只快乐的鸭子。

爱你的老门

门捷一回到胶囊，便不顾VR眼镜的提醒，先把父亲五年前留给自己的信一口气读完。读完后，他才发觉，脸颊上有些湿润，而嘴角却诡异地上扬着。

"真丢脸，竟然哭了……可老爸竟然把我比喻成烤鸭！这是什么操作？还有，自称为老门，岂不是正好对应了陈叔叔说的'脑门子'那个外号吗？"

门捷小心翼翼地将父亲这封信塞回文件袋，放在胶囊的角落里，然后重新戴上VR眼镜，按照指示，走出胶囊，往体检中心走去。体检中心的方向与陈悠然办公室的方向相反。当门捷接近其门口时，VR眼镜并未提示摘下眼镜，于是，他戴着眼镜径直朝着大门走去。

视野里呈现的是两扇单调的自动感应门，门的材质似乎是某种毛玻璃，几乎阻隔了所有的视线。他无法看清门的背后是什么，只能隐约感受到里面传来的微光。当他走到跟前时，大门灵敏地朝着两侧滑动打开。一片全新的画面进入他的眼帘。门捷不禁深吸一口气。

这里与他所见识过的体检中心完全不一样，与其说是医疗场所，不如说是工厂。没错，就是工厂。

整个大厅十分宽敞，似乎有一个足球场那么大，天花板到地面的距离至少有三层楼高。视野之内，大厅里一个人都没有，只有一条蜿蜒曲折的传送带贯穿全场，让他不由得想起生物课上学习的人体肠道示意图。

传送带上放置着一张张的"床铺"——如果那个白色而整洁的垫子可以被称之为床铺的话，从大小尺寸来看，应该是供参加体检的人躺上去的。传送带的行进路上，放置着大小不一的仪器，有些位于传送带旁边，有些则将其包裹起来。门捷大致能从形状上分辨出哪些仪器用来做超声波透视，哪些仪器用来做血压测量。传送带的传送速度十分平缓，还时不时停住，似乎是在等待某些检测的结束。

"这么大一个地方，就供我一个人体检？我有那么大面子？"门捷脑中突然蹦出一个荒诞的想法。VR眼镜似乎检测到了他的脑活动，提示道："在体检中心，您可以选择摘下眼镜，也可以选择佩戴眼镜。体检的流程非常简单，如果您佩戴着眼镜，只需要走到传送带前，平躺在一个闪着浅蓝色亮光的床上即可；如果您没有佩戴眼镜，直接选择一个空床平躺即可。"

"空床？放眼望去，这不都是空床吗……"门捷一边想着，一边摘下眼镜，然后吓了一大跳。

体检中心里，此刻站着和躺着的有好几十号人，有的戴眼镜，有的没有戴眼镜，运转中的传送带上，还有一些空位。恍惚间他有种进入不算太拥挤的地铁车厢的感觉。他无法看见自己此刻的表情，但从好几个没有佩戴眼镜的人脸上判断，他确定自己的表情与他们一样——错愕与不知所措。

喧闹声也钻进了耳朵。刚才戴VR眼镜时，由于耳朵被遮住，有些过于安静了。

"难道……戴上眼镜能自动将其他人的影像和外界的声音全部过滤掉，让我只能感受自己的存在和目标路线，然后VR眼镜通过某种算法，实时规划我的行进路径，让我不会与其他人撞上，甚至连感受到他们存在的机会都没有？"

门捷此前玩过VR设备，但从未有哪个像这款这样，让他感到真实与虚幻不分。门捷选择不戴眼镜。他绕过几个人，找到了传送带上的一个空位，径自躺了上去。刚刚躺平，他的手腕和脚踝处就被半透明的胶带轻柔地束住。同时，耳边传来一个温软的女声："请放松，按照我的指示开始进行身体检查，下一个项目：身高、体重与体脂率测量……"

伴随着传送带缓缓的律动，门捷觉得一阵困意袭来，竟然不知不觉睡了过去。不久，他被女声轻轻唤醒，开始下一个项目，然后，他又在传送过程中闭上双眼。不知道重复了多少次，他终于听到这个声音提示道："恭喜您，所有的体检项目均已完成，现在请继续跟随我们的指引，前往试验室。"

手脚的束带也同步解开。他略微挣扎了一下，坐起身来，跳到地面。回头一看，果然自己已经身处另一侧，远远地可以看见进来时的大门。重新戴上VR眼镜，刚才所熟悉的场景和声音又全部消失了，视线中只有一条清晰的箭头，指示着他即将去的方向。沿着箭头指向走过去的过程中，他将VR眼镜摘下来，用裸眼去观察周边的情形，验证了自己刚才的判断。

　　国际永眠中心这片偌大的建筑群里，果然还是有很多人的。只不过，与刚才在体检中心不同，所有人都佩戴着VR眼镜，只有他自己是个例外。他不自觉地开始在人群中寻找不久之前看到的那抹艳红色，却毫无收获。

　　"请戴上VR眼镜，否则将偏航，还可能触发报警系统。"

　　门捷乖乖地重新戴上VR眼镜，发现自己此刻行进的方向与箭头指示的方向已经成三十度的夹角。没走多久，他来到一扇厚重的大门前，大门关着，他不自觉感受到一丝寒意。"爸说的'棺材大小的冰柜'，就在里面吧……"想到这里，他自言自语道："我能给自己录一段语音留言吗？你帮我传到胶囊里去，这样，等我醒来时，就可以听到多年前自己的留言了。"

　　VR眼镜没有答复。

　　"得了吧，别装傻了，你能做到！"

　　"好的，请讲，但是我想提醒您，声音不要太大，以免打扰周围的人。"

　　门捷心里"哼"了一声：这个伪善的AI。他略微思索，缓缓说出给自己的留言。然后，他沉默了几秒钟。

　　他此刻已恢复了平静，这是他已经准备了很久的时刻。然而，平静的脑海中，又泛起几丝涟漪："若干年后，我再次见到爸的时候，会是怎样的景象？真的还要参加高考吗？还是考明年的考卷吗？那个神秘的红裙姑娘又是谁……"

第 2 章
眼镜内外的红色身影

国际永眠中心所在的临港往西北方向约七十公里处，便是上海自开埠以来一直的市中心区域。从"上只角"到"历史文化风貌区"，改变的只是名称，不变的是那片地方在人们心中的位置。尽管只有几只手掌般大。

老城厢，石库门，弄堂里面啥都有，螺蛳壳里做道场。过去几十年间，里面的人源源不断地搬出来，却依然有安土重迁或是迫于无奈的人，一代代地住在里面。直到除去外墙与面貌，整个内部系统已全然不同。抽水马桶，光纤入户，中央制冷，隔热材质，微型电梯……

自从飞行汽车出现，城市交通从二维走向三维之后，原本制约其进一步发展的城市中心交通拥堵问题也瞬间得到解决。这里的房屋楼层不高，楼顶被建成平整的停机坪，以楼栋为单位就能支持至少四架飞车的运营，让心系繁华的人们下楼走几步，便到了南京路的高档商场和巨鹿路的特色酒馆。喜好清净的，坐上飞车，半小时之内就能抵达上海任意一个角落，还能飞越崇明岛，或者直接降落在阳澄湖边品蟹。需要看病，方圆五公里之内就有十家好医院。

老城区再度散发新的魅力。对于老年人和单身年轻人来说，更是如此。陶乐所居住的小区叫丰厚邨，就位于复兴路边，小区名称自从清朝灭亡那年起就没有变过。

她迎着朝阳，身着一条艳红色的齐膝长裙，从楼里跑出来，穿过窄窄的弄堂，与早起散步买粢饭豆浆回来的爷叔阿婆们笑着打过招呼后，便风一般冲到复兴路的小区门口。

"格小囡，每天都交关开心……"

"可惜伊命苦……"

长辈们回头望着她青春的红色背影，露出赞许又怜惜的神情。

陶乐站在路边，顾不得脸上已经渗出的细密汗珠，焦急地张望着，丰满的胸脯也微微地起伏。

一男子走到她面前，问道："小姐，请问圣瑞吉斯酒店怎么走？"

陶乐打量了他一眼，微微一笑："别用这种拙劣的手段，你脑子里那点儿坏水都要溢出来了。"

男子脸一白："你什么意思？"

"你先问我酒店怎么走，我回答你之后，你就会说是第一次来上海，人生地不熟，让我带你过去，到了酒店门口，你又会对我表示感谢，邀请我在酒店吃个早饭，喝杯咖啡，只要我跟你进了酒店，之后会发生什么呢？"

"你神经病啊！我不过就是问个路而已，脑补这么多剧情？"

"你没有手和嘴巴呀？导航无处不在，你问问你的手机或手表不就行了，实在不行路口还有警察叔叔……要不是别有用心，何必问人呢？"

"我今天真是撞到鬼了！"男子恼羞成怒，骂骂咧咧地走开了。

陶乐面色平静地"哼"了一声。这样的情形，她已经碰到过很多次。天生丽质难自弃，被搭讪挡都挡不住。

"乐乐，你要去哪里呀？"

有声音从身后传来。陶乐回头一看，只见一个中年女人快步朝自己走来。她面容精致，略施粉黛，但掩盖不住脸上的憔悴。她的眼里满是对自己的关切。

"小姨？我……等公交车去人民广场。"

"这么早去那里做什么？"

"到城市中心站坐飞车。"

"坐飞车呀，到我们自家楼栋顶上坐不就行啦？还跑去人民广场啊？"

"他们还要上班呢，我就不跟他们抢飞车啦。"

小姨赞许地看着她，感到一丝欣慰。

"你坐飞车去哪儿呢?"

"临港。"

"这么远!去临港干什么?"女人刨根问底。

陶乐有一丝无奈,但她理解,这是小姨的权利。毕竟,她是自己的监护人。

"我去那里一家单位实习。"

"哪家单位?你才高二,哪家单位能接收未成年人实习?"

"国际永眠中心。"陶乐不情愿地挤出这几个字。但她知道,自己没法瞒过小姨。

果然,听到这几个字,女人大惊失色,瞪大了眼睛,整个人都颤抖起来:"乐乐……你可千万别想不开……你爸妈都是因为那儿没的,你可别再去了……你妈临死前把你托付给我,小姨我也没孩子,会好好供你读完书,再帮你找个好工作……"

"小姨,不是你想的那样,我不是去做人体低温冬眠试验的,我才不会把自己冻起来呢,我只是去实习,就是作为那儿的工作人员干活。"

"他们真忍心招收高中生实习?也太黑心了吧?我要去告他们!"

"不,我申请的时候说自己是大学生,已经成年了。他们的 AI 审核似乎也没有发现我对材料做了些手脚。"陶乐眼里闪过一丝狡黠。

见小姨依旧忧心忡忡,陶乐笑道:"好啦……小姨,你就放心吧。我向你保证,绝对不参加试验!"一边说,一边双手抓住女人的手,撒娇般轻轻摇晃起来。

女人这才略微从脸上挤出一丝笑容:"好吧,今晚几点回家?在家吃晚饭吗?"

"不确定,我会提前给你留言的。"

还没等女人再度反应过来,陶乐便瞥见慢悠悠开过来的公交车,她冲到站台边,车门一开,就跨了上去。

走进车厢深处之前,她倚着门冲女人使劲挥手。转过头,陶乐收敛住了脸上的笑意,眼里闪过一丝冰冷。

"等着吧,我,来了。"

"刚才那个陶乐……你有没有觉得她有些古怪?"陈悠然微微皱着眉头问

自己面前的女人。女人叫刘穆芝，中等身材，面容清秀，比他小六岁，是永眠技术部的科学家，也是他的得力下属。

前阵子，国际永眠中心启动了例行的暑期实习招生计划，吸纳全世界各大高校的学生来支持中心的各项工作，也顺便进一步向年轻人普及人体低温冬眠试验的必要性。

陈悠然作为首席科学家，也分管国际永眠中心的主要技术部门——永眠技术部。部门分到了五个名额，今天恰好是面试的最后一天。他很重视每年一次和年轻人打交道的这个机会，便与实际负责人刘穆芝一同面试。

这几天，他们已经面试完了报名的三十个人，此刻正在陈悠然的办公室复盘。对于最后出场的陶乐，陈悠然感到有些难以捉摸，于是想听听刘穆芝的意见。女人或许更懂女人吧。

面对自己领导的问题，刘穆芝一愣："我觉得她挺好的呀，小姑娘很灵，肯定是这三十个里面我们最应该留下来的。"

"她的确懂得很多，反应能力、沟通能力、表达能力都是一流，但我总觉得有些分裂，她看上去年纪不大，不像大三的学生，可为什么我总感觉她跟我一样老呢？"

刘穆芝掩嘴笑道："陈老师，你又不老咯，你知不知道，你这种半白半灰的头发很知性啊，一看就是个知识渊博的人，好些搞金融的小屁孩，年纪没多大，就染成这样，显得很睿智的样子。再说了，少年老成有什么奇怪呢？她好歹也是光华大学生物工程系大三的学生，不但学校好，专业还对口，只不过脸有些稚嫩，显得年纪小一点儿。之前那二十九个你总是挑这挑那，现在好容易来一个完美的，你又觉得人家古怪。"

"不是呀，你说一个小姑娘，怎么会对星火计划、全球升温曲线模型、AI造成的网暴事件合集和前阵子赤道几内亚因为干旱缺水而内乱的事情如数家珍？"

"哎哟，都什么年代了，陈老师还这样戴着有色眼镜看我们女人哪！她可是名牌大学的高才生，就不能心忧天下了？如果不是关注这些，她为何要到我们这里来实习呢？干吗不去找个更加有意思的地方，比如'灵境汇'？再说了，现在的年轻人，获取信息的速度比我们不知道要高多少，很多最新的 AI 应用我都还不会，他们却玩得溜溜的！"

刘穆芝的语速很快，听得陈悠然喘不过气来。他有些招架不住："好，那你定吧，反正最后带她的是你。"

"五个实习生里，别人我可以不带，但是她我是肯定要带的，她是学生物的，跟我多对路子呀！"

"你们这几个人，明明都在我部门里，还老互相吵来吵去，有啥子意思？"

"当然有意思，我们的目标虽然都一样，但是路径不同，路线之争，一直都是关键的争论，哪能轻易妥协？倒是你老人家，从来不表态，作为领导玩平衡。"

陈悠然苦笑了一下："现在又说我是老人家啦？"

"那当然，年轻人都是爱憎分明的，你观点太含糊。"刘穆芝不依不饶。

"我这是保持思想开放，支持百花齐放，懂吗？你支持生物工程路线，熊旻支持医药科学路线，马奥运……马奥运就算了，我肯定不会支持他。"

刘穆芝从刚才假装生气的神情中恢复过来，笑道："人家老马也不是咱们部门的人哪。"

"好啦好啦，你就往下走流程吧，我都没意见。"

刘穆芝得意地冲着陈悠然鞠了一躬，然后满意地离开。她来到陈悠然办公室所在走廊尽头的等候室，准备进去跟陶乐和之前的几位候选人继续聊聊，并且告知他们自己的决定，推门进去，却发现其他几个男生都在，唯独不见陶乐。

刘穆芝一愣，问道："陶乐……刚才那个穿红裙子的女生呢？"

"哦，她似乎不屑于跟我们为伍，自己跑旁边会议室去了。"一个男生阴阳怪气地答道。

刘穆芝立刻转过身去，冲到旁边的会议室门前，推开门，果然，一个红色的身影静静地坐在里面。空旷的会议室里，除了陶乐，一个人都没有。刘穆芝松了一口气。

陈悠然办公室所在的这一片属于国际永眠中心的核心技术区域，会议室里经常会召开一些相对比较小范围的秘密会议，探讨尚未成熟的冬眠技术，并不适合让公众知晓。因此，这些会议室都没有窗户，并且只有一扇门可供出入。好在并没有会议在进行中。

她正准备上前打招呼，却看见陶乐落寞地斜靠在椅子上，一言不发，对于自己的闯入，似乎毫无反应，跟刚才面试时那个活泼的陶乐判若两人。由于没有会议，会议室里的灯并未全部打开，而是感应到有人进来，在其上方的天花板区域点亮了一小片灯光。

微弱的灯光下，陶乐的脸色显得有些苍白，如同阴天里的梨花，我见犹怜。

虽然同为女人，刘穆芝也不得不在心中感叹：这个女孩儿真是太美了，静如处子，动如脱兔。她主动问道："陶乐，你没事吧？为什么要到这边来？"陶乐这才抬起头来，用那双美丽的大眼睛无辜地望着刘穆芝。

"抱歉，刘老师，他们刚才对我有些出言不逊，我受不了，就过来清静清静，好在这里恰好是空房间，否则就打扰你们工作了。"

"什么？这帮小流氓！"刘穆芝眉头一横，就准备回过头去找那几个男生。

"不用了，刘老师！"陶乐站起身来阻止，"他们也不容易，为了实习机会大老远跑过来。"

刘穆芝略微一想："也对，只要把他们四个排除掉就好了，今天下午就留一个陶乐，剩余四个就在今天上午和前两天的学生里面挑吧。"于是，她掩上门，走到陶乐跟前，轻轻地拍了拍陶乐的肩膀，示意陶乐坐下。

"陶乐，我找你呢，是想告诉你，陈老师跟我商量之后，认为你是合适的实习人选，他们四个不合格。这话如果当着他们的面说，多少有些伤人，恰好你过来了，倒是个单独通知你的好机会。"

听到这话，陶乐的眼神立刻亮了起来，整个人也重新焕发出青春活力，仿佛一朵打蔫的花重沐甘霖。

"谢谢！谢谢刘老师！我一定好好珍惜这个机会！"陶乐激动得跳了起来，红裙子在半空中散开，她急忙用双手将裙子往下掩去。

刘穆芝被逗乐了，笑道："好了，陶乐，你可以回去了，未来几天，你随时可以过来报到。"

"我今天就报到可以吗？"

"啊？"

"因为……我不想买回程的飞车票了，坐地铁又太慢，打车则太贵！"陶乐吐了吐舌头。

"那你住哪儿呢？"

"你们的胶囊啊。"

刘穆芝一愣，突然警惕起来，问道："你在说什么？什么胶囊？"

"就是可以住人的睡眠舱啊，刚才面试的时候，我记得陈老师跟您聊起过。"

刘穆芝恍然大悟。的确，刚才面试的时候，中途来了一个电话，她跟陈悠然提了一嘴胶囊。她松了一口气："好哇，那就让你占一占我们中心的便宜吧，但是我先声明，第一，胶囊可不是免费的；第二，现在不一定有空余，如果没有，你还是得走。还有，同为女性，我要提醒你，衣服和洗漱用品你可没带哦。"

"太好了！这样实习的时候我就不用在旁边租房子、住酒店，或者每天飞车回家啦！至于衣服和洗漱用品嘛，我可以在网上买了寄过来！"陶乐眨了眨眼。

刘穆芝略一思索，站起身来，说道："那你先在这儿坐一会儿，我让人去办理一下你的手续，对了，把门关好吧。"

"谢谢刘老师！"

刘穆芝又想到了什么，说道："你手中的VR眼镜，可以先还给我，这只是访客使用的VR眼镜，实习之后，我们有新的VR眼镜给你，待会儿手续办好，他们就会给你送过来。记住，在那之前，千万不要出门，更不要到处乱跑。"

"啊？"陶乐脸上闪现过一丝紧张，"为什么？"

刘穆芝安慰道："不用担心，它其实是一种安防手段，如果没有它，你在这里实习的时候会寸步难行的。这可是我们的兄弟单位——联合智能实验室，专门为我们设计的。"

听到联合智能实验室，陶乐若有所思。

恍惚中，门捷觉得自己正在照镜子。

起初，这镜子像是自己无数次在浴室中所见，镜面上覆满了水汽，除去一个抽象的轮廓，什么也看不清楚。逐渐地，伴随着水汽散去，自己的脸逐步具象化，并越来越清晰，直到那张青春俊美的脸完全显现。门捷打了一个冷战。因为他清楚地知道，自己并未在洗浴。

此刻的他，正直挺挺地平躺在一个逼仄的空间当中，浑身被冰冷的仪器围绕，但身体却没有任何异样的感觉。他能感到自己的体温已经恢复到曾经无比熟悉乃至习以为常的水平。他瞪大眼睛，这才发现那面反射出自己面庞的"镜子"，其实就是休眠舱的顶盖内面。

"难道……二十年已经过去啦？"他回想着休眠前的情景，仿佛就在昨天。

当时，陈悠然表态，在他休眠的五年之内，一定能够研制出将休眠时长延长至十五年的新试剂，也就是说，他最多可以睡上二十年。门捷掐了掐自己的大腿，又摸了摸身边的仪器。一边是疼痛，一边是冰冷。"我不是在做梦！"

此时，他并未佩戴VR眼镜，所以他排除了自己进入虚拟世界的可能性。可是，他依然怀疑，二十年竟然如此转瞬即逝！他已经迫不及待地想要爬出去，看看这个未来的世界了。

正当他打算起身时，原本反射出他面容的顶盖内面转换成了一个屏幕。上面显示出一行字：五年的休眠时期已到，作为参与试验的志愿者，您可以选择继续休眠五年，也可以选择结束试验。请注意，当本技术正式推向大众之后，您将不再拥有这样的权利。

"是/否"两个选项醒目地出现在屏幕上，一个闪耀着绿色光芒，另一个则是闪耀着红色光芒。门捷不禁呆住。"只过去了五年，陈叔叔没搞定十五年的休眠技术？"他只思考了几秒钟，便点击了"否"。他不相信陈悠然会食言，要出去探个究竟。

屏幕上的字逐渐淡去，消失，然后又闪现出一行字：您的休眠状态即将解除，请耐心等待三十秒，待到仪器全部撤走，听到提示音后，方可起身离开。请务必佩戴VR眼镜，并且根据其指示去往您的目的地。为了帮助您了解过去五年间世界上发生的事件，帮助您更好地重新融入这个社会，从今天起，您可以享受十天的国际综合太空计划署数据库的无限制访问权限，在那里，您可以获得比公开互联网更多的信息。"

这次并未出现选项，显然，这只是一条简单的通知。三十秒显得十分漫长。当倒计时完毕时，门捷不禁屏住呼吸。只见休眠舱的顶盖缓缓地朝着他的左手方向平移挪开。而原本与自己的身体紧密交联的仪器设备也都如同退潮般收缩层叠至休眠舱的四个角落。

视野里的镜面逐渐消失，取而代之的是位于他上方那个休眠舱的底部。一股热浪也伴随着打开的顶盖扑面而来。与其说是热浪，不如说就是外界的正常空气，只不过经过五年的低温之后，即便身体体温已经恢复正常，也需要稍微适应适应。更何况，相比户外那炙烤般的高温，休眠大厅里的空气已经相当舒适了。

门捷迅速在脑海中重建对于这个世界的认知，然后小心地撑着自己的身体，坐了起来。缓了片刻之后，他才敢同时借助双手和膝盖的力量，慢慢起身，直至完全站立在休眠舱之中，足以依靠双脚抗衡亘古不变的地球引力。

在休眠之前的注意事项中，他就了解到，休眠刚刚完成时的身体是十分脆弱的，不可以剧烈运动，否则很容易造成肌肉拉伤，甚至骨折。

门捷环视一周，再次震撼于休眠大厅的规模。十几万休眠舱此刻依旧静谧地安放着，除了自己之外，他没有看到第二个爬起来的人。每个人的入眠时间都是不同的，如果五年的周期精确到分秒，那醒来的时间自然也不一样。更何况，或许还有人选择继续休眠呢。

但是，门捷很明确地知道，有一个人的入眠时间比自己早，按理说，也应该醒得更早。想到这里，他拿起VR眼镜，小心翼翼地沿着自己休眠舱一侧的专用扶梯，走到这一层的通道上。此刻，他终于觉得自己重新回到了现实世界。他要去看看父亲的休眠舱。他知道那就在自己休眠舱的旁边，甚至不需要VR眼镜的路线指引。

没走两步，门捷就来到了父亲休眠舱前。顶盖依旧紧闭着。

"什么情况？我爸他还在睡？他比我早进去，如果五年就结束了，他应该比我早出来呀！难道，只有我的试验是失败的，而他已经进入了十五年的周期？"

无论如何，这件事有太多疑点了！呆呆地盯着父亲的休眠舱，门捷有种荒谬的感觉。他不确定自己应该哭，还是应该笑。只是，现在这个样子，再结合休眠舱这个外形，真的也太像吊丧了吧！

这时，VR眼镜提醒："请佩戴眼镜，并且依照指示进行下一步。"门捷皱了皱眉，把眼镜戴上。视野里出现了一条清晰的路径指示线——从他所站立的位置通往休眠大厅的正门。在此过程中需要走下楼梯,去到地面,还要绕好几个弯。

"还是戴上眼镜清晰呀,否则,这么大个地方,一个路牌和标识都没有,仿佛身处巨型墓地,还是立体的,光线也挺昏暗,真有点儿瘆人……"门捷沿着VR眼镜里的路线慢慢朝着大门走去,却总觉得心中有个什么事情,应该挺重要,但他此刻怎么都想不起来,每认真细想一步,那件事就溜走一分。就好像物理课堂上做的实验,让两个同极的电荷彼此接近,但一旦进入互斥距离,便怎样也无法让它们进一步贴合了。

随着活动的增加,他觉得自己的身体机能正在迅速恢复,一种热血上涌、排山倒海的感觉在体内充盈。他甚至想大声呐喊。而伴随着整个人回到最佳状态,他也找到了刚才一直寻觅却未得的灵感。

眼前,休眠大厅的大门缓缓打开。VR眼镜里的方向径直往前延伸,通向国际永眠中心建筑群里的另一侧。门捷嘴角微微一翘,往前走出大门,然后站立不动,仿佛在确认下一步的方向。他心中默默计算着身后大门的闭合速度,就在那道门缝即将消失前的一秒钟,他猛地摘下VR眼镜,转身从那个缝隙中塞了回去!

裸眼之下,门捷只看见一片颜色冷淡的房间,以及它们之间通往不同方向的几处通道。一个人都没有,无论是戴着VR眼镜的,还是没戴VR眼镜的。

视线所及之处,完全没有路标,房门上也没有任何铭牌,可以让他知晓这些大门紧闭的房间到底是干什么用的。门捷更加确信了自己的判断。那是在五年前进入休眠之前自己就存疑的地方,也是刚才一度寻而未见的灵感。

整个国际永眠中心内部,除了接待大厅之外,其他任何地方都是没有路标的,同时也没有任何视频监控。作为星火计划的重要一环,它的安防工作,一定是靠这些VR眼镜和它们背后那一整套AI算法完成的。道理很简单,一旦戴上VR眼镜,你的位置、行为,甚至思想就实时被监控着,一旦有任何不轨意图,就会被第一时间检测到,从而被扼杀在摇篮中。

所以,对于想潜入国际永眠中心搞破坏或者盗取机密的人来说,无法伪装成为试验者或者工作人员,因为从踏入接待大厅那一刻起,VR眼镜就已经准备好了。如果中途扔掉VR眼镜,裸眼行动呢?这片建筑群里没有裸眼可见的有效信息，能看到的只是一间又一间关着门的房间，一条又一条不知通往何方的通道。对人来说，这里就只是一片装修还算上档次的毛坯房罢了。

身处丰饶之地，却日渐饿死。

就连国际永眠中心的工作人员，都是通过VR眼镜来获知与其职权对应级别的信息。摘下眼镜，人人平等，都只是这座高科技迷宫当中一个可怜的寻路者。

更何况，这建筑群中的人都是自由活动的，每一个戴上VR眼镜的人，事实上都是一个不自觉的监控器，只要你被他看见，或者更加准确地说，被他的VR眼镜探测到，甚至在他自己都未察觉或本意尚未明确的情况下，你的信息就自动被获取到VR眼镜之后那个云上庞大的AI数据库。在那里，你的位置、面目和姿态信息会被快速而全面分析并且记录下来，并且进行大数据比对。

你的一切便毫无隐私可言，针对你的行动就会马上开始。从某种意义上说，在这个建筑群中，他人即地狱。可是，如果有人锲而不舍，多次潜入，并且侥幸地躲过了每一次VR眼镜的探测呢？如果他将每次的记忆拼接起来，最后画出一整幅地图，再慢慢按图索骥呢？

门捷没有想通，VR眼镜机制要如何防范这样的精心策划。这只是需要时间和运气，并非完全不可能实现。就如同他此刻想去做的一样。

他并没有恶意，只是不喜欢被VR眼镜时刻窥见自己的想法。对他来说，这么多年来，AI给自己做了无数顿可口的饭菜，洗了无数次衣服，还辅助自己完成学业，但是这就够了。当AI开始打人脑的主意时，他就觉得越界了。

AI可以是好的厨师，好的洗衣房，好的学伴，好的帮手，但是不能对自己指手画脚。就好像自己在路上走得好好的，突然有人过来掏自己鼻孔，一边掏还一边说："我觉得你的鼻屎含量有些超标哟。"

刚才将VR眼镜扔回休眠大厅，他感到一丝快意。但是，他也知道，这个行为一定已经被眼镜背后的云上数据库与AI算法所获知。或者说，从刚才眼镜触地那一刻起，他门捷已经成为国际永眠中心的通缉犯。

他当然不想坐以待毙。

于是，不管三七二十一，他先冲着最左手边的通道跑去。刚才观察下来，这条通道相对比较蜿蜒，万一遇上人，还能快速避一避。他只有一个目的，找到陈悠然的办公室，问问他为何自己五年就醒来，以及父亲又是什么情况。之后，哪怕被罚关个小黑屋，甚至赔偿，他也认了。反正，他妈有钱，而且，他的行为也不至于触犯刑法吧……

他蹑手蹑脚地贴着那条蜿蜒通道的墙壁，将自己隐藏在通道凸起的曲度之后，往前挪动两步，悄悄探头张望，确保一段区域内无人之后，就迅速跨到另一边，然后再如法炮制。

记忆中，陈悠然的办公室在一个T字形的路口不远处，而且组成这T字形的两条正交的通道都是笔直的。自己从接待大厅到胶囊，再到陈悠然的办公室，也并没有走过弯弯曲曲的通道。所以，他现在身处的通道，并不通往那里，至少不是他曾经走过的路。他只能祈祷自己没有南辕北辙。

他的运气不错，在这个蜿蜒漫长的通道里走了很长一段路，都没有碰见别人，至少在这个时候，他认为自己依然是安全的。然而，一丝慌乱开始在心里扎根。没有路标，真是完全没有头绪。

他早就已经习惯了路标与指示。从他有记忆时开始，男女厕所的小人标记便确保了他能够在内急之时找到正确的去向。但这里连卫生间的标记都没有，难道去上个厕所都得在VR眼镜的监控之下吗？

门捷终于来到了这条通道的出口。它通往一大片空旷的场地，似乎是天井大厅，头顶上的阳光直射下来，将地面照得透亮，温度也明显要比刚才通道深处高出好几摄氏度。那种熟悉的炙烤感又回来了。看来，五年间，地球的升温趋势并未发生改变。

门捷将自己紧贴在墙边，警惕地观察着大厅里的情形，一动也不敢动。他不敢贸然踏进那片光芒，因为一旦有人出现，他将无处遁形。他的脑门儿渗出了几滴汗珠。

就在这个时候，一个身影出现在大厅里那耀眼的光芒下，像是天使下凡一般。门捷连忙缩回脑袋，侧着脸，整个人紧紧贴住墙壁。"可千万不能被人发现哪！"但他依然用余光往人影方向瞟了过去。顿时，整个人愣住了。

金色阳光当中，走出一个身着红裙的妙龄女子。即便没有从天而降的阳光，她的容貌身姿，也足以照亮整个大厅。那正是五年前门捷在国际永眠中心接待大厅见到过的红衣姑娘！

门捷觉得自己的胸口被什么东西重重地捶了一下，喉咙发干，呼吸也有些急促起来。他连忙调整好自己的情绪和姿势。求生欲在此刻还是占据了上风。但是，他能控制住自己的动作，却无法阻止那个红色身影在自己脑海中信马由缰地奔跑。

五年前，他进入休眠之前，就对于这个红色身影无比牵念，虽然只是一眼，却打开了他内心深处那扇大门，再也合拢不上。没想到，休眠甫一结束，她竟然是自己见到的第一个活人！然而，她佩戴着VR眼镜，这不是一个姑娘，而是一台行走的监控。

门捷的汗珠已经流至脖颈处，痒痒的，他很想伸手去抹掉，却不敢动半分。红裙姑娘此时竟然朝着他所在的通道处走来了！他无法判断，自己到底有没有出现在她的VR眼镜视野之内，只能够屏住气，继续一动不动。

姑娘迈着轻盈的脚步，片刻间便走到了通道入口处。此时，她的身侧距离门捷只有两米不到。门捷知道，VR眼镜的视界可以达到一百五十度，而自己目前正位于与她右肩延长线成一百八十度角的方位，只要她不轻轻摇头观察，自己就不会被眼镜捕获。

"你看不见我……"

"你要是能看我一眼也挺好……"体内还有一个微弱的声音，被他狠狠地压制下去。

红裙姑娘擦身而过仅仅用了半秒，门捷却觉得无比漫长。她并未在他身边停留，而是继续保持着轻快的脚步，往通道深处走去。她根本感受不到两米之外门捷那已经激烈出天际的心理斗争，视线一直盯着前方，并未左顾右盼。

望着她逐渐隐没在通道里的背影，门捷长舒了一口气，整个人放松下来。他擦了擦汗，突然做了一个决定。

"五年前，她就在这里，今天又被我碰上，看来多半是国际永眠中心的工作人员，如果我悄悄跟在她身后，会不会被带到更加核心的区域呢？总比我自己像个无头苍蝇到处乱撞要好吧。而且，戴上VR眼镜的时候，对周遭的声音感知会大幅下降，跟在她身后，只要不搞出大动静，她又不回头张望的话，多半发现不了我。就算被她发现，也比被别人发现要划算吧……"体内那个微弱的声音似乎并未死心。

"能不能有点儿出息！"他再次坚决地摇了摇头，然后转过身，远远盯着那抹红色身影，快步跟上。

又回到了休眠大厅的大门口。大门依旧紧闭着。红裙姑娘并未在那儿停留多久，而是迅速拐入了门口的另外一条通道，然后右拐上了台阶，往楼上走去。

门捷到了楼梯口，稍微停顿了一下，待到姑娘稍微走远一点儿，才循着她的脚步声，轻手轻脚地上楼。否则，她只要低头看台阶，便能看到下方的自己。好在她到了二楼便停下继续往上走的脚步，拐进楼梯口的一条走廊。

走廊里的装饰要比下面那一层更加讲究一些，除去统一的淡蓝色背景之外，墙上还挂着一些颇具艺术气息的画作。门捷看不懂那些画到底想表达什么，但看上去还挺赏心悦目。他不由得多看了几眼。

这时，他开始重新审视自己刚才的判断："看起来，如果不戴VR眼镜，依然能够找到这个建筑群当中某些区域的特点嘛……比如这一片区域，肯定不是一般工作人员的工作地点……"

正分神间，前方传来谈话的声音。门捷连忙倒退几步，倚在走廊上凹进去的一块区域当中。那儿有一个插座，看起来原本是为某些电器设备预留的，现在恰好暂时空着。

"你怎么在这里？李主任正在召集全体紧急会议呢，说要宣讲那件事情的进展。"

"我知道啦，刘老师已经直接给我推送消息了，我马上就赶过去。不过，进展如何？能先透露一下吗？"

"我也不清楚，待会儿我们就知道啦。快点儿啊，我先到办公室去取个东西。记住，一定要快点儿过去。"

"谢谢您，熊老师，您要是回办公室，我倒建议您跟我一起呢，我也恰好要去一趟，这样我们就可以一起去开会，您还可以监督我。"

"你这小姑娘……也行，那我们就一起过去吧。"

门捷屏住气息听着两人的对话。都是女人。显然，那个更加年轻一些的声音来自红裙姑娘。他的耳朵也终于体会到了眼睛的感觉。

可是，还来不及回味，也无暇去思考她们所说的事情是什么，谈话声音便消失了，脚步声再度传来。门捷连忙从藏身处出来，猫着腰继续跟进。

"这次是两个人了，我得加倍小心！"突然，他瞥见这条走廊的尽头竟然是一部电梯，而电梯门已经在两人身前缓缓展开。她们正准备迈步踏进去。

"糟糕，只要她们回身按楼层键，就一定能看到我在身后！"门捷发现自己无处躲藏，这时候再转身而逃，也逃不到刚才藏身的那个凹处。跑得再快，能有光速快吗？绝望间，他闭上了眼睛。

"但愿，被那个红裙姑娘先看见……这样，至少她可以去领赏吧。"可是，等待了好几秒的时间，除了电梯门关闭发出的一丝声响之外，没有听到任何别的动静。

他连忙睁开眼，发现她们已经消失了。而电梯也已经启动，楼层面板上显示的楼层数字为"1"，并且还在迅速跳变，显然，她们正在往地下而去。国际永眠中心建筑群的结构比他想象中的更加复杂，而他跟丢了。但侥幸的是，他并未被任何一个人发现。

或许国际永眠中心里的电梯都是直接与VR眼镜联动的吧，根本不需要去按那个楼层按钮。此前他并没有在国际永眠中心里坐电梯的经验，只能如此猜测。但他已经没有时间去懊恼或者思考了，此刻的他，在某种意义上，已经身处死角。无论电梯里有谁出来，或者走廊的另一侧有谁过来坐电梯，他都没有任何躲藏的空间。

难道要沿路返回吗？门捷不甘心。这时，他注意到，距离自己不远处有一间办公室。那个办公室的门，似乎有点儿特色，而且，似曾相识。

门捷并未在国际永眠中心当中见过很多办公室的门，但这扇门，足够熟悉。除非国际永眠中心建筑群当中所有房间的门千篇一律，否则，他有信心自己没有记错。这间办公室属于陈悠然。

如果他此刻戴着VR眼镜，肯定能看到门上的铭牌。门捷按捺不住心中的激动。没想到跟着让自己怦然心动的姑娘，竟然来到了陈悠然的办公室门口，这简直是老天的安排！他抬手正准备敲门，突然犹疑起来，手停留在半空中。

"万一他不在房间，我这一敲门，岂不是引起其他人注意了吗？万一隔壁办公室走出来一个人，说他不在，让我等等，我岂不就被发现啦？干脆直接推门而入吧，就算失礼，他也应该能理解的。"想到这里，他双手轻轻地按在门上，稍微用力一推。门竟然被推开了！

门捷连忙闪身进去，将门轻轻掩上，然后整个人瘫软在门背后。直到现在，他才敢喘口粗气。憋了太久了。过了好几分钟，他才顾得上观察这间办公室。显然，那个头发灰白的陈叔叔并不在办公室，否则刚才就应该招呼自己了。

"怎么会有那么巧的事情？"门捷稍微恢复了一些体力后，脑子开始飞速转动起来。他小心翼翼地将身后的门反锁上，然后蹑手蹑脚地探索这间办公室。办公室并没有窗户，所以开着灯，但灯光还算柔和，没有刺眼之感。

办公室的布局与五年前相比并没有大的改变，工作台、试验床和两侧的书架依然待在原来的地方。唯一让他能立刻注意到的区别，就是工作台上的那几台显示屏。它们此刻都已经处于关闭状态。

"难道……陈叔叔出差啦？那，我岂不是可以在这办公室里放松一下？刚才担惊受怕了这么久，干脆在这儿好好休息休息吧！"

门捷来到工作台旁边，打开角落里的冰箱，拿出一罐冰苏打水，拉开拉环，径直往肚里灌去。五年未曾体验过的激爽感觉，让他觉得刚才的郁闷一扫而空，便在屋里踱起步来。试验床他是不愿意去躺的，毕竟刚刚才睡了五年。

门捷三两步走到了左侧的书架边，扫视着那一排排的纸质书："这些都快要成为古董了吧。"从小到大，他的阅读已经以电子图书和在线阅读为主，但每次捧着纸质书，他还是有种来自基因中的亲近感。人类是从龟甲、竹简、纸帛时代而来，对于具象的物品有种与生俱来的依恋。

突然，他看见靠近自己膝盖那一层的书架上，有一个"科技科幻小说"的标签，标签之下，是满满一整排书。《北斗星辰》《关键路径》《画天为牢》《中和之道》……门捷饶有兴致地快速翻看着这些书，对于陈悠然的敬佩又增添了几分。

"没想到他不光是个低温休眠领域的专家，还涉猎如此广泛，航空、航天、新能源、太空环境治理，全都不在话下……"一罐苏打水喝完，书架上的书也基本上过了一遍，门捷满意地打了一个饱嗝儿，将易拉罐扔进垃圾桶。

这时候，他注意到了书架与工作台之间的那面墙。不，那不是一面墙。五年前，他曾经注意到，那里有一道不显眼的门。他的心猛地跳动起来，瞪大眼睛，往墙上看过去。"试验监控大厅"，这六个阴刻的字依然在那里。这是门捷醒来之后，在国际永眠中心里第一次裸眼看到的门牌。他激动地挥舞了一下拳头。

门的后面通往何处？我有权限进去吗？进去之后，会被他们发现吗？还有很多问题，但在内心深处涌上来的浓烈好奇心面前，全都知趣地退散。

门捷深呼吸一口气，走到这扇隐秘的门前。他仔细地观察着每一处，希望能够发现一些机关或者端倪，让自己可以打开这扇门。但除了那六个字之外，整扇门都无比光滑，别说把手，连一个按钮都没有。"难道是靠咒语开门的吗？"门捷往后退了一步。正当他还在犹豫要不要喊出"芝麻开门"之类羞耻的话时，那扇门突然消失了。就如同融化在空气中一般。

他张大了嘴。消失的门之后，是一条狭窄的小道，站在他的位置望过去，除去依稀闪耀的深蓝色信号灯，什么也看不清楚。"管他呢，进去看看再说！都已经到这一步了！"门捷跨出两步，走上那条小径。刚才消失的门在他身后无声地恢复原状，将陈悠然办公室里的灯光完全遮蔽。

门捷没用多久，双眼就适应了黑暗。这条通道并不是直的，而是以一个往左的弧度向前、向下延伸着，似乎通往地底。通道两旁，全部是分布整齐的管道与线路，一看就是精心设计的。门捷不知道这些管道、线路到底是用来做什么的，只能硬着头皮往前闯。

回想着醒来之后这段刺激的经历，他已经开始觉察出一丝不对劲。尽管他一直觉得自己总体来看还算是一个运气不错的人，却从未奢望可以做今天这样的事情。

红裙姑娘的出现，她完美地用身体挡住谈话对象，将自己带领到电梯前，然后消失，而恰好陈悠然的办公室就在旁边，自己竟然能够直接推门而入，陈悠然又居然不在办公室……最诡异的是，自己竟然有权限进入这个通道，前往试验监控大厅！每一个都是小概率事件，再将它们相乘，概率微小得简直不可想象。而红裙姑娘与那个女人在电梯前聊天提到的"大事"又是什么？

他已经可以确信，自己是被一股看不见的力量推动到这里的，这个过程中的每一个细节，都经过了精心设计。接下来会发生什么，他已经无从得知。脚下只有一条路，他只能往前。没走多久，通道的尽头出现了一点微光。显然，那儿有一个朝着右方的拐角。拐角之后，或许便是那个试验监控大厅了。

门捷放缓了脚步，悄然挪步，直到自己隐约听见拐角处传来说话声。他很激动，自从醒来，从未听见过如此热闹的交谈。而且，似乎发生了什么紧急的事情，顺着通道传来的声音中透露出焦虑与忙乱。

"张秀宜警官，你的结论是什么？"他终于听清楚了一句完整的话。

这里是国际永眠中心的最深处。陈悠然走到厚重的大门前，仅仅站立了半秒钟，大门便发出沉闷的响声，缓缓打开。他快步走进大门，环视着里面的一切。大门又缓缓在他身后关上。

大门内外完全是两个世界。他已经无数次来过这个地方，但今天的意义却格外不同。这是国际永眠中心整个建筑群当中最大的单体建筑——永眠大厅，也是人类第一批和第二批人体低温冬眠试验的所在地之一。

整个空间大小几乎与刚刚升级完毕的高铁上海东站候车大厅旗鼓相当。放眼望去，除去必要的通道、楼梯和操作空间，大厅里整整齐齐地摆满了休眠舱，而且层层叠叠，从地面到天花板，一共二十层。像极了工厂里的货架，又像码头上的集装箱阵列——如果天花板不存在，可以直接看见天空的话。

陈悠然粗略估算了一下，休眠舱的数目已经接近十五万。也就是说，在这片不到五十万平方米的场地上，默默地躺着近十五万人。虽然他们一动不动，但全都是活人。

包括上海在内，国际永眠中心在全球一共有六个休眠中心，分别位于苏州、达拉斯、新加坡、哥本哈根和法兰克福，如果每个休眠中心都躺着将近十五万人，加起来就是近九十万人，相当于全球人口的万分之一。

距离2200年的地球燃点时刻只剩下四十五年了，地球上却只有万分之一的人愿意体验将自己冷冻起来，从而活得尽可能长久一些。而只有活得更长一些，才更有可能挺过微茫的岁月，在宇宙中的某个角落，延续人类的文明。

好在相比五年前的第一次试验，报名这次新一代人体低温冬眠试验的人明显多了起来。陈悠然有信心，参与人体低温冬眠试验的人数一定会呈指数级增长。望着眼前一个个休眠舱，陈悠然心中感慨万千。

千百年来，人类为了实现长生不老的愿望，简直无所不用其极。前有秦始皇派遣童男童女东渡大海寻仙，后有七十四岁富豪与孙子换血。好容易到了现在，人类终于可以通过生物和医药科技，实现几年的低温冬眠，在睡眠过程中，新陈代谢被控制在最低水平，使得人体可以最大限度地忽略时间的流逝。

参与试验的志愿者们，整体来看是年龄偏大的，而且不乏各大领域的精英：刚刚退休的政治家，即将完成业务交班的企业家，闲云野鹤般的作家与画家……任他们曾经怎样呼风唤雨，一呼百应，现在也和其他人一样，仅占有一个不到三平方米大小的休眠舱。

不同的是，他们越靠近那条缥缈却又迟早来临的死亡之线，越有能力主宰自己的命运和生活，所以往往希望可以多活几年。就如同在漫长的隧道中穿梭，他们比一般人更早地看到隧道尽头的微光，才会更殷切地希冀隧道能够更长。像门捷那样才十六岁，还处于未来远远大于过去年纪的少年，主动要求来做试验，真的很少见呢。

想到这里，陈悠然按照 VR 眼镜中的指示，往前走了大约五十米，再右拐，沿着扶梯走上第三层，停留在一个休眠舱面前。

"脑门子，你又躺了快五年了，加上第一次的五年，你已经在我这儿躺了近十年。今天我来告诉你一个好消息，十五年的休眠技术已经只差最后一步就能得到最终验证。我待会儿就去苏州，在那儿进行最后一次交叉验证试验。顺利的话，明天包括你在内，这间大厅里的所有人都能直接通过休眠舱与人体的连接管道被注入基于这个最新技术的休眠液，你不需要醒来，就可以再睡上十五年。"

"对了，你儿子是个孝顺的孩子，他主动要求来参加这次的试验，所以我把他的休眠舱安排在你隔壁。十五年后，你们父子俩前后脚出来，就能团聚了。如果这次休眠技术取得最终验证，我多半也会在未来几年之内选择休眠，让年轻人去攻关更长的休眠技术——我虽然才四十多岁，却觉得精力赶不上以前了。还有，十五年后，当你醒来的时候，如果我那时已经休眠，你会收到我留给你的一份礼物，至于是什么，我先卖个关子吧！

"真是不敢想象，我竟然在这里跟你诉说十五年后的安排！谁能说得准呢？过去五年，世界上发生了多少事？赤道附近的几个非洲国家已经陷入完全崩溃的境地，马尔代夫也危在旦夕。如果我们上海不是因为有自动升降防洪堤，临港也已经在水面以下，假如你现在就醒来，恐怕也要感慨沧海桑田吧！"

陈悠然也不知道为何自己要过来与自己的老朋友道别——明明过两天他就会从苏州回来。但是他感到一种兑现承诺的轻松，快步走下楼梯，朝着刚才驻足的大门走去，并未再停留，待到大门打开一条缝，就闪身离开。大门在他身后又沉闷地关上。他在VR眼镜里看了看时间，加快了脚步，必须在下午4点前赶到苏州。国际永眠中心建筑群的中央区域，有一片平整的地面，那是国际永眠中心专属的飞车起降点。陈悠然对于那片区域，再熟悉不过了，但是他依然需要在VR眼镜里确定具体的方向。眼镜里同时还显示着他与目标的距离：200米，150米，100米……

这时，他的视野中出现了一个红色的身影。陈悠然感到一丝意外。

"一般来说，VR眼镜虽然会探测和记录所有人的存在，但不应该过滤掉所有无关人员的信息吗？为什么她会出现在里面？"陈悠然疑惑地放缓了脚步，冲着红色身影方向调整自己的视角。从好几个角度看过去，那个身影都在。他忍不住摘下VR眼镜。视网膜上依然存在着那个像。而像的来源距离他就只有五米远。

陈悠然忍不住问道："陶乐，你在那儿干什么？"陶乐此刻正倚靠在通往飞车起降点通道旁一条分岔路口的台阶扶手上，那个台阶通往二楼。她戴着VR眼镜，并未看向自己的方向，而且面色凝重，整个人也一动不动。如果不是那身颇具标志性的艳红色长裙，她可能会被当作一尊雕塑。红色赋予了她跳动的生命。

显然，她完全没有接收到陈悠然的问题，一点儿反应都没有。陈悠然皱了皱眉头。这个小姑娘五年前以光华大学生物工程系大三学生的身份来到国际永眠中心实习，很快便以与年龄不相称的博闻强识和老成持重让自己手下的那几个科学家感到十分满意，尤其是刘穆芝，对她更是赞不绝口。

后来他们才知道，陶乐的父亲也参加过第一次人体低温冬眠试验，但非常不幸，在这个试验成功率达到百分之八十的情况下，他成了那百分之二十。而且还是百分之二十当中最不幸的那千分之一——一般来说，试验失败，只是无法进入休眠状态而已，并不会有什么副作用，但有千分之一的概率人体会出现排异反应，引发一系列后果，包括死亡。

她的母亲无法接受这个事实，从国际永眠中心当中把奄奄一息的丈夫抢了出来，驾车飞快地开往市中心，想去那几家传统的三甲医院求助。她不相

043

信在星火计划下刚刚组建而成的国际永眠中心，更不相信已经投入商业运营十余年的飞车。

但是，她也高估了自己在极度震惊和悲伤情绪下的驾驶能力，以及尚未实现全自动的自动驾驶辅助技术。在一百二十公里的时速下，一点点偏差便足以致命。她的车冲出了临港通往市区高速公路的护栏，一头撞向道路上跨越立交桥那坚实而厚重的支撑桥墩。车辆当场化成一片火海。于是，陶乐被她的小姨收养。

让陈悠然和他的同事们感到意外的是，经历了这样的打击，小姑娘却依旧非常阳光，如果不是背景调查时的这些发现，他们完全没法从她的眼神和气质中感受到她曾经从这样的至暗时刻当中走出来。

实习完毕后，他们邀请她大学毕业后来国际永眠中心工作，而她也欣然接受。到今天，她已经在国际永眠中心的永眠技术部工作了四个年头。这四年间，陶乐的表现还是不错的，只是有时候有些过于古灵精怪。有时她会突然就手舞足蹈起来，蹦蹦跳跳地在各处窜来窜去；她有时候还会自言自语，声音很轻，别人完全听不清楚她在说什么。不过，考虑到她曾经受过的创伤，所有人都很理解。

想到这里，陈悠然不甘心，往前走了两步，几乎已经走到陶乐近前，再次打招呼。陶乐依然一动不动。显然，自己并未出现在她的VR眼镜当中，而眼镜又帮她完全隔绝了外部声音。陈悠然决定拍一拍她。

毕竟，认识五年，他还是第一次见到她露出如此严肃得有些沉重的神情。他有些担心。

他的手轻轻地落在她肩膀上。只见陶乐猛地战栗了一下，然后整张脸呈现惊慌失措的神情，双手立刻将VR眼镜取了下来。当她看见面前的陈悠然时，脸上瞬间恢复了平日里时常挂着的笑意。这才是陈悠然熟悉的陶乐。

"陈老师，怎么是您？有事吗？"

"没事，只是路过，恰好看到你似乎有心事，有什么需要帮忙的吗？"

"谢谢陈老师关心！放心吧，我没事。"

陶乐的双眼笑成两弯月牙，让人赏心悦目。

"没事就好。"陈悠然点了点头，重新戴上VR眼镜。这一次，他却没有在视野中看到她。他没来得及去思考个中原委，便沿着指示的路线继续往飞车起降点走去。

推开通往起降点的最后一扇门，他进入了户外。尽管身体被透明冷冻膜环绕，他依然感到一股热浪瞬间将自己环绕。他并没有感到灼热，但刺眼的光芒直接让他实现了通感。一架香槟色的飞车正安静地停放在几步之遥的前方。整个机身的设计非常时尚，香槟色外壳在夕阳的照射下更是显得光辉十足，仿佛来自天堂的馈赠。飞车前站着三个人，也被冷冻膜环绕，在那儿已经等待了一阵。

"陈老师，您来了。"

为首的正是刘穆芝。在她的一左一右各站着一男一女。男的是国际永眠中心综合管理部主任马奥运，长着一张神神道道的脸，身体消瘦，虽然六十岁还未到，但已经有些佝偻了。女的则站得笔直，一张充满胶原蛋白的圆脸衬上干练的短发，显得英气十足。她跟刘穆芝一样，都是永眠技术部的科学家，叫熊旻。

刘穆芝递给陈悠然一个黑色的手提箱，陈悠然则将VR眼镜交给她。两人交接的时候，都很小心谨慎。马奥运和熊旻在一旁看着，也大气不敢出。

陈悠然确保自己已经充分掌握了手提箱之后，轻轻掂了掂分量，笑道："怎么感觉我们在秘密接头呢？"

"这个箱子里的东西可比秘密接头的东西值钱多了……"熊旻笑道。

马奥运也附和道："是呀，老陈，我们这次可是安排了中心最豪华的飞车，预装了最先进的自动驾驶程序送你去苏州。"

陈悠然笑着回应："保证完成任务！"

"赶紧出发吧，苏州那边都等不及了，一路平安！"

陈悠然稳健地登上飞车，小心地将手提箱放置在座椅下方的专用储藏室，然后坐在唯一的座位——柔软的双人沙发上，系好安全带。

这架飞车是腾云驾雾公司最新的豪华座驾"凌云960"，是该公司的旗舰款，虽然构型与早年的"凌云920"一样，都是倾转涵道，但无论是性能、外形，还是内饰，都已经进行了全面升级，是人类科技与审美顶尖水平的结合，被全球上百家跨国企业和机构选用。

飞车的发动机开始启动，发出低调而好听的电机声。陈悠然冲着飞车下的三人挥手，然后整个人往沙发里深陷进去。

第3章
淀山湖空难

当陈悠然从眩晕感当中恢复过来时，发现自己已经身处临港上空。飞车舱门牢牢地紧闭着，隔绝着外部绝大多数的噪声与热浪。说是舱门，不如说整个飞车的外壳已经基本被深蓝色的玻璃所占据，柔性玻璃技术的发展使得各种交通工具都变得越来越透明。而这种透明是单向的。陈悠然不用起身，便能透过这些玻璃三百六十度地将整个上海东南角尽收眼底。

他还是第一次乘坐这么高级的飞车。正对着沙发，是一片圆弧形的吧台，上面颇具美感地放置着不下十种酒水饮料。吧台下方则是抽屉与迷你冰箱。吧台后方，则是飞车的"驾驶舱"——一整面全景大玻璃，辅以全息投影的图形化飞行参数。

"多么美好的世界，如果她可以不毁灭，多好！"

陈悠然站起身，来到吧台旁边，倒了一杯威士忌，举杯冲着前方的夕阳，微微敬了敬，然后缓缓抿了一口。金黄色的阳光洒入杯中，与酒融为一体，被他饮下。一股火辣辣的感觉直入腹中，陈悠然感到前所未有的满足。

虽然手提箱里的最新试剂尚未得到苏州试验室的交叉验证，但他已经可以百分之九十九确定，经过多轮仿真验证成功之后，现实中不会出什么意外。将人类从五年休眠期延长到十五年，足足三倍的进展！他突然想到一个人，打算跟他也通报一声。

这时，手机上接收到一条推送新闻——

不可不察！人体低温冬眠试验竟然会造成不可逆的损伤！我们都被骗了！

标题一下就撑大了陈悠然的眼睛。他苦笑了一下，又是这样哗众取宠的"新闻"……然而，在放下手机时，他的手指却不小心触碰到了这个标题，整条视频消息便自动播放起来。

根据美国、英国和日本三国独立科学家们的联合研究，目前联合国和世界各国在积极推进的所谓"人体低温冬眠试验"，作为星火计划的重要一环，存在非常大的健康隐患……

国际永眠中心开展试验已经整整十年。在这十年间，有人因为试验失败而死，即便那些看上去试验成功的人，事实上，身体也遭到了重度摧残。

他们不醒来也就罢了，一旦醒来，恢复正常生活之后，便会在一个月内出现静脉曲张、动脉硬化、血压升高等症状，并且无法医治，直到因此引起并发症甚至离世……

独立科学家们冒着被驱逐的风险，从国际永眠中心的试验室里，以及对国际永眠中心试验者的跟踪访谈中获得第一手数据，并且经过了严谨分析之后，才终于将这个结论公诸天下。这件事情与每个人都息息相关，如果人类终有一天必须都参与这样惨无人道的试验，今天你我的绥靖，就是明天的自掘坟墓！

……因此，我们倡议，我们呼吁，所有秉承独立思想和自由精神的人，一起抗议，一起向政府，向国际永眠中心，向国际综合太空计划署，向联合国抗议！

陈悠然皱着眉头看完这段视频，摇了摇头。看上去这是一条十分客观而严谨的新闻，可他是真正的当事人，他知道试验的真实情况和数据，根本不像这条"新闻"当中所宣称的那样。

然而，那些千千万万没有参与此事的人呢，他们会怎么想？他们会不会来国际永眠中心门口抗议、静坐？国际永眠中心日益升级的安防机制，难道与这样的谣言没有一丁点儿关系吗？更何况，现在生成这样一条谣言的代价实在是太低了，低至只需要动动嘴皮子。

陈悠然转了转眼珠子，冲着自己的手机说道："调出'万创'程序。"

"您好，请问您要创作什么？"手机里传来一个咬字十分清晰的女声。

"帮我写一条新闻，核心就是……国际永眠中心首席科学家陈悠然在出差路上飞车失事身亡，其他的细节你就自由发挥吧。完成后不用给我审核，直接以'中华快报'的名义发布，并推送给邓爱伦。"

"明白，立刻处理。"

陈悠然忍不住嘴角上扬，他已经可以预想到几秒钟之后会发生的事情。他盯着手机，直到那个熟悉号码出现。他故意等待了一会儿才接通电话。

"喂！你小子把视频或者全息影像给我打开！"电话里的声音很急躁，还未等他说话，便喷出这样一句话。

陈悠然照做了。他看见一张铁青的脸。这张脸已经不再年轻，但岁月的痕迹并不明显，两道浓眉和一双炯炯有神的大眼之下，是坚毅挺拔的鼻子和厚实的嘴唇。

"你搞什么飞车？为什么'中华快报'说你失事身亡啦？"劈头盖脸的话继续扑面而来。

陈悠然笑了笑："老邓，我的邓院士，这种新闻你也信？"

"我怎么不信？其他人我当然可以不管，这可是你！你信不信，你马上就能接到无数个求证电话，可不许挂电话，挂了之后，我怕我就拨不进来了。"

"现在的AI呀，真是什么都能模仿，这条新闻还是最简单的了，连你堂堂邓院士都能被骗，还有谁敢说自己不上当？"

"这跟AI没关系，跟接收人是谁有关。AI出来之前，难道就没有诈骗电话了吗？我比你虚长几岁，在我小的时候，诈骗电话可多了，还成团伙跨境作案。就算刘备从鸽爪下收到一封信，说关羽没了，他是不是也要心急如焚？信息传递的手段没有那么重要，关键是内容，你越在乎这个内容，就越容易受骗。"

"的确如此。我刚才就又收到了一条诋毁我们国际永眠中心的消息，好在我已经有免疫力了。不过,话说回来,原来你这么在乎我呀。"

"一边去!我是在乎你手上处理的那摊子事情。"

"说到这个,我还真有个好消息跟你汇报一下,刚才本想通报,被那个假新闻给打断了。"

"那就快说!"

"你刚才说信息传递的手段没那么重要,关键是内容,那我就电话里说,不需要采用正规的加密邮件汇报了?"

"只说结果,不说过程和实现方法就好。"

"嗯,我现在正飞往苏州,去做新一代休眠试剂的交叉验证试验,一旦成功,休眠周期就可以从五年延长到十五年了。"

电话那头沉默了一阵,然后,那张脸上浮现出一丝欣慰的笑容:"我的陈首席,虽然你还未达到星火计划的预定目标,但这个功劳已经足以彪炳史册。将人类的生命延长十五年,也就意味着,我们整个文明的延续时间窗口,也增加了十五年。十五年,可以造多少太空船!可以创造出多少新的可能性!"

"得了吧,邓院士,联合智能实验室那帮人可看不上这十五年,他们早就觉得人类可以飞升上云成仙,不受生命长度的羁绊。"

"你说联合智能实验室?他们是研究包括AI等各种智能技术的,当然要售卖脱碳入硅,万物上云的观点,但是,凡事不能走极端……"正说着,他扭过头去看了一眼什么,然后连忙停止了这个话题,"我这边临时有点儿事情,他们在等我处理,我们回头再聊,期待你的好消息,到时我们好好庆祝一下。"

还没等陈悠然反应过来,他便挂断了电话。然后,陈悠然发现有三十几个未接来电。他连忙从手机里再次调出"万创"程序,让其销毁刚才创造出来的那条自己飞车失事的假新闻。

"凡事不能走极端……"他琢磨着邓爱伦匆忙下线前留下的这句话。但是,这些年因AI引起的各种社会事件,以及那个几乎可以吞噬一切的游戏,已经让这个世界越来越极端化了。

陈悠然突然觉得有些口渴,于是再度转身来到吧台,将自己刚才剩下的半杯威士忌一口喝干。他觉得头有些微微发晕。

"可能是喝得太快，再喝杯水，然后在沙发上休息一会儿吧，等到了苏州，就重新精神百倍了。"他瞥了一眼下方，只见一大片湖面，如青绿色的明镜般。从驾驶舱的地图来看，飞车正在飞越青浦淀山湖。过了淀山湖，很快便到苏州了。这"凌云960"飞得真是够快的。

　　突然间，陈悠然体验到一种失重的感觉，他感到一丝不安。只有飞到目的地上空，飞车才会垂直下降，而不需要像传统民航客机一样，提前搞什么五边飞行和进近，逐步降低飞行高度。

　　陈悠然怀疑是刚才喝下那杯威士忌导致自己有点儿恍惚，于是赶紧坐回沙发。然而，失重的感觉越来越明显。飞车似乎是在坠落。但是，坠落得如此平稳，与其说是飞车本身出了故障，不如说像是有人在驾驶着它刻意地降低飞行高度一般。而驾驶舱并没有人。

　　他感觉往下的加速度已经远超一个g[①]，方才失重的飘忽感被一种更加失控的眩晕感所取代。他深呼吸一口气，却无济于事，只觉得整个脑袋里灌满了铅，意识开始模糊起来。他还来不及呼救，便已经在急速下坠的飞车中失去了知觉。

　　在那之前，他的双眼死死盯住飞车下方。那里，茄子形状的淀山湖依旧平静如镜。伴随着飞车的坠落，这面镜子迅速充满了他的整个视界，在他闭上双眼之前的那个瞬间，清晰倒映出他最后的不甘。

　　张秀宜匍匐在草丛当中，大气也不敢出一口。

　　他死死地盯住几十步开外的那个黑衣男子。黑衣男子此时已经走下飞车。飞车的螺旋桨也逐渐停止了转动，里面隐约还坐着几个人，却谨慎地没有下来。黑衣男子似乎是在等待着什么人。

　　张秀宜知道他在等待什么人，虽然并不知道那人是谁。他在等待一笔巨额交易，一笔足以被枪毙一百次的交易。所以，他们才会选择这个隐蔽的山谷。这里没有通往外界的大路，却有一片足以停下好几辆飞车的平坦草地。这片草地完美地凹陷在群山之中，如果不从空中侦察，根本无法发现。

　　张秀宜也是跟进了很长时间才找到这个接头地点。为了避免打草惊蛇，

　　[①] 指理想状态下地球对物体重力加速度，g约为9.8米/秒。编者注。

他硬是一步一步从山脚爬上来。今天，他不需要抓捕那个黑衣男子和他的同伙，只需要拍下现场证明即可。这样，所有的证据链就能闭环，接下来便是检察院的事情，他就可以安稳地找个凉快的地方休假了。在这个世界，有很多无比美妙的地方。

很快，另一架飞车也低调地飞了过来，迅速降落在草地上。从里面走出来三个男子，都穿着藏青色正装。黑衣男子见状，哈哈大笑，迎上前去。几个人寒暄了几句，然后黑衣男子回到自己的飞车边，他同伙从客舱里递给他一个黑色手提箱。男人接过手提箱，然后有些虔诚地用双手抱住，准备转身拿给身后不远处那三个藏青色着装男子。

张秀宜在草丛中支起了微型拍摄仪。就在他准备开始拍摄的时候，天空中突然掉下一个人来！

黑衣男子立刻一个箭步蹿上飞车，将手提箱塞回给同伙大喊："快走！"另一侧，那三个藏青色着装男子的身手也同样敏捷，嗖地扑回飞车客舱。两架飞车的螺旋桨嘶嘶地飞转，将几个人带离地面，升至半空中，然后各自飞走，转眼间就消失在山峰之后。

张秀宜懊恼地趴在地上，任凭刚才螺旋桨带动的风吹乱发型，直到那两架飞车都消失在视野中，才站起身来，往刚才那人的落点走去。"坏我好事！"他从腰间掏出手枪，眼里要喷出火来。在这里，他可以毫无顾忌。

张秀宜将枪口对准那个从天而降的男子，准备吓唬吓唬他。自己花了上百块流量费才终于即将打通的剧情，竟然就这么被他给搅黄了。

那男子这时也反应过来，揉了揉眼，摸了摸屁股，一脸蒙地问道："你是谁？我怎么会在这里？"

"我怎么知道！"张秀宜没好气地回应，"你小子坏了我的好事，知道我损失了多少流量费吗？"

"坏了你的好事？你还坏了我的好事呢！上次我进来的时候，可是到了一群美女当中，其中有个穿红裙子的，真是人间绝色，我还想着这次能继续见到她，没想到掉这儿来了，一定是哪儿不对劲，我的接入方式和身份都没变哪……"

"那不关我的事情！今天你要是不赔这钱，不许走！"

…………

张秀宜骂骂咧咧地沿着小路走下山谷，行至半山腰时，只见前方飘然而至一个老者，鹤发童颜，道骨仙风，眼神里充满着洞察一切的睿智，一看就不是普通玩家。他不自觉地将走路姿势收了收，放缓了脚步，同时闪身让出道路，准备绕老者而过。

"这位有缘人，我见你印堂发黑，脸颊带绿，或有灾殃，要不要给你算一卦？"没想到老者竟然主动打起招呼，还要给他算命。

张秀宜哈哈一笑："老人家，我这些天一直在山顶那片草地里趴着，风吹日晒的，可不印堂发黑，脸颊带绿。有什么好算的？再说了，又不是头顶带绿！"

"非也非也，你在这灵境中似乎得罪了人，又犯了罪孽，不可不察，不可不防。"

"喂，老头儿！你就乖乖在这里扮演个安静的高阶算命人不好吗，非要强买强卖？告诉你吧，我在这里得罪的人多了！"张秀宜没有兴致陪老者闲聊，甩出这句话后，便加快脚步，头也不回地继续下山。

"在灵境，多少人想求见我而不得，你却不识好歹……也罢，也罢，不听我龙神的话，你会吃亏的……"老者的声音从身后传来。

他晃了晃头，啐了一口："呸！你是龙神，我就是龙神他爷爷！"正当他准备跑到山脚，去寻找新的副本剧情时，一个威严的声音从半空中传来。

这声音极具穿透力，而且只冲着他一个人："'境外'有不容拒绝的中断请求，你将在五秒钟之后退出灵境。"

"什么？不容拒绝？"张秀宜第一次在灵境中遭遇这样霸道的设定，比他自己还霸道。他还没来得及冲着眼前的虚空骂上两句，便眼前一黑。

当他再度睁眼的时候，自己已经浑身是汗，正半躺在自己家的沙发上，头上佩戴着一个足以覆盖大半个脑袋的VR头盔。左手的智能手表快速震动着，表盘里的提示灯也急促地闪个不停。张秀宜揉了揉眼睛，擦了把汗，冲着手表扫了一眼——的确是一个不容拒绝的请求。

二十分钟后，他已经坐在一间简洁而宽敞的办公室里。办公室里最大的家具就是他眼前这张硕大的办公桌。对面，坐着一个年纪与他相仿，身材魁梧，眼神如老鹰一般锐利的秃头男人。

"你小子，目光呆滞，双眼无神，一身臭汗，刚从灵境里出来吧？"

"姚局,我这不是好不容易才休两天假嘛!我又没有干什么违法乱纪的事情,那里本来就是个没有规则的世界,而且我一年也玩不了几次,嘿嘿。"

"嘿嘿!"秃头男人瞪了他一眼,"你还笑得出来!淀山湖出大事了!"

"出大事?湖水水位进一步下降?露出了湖底的史前文物?证明地球曾经毁灭过一遍?"

"空难!"秃头男人不想再兜圈子。

"啊?死了多少人?"张秀宜这才意识到问题的严重性,习惯性地从口袋里摸出一支烟。他又熟练地从另一个口袋里掏出一只火机,啪地将火点燃,瞥向对面的秃头男人,于是笑嘻嘻地问道:"可以吗?"

"火都点着了,还问我'可以吗',难道让我过去把你的火用舌头舔灭?再说了,你以前还少在我办公室里抽烟啦。"

"我就知道领导宽宏大量。"张秀宜麻利地点上烟,猛地吸了一口,然后缓缓吐出。烟雾在房间里蔓延开来。他这才觉得自己真正从灵境中回过神来。

"好了,你现在烟也抽上了,赶紧开始干活,情况是这样的……"

张秀宜一边抽烟,一边认真地听着,跟刚才那个大大咧咧的他判若两人。很快,他便在脑海中勾勒出初步案情。

今天下午3点,联合国直属机构——国际综合太空计划署生物科技司下辖的国际永眠中心首席科学家陈悠然乘坐腾云驾雾公司最新款的飞车"凌云960"从临港前往苏州国际永眠中心试验室,亲自进行最新人体低温冬眠试剂的最后一次交叉验证试验,如果成功,将大规模推广临床,使得人类的休眠时间从五年延长到十五年,这将是星火计划实施十七年以来生物科技领域最大的一次突破。然而,在飞越淀山湖上空时,飞车突然毫无征兆地朝着湖面坠去,机毁人亡。

"这件事非同小可!市委、市政府都很重视,并且已经上报中央。市委书记要求我亲自负责,我只能找你了,谁叫你是我们刑警队的王牌探长呢。"秃头男人说着,扔给张秀宜一厚叠卷宗,"还有更多的电子数据和文档资料,你直接登录数据库查看就好。"

"淀山湖……临港,这一个西北,一个东南,都还那么老大远,唉,我这光跑腿就够吃一壶了。"

"你这不正好减减肥了。淀山湖那边你暂时不用去，现场已经控制住了，取证小组正在取证，整架飞车的监控数据全部存储在国际永眠中心自己的系统里，你只需要去趟临港就行。另外，飞车制造商腾云驾雾公司也得好好调查调查——谁知道是不是他们飞车的质量问题。"

"好嘞！姚局，这个案子，期限是几天？"

"几天？我恨不得你现在马上就飞到临港去！"

这是张秀宜这辈子碰到的最诡异的一起案子。

自从被顶头上司姚利丰从灵境中揪出来查案，到今天为止，他已经在临港耗了整整三十天。如果当初向姚局立了"军令状"，他已经被撤职好几次了。淀山湖空难第二天，他就迅速与鉴定科同事排除了淀山湖是作案地点的嫌疑。

"张队，你怎么这么肯定？毕竟空难发生在淀山湖上空啊。不应该再花点儿时间调查调查吗？"

"调查可以，但不用太频繁，不要主次不分。你们研究过空难吗？飞车除非是直接被炮火打下来的，哪一次的失事原因跟它掉在哪儿有关系？无非就是几个原因：第一，人为因素，不是劫匪，就是驾驶员的问题；第二，飞车本身某些关键任务系统故障了，比如空速管失效啥的；第三，天气问题，突然出现的强对流天气导致飞车失控，然后造成飞机故障，这本质上也是第二类原因；第三类问题这两天我们已经排查，昨天的天气好得很，也没有晴空湍流，这就只剩下第一个和第二个问题了，都跟临港有关。"

过了两秒，他又补充道："更何况，这事情还有民航局的人在查呢，他们对于空难可上心了。我们还是更多聚焦于刑事方面，人命关天，我们要关注到底是不是谋杀。"

做排除法相对容易，找到症结则不然。之后的四周，他完全陷入迷茫之中。为了破案，他几乎强迫自己成为飞机、飞车和适航流程的专家。

腾云驾雾公司的老板叫王翊天，生于二十世纪九十年代，已过古稀之年。他是飞车行业的活化石，见证了它早期繁花似锦，烈火烹油般的膨胀，然后又如同烟花绽放后沉寂一时，直到近二十多年，才逐渐走出一条稳步发展的路。

王翊天平时深居简出，少数几次出来见客，常身穿一袭中式套装。尽管他个子不高，身材瘦弱，周身却总笼罩着一种生人勿近的强大气场。他的头发上落满了岁月的尘埃，眼神中则依然透出奔涌的活力。

这是张秀宜第二次亲眼见到这个精神矍铄的老人。第一次是他几周前第一次来调查腾云驾雾公司的时候。

"张警官，一般人我都不见第二次。你这次过来，还是觉得国际永眠中心首席科学家之死跟我们的飞车有关？"王翊天慢悠悠地递给张秀宜一杯自己亲自泡好的工夫茶。

此时，他们正在王翊天那间可以俯瞰浩瀚东海的顶楼办公室里对话。这样的环境，还是更加适合朋友之间喝茶聊天，指点江山，畅谈八卦，与问讯似乎不太搭。

"王总，我不是一般人，我代表执法机关。如果你们真的犯了事又不承认的话，我敢保证，你能见我见到吐！而一旦被我证实了你们的嫌疑，那个时候，你会怀念现在的我，因为到时你想见我，也见不到了。"

张秀宜的话让王翊天猝不及防。好在他也算见多识广，很快调整好自己的心态。

"张警官，我很佩服你的执着和专业精神。我甚至跟我的团队说，如果他们有你的这种干劲，我们早就把中国市场的半壁江山都占领下来了。"

"不用吹捧我，说点儿实在的。'凌云960'的所有数据，你们都已经提供了吗？"

"我们团队都已经提供了，而且，过去四周，你几乎天天都来，已经把我们这里翻了个底朝天，如果不是确认了你的身份，说你是竞争对手派来的商业间谍，我都信。"

"民航局给你们的飞车做适航审定时，不也是事无巨细地审查吗？凭什么民航局摸得，警察摸不得？再说，你们自己没嫌疑，我也不会盯着不放啊。"

"你既然知道民航局对我们事无巨细地审查过，为何还不放心呢？飞车产品的上市标准，比任何产品都要严格上百倍！飞车的事故率，比汽车要小得多！民航局可是给我们'凌云960'颁发了适航证的，而且，在淀山湖之前，'凌云960'从未出过安全事故。"

"那怎么这次就这么巧,恰好是陈悠然这样一个重量级人物在上面,又带着重要科技产品的时候,偏偏出事啦?"

"我怎么知道?张警官,虽然你代表执法机关,但是,执法犯法也是要接受惩罚的!我们是一家合法经营的企业,所有产品上市都有正规流程,接受了全过程监管,但是,世界上没有百分之百的事情,无论是飞机,还是飞车,失事都是小概率事件,但并不代表完全不可能发生。你不能因为失事的受害者身份特殊、后果严重,就怀疑我们飞车提供商有问题,你这叫毫无根据的有罪推定!"

"行啊,还是不肯说是吧!"张秀宜撇了撇嘴,从怀里掏出一块用透明薄膜包裹的黑色物体,举起来冲着王翊天晃了晃。

"知道这是什么吗?"

"是什么?"

"这是我们昨天刚在淀山湖底打捞出来的陈悠然的手机,湿得一塌糊涂!好在我们足够走运,已经恢复了其中的部分数据,包括一段录音,你要听一听吗?"

"我们的飞车有黑匣子,那才是可以采信的数据……"

"说得好,关键是,这也是这次空难的蹊跷之处。黑匣子竟然损坏了!要知道,哪怕是民航客机从万米高空跌落,黑匣子都能够保留下来,你们飞车上的黑匣子竟然这么脆弱,一千米的高度都承受不来?"

"这个细节,我并不清楚,我的团队并没有向我汇报。但是,还是刚才那句话,我们所有的系统和产品都经过了严格的适航审定,黑匣子虽然可靠性很高,但也不是绝对不会损毁,这跟飞车一个道理。我不想就这样一个钻牛角尖的问题再与你讨论下去。"

"行,姑且就算那天是你们背运,倒了八辈子霉,不但一架零安全事故的飞车型号金身告破,黑匣子也摔坏了……那,这部手机里的录音就更加值得重视了吧?"

"这灰不溜秋的东西是手机?我怎么知道它到底是否属于陈悠然?鬼知道你们从哪儿弄来诈我的!"

"王总,你知道邓院士的电话号码吗?"

"邓院士?哪个邓院士?"

"邓爱伦院士，联合国国际综合太空计划署负责人。"

王翊天略微迟疑了一下，摇了摇头："不知道。"

"是呀，邓院士的联系方式可不是一般人能有的，哪怕是像你这样成功的企业家。而这部手机里有陈悠然与邓院士的通话记录，而且我们也向太空计划署确认过了，事发前，邓院士的确与陈悠然有过一次视频通话，在那个时间段，他只有过这一次通话。"

"你想怎么样？"

"这段录音不长，只有几秒钟。"

"哼，那你放呗。"

张秀宜在薄膜上操作了两下，只听得手机话筒里传来一个中年男人惊慌而歇斯底里的声音。

"飞车在加速下坠！不！这一定是自动驾驶的问题，简直像有人在操纵，想要自杀一般！"

声音回响在空旷的房间中。张秀宜已经听过很多遍，但每次听，都会不由自主地还原当时的画面。

王翊天的脸色难看极了。他紧锁眉头，低头思考了半响，才重新抬起头来："张警官，对于录音里的事情，我深感遗憾。然而，仅仅这一段话，说明不了什么，人在危急的时候，什么话都能说出来。我还是那个观点，我们的自动驾驶系统没有问题，飞车没有问题。"

张秀宜骂骂咧咧地离开腾云驾雾公司总部。

"真是个老顽固！等着吧，等我找到更多的证据，看我怎么收拾你们！"

离开的时候，不知道是自己的情绪影响了门口的 AI 系统还是因为王翊天的特意指示，大堂门口的透明冷冻膜生成系统竟然没有为他提供服务——这原本已经成为上海市所有建筑的标配和强制流程。他略一迟疑，还是一脚踏出门外。绝对不能尿！

只过了半秒钟，他就后悔了。自己分明闯入一个火炉。失去了透明冷冻膜的保护，他的衣服和裸露在外的皮肤被毒辣的阳光肆无忌惮地侵略着，但一想到就这样灰溜溜地缩回去，求腾云驾雾公司给自己重新喷一个冷冻膜，实在太没面子了，张秀宜还是硬着头皮往外冲了两步。

他只觉得头重脚轻，简直要被一股无形的压力压垮。这分明是人间炼狱！他来到自己的车前，迅速打开车门，钻了进去。

这个人类过去几百年的工业结晶拯救了他，将炎热隔绝在外。"还好刚才下楼前已经提前远程打开了空调，否则就是从火炉跳进蒸笼……"张秀宜迅速发动车辆，往国际永眠中心方向驶去。

也就十来分钟的工夫，他已经进入国际永眠中心的地下车库。这个案子唯一让他感到幸运的，就是调查地点相隔不远。过去这个月，他也没少来国际永眠中心。然而，国际永眠中心的人一提到陈悠然，就一个个哭成泪人，情绪激动，好几天才能缓过来。后来的调查中，他也没有发现什么疑点。

虽然飞车的运营属于国际永眠中心自己控制，通过国际永眠中心的试验监控大厅，也能够远程监视其飞车资产，但也就仅仅能做到监视而已，无法远程捣乱。只能看，不能摸。

更何况，他们似乎没有害死自己首席科学家的动机。毕竟，如果能够攻克十五年的休眠技术，整个团队都与有荣焉。他还特意问过："陈悠然走了，试剂损毁了，你们难道没有备份试剂，没有技术资料支持吗？因为一个人的离去，导致整个科研进展受阻，你们的研发流程怎么设计的？这可是妥妥的单点故障啊！"

可他得到的回答却是——"他的作用就是不可取代的。备份试剂我们有，但是具体的操作，遇到各类问题的解决方案，只有他真正成竹在胸，事实上，我们后来再去苏州做交叉试验，却没有成功……"

话是这样说，但张秀宜并不打算放过任何细节和可能性。陈悠然遗留下来的手机里那段喊话，其实指向了两个方向，一个就是飞车本身的自动驾驶系统出了问题，这也是他目前希望在王翊天身上取得突破的点。但万一'凌云960'真的无懈可击，就只能是另外一个方向了：有人在自动驾驶系统里做了手脚。

不是硬件的问题，而是软件的问题，而软件的背后，又是人的问题。飞车制造商虽然是腾云驾雾公司，但是交付给了国际永眠中心之后，日常的维护可都是由国际永眠中心自己做，如果有人存有坏心眼，完全有机会在飞车的软件系统做手脚。

更何况，前不久，他刚得知，整个国际永眠中心的安防系统和底层信息系统都并非由其自己建设，而是来自一个叫联合智能实验室的兄弟单位。鱼一多，水就容易浑。

所以，他今天特意让国际永眠中心叫上联合智能实验室的人过来，一起询问。所有人都集中在国际永眠中心建筑群地下的试验监控大厅当中。选择这里，是因为这里相对比较独立，国际永眠中心的领导并不希望调查过于干扰中心的正常工作，另外，当时陈悠然的飞车在离开临港后，国际永眠中心的运营保障团队也是在这里远程监视那架"凌云960"的。只不过，为了保护乘坐者的隐私，大厅里只能看到图像，听不见声音。

这个监控大厅十分宽敞，灯火通明，简直跟在地面毫无二致，还免掉了直面阳光而无处不在的热浪。张秀宜对着面前这几个高级知识分子，有种很魔幻的感觉。

人们很多时候自然而然就会将一个人的学识、能力与一切展示出来的闪光点与他的人品与道德水平挂钩。只可惜，在他过去破获的案件中，张秀宜从不相信这一点。发言之前，他习惯性地抹了抹脸，差点儿抹下一层皮来。刚才的阳光也太毒了！

"刘老师，我又过来打扰你们了，今天这几位看上去有些面生，要不先给介绍介绍？"

刘穆芝还没有完全从恩师之死的悲痛当中恢复过来，整个人神情依然有点儿呆滞，应付着转过脸说道："这是市公安局刑警队的张秀宜警官，负责调查这次淀山湖空难，你们介绍一下自己吧，然后配合配合他的工作。"然后又看着张秀宜补充了一句："刚才我们李主任还召开了全体大会，把事情进展做了一次宣讲，从上到下领导们都很重视，张警官，请尽快帮助我们破案。"

张秀宜微微点了点头。然后循着刘穆芝的目光，迅速将她身边的四个人扫了几眼。两男两女，两胖两瘦。倒也挺好记。

只是这四个人看着年纪都比自己要小，而且模样都略显呆萌。张秀宜有种自己在刑警队训话的错觉。

"大家好，都把VR眼镜取下来吧。"说着，他自己也直接把VR眼镜取下来，放在一旁，"你们以为眼镜里看到的更精确，但我更喜欢裸眼观察这个世界，虽然双眼也会骗人，但至少我是自己骗自己。"

听完这话，四个人脸色有些尴尬，但也都不由自主地挨个把眼镜取了下来，轻轻地放在身旁的桌上。

"张警官好，我叫吴蔚，联合智能实验室网络安全部首席科学家。"胖男首先开腔。他是四个人当中最年轻的，看上去才三十上下，只是疏于身材管理，年纪轻轻就发福了。

"哎哟！这么年轻就是首席科学家啦？"张秀宜双眼一瞪。

"嘿嘿，我们四个都是……"

"现在首席科学家这么泛滥吗？"

"张警官，我们是不同专业方向的……"瘦男帮着回答道。

"那你是哪个方向的？"

"我叫钟叹咏，是联合智能实验室人工智能部的。"

生怕被张秀宜一个个言语"狙击"，两位女士也见缝插针、争先恐后介绍起来。

"我是联合智能实验室云计算部的李隽晨。"

"我是周元菁，来自联合智能实验室元宇宙部。"

"嘿嘿……"张秀宜点了点头，"四个首席科学家……网络安全、人工智能、云计算和元宇宙，我今天好大的面子呀，能够得到你们的接见。"

"哪里哪里，刘老师说你要来调查，我们自然得配合。"四个人齐声回答。

"张警官，他们都是特意从北京飞过来的。"刘穆芝补充道。

"北京？为什么从北京飞过来？跟我们淀山湖空难有什么关系吗？"

"因为上次你问及我们的整个安防系统和底层信息系统是谁提供的，认为它们跟飞车失事可能有关。而联合智能实验室总部在北京，我们的系统当时就是他们帮忙建设的。"

"好！那我先问一个问题，飞车停留在国际永眠中心的时候，它的自动驾驶系统与国际永眠中心的系统是隔离的吗？"

听到这个问题，李隽晨忍不住笑了笑。

"你笑什么？"

"怎么可能是隔离的呢？"

"虽然你是云计算首席科学家，但不要欺负我不懂，我当然知道，飞车和国际永眠中心的系统虽然从物理上是相互隔离的，但他们的数据和软件或许都存在共同的云上。可即便在云上，也是可以实现数据隔离的，否则世界上那些云基础设施厂商怎么确保自己客户的数据安全？"

"没错，但是只能做到一定程度。怎么类比呢？就像是空难吧，每一架飞机投入市场前都经过了严格的适航审定流程，将安全性控制得很高，但这并不代表它不会失事。云上的数据也是一样，不可能做到物理隔离那样的程度。但是，今天的世界，软硬件的界限已经模糊了，万物上云，而只要上了云，就没法做到真正的隔离。"

"所以，如果出了数据安全问题，比如说，飞车的自动驾驶系统被'污染'了，那都是运气不好的小概率事件，就像是飞车或飞机失事一样？设计方都没有责任？"

"当然，这样基于两个基本认识：第一，无论是飞车，还是我们的系统，上市都是经过监管审查的，审查通过了，就意味着具备了上市条件，监管审查并不是零风险的护身符，事实上，世界上也没有绝对零风险的事情；第二，我们都是人，是人，就会犯错误。而在监管标准之上的错误，不应当受到法律惩罚。"张秀宜解释道。

"你们其他人同意她这个说法吗？"张秀宜接着问道。

吴蔚、钟叹咏和周元菁点了点头。

"你们同意有个屁用？法律的解释权不在你们这帮知识分子，我也只是个执法的，法律的解释权在全国人大常委会，懂吗？"

"好的。那能不能再用一两句通俗的话，给我这样一个科技白痴普及一下，你们给国际永眠中心建设的安防系统是如何工作的？"

几个人都把目光投向吴蔚和钟叹咏。

吴蔚略一思索，慢慢地说道："我们使用的是去中心化的安防机制，由每个VR眼镜扮演传统安防系统当中摄像头的作用。因为，摄像头是固定的，而且工作频率都一样，很容易被干扰装置全局屏蔽。"

"而我们在VR眼镜里内置了一整套AI算法，通过眼镜里的传感器获知周边信息，将这些信息存储和处理之后，就可以做出判断。而且，随着数据的丰富，这个系统会自动与保安，甚至公安局联动，一旦检测到可疑情况，无须通过人的授权，系统就能第一时间完成任务，实现闭环。因为，人是会犯错的，也会疏忽，但AI不会。AI绝对精确。"钟叹咏补充道。

"听上去,你们这机制相当于把这个建筑群里的每一个人都当成移动的哨岗嘛,而且还不自知,真是有才……"张秀宜嘿嘿一笑,"这让我想起以前那些黑客搞DDOS①攻击时被当作'肉鸡'的无辜电脑。"

钟叹咏涨红了脸:"你怎么能这么说呢……我们不一样。"

"知道你们不一样,你们是高智商、懂AI和元宇宙的'肉鸡'。"张秀宜调侃道,然后,还没等他们回话,眼神突然一变,射出两道凌厉的光,在面前五个人身上扫来扫去,"我已经有结论了。"

钟叹咏硬生生地将已经到嘴边的反驳咽了回去。他的表情活像吞了一把剑似的痛苦。刘穆芝也被看得很不自在,颤抖着尖声问道:"张秀宜警官,你的结论是什么?"

门捷小心翼翼地将身体靠在接近通道尽头的墙壁上,竖起耳朵听了半天,才从通道尽头光亮处传来他能听清楚的完整的话。

"张秀宜警官,你的结论是什么?"

门捷打了一个激灵。声音本身的尖锐只是一方面,更让他激动的是:从休眠大厅出来之后,他这还是第一次听到人说话!原来曾经认为如同空气和水一样稀松平常的事情,一旦缺失,哪怕只是那么一小会儿,也会让人很不习惯。为了能够听得更加清楚,他忍不住往那光亮处又挪动了几分,直到无法再往前更进一步。果然,效果好很多。这次是一个粗犷的声音。

"我的结论是,我需要常驻你们这里,查看你们所有的系统记录,尤其是涉及每一个人的VR眼镜和那架失事飞车的。"

"啊?数据量很庞大呀!而且,不会影响我们正常工作吧?"

"放心,绝对不干扰你们正常工作。你们可是参与星火计划的重要单位,这点儿站位意识我还是有的。对吧?吴首席,我相信以你们什么……哦,联合智能实验室的实力,在业务层面实现数据隔离是小意思。"

"额……是的。但是,你确定要这么做吗?那样的话,我们可能得从北京派人陪着你。"这次是第三个声音,似乎来自一个年轻男子。

---

① 指多台电脑合起来攻击平台,利用恶意程序对目标发起攻击,消耗目标服务器性能或网络宽带,从而使服务器无法正常提供服务。编者注。

"不做亏心事，不怕鬼敲门，陪我查查数据有什么？配合命案调查工作，你们单位敢不批？"

一片沉默。

门捷听了这些对话，差点儿没笑出声来。虽然这几个人他一个都不认识。但是，他又有一丝隐忧。他们提及的"失事飞车"是什么事情？飞车失事的话，如果上面坐着人，岂不是……他不敢往下想。

"张警官，我们一定配合好你的工作。要不给我们一天时间，我们把数据稍微整理整理，将正常业务数据隔离开？"

"一天时间？你们还有一天时间，我可没有了！陈悠然可是你们国际永眠中心的首席科学家，也是星火计划的重要人物，眼看就要把十五年休眠试剂临床搞成了，却功亏一篑。现在，他都死了一个月了，啥线索还没找到，你们还能笃定地再等二十四个小时？我反正不能等，现在就带我去！"

"可是……"

"可是什么？又不是让你们把实验室腾出来给我，系统都在云上，是你们联合智能实验室搭建的，你们联合智能实验室四个不同专业方向的首席科学家又都在这里，还不能现场把条件准备好，让我开始查找？我最多给你们两个小时！"

后面的话门捷无心听下去，他整个人都僵在那儿，简直不敢相信自己的耳朵。

陈叔叔死啦！他倒吸了一口气。这位眼神睿智、头发灰白的首席科学家，和蔼可亲的长辈，父亲的好友，就这样没啦？从他手里接过父亲的信仿佛就发生在昨天。门捷此刻的心混乱成了生煎包，满是褶子。

得知陈悠然的死讯，他已经很悲伤了，可当他将这个事情与自己刚才所经历的联系起来，瞬间就觉得这悲伤之上笼罩了一层疑窦丛生的皮："我五年刚到就醒来，难道是因为陈叔叔死了，所以十五年试剂未能研发出来？听上去，他是在最后关头出了意外，所以反而不像是意外，否则也太巧合了……那我呢？我从醒来之后，一路到这里，几乎畅通无阻，还毫无障碍地进入陈叔叔办公室和这条通道，难道不也太巧合了吗？如果十五年试剂未能临床使用，就意味着爸爸在比我早醒来之后，直接在盖板内的选择面板上选择了继续休眠。爸，你是多厌恶这个现实世界呀！"

各种各样的思绪冲击着门捷的心房，撞得当当直响。直到又一句难以忽略的话传到了他耳朵里。

"这还差不多嘛！嘿嘿，走吧，带我去干活！"

显然，又是那个叫张秀宜的警官说的。

"张警官，你还有什么要求吗？"

"让我想想……嗯，刚才你们说，要从北京派人来支持我的工作，也就是说，查数据这件事我一个人干不来？"

"是的，因为你不清楚我们的规则，现场培训又过于漫长，还不如直接由我们来操作，你只管指挥就好。除此之外，你至少还需要一个帮手帮你把整个过程记录下来，避免出错。一个人查，一个人记，这也是一种隔离。"

"说得好！这还是物理隔离，比你们云上隔离更靠谱。"

"那好，我就带个帮手，不过，这个人不需要你们派，我已经有了，这就介绍你们认识一下……"

门捷听到这里，也屏住呼吸。难道还有别人在现场？

正想着，只听见那个粗粗的嗓音冲着自己这个方向喊道："小子，别害羞了，出来吧！"

听到这话，门捷心头一紧，不由自主地贴紧了通道的墙壁，瞪大眼睛左右查看着。除了他自己之外，这条通道里什么都没有，更别提人影了。

"我没有戴VR眼镜啊，明明是裸眼，为什么什么人都没发现？难道，这个试验监控大厅还有别的通道？他并不是冲着我这边喊话？嗯，一定是这样的！"这样一想，门捷的心情略微放松了一些。但他依然大气不敢出，静静地等待着事态发展。

外面大厅里略微沉默了一会儿，那个嗓音再度响起："怎么还不出来？非要我过去把你给拎出来吗？"音色没变，音量却加大了。显然，那人在往这边靠近。

"他说的，不会是我吧？"门捷猛然想到这样一种可能性，顿时目瞪口呆！难道我被发现啦？

他直冒冷汗，腿脚也有点儿发软。即便心中在喊"不好，赶紧逃回陈叔叔办公室吧"，身体却无法动弹一步。

"快出来！再不出来，我可就要不客气了！"声音第三次响起。这次仿佛是在他的耳边炸了一颗雷。

显然，那人已经走到通道尽头与大厅的连接处了。门捷咬了咬牙。"管他呢！正好也看看到底发生了什么！总比憋在这儿像做贼一样要好！与其窝囊赴死，不如慷慨就义！"想到这儿，他把胸脯一抬，昂着头就走进那一步之遥的通道尽头亮光当中。

那一瞬间，他几乎睁不开眼。太久没有身处如此光亮的环境当中了，他眯着眼睛，这才发现，眼前站着一个身材魁梧、五大三粗的中年男人，吓得打了一个哆嗦。

张秀宜也一愣，然后仰头大笑，热情地打招呼："小子！我说怎么没看见你呢，怎么跑这儿躲着？没事，不要害羞，有我在呢！"一边说着，一边还冲门捷使了一个眼色。

这表情，真是难看极了。不过，也得亏他动作很大，使得门捷在逆光当中还能接收到这个信号。门捷会意。

"张警官，刚才我不知道怎么迷了路，然后误打误撞，就跑这儿来了，没想到您也在这儿。"听了这么久他们的对话，他毫不费劲地报出对方的名号。

张秀宜一听，更加得意："来来来，你叫什么名字来着……"

"门捷，门捷列夫的门捷。"

"对对对！门捷，你瞧我这记性，元素周期表嘛，这个我还是知道的……我给你介绍国际永眠中心和联合智能实验室的几位科学家认识认识，国际永眠中心和联合智能实验室听说过吗？没听说过也没关系，都是星火计划的重要参与单位，他们都是高级知识分子。"他一把搂过门捷的肩膀，回头朝着那几个人走去。

门捷闻到一股浓烈的香烟臭味，但竟然没有太反感。久违的人间烟火气呀！

张秀宜快速将门捷介绍给刘穆芝等人，还没等他们发问，便以半命令式的口吻说道："那我们就开始干活吧！"

联合智能实验室的几个人看了看刘穆芝，毕竟她是这里的主人。

"好的，听张警官安排……不过，我可以问问你为什么会从那个通道出来吗？"她盯着门捷，眼里满是狐疑。

"我插一句呀，那个通道有什么特殊的吗？"张秀宜问道。

"那里通往陈老师的办公室。因为他需要经常来指导我们工作，为了方便，我们特意建造出来的，我也没少跟他一起从那里下来。"

"哦……"张秀宜一副恍然大悟的表情，然后冲着门捷说，"对呀，我也很好奇，你怎么会从陈悠然的办公室里过来？"

就在张秀宜打岔这会儿，门捷仔细地辨识着刘穆芝的脸。他此前并没有见过她，但此刻也暗自庆幸。还好她现在没有戴VR眼镜，否则，她既然是国际永眠中心的人，又跟陈叔叔那么熟，VR眼镜里肯定有关于自己的记录。

想到这里，他摆出一副很无辜的样子，瞪大眼睛回答道："我也不知道哇，见到你们几位之前，我一直跟着张警官，但戴着那个眼镜很不习惯，又嫌它太重，就给取下来扔了，没想到转过头来就没看见张警官，这里又没有路标，我就像只无头苍蝇一样的误打误撞，没想到竟然还能重新碰上，真是太好了，我还担心会迷失在这里呢。"

"唉，虽然我不知道你是怎么做到的，但是……你说得没错，在我们这里很容易迷路。待会儿跟我们出去的时候，我再给你拿一副眼镜戴上。没有眼镜，在我们这里寸步难行。"想到恩师，刘穆芝心情又沉重起来，也无心继续调查。既然是张秀宜的助手，应该是经过政审的吧。

"啊？这么严重？那我把眼镜弄丢了，要赔吗？"

这时，张秀宜冲着门捷吼道："你小子！第一次带你出来见见世面，就犯这种错误，你知不知道，那可不是一般眼镜，是VR眼镜，内置软件和AI算法的！你赔，你赔得起吗？"然后，他转脸冲着刘穆芝笑道，"刘老师，我这助手第一次来，也还年轻，不懂规矩，你看看……"

"没问题的，我让人把他弄丢VR眼镜这个不良记录消除就好，至于眼镜本身，并不值钱，而且，肯定有人捡到。"

"那……现在方便吗？不然我担心待会儿我们出去，让他重新戴上眼镜时，会有麻烦。"张秀宜不动声色。

"嗯，好的。"说罢，刘穆芝往旁边迈了两步，戴上她自己的VR眼镜，自然地背向其他几个人。

"找到一个叫'门捷'的人……对，门捷列夫的门捷。把跟他有关的不良记录都删掉。我是国际永眠中心永眠技术部一级科学家刘穆芝。"

就在刘穆芝扭过头去进行操作的当口，吴蔚和钟叹咏朝着张秀宜笑了笑："你看，我们的安防机制不但严密，还很灵活。"

"灵活个屁！这是漏洞啊！幸好是遇上我这个助手，我们知道他是好人，虽然他怎么跑到陈悠然办公室里去，我们不知道，但假如今天混进一个坏人，岂不是就可以搞破坏了吗？"张秀宜说。

吴蔚说："安全与灵活性本来就是两个极端，绝对的安全就意味着绝对的不灵活，极致的灵活性又肯定会漏洞百出，我们只能找平衡，在一定安全等级之上，尽可能灵活一些。"

"是的，所以我们灵活性的核心和基础在于身份的唯一性。我们的算法已经将刘老师的综合特征全盘记录和建模，到目前为止，世界上没有第二个刘老师，无论从她作为人这样有血有肉客观存在的角度，还是从她的各类特征这样抽象模型的角度。另外，如果一个人没有戴VR眼镜，在国际永眠中心这个庞大的建筑群当中，迟早会被人发现，我们已经用好几种算法验证了这一点。"钟叹咏进一步解释道。

"看到没？你小子真是运气好的！"张秀宜回头冲着门捷说道。

门捷也乖巧地笑着点头。

"那我们开始吧，一切都解决了。我们会为你制作一个新的VR眼镜，你待会儿一定要戴上啊。"刘穆芝摘下眼镜，转过身来。

"是呀，很方便，最新一代的VR眼镜已经可以在硬件上保持完全的标准化和一致性，所有人的权限与功能区别都通过加载进去的软件实现。"李隽晨笑着补充。

"真厉害！"门捷十分配合。他心底松了一口气。看来……自己暂时洗"白"了。简直跟做梦一般！他慢慢地走着，跟在刘穆芝等几个人身后不远处，与张秀宜并肩而行。

张秀宜得意地盯着他，仿佛在说：小子，怎么样，我有本事吧？不然，你还不知道要躲藏多久呢！

门捷想了想，终于把刚才一直憋在心里的话说了出来："张警官，你这个形象，真是配不上你那个秀气的名字。"

刚离开试验监控大厅，门捷就乖乖地戴上VR眼镜。重新戴上VR眼镜的那一瞬间，他生怕自己被发现，强装镇定，还刻意与张秀宜多说了几句话，分散自己和VR眼镜的注意力。经过五年前的经历，他觉得，VR眼镜已经可以一定程度上感知佩戴者的情绪和思想，但他不知道程度有多深。他更不知道五年间AI技术又有怎样的发展。所以，还是谨慎点儿好。

不过，似乎一切都很顺利。在VR眼镜的视野当中，他重新看到了无比丰富的国际永眠中心。跟刚才那一段时间裸眼所见相比，真是样板间和毛坯房的区别。色彩、信息、层次感，全部回来了。

几个人走了大约十分钟，拐了几个弯，又上了两层楼，终于到了一间科技感十足的房间门口。与陈悠然办公室的门一样，这间房间的大门也十分具有辨识度。在VR眼镜当中，它呈现出渐变的蓝色，而这蓝色还在不停地翻涌着。仔细一看，这片蓝色由一个个很小很小的方块组成，他们忽明忽暗，形成了整个律动的画卷。

"数字化。"这三个字闪过门捷的脑海。

来到这里，吴蔚他们联合智能实验室的四个人便兴奋起来，仿佛到了自己的主场一般。"刘老师，没想到国际永眠中心对我们的数据中心如此厚爱，这个房间简直太带感了！"

"这是我们应该做的，都是兄弟单位嘛。"

"赶紧进去开始干活呀！你们又不是第一天认识，怎么还那么多客套话？"张秀宜不满。

门捷拼命憋住笑。刘穆芝打开房门，邀请几个人进入。就连张秀宜，也忍不住张大了嘴巴，发出"哇"的一声长叹。这里没有地板，只有浩瀚的宇宙空间。他们所有人仿佛悬浮在虚空当中，身边群星璀璨。而每一颗星，便是一组服务器集群。整个国际永眠中心的数据，便在这里进行处理、分析、存储和生长。

门捷清楚，这样的效果，一定是VR眼镜造出来的，但他不想偷偷摘下眼镜。他不敢去面对那个注定很无趣而单调的现实场景。吴蔚已经迫不及待地想将这幅宇宙画卷延展得更酷炫。

"刘老师，麻烦您了，这里就交给我们吧。管理权限和密码的设定最近没有更新吧？"

"没有，上次更新以来没变过。"

"好的。元菁，我们来进入系统，你可以把实时操作界面调出来，然后请张警官指示，看看他想了解哪些细节。唉咻，隽晨，你们俩要是觉得无聊，就先去'灵境汇'玩玩吧。"

周元菁点了点头，与吴蔚一样，笔直地站立着，开始与VR眼镜背后的庞大系统互动起来。片刻之后，她挥了挥手，一幅巨大的三维画卷呈现在所有人面前。半透明状的画卷使人们依然可以看见它背后的宇宙星空，且画卷上的所有数据、图表和视频信息都凸显得非常清晰。

门捷觉得自己正站在一架庞大的宇宙飞船驾驶舱里，面对着丰富的仪表盘，仿佛可以掌控一切，朝着宇宙深处飞驰而去。"连我这个毫无关系的人都已经如此热血沸腾，更何况他们几个亲手设计这一切的人呢？"门捷开始理解，当年戴老师口中的"飞升派"也能吸引一大票拥趸。

"很好，很好，那我就不客气啦！"张秀宜满意地点了点头，托着下巴，开始认真地读这个仪表盘上的信息。突然，他似乎想到了什么，问道："我现在是戴着VR眼镜读的，这玩意儿也接入了你们这个大系统，它不会故意把一些关键信息筛掉，不让我看到吧？"

"请放心，我们这点儿职业操守还是有的。"

"嗯，好歹你们也是堂堂联合智能实验室的首席科学家……"

"我们不是联合智能实验室的首席科学家，这可不敢乱说，我们只能在特定专业方向上取得一些突破。"

"管他是整个联合智能实验室的，还是特定专业方向上的首席科学家，都差不多嘛！你们不会拿这五个字开玩笑的！"

"对了，门捷，你准备记录。我如果看到了什么可疑点，你第一时间记下来。还有，别用VR眼镜速记，用最笨的办法，纸和笔。"

"好的……"门捷瞧了瞧刘穆芝。

"没事，你们开始，我去给你们拿纸笔过来。"

之后的时间，过得很快。

张秀宜的思路非常清晰，也兑现了自己不影响国际永眠中心正常业务的承诺，每次调取数据前，都会问询吴蔚和周元菁两人这些数据是否直接影响目前国际永眠中心的各项运营业务。很快，门捷就记满了两整页纸。到了深夜，张秀宜终于叫停。

"辛苦你们几位了！我的肚子已经咕咕叫了很长时间，没想到，你们竟然还能坚持，还是年轻好哇！"

"没问题，我们也难得从北京来一趟，尽量把工作配合好。"吴蔚的话让张秀宜很受用。

"行吧，数据我已经看完了，你们明天可以先回北京，后续如果还有疑问，我们远程线上交流。"

"这么快……本来我还想去参加后天在临港举办的'万物上云'大会呢。"李隽晨小声嘟囔。

"那不是看你自己的安排？只要你们单位批准，多待两天有啥问题吗？又不找我报销。"

几个人在VR眼镜的指示下，离开了国际永眠中心。与他们挥手道别后，门捷跟着张秀宜到了他的车上。车门刚关，张秀宜便一把揪住门捷的衣领："小子，老实交代！你躲在国际永眠中心里面是想干什么？陈悠然的死跟你有什么关系？"

门捷一愣，回答道："这不是为了给你当帮手吗？没有我，你今天哪来这两页纸的记录？"

"我呸！我将计就计一下，你还真上杆子了？不把真实情况说清楚，现在就给我下车！我要是发现你有嫌疑，你是跑不掉的！"

门捷没辙，只能一五一十地说了出来。但是，他还是隐去了红裙姑娘的环节，只是说自己误打误撞。红裙姑娘是他自己的秘密，不会与任何人分享。

"你信吗？要是不信，我现在就下车。"

张秀宜转了转眼珠子，掏出一支烟，也不问门捷的意见，直接点上。车里瞬间被烟雾充满。门捷被呛了几口，但他不想开窗。

虽然太阳已经下山，但外面的温度依然不减。张秀宜咧着嘴笑了笑，把空调通风都提高了两挡。

"行，我看你也就二十上下，量你也不敢骗警察。"

"那你为什么要找我做帮手呢？"

"这不明摆的吗？我想尽快查数据，但又怕他们派的帮手不靠谱，回警察局找人或者临时调人过来又要耽误时间，恰好我在大厅里注意到那个通道，注意到你躲在里面。我想，既然躲着，说明你不希望被国际永眠中心的安防系统监测到，是不是我的朋友不好说，但至少不是国际永眠中心的朋友,所以,我干脆就把你叫出来。没想到,你小子干得还不错!"

"你怎么知道我躲在那里?"

"我当了几十年警察,那种光影的变化,哪怕是一丁点儿,我都能看出来。你肯定是想更清楚地听我们说什么,所以紧贴着通道入口站着,在你走到那个最后站立点的路上,已经引起了一丝通道入口的光影变化,恰好被我捕捉到了。"

"你这眼睛,比VR眼镜还牛。"

"不,不,恰好是因为我尽量少用那玩意儿,我的裸眼才能保持这样的敏感度。"

"佩服,佩服!那我主动请缨继续当你的帮手吧,我认为你的确需要一个我这样的帮手。"

"呵呵,"张秀宜吐了一口烟,"你能为我带来什么?"

"刚才在国际永眠中心数据中心,我虽然记录下来很多关键点,但是如果你仍然找不到想要的信息,我还知道一个不一样的数据库,那里或许有更多的线索。"

邓爱伦陷入了深深的分裂当中。

就在刚才,他反复向线上的李子衿确认那条消息的准确性:"子衿,两个小时前,我刚跟他通过电话,他跟我分享了十五年休眠试剂即将进入大规模临床的好消息,现在,你告诉我他已经死啦?"

"邓院士,很遗憾,我也无法相信这个事实。但是,这是真的。我们已经启动了紧急调查程序,也已经第一时间报了警。"

"今晚你能到北京来吗?我把非天也叫上,我们三人当面讨论。"

"好的,我马上去买机票。"

几个小时后,北京西郊的一处独门独院里,三个中年男人面色凝重地相对而坐,面前摆放着热气腾腾的茶水,身后则是窗外万籁俱寂的北京之夜。

天气太热,连夏蝉都叫唤得精疲力竭,偃旗息鼓。邓爱伦端起透明的玻璃茶杯,轻轻地抿了一口,然后放下。翠绿色的茶叶在杯中微微翻腾着。

"两位,你们可能是第一次到我这儿来。这是前几年北京市政府给我的量子通信研究团队配套的工作室,最近大家都在出差或者度假,正好没人,我就把你们叫过来。这里清净，方便聊天。

"陈悠然的事情，两位都知道了。他前脚刚跟我报告了一个应用突破，后脚就坠机而亡，实在是让我一时无法接受。子衿，他是你们国际永眠中心的首席科学家，这件事情对你们打击肯定不小，但是它的影响还不止于此。星火计划执行这么些年来，虽说没有颠覆性或者突破性的进展，我们也因此承受了很大的舆论压力，但从未出现过这样的挫折。更何况，低温冬眠技术是星火计划的支柱技术之一。所以，这件事对于我们整个国际综合太空计划署，整个星火计划，都会造成很大冲击。非天，你同意吗？"

路非天一愣，他没料到领导会首先点自己。

"邓院士，我完全同意。我们联合智能实验室虽然主攻智能技术，但也是更大的国际综合太空计划署和星火计划的一部分，陈悠然的过世，不仅仅是李主任他们国际永眠中心的损失，也是我们整个计划的损失。"他是三人之中最年轻的，今年刚刚四十出头，但由内而外散发出的精气神却将将跟眼前的两个老大哥相当。

邓爱伦意味深长地看着他："你真心那样想的话，我就很欣慰了。"

李子衿端起茶杯，冲着路非天说道："路主任，谢谢你这番话。说实话，我们很久没有当面交流了，没想到竟然是在这样一个场合。"

路非天也举杯，与李子衿轻轻一碰。两人各自无话，都小口嘬了口茶。

"好，好……"邓爱伦将身子往后靠过去，让自己被沙发舒服地支撑着。他的双眼透过窗户，望向深邃的夜空。

"这几十年，真是人类危急存亡的时候，我们可一定要团结，不能自己给自己使绊子。什么'永眠派''飞升派'之争，都是外行人和靠流量的媒体人用来赚眼球的无聊话题，AI的加入，让这情形更加不可控。我们可不能被他们带节奏。"

路非天眉头微微一蹙，犹豫了几秒钟，还是把嘴里的话吐了出来："邓院士……您的观点我完全赞同，但这个论据，是不是对AI有点儿偏见？我并非站在联合智能实验室负责人的角度来谈自己的看法，我始终认为，AI的效用，始终还是靠人来操纵的，我们看到那些不负责任的舆情和言论是由AI生成，但不应该怪AI，而应该怪AI背后的人。"

还没等邓爱伦回话，李子衿便忍不住了："路主任，你这个话，有点儿装外宾了呀。别人这么认为，我可以理解，可你是谁？你是堂堂联合智能实验室主任哪！联合智能实验室是邓院士的国际综合太空计划署智能科技司里最重要的依托单位！可以说，你的认知水平，决定了我们整个国际综合太空计划署在智能科技领域的认知水平，而智能科技又是我们星火计划的三大支撑科技之一。我不相信你对AI已经可以自由产生意识和进行决策这件事一无所知。以前什么锅都可以甩在人身上，现在AI也难辞其咎了！"

邓爱伦抿了抿嘴。他其实知道，把两人叫一块儿，就会发生这样的事情。原本他想利用陈悠然过世这件偶然事件将两人的关系稍微拉近一点儿——毕竟两人都是他的左膀右臂，可事态又朝着熟悉的轨道滑去。算了，吵吵也罢！

路非天脸色一变："李主任，你这是什么意思？我睁着眼睛说瞎话吗？你们国际永眠中心的整个安防和基础信息系统都是我们给搭建的，如果AI已经达到了你说的那么高的水平，你就不担心会失控？比如，躺在你们国际永眠中心休眠大厅里的十几万具冰冻的人被强制终止休眠。"

"你……"李子衿没料到路非天会举这个例子。他脑海中突然闪现出十几万人从休眠舱里同时起身的场面，那简直是现代化科技鬼片的题材！

"刚才邓院士还在说，别被AI带节奏，你这个认知，认为AI已经具备了自我意识与决策的认知，就是被带了节奏！你要相信我们的权威性。我们联合智能实验室一天到晚就在研究这个，研究怎样让我们人类的意识在脱离了肉体之后，还能够自我生长和决策。如果能够实现这一点，地球毁灭又算个什么呢？"

"你终于亲口承认自己是'飞升派'了。"

"如果你非要这么说，我是。我不明白，为什么搞你们那些休眠试验这么耗电，这么占地方，又不能真正实现长生不老，能够延长个几十年就谢天谢地了，还能得到各种资源的大力支持，社会名声也比我们好多了……几十年，人类能发生什么改变？几十年内，如果不能离开地球，结局有什么不同吗？顶多是痛苦的程度不同而已——如果没有休眠，那可能被烧死或者热死的时候会很痛苦。还不如把所有的资源倾注在智能科技上，在地球毁灭前，将AI变成云上的人，脱离了实际肉体载体的人，让人类从碳基变成硅基。这样，才能实现真正的长生不老。"

"占地方？我告诉你，地球上九十亿人，如果都放在休眠舱里，像集装箱一样堆叠起来，也就十立方千米的空间，这是什么概念，就是一个边长为二点几千米的正方体而已，放在地球上简直就是沧海一粟！后续通过大规模航天器的运输，完全可以实现全体转移！而你们呢？在我看来，如果真的实现了AI自我觉醒和意识生成，人类的肉体岂不是成为其奴隶？你的算力能干得过AI吗？好，退一万步，就算AI不经过奴役或者流血就成为新形态的人类，如果他们一样飞不出地球，那有什么区别？"李子衿没好气地回怼："用你的话，无非是死的时候感受不同而已。在炙烤的痛苦中死去，在休眠中无知觉地死去，和变成比特，变成数据，给冷冰冰的电路板、服务器陪葬，结局又有什么区别呢？"

邓爱伦敏锐地抓住了这一点，终于找到机会插话："就是呀，两位，别争了。你们都是这几年新加入的好同志，我先帮你们回顾回顾历史……从十七年前星火计划启动开始，我就说，凡事不要走极端，生物技术和智能技术都重要。当时，联合国安理会通过决议，在联合国成立直属机构国际综合太空计划署，我作为负责人。在我们这个国际综合太空计划署之下，又设了三个专业技术司：第一个是生物科技司，主要依托总部在上海的国际永眠中心；第二个是智能科技司，主要依托总部在北京的联合智能实验室；第三个，也是最重要的一个是什么呢？当然是航天科技司了！就连它的名字，都跟我们国际综合太空计划署的名字直接相关。不用我说，你们也知道，为什么这是最重要的，因为没有航天科技的发展，我们最终都会死在地球上。什么'永眠派''飞升派'，全部完蛋。所以，星火计划的终极目标是什么？让人类文明成功逃离即将不适合生存的地球，在宇宙当中继续开枝散叶，实现'星星之火，可以燎原'。"

第4章
星火计划

"还是离开地球更加轻松啊……"坐在飞往月球背面一号基地的太空船中,邓爱伦远远望着那颗蓝色星球,一边感受清晰的失重,一边又对暂别家园有些许的怅然。当然,忆及一周前调解李子衿和路非天的争论,他还是觉得现在挺好。

与国际综合太空计划署的生物科技司和智能科技司分别依托一家单位不同,航天科技司由世界上几个主要航天科技大国的管理机构共同联合派员组成,并且为了避免后续的争吵,从2048年年末筹备时各方就将分工谈定。

中国负责载荷、通信技术与超大规模航天体,美国负责推进技术,欧盟负责合金材料,俄罗斯负责结构强度。至于印度,负责公关和科普,帮助广大群众消除对于航天科技安全性的顾虑与恐惧。同时,每个国家或地区都拥有独立的航天科技发展自主权,在不影响星火计划分工的前提下,可以继续推进原有项目。

这样一来,相当于是利用每个国家自己的投入和联合国国际综合太空计划署的专项投入两笔经费去发展航天科技。因此,星火计划执行十几年来,航天领域取得了不少进展。核裂变发动机已经可以应用于短途飞行,比如地月之间;而大推力火箭和复杂航天器结构设计上的进展则让人类一次性可以发射上百人进入太空。地月间已经实现了每月往返的"太空大巴"。可控核聚变发动机也在积极试车当中,虽然还暂时未能装备。

此时，邓爱伦乘坐的太空船已经到达了绕月轨道，并且顺利入轨。他只需要再等待一段时间，就能乘坐登陆舱，往月球背面降落。当年，嫦娥四号第一次降落在月球背面，将人类对那一片无法直接探察的神秘区域首度展示给世界。现在，人类第一个月球背面的基地——一号基地长年驻扎着三十多人，成为人类探索月球和观测更深远宇宙的前哨站。

这里的负责人是一对夫妻，男的来自中国，女的来自玻利维亚。因此，一号基地是航天科技的前沿阵地之外，更是人类文化交流和融合的典范。

没有等待多久，登陆时机到来。经过一系列运行过很多次的着陆程序之后，登陆舱稳稳地落在月球表面。降落点距离一号基地仅仅几百米远。邓爱伦在舱内就能远远望见一号基地。白茫茫的一大片。那儿灯光闪耀，基地周围还有各色工程车在忙碌。这就是文明啊！

邓爱伦刚刚走下舷梯，迎面就走上前来一男一女。

男人东方面孔，身材结实，面容标致，眼神与动作充满了干练；女人则是拉丁族裔，也保持着丰韵而苗条的身材，比身边的男人要矮半头，但一样英气十足。邓爱伦已经认识他们两人近十年了。"凤起，爱丽丝，见到你们真高兴！看上去，一切都很好嘛！"

邓爱伦努力控制着自己的身体，上前与两人拥抱。尽管有宇航服加持，他依然要费些力气对抗月球表面这六分之一的引力。毕竟，他已经六十岁了。

薛凤起咧嘴一笑："欢迎邓院士来视察工作！看到您身体健康，我们才最开心！不过，您怎么一个人下来啦？"

爱丽丝也绽放出喜悦的笑容，一口整齐而洁白的牙齿十分显眼。两人一边亲切地问候着，一边护送邓爱伦登上通勤车，将他载回一号基地。

"有半年没回来了……"邓爱伦笑道，"我一个人还不够吗？登陆舱很成熟了，不需要人照顾，大家也都很忙，我让他们在飞船上干他们自己的事情，不用下来。"

"是呀，您这次回来待多久？如果时间长，我们带您在这南极—艾托肯盆地里好好兜一兜。"

"嗯……直径好像有2000多公里吧？的确可以好好兜兜，不过，我还是关注那件事情，如果南极—艾托肯盆地是个不错的选择，我们可以开始规划了。"

"那件事情？您说的是哪一件？"

邓爱伦轻轻地晃了晃脑袋，笑道："真是老了……是那两件事。"

"进展都挺顺利的，如果能够在基地内部实现所有材料的就地生产，我们很快可以实现在月球上基建，只要进入基建节奏，那就不仅仅能容纳三十多个人了，成千上万的人都不在话下！"薛凤起原以为说完这个，能够得到院士的表扬，却没想到邓爱伦眉头一竖："有点儿追求好不好?！月球才多大点儿地方？地球上有九十亿人呢！月球这里只是一个试验基地，真正大规模铺开，要去火星！"

"可是，地球距离火星的距离差不多是距离月球距离的100多倍。"爱丽丝小声说道。

"没错！所以，我们还要继续努力呀。"

"一来就给我们派任务，以后不欢迎您来了。"爱丽丝笑道。

"好哇，那我下回见到方锦泽，跟他说一声，让他下回规划项目经费的时候，稍微……"

话还没说完，薛凤起就连忙说道："嘿嘿，她不欢迎，我欢迎！"

方锦泽是中国国家航天局国际合作协调委员会委员，也是中国航天在航天科技司的代表。从工作关系上，算是邓爱伦的下属。但对于一号基地来说，却是很重要的存在。

三人都笑了。说笑之间，通勤车已经驶入一号基地的停车库。

"邓院士，您需要先去休息舱休息一下吗？"

"不用了，直接开会吧。"

于是，他们一起来到位于基地中央的会议室。那儿已经坐了五六个人，都是一号基地的骨干。邓爱伦见到他们，十分感慨。他们都是三四十岁，正是风华正茂、干事出成果的年纪！他们也都对邓爱伦投以尊敬而钦佩的目光。

简单的开场白和慰问之后，邓爱伦直入主题："大家都很辛苦，远离自己的亲人和朋友，在这里一待就是好几个月。不过，为了我们的子孙后代，为了我们的未来，恐怕大家还得继续辛苦辛苦！在我们国际综合太空计划署的三大技术管理机构里，我最关注的还是咱们航天科技司的进展，三大科技支柱，航天科技才是最重要那一环，是我们整个星火计划的'皮'，另外的生物科技和智能科技都只是'毛'，皮之不存，毛将焉附？但是，与生物科技司和智能科技司都有一家牵头的依托单位不同，咱们航天科技司的参与单位很多，项目也很多——这当然是好事，说明我们多点开花。

"不过，每个单位都要聚焦。具体到我们月球背面一号基地，凤起和爱丽丝需要带领大家把有限的资源和精力专注在'舱元'计划的执行上。"

邓爱伦的讲话并不长，总共十来分钟，但整个过程完全脱稿，各项数据信手拈来，让所有与会人员佩服不已。

薛凤起更是满眼崇拜："如果我二十年后能有邓院士这样的状态，那简直就是天大的造化了。"他定了定神，打开自己准备好的材料，开始汇报。

"邓院士，非常感谢您百忙之中来指导我们月球背面一号基地的工作，从建站第一天开始，我们就牢记自己的使命，清醒认识到我们在星火计划中应该发挥的作用。接到'舱元'计划任务以来，我们更是将主要力量和资源都聚焦其上，到今天为止，进展基本顺利，整体可控。"

邓爱伦一字一句仔细地听着，突然问道："我现在问这个问题可能有点儿晚，你们在进入具体工作之前有没有充分权衡各种方案和路径？条条大路通罗马，实现'舱元'计划的目标也不应该只有一条路。我看到你们目前是在两条路径中选择了一条更合适的路，我也认可，但，有没有第三条路？我只是抛出这个问题，并没有答案哪。"

薛凤起的心都提到嗓子眼了。邓爱伦目光如炬，洞若观火，向这样的领导汇报，压力实在不是一般的大。但好处在于，只要你准备充分，逻辑自洽，立意有亮点，又有站得住脚的论据支撑，获得他的充分授权与认可也是很容易的事情。

"邓院士，在真正动手干活之前，我们花了不少时间构思方案，但暂时没有找到第三种方案。正如我刚才材料所展示的，'舱元'计划的目标是实现大规模、可复制的基建能力，让我们可以在新的星球表面迅速建立满足人类生活、科研和文明延续的居所。所以，要么是在目标星球就地取材，就地建设，要么是在一个取材相对可控与确定的地方搭建好各类舱的基础模块，或者叫'元模型'，然后将这些元模型运送至目标星球，在那儿只需要部署和组合即可。我们之所以选择了后面这条道路，就是因为，目标星球——哪怕是最近的火星，其地表有没有满足条件的材料，我们并不清楚，所以在月球上搭建元模型，会是一个更好的办法。"

"嗯，我认可你们这个思路。"邓爱伦点了点头，"毕竟，目标星球的环境千差万别，我们不能贸然认定它们具有我们所需的原材料，更无法承担如果缺乏这些原材料所带来的后果。"

"是呀，所以我们目前坚定往前推进的工作就是：在我们月球背面一号基地实现基建闭环——我们已经在这里收集到了一些原材料，剩余的从地球运送过来也还算方便。目前这个工作已经基本完成。接下来，我们将建立不同类别的标准舱元模型，比如睡眠、起居、科学试验、广场等，将其结构化，然后通过3D打印等方式小批量生产，在这个过程中进一步验证其可靠性和安全性，进行设计优化，最终达到可复制和大规模生产的程度。"

"到那个时候，只要我们的运载火箭和航天器足够大，就能将这些标准舱元模型运送至我们的目标星球，然后在那儿像堆积木一样建设新家园啦！简直跟复制粘贴一样！"爱丽丝迫不及待地抢过丈夫的话。

邓爱伦笑着问道："很好。不过，你说的'足够大'是指多大？目前我们对于元模型尺寸的设计有没有考虑到运载火箭和航天器技术的发展水平与曲线？"

爱丽丝脸一红，吐了吐舌头。她原本想出个小风头，却没想到被领导抓住了辫子。

"我们已经在仔细规划元模型尺寸了，也的确在考虑限制条件，比如刚才您说的这些，不过还没有最终结论。"薛凤起连忙英雄救美。

"没关系，想到了就好，我不是责怪你们。不过，刚才你们说没有第三条路径，我倒突然想到一条——它也并非一条全新的路径，可能可以作为一条分支。之前我们讨论了完全的就地取材和完全的元模型搬运，有没有可能将两者稍微结合一下？为了节约运载火箭和航天器的运力，我们可不可以不要把十个元模型全部在月球上搭建好，然后运送到目标星球——比如说火星，而是仅仅装载有代表性的三个元模型，3D打印设备和用于建造其他元模型的材料，到了火星之后，再在火星上建造其他七个元模型，这样一来，空间占用就会小很多。还有一种可能，我们可以把这些元模型设计成折叠式，到了火星后再展开，这样是不是能够进一步节省宝贵的火箭和航天器载荷空间?"邓爱伦随口说了几句,最后补充道:"类似于这样的细节,大家都可以多想想。"

薛凤起和爱丽丝连忙点头表示赞同。其他人也都心悦诚服。为了节约邓爱伦的体力,会议只开一个小时便结束了。

薛凤起强烈要求邓爱伦先去休息休息,这次邓爱伦没有推辞。在与全体人员合影之后,他缓缓走出会议室。的确有点儿乏了。不过,他还是将薛凤起叫至一边,问道:"'舱元'计划就先这样了。还有一件事,进展如何?"

"嗯?您说的是那件事啊,您先稍事休息,晚些时候我单独向您汇报。"

问:"请告诉我星火计划的来龙去脉,尤其是过去五年发生了什么?"

答:"2048年,中国科学院院士、气候学泰斗黄靖梓代表全球气候学专家,在联合国大会上正式宣布:经过几十年的观测,大家共同确定,地球进入气候变暖大周期,且变暖进入加速通道。而且随着太阳活动的影响,这个周期是否还会自我调节,实现均值回归,科学家们毫无信心。

"最悲观的情况是到2120年地球平均气温将比2023年上升五摄氏度,但气温上升并非线性,而是呈指数性上升,也就是说,2120年之后,上升趋势会越来越快,并且看不到拐点。因此,专家们将2120年称为'地球燃点',用于警醒全人类,未来几十年到上百年内,地球将不再适合人类生存,寻找延续人类文明的手段,迫在眉睫……

"……经过一年的激烈争论,出于对人类科技发展水平的客观认知,以及对'单点故障'风险的规避,联合国最终否决了众多方案,如:地球空调方案、太阳伞方案和地球整体迁移方案等,选择了基于航天科技、生物科技和智能科技三位一体的跨学科、跨专业计划,即:人类文明延续计划,俗称'星火计划'……

"……为了将星火计划贯彻到底,经过联合国安理会的一致同意,联合国于2049年成立直属机构国际综合太空计划署,由中国两院院士邓爱伦领衔,下设三个专业司,分别是航天科技司、生物科技司和智能科技司,总领'星火计划'在全球的推进……

"……星火计划的终极目标是实现人类整体文明延续,不放弃任何一个个体。就如同中国一位伟人所说:星星之火,可以燎原。人类的未来只要能延续下去，未必如同现在这样，集中在一个星球上，完全可以分散在宇宙空间中的不同区域，彼此保持连接，各自发展……

"……为了实现这个目标，在星火计划中，生物科技司的任务是在2100年以前，研制出可靠稳定的休眠试剂，让人体低温休眠时间达到三十年无中断，结束后人体新陈代谢水平与开始时相差不超过半岁，且休眠成功率超过90%……

"……智能科技司的任务则是在2100年以前，让人工智能AI获得在人类预设的规则和边界之内，完成自我进化与繁衍的能力，使得它们在极端情况下，哪怕没有人类的引导和干预，也能实现线上的人类文明延续……

"……当然，最终星火计划能否成功，还要看航天科技司的进展。因为如果不能逃离地球，一切都是白搭。他们的任务很多，但无非集中在超级重型运载火箭、超大规模复杂结构航天器、星球表面居住舱等应用上，以及支撑这些应用的底层技术，比如更高强度的合金材料、可控核聚变发动机和发电机等……

"……虽然'地球燃点'2120年才到来，但在此之前，全球气温上升已经成为显性趋势，即使上升得较为平缓，依旧对人类造成了很大的灾难。过去五年，即2060年以来，海平面上升已经导致一些海岛国家面临亡国之灾，而西伯利亚冻土开始融化，冰封已久的古老细菌重现世间，淡水资源全球紧张，甚至包括上海那样的发达城市，网络上与各大虚拟现实空间当中充斥的数字化暴力和谣言，在AI的助力下，火借风威，异常凶猛……

"……因此，星火计划需要至少提前二十年完成上述关键技术和应用突破，人类才有充分的时间进行转移。当然，如果能更早实现这一点，无疑是更好的……

"……在国际综合太空计划署内部，星火计划的执行有惊无险，但在今年遇到了启动以来的最大挫折——其生物科技司的主要依托单位国际永眠中心首席科学家陈悠然，在开展十五年休眠试剂关键试验之前，在从临港飞往苏州的过程中，于淀山湖上空发生空难身亡……"

问："好。陈悠然所乘坐的飞车型号是腾云驾雾公司的'凌云960'，这个型号的飞车到底有没有质量问题？他所乘坐的那一架飞车有没有质量问题？"

答:"腾云驾雾公司是由行业老兵王翊天一手创办的eVTOL主机制造商,eVTOL俗称'飞车',但并不准确,好在已经约定俗成。公司目前在国内市场占有率第一,在世界上也排名前三,是一家有着良好用户口碑和运营记录的企业,产品安全运营记录位居全国第一……

"……腾云驾雾公司一共有三条产品线:腾云、祥云和凌云三个系列。从投产到今天,刚好二十年,共交付五千多架,只出现过三起灾难级安全事故,也即'机毁人亡'。最近一次发生在六年前,当时,其'祥云800'飞车载有八名乘客,从上海市宝山吴淞口站飞往江苏南通启东中心站的途中,受到突发的强对流天气冲击,坠落于长江之中,无人生还……

"……凌云系列是腾云驾雾公司第一款倾转涵道构型的产品系列,也是其最高端的产品线,于八年前开始交付市场,到目前为止在'凌云920'和'凌云960'两种型号,共交付二百余架。'凌云980'也在开发研制当中……

"……自交付市场以来,凌云系列的飞车从未出过灾难级安全事故,2065年,也就是今年发生的淀山湖空难是第一次……

"……基于上述数据,我们认为:腾云驾雾公司的产品符合适航规章与条例,是市场上同类产品中的佼佼者……"

问:"好吧,那我再换个问题:国际综合太空计划署有没有出现过什么丑闻——不为人知的那种?"

答:"根据相关政策与法律,答案不予提供。"

…………

张秀宜与门捷目瞪口呆地看着眼前出现的回答。

"云上也不是法外之地呀。"张秀宜点评道,"不过,你这个数据库还是有点儿东西的,虽然深度上目前没看出来,但内容比我们公安系统的要丰富,而且呈现和展示的方式也让人比较容易记住。"

"那是当然,想成为张警官的跟班,没点儿投名状怎么行?"门捷微微一笑,"这就是我跟你说的,参与人体低温冬眠试验醒来后的一个小小的福利,可以访问国际综合太空计划署的专用数据库,用来帮助我填补过去五年的空白,否则我会对沉睡的五年间发生了什么一无所知。"

"嗯,这是很专业的AI生成式数据库,随着我们问题的不断深入,它应该可以给出更加详细的回答,覆盖那些对我们调查真相有帮助的细节。只不过，只能在国际永眠中心的指定区域戴着他们的VR眼镜访问，有点儿让我不爽。"

"这正好说明数据库里有些好东西呀，所以他们要控制。再说了，除了这个渠道，我们也没有更好的渠道去调查了。上次我们在国际永眠中心数据中心记录下来的每一项疑点，后来都得到了自洽的解答，不是吗？"

"一切都是联合智能实验室设计的，我们要挑他们的毛病，似乎有点儿过于天真了。"

张秀宜正想点烟，但看了看自己所处的国际永眠中心内部的房间，还是作罢。"这鬼地方，不知道还有什么黑科技呢，万一触发什么机关，把我搞得很狼狈，就丢人丢到家了。不过，还记得那个叫吴蔚的人说的吗？他们还是有基本职业操守的。你还年轻，可能不知道这个职业操守的含义很灵活，唉，算了，不带坏小孩子了，你自己慢慢体会吧。我们继续问。"

门捷一知半解地点了点头。两人又在这间不大的房间里连续泡了三天。按照张秀宜的指示，门捷在一沓纸上记得密密麻麻，精疲力竭。

"要不是还在暑假，我真没闲工夫陪你调查这个。"门捷伸了伸懒腰，"五年前，我参加试验之前，我的老师就警告我，无论睡多久，只要还能再醒来，就逃脱不了高考。暑假一过，我就高三了，要是我考不上好大学，你难辞其咎。"

张秀宜一时不知如何回答，他很少碰到自己哑口无言的状况。不过，他马上反应过来："考不上好大学？不可能！你如果帮我破了这个大案，到时候，我们给你写推荐信，给你背书，你还怕没学校接收？小伙子，学习成绩不是一切，懂吗？"

"嗯，我就等你这句话呢，说好了呀，王牌探长可不能反悔。"

"我们整理整理思路吧，我觉得这个数据库暂时已经被我们挖掘到极致了。"

"没问题！"

张秀宜也恨不得早点儿结束，这几天他的尼古丁摄入量直线下降，觉得整个人都不好了。

"我试着在老警官面前'弄斧'，归纳一下这些线索。"

"我姓张，不姓老。"

"但是你比我老，还老得多。"

"少废话，赶紧的！"

"我觉得，虽然线索记了好几页纸，但无非是给我们指明了两个新方向。"

"哦？"张秀宜眼前一亮。这小孩儿有点儿本事。

"第一个方向，就是我们不能只看单点，比如事发现场淀山湖、飞车制造商腾云驾雾公司和陈悠然所在的国际永眠中心，而要看整个链条。飞车从国际永眠中心飞出之后，便立刻与空管局建立了联系，同时在整个航路上存在很多可能导致事故的因素，比如黑客入侵飞车系统这样的网络安全因素……

"第二个方向，也是最有意思的一个，一方面，就是在国际综合太空计划署内部，真真实实存在着对于资源、名誉和路线的竞争，以国际永眠中心为依托的生物科技司的人，认为'长生不老'是人类几千年的梦想，而其中的应有之义就是肉体不灭，所以只能通过不断提升休眠科技，让人类可以休眠的时间尽可能拉长，来实现人类文明的延续；另一方面，以联合智能实验室为依托的智能科技司的人则认为，肉体的延续再久，也得几年几年地演进，一万年太久，只争朝夕，干脆直接脱碳入硅得了，人类的思想和意识全部经由AI继承，生活在可以延续很久的硬件设备之上。与其耗费大量能量和电力去搞低温休眠，不如全部用来支持AI算力的提升和算法的验证，血肉苦弱，机械飞升。

"所以，尽管这两拨人不承认世面上流传很久的'永眠派'和'飞升派'之争，他们却的确是始作俑者。或者说，他们本意并非如此，却客观上造成了这样的结果。我不杀伯仁，伯仁却因我而死！

"但是，说到底，这两个方向本质上是一致的，都指向四个字：人为因素。是人的行为造成了陈悠然失事，而不是其他原因。不是飞车质量问题，不是联合智能实验室给国际永眠中心设计的系统本身的问题。"

张秀宜听得目瞪口呆。眼前这个思路清晰、侃侃而谈的小子竟然才读高二吗？这总结归纳水平比自己那个光头领导都强！见张秀宜一双圆眼瞪着自己，门捷有些害怕："你要干什么？"

"刚才的话，是你自己总结的？"

"不然呢？"

"我觉得你压根儿不用担心考不上大学！"

"我也不知道什么原因，但是戴着这个VR眼镜，我觉得自己都变聪明了。"

"你少来！你已经快十八了，又睡了五年，这个破眼镜还能让你实现二次发育不成？"

"我才十六呢，哪来的十八？"门捷也有些暗自纳闷儿，刚才自己说出这番话，其实有些超乎自己的想象。但是，他确认自己不是嘴替，分明是从自己脑子里蹦出来的！

张秀宜使劲拍了拍门捷的肩膀，疼得他直咧嘴。"小子！走！我们就去追查人为因素——那些没有查到的，什么空管、航路的无线通信和数据通信记录，一切的一切！"

"那，你算是彻底吸收我加入啦？"

"不然呢？"张秀宜觉得门捷刚才这个反问挺好使。

"那我再分享一个信息给你。"

"你小子！有话快说，有屁快放！"

"陈悠然是我爸的好朋友，对我也很照顾。"门捷的表情变得十分严肃，"所以，我要还他一个公道。"

北京，联合智能实验室总部。

路非天坐在会议室的主位上，对面坐着一个年纪和样貌都与他十分相仿的男人。男人正在向他汇报一个好消息。

"经过近十年的建设，我们的全球智慧互联网，也就是Intelligent Internet，I2网，今天正式全球同步上线了。有不断迭代的AI和虚拟现实等技术的加持，又实现了与现有互联网体系ICAAN[①]的无缝打通，无论从数据量、算法和算力基础来看，我都敢说，我们智能科技司的星火计划任务，应该能够如期完成，甚至还可能提前。"

"好！痛快！"路非天挥了挥拳头。

"这个消息还没有正式发布，我先跟你说一声，你看看找个什么时机发

[①] 国际互联网名称和地址分配组织。编者注。

布,也制造一点儿影响,这些年,我们的名声似乎有些堪忧。"

"说得对!一定要找准时机!至于名声……但行好事,莫问前程。AI的门槛现在那么低,随便谁都能打着AI的幌子干点儿坏事,反正好事都是人做的,坏事就赖AI,这可能吗?还有,那个'灵境汇'也脱不了干系,那简直就是精神加肉体双重鸦片!"

"我觉得,这次宣传的角度很重要,我倒有一个主意。"

"不愧是我的首席科学家!说来听听!"

"I2网在测试阶段,其实已经与ICAAN互联网有局部打通,作为它的副产品,我们与国际永眠中心的合作项目——国际综合太空计划署专用数据库,其实反响还是不错的。在这个数据库里,我们放置了海量的ICAAN互联网和I2网自己存储与生成的信息,并且内置了生成式等AI算法,帮助每一个参与人体低温冬眠试验醒来后的人重建沉睡期间的记忆。"

"时光对于人类之所以珍贵,就是因为它承载了记忆。如果只是肉体寿命延长,脑海中却空空如也,总归还是有所缺憾。如果我们能够让人重建他们缺失的那部分记忆,让他们迅速了解自己沉睡期间身边人、社会和世界上发生的大事,应该是件行善积德的事情。"

"是的。以前之所以这件事影响力不够,主要是因为参加试验的人太少,有些人醒来之后,又选择继续休眠。而醒来之后,通过这个数据库获得记忆的人,又有很多忙着去享受生活,没法帮我们传播和背书。所以,不如趁着这个机会好好宣传一下。"

"好!就这么办!"

两人又聊了聊细节,男人起身告辞。

"老杨,你把吴蔚他们四个叫来,关于那件事情,我先跟他们聊聊,再找你归总。至于I2网的事情,我们暂且保持低调几天。"

"没问题。"杨逢宇回答道。

没过多久,吴蔚、钟叹咏、李隽晨和周元菁便前后脚赶到。

"主任,找我们有事?"

"坐!这次去上海感觉怎么样?"

"国际永眠中心还是挺受打击的,陈悠然的死,对他们影响不小。"

"我们很悲痛呀,毕竟都是兄弟单位,陈悠然也是个好人。别看我经常跟国际永眠中心争夺资源，前不久还跟李子衿在邓院士面前吵得不可开交，但我们的基本目标是一致的，这一点，我希望你们也能明白。"

"是！"

"不管外面怎么传，我们把自己的事情做好。"

"明白！"

"我们在星火计划当中的目标是让人工智能AI获得在人类预设的规则和边界之内，完成自我进化与繁衍的能力，使得它们在极端情况下，哪怕没有人类的引导和干预，也能实现线上的人类文明延续。这个目标提出快二十年了，到今天还没有实现，距离2100年也只有三十多年，想实现，必须靠我们每个人的努力。不过，在那之前，我们需要把一件重要的事情完成。这件事情，完成得越早，越有利于我们实现目标。"

"领导，您说的是人工智能道德准则？"

"是的。虽然从二十一世纪二十年代起，欧盟、美国，也包括我国都陆陆续续颁布了一些跟人工智能相关的法律法规，但那更多是从法律的角度去提出要求和约束。而我们都知道，人类社会的规则可不仅仅是法律，道德的存在反而更加久远。如果我们相信，我们能让人工智能AI达到我们人类社会的水平，它们怎么能没有道德准则约束呢？"

说完这段话，路非天默默地看着自己的四位爱将。自己虽然仍未到半百，但他们更加年轻。最年长的李隽晨，也才三十八岁，而最年轻的吴蔚，将将而立之年。未来的世界属于他们。或者，属于他们训练与培养出来的AI。如果，人类的未来就是变成无形的数据，变成字节，保留除了肉体之外所有的一切，那这些看不见摸不着的，也需要规则去约束。法律的约束来自外部，只有道德，才是内生的。只有建立了人工智能道德准则，AI才真正是人类的未来。

吴蔚永远是最先发言的那个："领导，我们都很重视这件事情。我们几个也都从各自的专业领域进行了深入思考和研究，如果您有时间，我们就先把不成熟的想法抛出来如何？"

"我们没有太多时间了，不成熟的话，就生米煮成熟饭。今天我正好还有时间，我们就在这间会议室里好好头脑风暴一下，不弄出点名堂出来，不要回去。"

"收到！"四个人整齐地回答。

"等我们搞出一点儿东西，我再把老杨叫过来，我们最后固化。我们是人类的联合智能实验室，有责任把这件事情做好！"

会议室里灯火通明，五个人的工作一直延续到后半夜。直到联合智能实验室总部旁边的主干道重新归于沉寂。灯光透出窗外，与街边的路灯无言地相互注视着。

路非天身上的汗湿了又干，干了又湿，如此循环，最终在衣服上留下一圈圈浅白色的汗渍。这是因为中途空调突然出现了故障，半个小时后才恢复运行。那半个小时，他们五个人觉得整个人都在烤箱当中，嗓子眼直冒火，不得不依靠一杯又一杯的水徒劳地抵抗。吴蔚与李隽晨体形稍胖，更是如刚从浴池里钻出来一般。

"好，让我们稍微总结一下吧……"路非天提议。

其他四个人都默默点头。

"第一，AI所有的行为都必须透明、可解释和能被明确界定。这个放在第一条，大家有没有异议？"

"先后顺序体现优先级或者递进关系吗？"周元菁问道。

"体现的，第一条可以算是一个基础的基础。"

"那第一条为什么不是'AI不能伤害人类'？我们花了好些时间讨论这一条。"

"好问题！我的看法是，未来已经不存在AI和人类的区别了，AI就是人类，所以这一条是否需要，值得商榷。"

周元菁转了转眼珠，陷入了思考，没有继续追问。

路非天说："这样，我们先把这一条放在一边，到最后再来讨论，是否要放，以及放在什么位置。"

"好的。"

"之所以将这个放在第一条，是因为这属于AI的底层逻辑。与人类可能会犯错不同，AI不会犯错，同时人类由于天生存在物理隔离，存在沟通失真和信息不对称等因素，使得博弈论和撒谎成为必备技能，但AI却没有这一切。因此，在AI的世界，或者未来的人类世界里，不再存在'善意的谎言'，没有'人心隔肚皮'。一切都是确定的。这样一来，必须要确保每一个AI都遵循这一点，否则将会打破这个基本逻辑。"

钟叹咏张了张嘴，想说点儿什么，但最终还是没有说出来。

李隽晨则把头点得飞快："是的，是的！"

吴蔚也表示赞同。

"那好，我们看第二条。AI应当保证公平，保护隐私和数据安全。"

"领导，你在第一条的时候就说，AI以后就是人类，那这一条为何还是在把AI和人类割裂开来呢？"周元菁不甘心。

"不，这并非割裂人类和AI。事实上，这是对于第一条的加强。既然要做到透明、可解释和能被明确界定，那就必然要保证公平。同时，被明确界定的行为和对象，自然存在边界内和边界外，也就是'此'和'彼'的区分，彼此之间有别，不能不分彼此，自然就需要保护隐私和数据安全。如果将第一条理解为公理，这第二条便是推导出来的定理。"

吴蔚不动声色地问道："我并非质疑将这一条排第二，只是想问问，这一条与第一条当中提及的'透明'是不是自相矛盾？既然是'透明'，为何还要保护隐私？"

路非天一笑："看来你是累了，这可不像你提出来的问题……第一条当中的'透明'，指的是行为透明，或者说行为本身透明，并非行为的结果透明。也就是说，AI甲想知道AI乙的隐私，他必须直截了当告诉乙他的诉求，这个叫'透明'，而AI乙也需要直接告诉AI甲，自己能否分享隐私给他，这个也叫'透明'。而AI乙如果选择不分享隐私给AI甲，AI乙的隐私就应当受到保护，不应当被AI甲知晓。"

吴蔚耸了耸肩。其他三人都没再表态。沉默等于承认。

"好，那我们进入第三条，也就是最后一条。AI必须要实现安全和可持续发展。所谓安全，就是需要时刻保持备份计划。人类通过生儿育女繁衍后代，来确保族群的延续和安全，对于AI来说，没有那么多复杂的过程，没有减数分裂，受精卵，十月怀胎，只有瞬间的复制和拷贝。但是，一旦AI忘却这一点，灭亡可能也就发生在一瞬间，大家都有过数据存在本地硬盘而忘记备份的惨痛经历吧？"

李隽晨摇了摇头："我从来没用过硬盘，都是直接存储上云的。"

089

钟叹咏摆了摆手："你那个上云说到底，还是放在服务器集群上，如果服务器集群的数据没有备份，万一整个集群都断电或者损毁，你的数据一样丢失。"

路非天点了点头："没错，就是这个意思。因此，AI必须要确保自身安全，不能允许'自杀'，人类的自杀只是影响个体，但AI可能会导致一类数据，或者其所承载的文明彻底湮灭，尤其是在没有备份和恢复机制的情况下。而万一出现了'他杀'，那也几乎就是一瞬间。在人类历史上，灭族行为可是需要花很长时间的，比如北美大陆上曾经发生过的事情。"

"那……为什么不直接将'禁止自相残杀'也放在其中呢？"

"我们要允许灵活度，因为AI可能也需要优胜劣汰呢？"

"既然允许优胜劣汰，那劣后的AI自我备份和复制又有什么意义呢？优胜的AI始终会拥有一切。"

"至少要允许劣后的AI拥有自我备份和复制的权利，万一经过这样的行为，它们最终延续下来，就说明它们进化成为优胜的AI了，或者至少不再那么落后了。"

李隽晨不再说话。路非天看了看四个人，问道："大家还有什么补充没有？"

"我还是觉得，应该把'AI不能伤害人类'放在其中……"周元菁小声地说。

"我也觉得，第一条的表述还有值得商榷的地方，但是我想不到更好的方式了。"钟叹咏说。

"没有关系，今天只是我们第一次头脑风暴。刚才我也说了，我们还会把老杨叫来，再来一次。我们找一天头脑清醒的时候，今天已经太晚，我们都身心俱疲，不适合继续讨论。另外，叹咏，你是AI专业方向的首席科学家，说白了，我们今天干的活很多是为你干的，有想法也要大胆地提。"

钟叹咏点了点头："没问题，我这几天会好好想想，再整理整理思路。"

几个人一边聊着，一边收拾随身物品，然后缓缓地走出会议室。钟叹咏走在最后。会议室的灯在他整个人都离开房间时精确地关闭。钟叹咏突然停住，往身后看了一眼，脑海中蹦出一个问题："如果是那样，AI要如何自处呢？"

再次回到校园，门捷感到熟悉而又陌生。五年一觉就睡过去了，世间的变化却并没有让他感到无所适从。至少在校园里是如此。校门口的摆设与校名题词并没有变化，只是显得更加具有年代感而已。进入大门之后，最直观的感受便是：抬头便能直接看到天空的区域缩小了很多，因为校园上空架起了遮阳顶棚。由于天气越来越热，户外行动几乎离不开透明冷冻膜，但即便如此，如果身处一大片开阔地带，刺眼的阳光依旧会让人受不了。于是，校园的主干道上都架起来遮阳顶棚，这些金属装备的作用并非简单地遮挡阳光，而是随时往下喷出降温喷雾。与它的前几代产品相比，在AI加持下，它还能实时感应行人身上透明冷冻膜的厚度，当这些冷冻膜被热量不断侵融至薄如蝉翼时，它就第一时间为其重新围上一层全新的防护。

说到底，消耗的都是能量。然而，人类产生能量的效率，怎么能跟太阳相比？多亏这些年各种新能源技术的进步，使得人类获得电力的成本越来越低，足以支撑这样一套降温系统。但是，当整个地球都暴露在太阳不断增强的、几乎毫无衰竭痕迹的热烈辐射之下时，这样的进步显得微不足道。更何况，可控核聚变技术尚未成熟到可以大规模推广的程度。

在通过国际综合太空计划署专用数据库了解过去五年的进展后，门捷已经知道，当年星火计划启动前，曾经有一个提案是"地球空调方案"，目标是在整个地球的外太空建设一个庞大的分布式空调系统，同时将"空调外机"放置在月球上，用于抵御不断升高的气温。然而，这个方案最终被否决了。

能量守恒是宇宙的运行原理，而人类没有信心在地球燃点之前掌握支撑这样一套空调系统所需要的能源技术。更何况，它还会大大限制人类的航天发射行为，甚至可能会将人类永久禁锢在地球上。因为，万一哪一天，地球又突然降温了呢？这个空调系统还得是冷暖空调不成？到时候，再想逃离地球，就飞也飞不出去了。狡兔三窟，兔子都懂的道理，人类岂能视而不见？

门捷觉得这次醒来之后，或许是拜国际综合太空计划署专用数据库所赐，又或者是受到了国际永眠中心的VR眼镜刺激，自己的知识储备和思维能力似乎有了大幅增长。难道真的实现二次发育了吗？他曾经读过一些文章，说人类大脑的潜力是很大的，而被激发出来的部分却少得可怜。

如果人类大脑的觉醒速度加快，与AI的发展相比，哪个更占优势？谁的后劲更足？门捷不得而知。他只是怀疑，大脑觉醒是否也需要AI那样的强激励呢？胡思乱想间，门捷不知不觉走进了教学楼。他曾经每天如钟摆般来了又走的地方。

由于仍然是暑假期间，教学楼里十分清静。空空荡荡的教室里似乎储藏着静止的时光。不论是现在，还是五年前，甚至更早的时候，每次暑假回到学校，他所看到的教室，都是现在这个样子。当曾经的喧闹散去后，一切都没有变化，一如那几年如一日摆放着的讲台和桌椅。

这次返校，他并没有特别的目的。张秀宜回单位去给他办理相关手续——毕竟，要做张警官的正式助手，还是需要向组织报备的。而张秀宜的刑警队也有不少得力的干警，凭什么需要他门捷呢？毕竟自己无所事事，只是一个没有头绪，等待开学，将要被高考备考排山倒海般洗礼的学生罢了。

当他溜达到教师办公室门口时，下意识放慢了脚步。门虚掩着，里面似乎有人。门捷忍不住往里面瞥了一眼。只见一个中年男子正在那儿伏案工作，一副仍在学期中的样子。

门捷一愣。这个老师有点儿眼熟哇，戴老师！只是，头发似乎有些稀薄了。这时，那人也恰好抬起了头，目光正好扫过门捷。他也愣住了。

"门捷？"他扶了扶眼镜，瞪大眼睛，露出不可思议的表情。

真的是戴老师？门捷站定，推开门，确认了自己的判断。没错，这个伏案的男人正是他的老师戴梓轩。五年前，他在这里向戴老师辞行，五年后，当他第一次返校时，两人又不期而遇。唯一的区别在于，他门捷几乎还是十六岁，而戴梓轩的生命账户已经扣除了五年。

戴梓轩站起身，朝着门口走来："门捷！你怎么回来啦？"声音里充满了激动，却又带有一丝疲惫。

门捷也朝着老师快步走去。他这才发现，五年不见，戴老师似乎老了很多，发量减少，身形也不再如昨。当年戴老师可是玉树临风、气宇轩昂的帅大叔，现今竟然有些佝偻。最重要的，是那股身上和脸上的精气神已经没有了。眼前的戴老师，不再是一个重点高中的金牌理科教师，而是一个街边随处可见的老头子。

戴梓轩读出了门捷眼中的诧异。他苦笑道："我已经不是五年前的戴老师了。"门捷一时语塞，不知要如何安慰他。憋了半天，蹦出一句话："不，您永远活在我心中。"

戴梓轩摇了摇头，缓缓走到冰箱前，从中拿出两听苏打水，递给门捷一听："记得我们曾经喝过这个。"

门捷觉得心中被一股暖流击中。总算还有一些未曾改变的！他接过苏打水，熟练地打开，"咕咚咕咚"喝了好几口。的确有些口渴。

"戴老师，现在是暑假，您怎么又是最后一个走呢？"

"反正也没有事情做，不如来办公室备课。"

"您不带小孩儿出去玩玩吗？比如去避暑？记得您有一个儿子。"

戴梓轩叹了一口气，皱了皱眉，似乎有话要说，可终究还是用苏打水堵住了自己的嘴。

"您……是遇上什么烦心事了吗？"

"没什么。"戴梓轩摇了摇头，"生活不就是一堆问题的组合嘛。"说到这里，他似乎下定了决心，把话题转移到门捷身上。

"你看上去状态很好，看来五年的休眠很不错呀。早知道，我也干脆去申请参加这个试验好了。"

"我原本希望可以多睡几年的，但遇到意外情况，就提前醒来了，现在正在帮一个警官调查案子呢。"

"哦？说来听听。"

门捷便把陈悠然的事情说了出来，但隐去了自己在国际永眠中心里醒来之后那段经历，更加没有提心底的红裙女孩儿。

"陈叔叔是我爸的同学和朋友，我要找到真相，为他报仇！"

戴梓轩的情绪似乎被门捷的活力稍微调动起来一些："陈悠然的事情，我也知道，各大新闻都报道了，引发了很多慌乱和讨论。不过，你倒是挺有劲头的。"

"嗯，反正暑假里也没什么事情做嘛。"

"还记得我之前跟你说过的话吗？你还是要参加高考的，否则大学都上不了。"

熟悉的那个戴老师似乎回归了。

"听老师一句劝，别理会那些媒体的报道，说什么世界末日要来了，应该及时行乐,学历有个屁用……上了大学,至少可以让你更加成熟和完整一些,不然就会像有些孩子,过早地闯社会,然后深陷'灵境汇'不可自拔……唉……"

门捷隐约觉得戴梓轩话里有话,却也不敢深问,只能点了点头:"戴老师,您现在怎么看未来呢?五年前,我们曾经聊过,当时您说您自己是'穷达之间',顺其自然,现在呢?"

"现在?现在我只想去参加你参加过的那个试验,只可惜陈悠然死了,只能睡五年,否则我巴不得睡上五百年,管他发生什么,都与我无关!"说到这里,他盯着门捷一字一句地说,"你知道为什么小说里拯救世界的都是少年吗?因为像我这样的中年人,听说世界末日要来临的时候,会喜形于色地问:'还有这等好事?'"

门捷心情复杂地看着自己的老师,没有说话。他不知道戴梓轩受到了怎样的打击和刺激,变得如此颓唐。

正当他想安慰老师几句时,电话响了。一个粗犷的声音从电话那头传过来:"小子!你的手续都办好了!我这就来找你!为了庆祝这个时刻,我送你一个成人礼!"

第5章
灵境汇

离开戴梓轩的办公室，门捷有些于心不忍。恩师显然遇到了一些麻烦，自己本应多陪他一会儿，可张秀宜的命令又不能不听，毕竟自己现在是他的助理。

自古忠孝不能两全，更何况，成人礼？听上去有些暧昧，门捷不免胡思乱想起来。他读过一些小说，看过一些电影，里面的成人礼无一例外都是……还是有些向往的，毕竟，他还从未体验过……

当他再度站在学校门口时，张秀宜那辆破车已经停在那儿了。门捷钻进副驾驶，一屁股坐好，系上安全带。

"怎么这么慢？成人礼都没兴趣？记住，现在你正式算是我的助理了，必须得随叫随到！"张秀宜扔掉吸剩的烟蒂，似笑非笑地说。

"我刚才在老师办公室，五年没见到他了，没想到他现在这么'丧'，唉……"

"你个小年轻有什么好叹气的？我一把年纪了，没个一儿半女，老婆也老早跟人家跑了，你见我叹过气没？你现在正是顺风顺水，无限可能的时候！不要被那些媒体的宣传给洗脑，觉得人类真要玩完了，也别受我们这帮没有前途的中年人影响，只知道为赋新词强说愁……"

"……蟑螂蚊子在地球上生存多少年啦？它们见过的恶劣环境不比我们人类多？它们怎么就能一直活下来？我们在宇宙中不就是跟蟑螂蚊子一样的

存在吗？怕什么？"张秀宜可能觉得还不够过瘾，便又点燃一支烟，"再说了，你到底想不想要成人礼？想要的话，就别一副没精打采的样子！"

门捷挤出笑："好的呀，张警官，那就有劳您带我去见见世面了。"

汽车发动，沿着校园旁边的马路行进了大约500米，便拐上一条小路。穿过小路，又到了一条大路，大路通往滴水湖环路。

"我们去滴水湖边的那几个酒店吗？"门捷忍不住问道。

"待会儿你就知道了。"张秀宜卖着关子。

但门捷已经不由自主地在脑海中勾勒成人礼的画面了，不免觉得有些局促不安。好在张秀宜正在聚精会神地开车，没有注意到他的不安。

汽车整整绕着滴水湖转了大半圈，然后在一个小路口再度拐弯，沿着这条与湖岸正交的道路行驶，与湖水渐行渐远。门捷再度纳闷儿起来。汽车连续通过两个路口之后，又拐了一个急弯，又行驶了约100米，终于在一条小路尽头停了下来。而夜幕也缓缓降临。夕阳的余晖终于不再折磨这片土地，但热量却没有退却半分。

门捷往路边望去，目光落在了马路对面那栋写字楼底层暗紫色装饰的门脸之上。那儿镶嵌着的霓虹灯暧昧地闪烁出三个字：灵境汇。门捷猝不及防。就这样一个破酒店？怎么感觉不是做正经生意的呢？

等等！这不是酒店！难道是——那款风靡全球的"AI+元宇宙"游戏的线下店？虽然自己也没有玩过，但是这算什么成人礼！

张秀宜见门捷没有下车，问道："怎么了？不敢玩？我知道这个游戏有年龄限制，要满十八岁才行，所以在局里已经特意给你申请了豁免手续，毕竟你已经十六岁了。之前听你说没玩过这个游戏，所以就给安排上了。怎么样？让你提前两年就玩到这个游戏，算不算成人礼？惊不惊喜，意不意外？"

"我……"门捷憋着一肚子火，无处发泄，使劲咽了咽口水，用尽全力呈现出一张开心的脸，"我真的谢谢您！"

张秀宜咧嘴一笑："其实这个游戏不需要非到他们的线下连锁店玩，我车上就有VR接入装备，按理说，我找个停车场把车一停，就能带你'开黑'。但是，既然是成人礼，总归得有点儿仪式感嘛……你别看这家店门脸不怎么气派，可已经是滴水湖区域最好的一家店了，跟市中心当然没法比，但让你充分体验这个游戏，绰绰有余。"

门捷都要哭了。他只能悻悻地下了车，还得装出一副欣喜的模样，生怕被张秀宜看出心底的那点儿龌龊想法。下车后走到"灵境汇"门口，短短几步路，两人却因为没有透明冷冻膜的保护，都出了一身臭汗。走进室内，整个人才又重新舒坦过来。眼前只是一条窄窄的通道，没有前台，也没有接待人员。通道上方，放置着一排带有摄像头的机械设备，细长形状，与地面平行，仿佛飞车站和高铁站常见的安检装置。

张秀宜停住脚步，说道："走进这条通道，里面就是各种接入设备，有比较轻量的VR头盔，你只要戴上即可，也有重量级的全身触觉虚拟装备，你需要穿进去，就像航天员进入航天服一般。两者的游戏场景没有区别，但后者的沉浸式体验肯定会更好，所以也更贵。今天，我就让你好好体验一下沉浸式，算是花血本了呀。"

"嗯。"门捷重新打起精神。既来之，则安之吧！毕竟，自己也的确没玩过"灵境汇"。

"不过，进去之前，我要先给你介绍一下这个游戏的背景。这是第一款，也是最风靡全球的AI+元宇宙游戏，已经兴起二十来年了，也就是说，在你出生前，就已经出现了。这是一个极度开放和自由的游戏，进入之后，里面几乎没有规则，每个人都能在里面获得现实生活中所无法实现的体验，这也是它的迷人之处。

"游戏名叫'灵境汇'，游戏里的这个世界就叫'灵境'。其实，'灵境'这个词，是钱学森在二十世纪九十年代亲自为Metaverse这个英语外来词做的翻译。但后来不知为何，人们就使用'元宇宙'这个说法了。但在我看来，'灵境'这个翻译显然更加高级。

"这是你第一次进入灵境，我也没有很多注意事项要告诉你。先说两点吧。第一，你肯定会先进入新手村，这是每个第一次进入的玩家所必须经历的阶段。为了防止新玩家迅速沉迷，国家规定，新手村的每个角色，都要在其头上显示他在灵境中使用的化名和他的真名，让新玩家一开始就意识到：这只是一场游戏罢了。但是，一旦经过新手村的阶段，这些信息就会消失，你就会感觉自己是在一个完全真实的世界当中。当然，消失的时间因人而异，并没有统一的标准。

"我建议你在新手村里乖乖待着，等熟悉灵境、新手标识消失之后，再进入真正的灵境世界，否则很容易被秒杀——当然，死掉也没关系，只是会退出游戏而已。不过，死掉的次数多了，费用会成倍增加，因为游戏是按照流量收费的，而每进入一次，都有一个最低消费额。"张秀宜咳了一声，"虽然我今天请你玩这个游戏，但你也悠着点儿，别让我破产！"

将自己的双手伸进全身触觉虚拟装备时，门捷觉得冰凉。他的心也刚刚经历了谷底。原以为成人礼是第一次亲密接触，没想到变成跟这样一个冷冰冰的玩意儿亲密接触。他整个人已经完全处于装备的包裹当中。只不过，视野里还是一片黑色。

他扭过头去，掀开面罩一角，只见张秀宜还在笨手笨脚地钻进装备，一看就很不熟练，没准跟自己一样，也是第一次。看来，他平时真是不舍得玩这个高级装备呀，为了自己这成人礼，真是下了血本了！

进入灵境之后，真会像他和其他人所说，忘却一切吗？就连吃喝拉撒这种本能反应都能被忽略掉？刚才，张秀宜跟他分享了一个多年前的案例——带自己玩游戏前进行充分的培训和免责声明，还带有案例详解，这位警察可以说是相当专业了。

当年，访问灵境的装备除了VR头盔和全身触觉虚拟装备之外，还有一个更加沉浸式的存在——脑机接口。

后来，因为有玩家在灵境中泡了整整三天都没出来，最后被发现的时候，整个人已瘫软在地，断气多时，下身湿了一片。而与他脑机接口交联的信息复现在屏幕上时，呈现出一个前凸后翘、万种风情、一丝不挂的红发尤物NPC[①]依然在他灵境中也已经僵硬的身体上玩得乐此不疲。那惨状，像极了《红楼梦》里在风月宝鉴前暴毙的贾瑞。

"'灵境汇'玩家在游戏过程中精尽人亡"是一个天然的热搜话题，毫无悬念引发了一轮社会大讨论，最后的结果便是：国家在前几年颁布了《灵境类游戏防沉迷法》，也是在这个法案当中，脑机接口被永久禁止，因为带来的体验过于真实，还能增加多重回馈，能轻松击溃人原本就不算坚强的自律。

① 非玩家角色。编者注。

另一方面，他还注意到，这里除了灵境接入设备之外，还有一款叫"灵境派"的零食在自动贩卖机内售卖。穿上装备之前，他特意去研究了一下，发现这种零食由密度极高的淀粉和纤维组成，还添加了一丝高浓度蔗糖素来提味，却不含任何水分。有了它，玩家们可以解决胃的问题，还能最低程度地惊动膀胱。显然，这是绝佳的玩家伴侣。

正回顾着刚才获知的新鲜的一切，门捷的眼前亮了起来。

"我选择了一个叫'神术秘境'的本子，先让你熟悉熟悉。"耳边传来清晰而熟悉的声音——粗犷而不容置疑。与此同时，他感到浑身一阵超重的眩晕感，情不自禁闭上了眼睛。

当他再度睁开双眼时，倒吸一口凉气。他整个人正半悬在空中，眼前是一片开阔空间。碧空之下，是一片平坦而翠绿的峡谷，峡谷两旁，壁立千仞，两座险峰与簇拥着它们的山脉相对峙。他感到扑面而来的朔风，但整个人却稳稳地悬停着。风里满是青草的香味，也十分凉爽。显然，他已经不在那个炎热的现实世界，而是身临灵境了。

突然，几道如练的白色轨迹从他眼前闪过，像极了飞机的航迹云，却看不见飞机本身。这几道白云飘荡着游向远方，然后在他的视野正中心处逐渐拼接出几个模糊的字——神术秘境。这几个字逐渐变得清晰，直至仿佛镌刻在穹顶一般。

他举目四望，却看不见半点儿张秀宜的影子，心里不免有点儿发慌。正当他准备呼叫张秀宜的时候，身体猛地往下坠去。刚刚体验过超重感觉的他，又被失重给包围。门捷下意识地再次闭上双眼。

当失重感觉消失的时候，他觉得自己的屁股已经坐在了一片坚实的底座之上。他再次睁开双眼，发现自己正身处一片空地。空地周遭是几间简朴的房屋。不，应该说是简陋。

"我这是穿越啦？为什么这些屋子都是古代风格？一丁点儿钢筋水泥的痕迹都看不见，全是木头和茅草……"房屋四周，分布着没有任何标记的道路，歪歪斜斜地往四处延伸开去。路上的行人，穿什么的都有。既有穿长袍马褂的，也有穿西装套裙的，还有半裸上身，只裹着兽皮的男子在毫无顾忌地走来走去。唯一的共同点，就是每个人头上都闪现出两行字。上面的红色字体是千奇百怪的名称，下面的灰色字体则是相对规则的名字。看来这就是张警官说的新手村了。门捷站起身，拍了拍屁股，强装镇定地缓步走动起来。他一边走，一边仔细观察周遭的一切。除了那两串名字，简直太逼真了……不！这简直就是一个真实的世界呀！

"你到了吗？"耳边终于传来了张秀宜的声音。

门捷连忙回答："我到了，应该在新手村，这里建筑风格很古早，但人们的装扮却千奇百怪，像是个拍电影的片场。"

"那就对了，我就问你逼真不逼真。"

"我真没想到，AI和元宇宙技术能发展到这般地步。"

"好，你就好好玩吧！我打怪去了，有任何情况，只要吼一声就行，我已经设置了我们之间的无缝智能通信，装备能自动判断你是呼叫我，还是跟身边的人对话。对了，我再提醒你一遍，别走出新手村哪！"

"好的。"门捷乖巧地回答。可心里想的却是：我要去看看怎样才能出去，这个地方有点儿无聊哇。

门捷将自己降临的这片空地已经看得七七八八，他尽量避免与其他人产生视线接触，以免产生不必要的交流。他想把状况搞清楚之后，再开始四处打探。这几间古朴的屋子，看上去每一间都有其用途。有的似乎是武器铺，有的则是服装店，无论是从房屋门外的logo，还是出入人群手上与身上的变化，都不难判断出来。

只有一间屋子，门口竖着一个小写英文字母：i，而且门可罗雀。应该是information，信息服务中心的意思。门捷打算从这家店开始探索。他推门而入，只见一个宽敞的大厅，大厅里的装饰与外墙相比，完全是不同的风格。

如果说外墙看上去像是宋朝，这里则像2200年以后——如果那时候人类还存在的话。一个人都没有。空中悬浮着几扇像是屏幕，又像是全息影像的图形。当它们感受到门捷的接近时，便仿佛是接到了指令，无声地飘浮至门捷身前，触手可及。

"欢迎来到神术秘境第一站：体系选择。"大厅里响起一个颇具魅惑力的成熟女声。

"在你面前的每一面屏幕，都展示着一个体系，弱水三千，你只能取饮一瓢，选择了其中一个体系，你便不能再选择其他。在你做出选择之前，屏幕上会播放这个体系所对应的特点、风格与成长路线，你还可以在其上进行点击或操作，了解更多的信息。从现在开始，你有五分钟的时间做出最后的选择，如果时间到了，你仍未做出选择，系统将随机为你分配一个体系。"话音刚落，眼前的屏幕开始缓缓地围绕着他转动起来，而且还有新的屏幕源源不断地出现。

门捷不禁想起飞机场行李托运转盘刚开始转动时，从底部连续传送上来的旅行箱。他看得眼花缭乱，这才发现，原来这个游戏的体系竟然有好几十种，而且简直包罗万象。神鬼两道，黑白无常，应有尽有，从古埃及的太阳神到云南的蛊毒，从北欧的奥丁到北方的萨满，每个体系都各具特色，让人流连忘返。而且，不同的体系，其成长路线与级别的称呼也不一样。总有一款适合你。

门捷惊异于这些体系的丰富程度，一时间竟然难以抉择。眼见倒计时往个位数的秒数而去，他最终选择了"元素神术体系"。金木水火土，电冰暗光毒。门捷已经迫不及待地想要体验这十大元素了。

"恭喜你，选择了元素神术体系，从这一刻开始，你就成为'素人'，也是元素神术体系当中最基础的级别。你可以不断升级、成长，组建团队，在神术山峰上不停向上攀登，与各类对手战斗，直到掌握所有顶级元素神术，成为'十全元素神'。到这个时候，你就能拥有进入秘境的资格，在秘境中，有更加变态的NPC敌人——以及同样出类拔萃到足以进入秘境的玩家，自然也有无比可观的战斗回报——从财富，到称号，到头衔，到美女，到面首，你要什么，便有什么。现在，开始你的神术秘境之旅吧！"

伴随着依旧摄人心魄的声音，门捷眼前的数块屏幕都自动消散，只剩下那块被他选中的"元素神术"。那块屏幕突然朝着他的身体冲了过来，在他还没来得及有任何动作之前，便钻入了他体内，消失不见。门捷打了一个冷战。他低头看了看自己的手脚，似乎并没有缺胳膊少腿，肚子里也没什么异样。想到刚才自己被分配的级别，他叹了一口气："唉……素人……倒是挺恰如其分的。"不过，至少现在有了目标。

当他走出这间房，重新进入刚才所在的空地时，顿时觉得有奔头多了。门捷看着此时空地上新出现的几个与他年纪相仿的少年，心中一笑："你们这些新手。"

他迈着大步离开这几间房屋，朝着大道走去。这虽然是他第一次进入灵境，但以往并非没有玩过电子游戏。他知道，作为新手，身无分文，必须得先去赚点儿钱才行。换言之，刚才那几间武器铺和服装店，不是他现在这个阶段就能进去的。因为进去了也肯定买不起。

七拐八拐，终于上了大道，他的视野一下开阔起来。熙熙攘攘的人群颇具规模，门捷觉得自己仿佛一下从乡下来到了汴梁。唯一让他有点儿出戏的是，每个人头上都顶着那两行字。他一边看着路标，一边询问，很快便走离大道。越往前走，人就越稀少，而他就越兴奋。

显然，这个新手村所处的位置正处于他刚进入游戏，从空中俯瞰的那个山谷当中，四面被森林环绕。森林隔绝了村子与山谷两旁的崇山峻岭。当他走到脚下没有路的时候，发现身边已经没有什么人了。前方不远处便是一片密集的树林，仅仅留下一条小径从中穿过。放眼望去，小径的尽头无比昏暗，根本看不清楚。而此刻分明还是光线充足的下午，阳光正洒在自己身上，无比温暖。可见前方的森林有多厚。刚才拂面的微风此刻略微停歇。除了林子里偶尔传出的几声鸟叫，门捷感受不到别的存在。他仿佛能听见自己的心跳。

他往前迈过去，脚底踩在松软的泥土与掉下的树叶之上，有时悄无声息，有时又发出"沙沙"的声音。门捷调出自己的技能表，其中果然只有一项：基础元素攻击。他选中了这一项。然后攥紧拳头，往那条小径走去。

"警告，警告：你即将离开新手村，请确认。"一个女声在耳边响起。毫无感情色彩，只是例行公事。

"确认。"他小声说道。顿时，他只觉得前方一道看不见的门打开了。刚才还云淡风轻的环境瞬间变幻，地上卷起一股劲风，将他往前吹去。门捷只觉得自己双脚离地，于是开始挣扎，却无济于事。他整个人横着便穿越了那道小径，然后，重重地摔在地上。然而，他并不觉得疼痛，这里的泥土很松软。他抬头一看，层层叠叠的树叶遮天蔽日，几乎看不见天空。他发现自己已经身处刚才所无法窥见的那片昏暗当中了。

门捷瞪大眼睛，试图拢进更多的光，却发现这样的场合下，不如多靠耳朵。此时周遭的声音已经与刚才截然不同。他分明能听到远处时不时传来野兽的嘶吼以及更远处人类的尖叫。虽然十分遥远，但他总有种能瞬间切换的感觉。围绕在他周围的，则是源源不断的低频"嗡嗡嗡"。"这些飞虫应该不至于伤害我吧！"当然，门捷也不想去惹恼它们。

他小心翼翼地往前挪动着，内心很矛盾，既希望突然蹿出来一个怪物让他一展身手，赚点儿经验值和钱，又担心蹿出来的是一头自己无法抗衡的巨兽。不知道移动了多远，却什么都没有发生。这时，他突然感觉到10点方向有微弱的异响。那是金属碰撞的声音，而这片森林里，金属应该不是原生的。那一定是武器！

他连忙屏住呼吸，弓着腰，循声而去。远远地，只见两个人影缠斗在一起。他看不见他们的长相身材，但却因为是新手，能清晰地看见他们头上的名字！那一红一灰两行字，在这昏暗的森林中格外显眼。门捷原本只是瞟了一眼。然而，他的眼睛再也离不开了。一个人的灰色名字是：邹通，而另外一个的红色名字则是：戴梓轩是傻×。

门捷怀疑自己看错了，揉了揉眼睛。依然是这几个字。他甚至顾不上去看邹通的红字以及"戴梓轩是傻×"的灰字。戴梓轩是傻×？他立刻想到刚才戴梓轩那副生无可恋的语气，以及提及年轻人沉迷"灵境汇"时的神情。难道这小子是戴老师的儿子？他这才重新看过去。果然，他的真名是戴路。而那个邹通的化名则叫"老子是小霸王"。

门捷正在犹豫着要不要去劝架时，邹通停下了手中的动作："暂停！我们俩再打下去，那头傻狍子的伤势都要愈合了！"

"凭什么你说休战就休战？"话虽这么说，戴路还是放慢了手上的动作。

看上去，两人是为了同一头猎物而争斗。而显然，他们都已经不再是新手，否则邹通如果看到了戴路的化名，估计两人立刻化干戈为玉帛了。毕竟，戴老师没少教训邹通。

"算了，多一事不如少一事！他们的级别都肯定比我高很多。"就在门捷打算就这样藏匿着，不再接近两人的时候，邹通突然朝着他的方向扑了过来。

"抢什么狍子？这边分明有一个菜鸟！我们一起把他杀掉，经验值不比杀头狍子多得多？没准还能升级！"

戴路这才反应过来。

"那儿有个新手？这年头新手还敢从新手村里跑出来？太难得了！你别想拿到首伤！"两道黑影径直朝着门捷而来。

门捷只觉得瞳孔急剧收缩，一个转身，撒腿就跑。刚迈出两步，就听见身后刚才潜伏的地方一声巨响。他不清楚邹通和戴路选择了哪个体系，但听上去，似乎他们可以远程攻击。

麻烦大了。走出新手村的那一刻，他就有被秒杀的觉悟。只不过，怎么能死在这两个货手里。算了，还是求助张秀宜吧。正在他准备呼救时，却听见身后传来两声惨叫，然后是"扑通""扑通"两声，一切就都安静了。也就几秒钟的事情。

门捷不敢相信自己的耳朵，连忙转过身去。这时候，他连自己的眼睛也不敢相信了。昏暗当中，一个红裙女子正站在距离自己不远的地方。她的侧颜对着他。红色，哪怕是在黑暗中，也能够显出色彩来，更何况光彩照人的她。门捷虽然看不清她的样貌，但百分之一千地肯定，这就是让他魂牵梦萦的那个女子。那个他在休眠之前就在国际永眠中心的大厅中瞥见，又在休眠醒来后尾随的女子。那个在他脑海中不知道盘桓过多少日的女子。他甚至不知道她姓甚名谁，芳龄几何，来自何方。然而，他竟然在灵境中遇见了她！还是在这样千钧一发的时刻！

"糟糕！一般都是英雄救美，这次却是反着来，她不会由此就把我定性了，从此看扁我吧……早知如此，刚才还不如让那两人把我给杀了呢，顶多就是让张秀宜多付点儿钱嘛！"门捷忍不住胡思乱想起来。

但女子仿佛没有看见他一般，嘴里嘟囔了一句："两个虫豸。"然后，她便快步离去，消失在树影重重之中。

门捷这才想起来，自己还没上前去打个招呼。"她看见我了吗？她叫什么名字？她怎么这么厉害？"脑海中的问号，一个都没有消除，反而越来越多。门捷懊恼地捶了捶自己的大腿。他决定不再久留，而是沿着原路返回新手村，到村里指定的升级打怪处去"猥琐发育"[①]。好在回程没有碰到新的险情。

当他重新回到光明之中时，整个人都要虚脱了。猛然间，他想起来一件事情，顿时疑窦丛生。"待会儿一定好好问问张秀宜。"

---

① 游戏用语。编者注。

门捷躺在柔软的泥地上，嗅着混杂着来自大地的味道。既有泥土的芬芳，又有树叶的腐臭。他自出生以来，从未闻到过如此复杂的气味，但人类刻在DNA当中上百万年对于大自然的亲近让他毫无障碍地接受了。竟然还挺好闻。

身上的气力重新回归之后，门捷站了起来。他迫不及待地向着张秀宜喊话："你不是说，新手村的人能够看到所有人的化名和真名吗？为什么刚才我看到一个人，她的头上没有任何文字？"

"你小子是不是听打不听劝?！叫你不要出新手村，你非要去是吧！你现在在哪儿？赶紧给我回去！"

"……你怎么知道我出了新手村？"

"你听说过NPC吧？就是'非玩家角色'，每个游戏里都有NPC，这个游戏也不例外，但是新手村里是没有NPC的。所以，我当然知道你小子不老实，到处乱跑了！"

门捷被捉个正着，感到很尴尬，便岔开话题："所以，NPC是没有化名和真名的？"

"当然啦！因为他们在现实世界当中并不存在！我之前没跟你说，是压根儿没想到你会胆这么肥，你知不知道？菜鸟新人在新手村之外是很受欢迎的存在，那帮老玩家就喜欢欺负新人，而且这个游戏的奖励机制还进一步激励他们那样做。"

"啊？为什么？"

"因为老玩家——不管级别多低，灭掉一个新人就像捏死一只虫子那么简单。你要知道，人的成长不是线性的，人类的发展也是如此。20世纪的人类是不是可以吊打19世纪及以前的人类？而在灵境，干掉一个新人，经验值将以10倍的速度累积。"

"这也太不公平了！"

"你以为呢？灵境可不是充满爱的地方。"

门捷听到这里，挤出一句话："那，你干脆带我去练级吧，可以把我当作诱饵，吸引那些贪婪的人过来击杀，然后你再出其不意。我记得你说过，如果我们在彼此附近，并且没有表示出敌意，你拿了经验值，我也多少能分一点儿，算是见者有份儿。"

"……"

"我想变强。"

张秀宜沉默了一阵,问道:"哪怕把自己时时刻刻置于危险之中?"

"是的。"

"那行,你到我这边来吧。我给你发一个定位,然后给你一个传送门,你只需要打开传送门,就能直接穿越过来。记住,千万不要放其他人过来。我不想被他们占便宜,当然,更不想害人家。"

"嗯。"

结束与张秀宜的对话,门捷感到整个世界观都经受了一次洗礼。学校的教育从未教过这些。没想到灵境里的世界竟然如此赤裸裸!

他已经顾不上思考心中另外一个疑问:为何自己明明在国际永眠中心见过那个红裙女子,她却是灵境里的NPC呢?他只想尽快到张秀宜身边去。他不要"猥琐发育",他要立刻变强!

门捷一边警惕地四处张望,一边贴着新手村的边界,走到一处相对隐蔽的树丛边。他尝试躲在两棵树后面巴掌大的一片空地上。

"警告,警告:你即将离开新手村,请确认。"那个毫无感情的女声再度响起。

"不去。"门捷轻声说道。

"那你需要在十秒之内往相反方向走,离开此地,否则将被强制带离新手村。"

"什么?哪有这么霸道的!"门捷连忙选中张秀宜刚才给他的传送门,"开启传送门!"

一道菱形光环出现在他面前,四条边闪耀着炫目的金光,它们之间却呈现着诡异的星空黑色,看上去深不见底,有些吓人。同时,一声巨响响彻云霄,仿佛时空开裂的声音。

"……九,八,七,六……"倒计时已经开始。

"那边有人开启传送门了!我们赶紧的呀!有大腿可以抱,错过了就没有了!"远处传来人们的叫嚷和喧哗声。门捷甚至能够听到他们的脚步声。

"什么情况?大家都不想在新手村里乖乖练级,都想走捷径?连新手村都这么卷了吗?"面对着倒计时和蜂拥而至的人群,门捷再也无暇顾及其他,更加来不及去做心理建设，硬着头皮闯入了那道菱形的金光之中。当他整个身体没入星空黑时，金色的菱形大门便瞬间消失了，仿佛从未存在过一般。空地恢复了原本的样子。晚了一步到达的人们喘着粗气，咒骂着，久久不愿离去。

门捷只觉得自己陷入无边的黑暗，仿佛并没有动弹，却又像是在穿越一切。片刻之后，他出现在张秀宜身边。

他抬头一看，差点儿没笑掉大牙："哈哈哈！你居然叫'温柔一枪'！"

张秀宜有些恼怒："老子帮你练级，你还嘲笑我？"

"对不起……哈哈哈……只是，这个名字也太老派了，我在学校里学过《互联网简史》，这是二十世纪末二十一世纪初的中年人常起的网名啊！"见张秀宜那窘迫的样子，门捷觉得心情好了许多。他开始观察这个全新的环境。显然，他们已经在山里了。而且还是在一片无敌视野的半山腰。眼前是一片平坦的草地，草地后便是万丈悬崖。站在这里，可以俯瞰整个山谷，也包括新手村所在的位置。

"好哇……难怪新手们都想出来，这景色，真比村里好多了！"

"听说过什么叫'高处不胜寒'吗？没有这个本事，你就算侥幸来到这里，被杀也是瞬间的事情。"

"这不是有你吗？我安静地做个诱饵即可。"门捷一屁股坐在草地上，欣赏起眼前的美景来。距离他们身后不远处，就是陡峭的山脊，从山中来到这片草地，只有一条狭窄的道路。张秀宜特意选择了这里，是因为这里是完美的瓮中捉鳖之所。

"对了，怎么让别人知道这里有一个新手？需要打广告吗？"门捷回头问道。

张秀宜挤出几个字："你马上就知道了。"话音刚落，他就觉得一道灰色身影从眼前闪过。他连忙跳到门捷身前，摆好战斗姿势，一只手攥紧了腰间的枪。然而，当他看清楚眼前的人时，愣住了。

这是一个身着灰色长袍、瘦骨嶙峋的老者，整个人仙风道骨，气宇不凡。他曾经见过这个人。没错，就是自己被顶头上司临时叫去开始查办淀山湖空难那天。这个老头儿自称龙神！

门捷也反应过来，吓得从草地上蹦了起来，浑身紧绷，站在张秀宜身后。当他看清楚来者的时候，忍不住骂道："喂！你看上去像是个神仙，还是个有文化、德高望重的神仙，怎么也来干这种猎杀新手的事情？你都这把年纪了，在家里含饴弄孙，享受天伦之乐不好吗？非要到灵境里来，老不正经……"

门捷突然张口结舌。老者的头上也没有字。这又是一个NPC。但是，NPC杀人的话，图什么呢？他不免又想到那个红裙女子。那她刚才干掉邹通和戴路，又是图什么呢？

张秀宜注意到了门捷的神情，小声问道："他是NPC？"

"是的。"

被门捷一阵奚落，老者并未生气，反而捋了捋整齐而颇具美感的胡须，笑道："有文化，德高望重……好，好！这样的形容词，你可以多来一点儿。还是学生肚子里有墨水呀，你身边这个大老粗，肯定是说不出这样的话来的。"

张秀宜抗议道："他可是还说了你老不正经！"

"说得没错，我就是老不正经。"

门捷见老者似乎不像是坏人，便胆子大了一些，径直问道："老人家，您今年贵庚？为什么要冒这么大的险呢？灵境可不是童话世界哟。"他决定嘴甜一点儿。

果然，老者很吃这一套："小伙子，我喜欢你，哈哈哈……我不是一般人，我是神，你可以叫我龙神。在这个世界里，没有人能奈何得了我。"

确认了龙神NPC的身份之后，张秀宜也从战斗状态恢复过来。他曾经与这个自称龙神的人打过一次照面，当时两人只是有些拌嘴，这个老头儿非要给自己算命，还说自己印堂发黑，面颊发绿。如果存在针对自己的恶意，上一回就应该已经干上了。

在灵境，根本不存在"君子报仇，十年不晚"的事，所有的恩怨都是即时解决。更何况，门捷证明了这个老头儿是NPC，至少保证了门捷自己的安全。灵境当中，NPC的数量并不多。在为数不多的NPC当中，虽然存在对于玩家威胁极大的敌人，但没有专门找新手下手的NPC。欺负同类的弱小者，只有真实玩家能干得出来，或者说只有真实玩家背后的人类能干得出来。而且还乐此不疲。所以，张秀宜判断，老头儿的威胁不大。

"老头儿,你上次就自称是龙神,还非要给我算命,今天你过来,不会还是因为这件事吧?我丑话说在前头,我的钱都拿来请这个小子玩他的'灵境汇'游戏处女秀了,没钱打赏你。"

老者没有理会张秀宜,而是冲着门捷继续说道:"小伙子,你相不相信,我会算命?"

"当然相信,为什么不相信呢?您不是龙神吗?既然是神,自然可以知晓人的命运。"门捷乖巧地回答。从小他爸就教育他:老年人已经是挂在墙上的画,是没法改变的,只需要顺毛捋就好。

"那好,那好,我先给你算一卦。"老者十分得意,轻飘飘地走到门捷身前站定,张开右手手掌,迅速推向门捷的天灵盖,然后停留在距离那儿不到五厘米的位置。同时,老者口中念念有词。门捷出了一身冷汗。刚才老者的动作他压根儿就没看清楚。如果这是一个对自己有歹意的玩家,这时候自己早就已经挂掉了。

张秀宜也目瞪口呆。这个老头儿的功力远在他之上。难道……他不是在吹牛?

过了片刻,老者放下右手,嘴里也停止了言语。他微微低头,沉思了一会儿,然后抬头展颜:"小伙子,你是新手,第一次来我们灵境,所以我才需要刚才这套流程来帮你算命,对于已经不是第一次的人来说,我只需要看一眼,就能知道他们的吉凶。"说罢,他斜眼扫了一眼张秀宜。

"老人家,那我的结果怎么样?是吉是凶?"门捷迫不及待。

"小伙子,你前途无量,但是在情感道路上会遇到坎坷,更多的细节我就不便透露了,你自己慢慢体会吧。或者,可以加钱。"

张秀宜忍不住了:"喂,老头儿!这种话我都会说好吗?哪需要装神弄鬼?他今年才十六岁,哪个十六岁的少年不是前途无量的?如果我没有说错,他应该也还未经人事,以后怎么可能不遇上情感坎坷?这都是正确的废话!就连废话,你还惜字如金,不肯多说一点儿!"

门捷则觉得自己遭受了老者和张秀宜的双重暴击。他脑海中又浮现出那个红色身影。

老者白了一眼张秀宜:"我不跟你一般见识。上回我对你说的话,依然有效。如果你偏不接受让我再帮你仔细算一算,出了血光之灾时,勿云言之不预也。"

"我真的谢谢你。"

老者叹了一口气："那好，看来今天我是白来一趟了，告辞！"眨眼间，老者便消失得无影无踪。

门捷问道："您为什么对他如此抵触？"

"我之前遇到过他一次，一上来就说我有血光之灾，还非要帮我仔细算算，你说这叫什么人？即便是NPC，也不能这样放肆呀。更何况，为什么见了你就尽说好话，见了我就狗嘴里吐不出象牙？"

"您认为，他就是游戏当中用来活跃气氛的？"

"算是吧，这不就是NPC的作用吗？"

"其实，我有一个大胆的假设。"

"说！"

"我觉得，这个老人家没准不仅仅是气氛担当，他可能真有一定的先知能力。"

"你不过就是被他判了两句，便走火入魔啦？我刚才不是说了，那两句判词，我都会说。"

"不，我是根据两点得出这个推论的。第一，既然是NPC，就意味着他代表着'灵境汇'这整个游戏系统，而这个系统本身就拥有所有玩家的天量数据，从个人信息到社交活动。基于这些数据，采用最新的算法，是不难进行一些趋势推测的，趋势推测不就是'算'命吗？至少是算命初级阶段。第二，我是新手，所以系统里没有我的数据，而他刚才那个看上去装神弄鬼的动作其实就是抓取我数据的过程。这也印证了第一点。下次如果我再来，再碰上他，肯定就没有这套流程了。"

"你说的倒是有点儿道理……所以，他算是整个'灵境汇'游戏AI数据库人格化的展示？"

"不愧是张警官，我说了这么一大段话，您一句话就概括了。"

"少来！下回你要再来'灵境汇'验证这个判断的时候，我可不再请客了，你自己想办法。"

就在这个时候，张秀宜突然将门捷一把推倒在地。

"小心！"然后，他自己也一个后空翻。两支利箭"嗖"地从两人刚才站立位置的上空穿过，直接落入草地后的万丈深渊。

"好险！这次是真的敌人到了！"张秀宜大吼。门捷则紧张得浑身颤抖。突然，张秀宜收到一条急促的警报："'境外'有不容拒绝的中断请求，你将在五秒钟之后退出灵境。"

从月球背面一号基地回到地球之后，邓爱伦觉得略微笃定了一些。

虽然陈悠然之死让生物科技司的休眠技术推进受到一定阻碍，另一条战线上，航天科技司的进展还是在掌控当中的。而后者的进展更加重要。毕竟，航天科技司要解决的，从根本上说，是所有人类——每一个人，能否离开地球在宇宙中立足的问题——无论是立足在其他星球的表面，还是人造航天器当中。"舱元"计划只是为了实现这个目标的诸多计划当中的一个。在家中休息两日之后，他立刻召集了航天科技司联席会议，会议地点是新北京国际会议中心。于两年前竣工的新北京国际会议中心位于怀柔雁栖湖畔，与曾经的国际会议中心遥相呼应。

整个会议中心全部采用一站式建筑结构，看不到一丝一毫的缝隙，仿佛所有的外立面都由一块建筑材料剪裁而成。如果拿食物打比方，就像西安的传统面食蘸蘸面，或者蘸水面，一根面条占据一整碗。而且，会议中心所有的房间都实现了室内直达，不需要从户外绕行。这一设计，对于现在炎热的天气来说，是必备的。哪怕身着透明冷冻膜，在户外的每一秒也都是煎熬。

整个建筑群层高最多到达三层楼，楼顶有一大片设备齐全的飞车起降站。毕竟，从北京市中心或国际机场过来，走地面交通哪怕再通畅，也稍微慢了一点儿。会议中心的正中区域是主会场所在地，由可以容纳四百人的大厅与环绕着它的八块远程视频会议大屏组成。然而，真正的决定都是在它旁边那间不起眼的，叫"有凤来仪"的小会议室当中做出的。此时，"有凤来仪"里面坐满了来自世界各地的"凤凰"。

"各位，刚才我已经将月球背面一号基地的情况做了一个通报，'舱元'计划进展顺利，希望明年我们可以一起去月球参观。"邓爱伦喝了一口水，看着会议桌边的中外人士，用眼神示意，"有什么问题吗？"

大家都摇摇头。邓爱伦已经介绍得足够清楚了。"那好，接下来请各位也把各自的进展跟大家同步一下，看看有什么需要帮助的地方……锦泽，要不你先来吧。"

"好的。"坐在邓爱伦右侧的方锦泽点了点头，微笑着说道，"那我就把中国航天的一些进展跟各位分享分享……"他今年正好五十岁，气质儒雅，风度翩翩，说起话来语气温柔，让人如沐春风。

"根据在航天科技司合作框架下的分工，我们主要负责的是载荷、通信技术与超大规模航天体的攻关。载荷指的主要是卫星载荷，为了服务我们的星火计划，让整个人类的行动更进一步协调一致，我们对通信、导航和遥感卫星载荷技术都进行了研究和升级，目前正在我国自己的几款卫星平台上进行试验，一旦成熟，便会通过航天科技司合作框架里的相关机制分享给大家。

"通信技术方面，人类进入太空以后，面临的通信问题与在地球上将截然不同。最典型的区别就是太空是真空环境，而无论月球，还是火星，甚至距离我们比较近的星球，都没有地球上那样的大气层。同时，太空又遍布天体辐射带来的'宇宙噪声'。因此，我们采用了组合式研究，针对地基、空基和天基通信技术进行了优化。"

"等等，为什么还要研究地基和空基？人类都已经在大气层以外了。"坐在方锦泽对面的棕发男子打断了他。这是来自美国NASA的星火计划任务总监内特麦克斯。

"内特，因为人类虽然要离开炎热的地球，但我们在地球上经营多年的地基通信设备却未必。在地球升温到这些通信设备的工作温度上限之前，它们依然可以继续工作，不需要人的参与。如果我们可以更新它们的技术，让它们在人类进入太空之后，依然可以为人类提供支持和服务，难道不好吗？至少，它们可以成为我们未来在宇宙坐标当中的一个参考点，直到地球炎热得连它们也无法正常工作……"

内特耸了耸肩："好吧，你们真是够精打细算的。不过，这样也好，你知道的，我是狂热的'永眠派'支持者，我希望地球上的每一个人都能够躺在休眠舱里体面地离开地球。听上去，如果地基通信设备能够在这个过程中提供支持的话，就再好不过了。"

"是的，内特，如你所愿。"方锦泽笑道，"那最后，我再介绍一下超大规模航天体的进展。应该说，这部分的挑战是最大的。因为，人类进入太空之后，无论是处于休眠状态，还是正常生活状态，都需要空间。而与地球不同，太空中没有天然适合人类生存的空间，至少在目前我们所能到达之处是如此。所以，我们需要一方面在其他星球表面建造基础设施，在其中创造适合人类生存的环境；另一方面在太空中建造出完全人造的太空城，让它们成为行星的卫星。地表基础设施，刚才邓院士已经介绍，'舱元'计划还算顺利，但超大规模太空城，目前我们还在早期地面试验阶段。当然，最终这样规模的太空城能否顺利部署到太空中去，还要看运载火箭的能力。"方锦泽看着内特。

内特会意："看起来，接力棒到我这儿了。根据分工，我们主要负责推进技术，主要就是让运载火箭拥有更大的推力，可以支持发射更重更大的航天器。我只想对结果负责，无意以过程邀功，在可控核聚变成熟之前，所有的进步都不足以在这里炫耀。"

分别坐在他两侧的两位女士笑道："我们还真是很少见像你这样谦卑的美国人。"她们分别来自欧洲空间局和俄罗斯联邦航天局。一个叫艾米莉·奈哈特，一个叫伊娃库姆林，都四十出头，正是女人成熟绽放的时候。

"女士们，我就当你们这句话是表扬我了。不过，你们那儿有什么进展吗？"

艾米莉摇了摇头："复合材料哪这么容易取得进展？不过，一旦成功，对于在座所有人的事情都会有帮助的，尤其是你，伊娃……"

"没错，结构强度能否更上一层楼，就靠你们了。"

这时，方锦泽身边那个皮肤黝黑的印度人开腔了："太好了，所以，你们希望怎么宣传目前取得的进展呢？如果是我，可不会采用内特那样简单的方式，但方的描述又有些过细了，那些公众是看不懂的，我来自'低种姓'，我知道一般人的水平是怎样的。"

听到这里，邓爱伦补充道："杰伊，我相信你的宣传能力，不过，无论怎样报道我们所取得的进展，一个关键信息是必须要体现的，而且每一次都必须体现。那就是我们要把地球上的每一个人都带到安全的地方去，一个都不能少。"

第6章
最后一个嫌疑人

邓爱伦与方锦泽肩并肩从"有凤来仪"会议室出来,与其他几个人道别:"各位好好休息,我跟锦泽再聊点儿别的事情。"作为院士,更作为国际综合太空计划署负责人,邓爱伦在全世界各大相关城市都有专属办公室,供他前往工作时使用。

他们拾级而上,走到顶楼——也就是三楼。由于周边没有任何高大建筑遮挡,通往办公室的通道采光非常好。地面铺着米黄色地毯,看着十分清爽。两旁的墙壁主色调为浅蓝,装饰着简单的抽象线条与图形,颇具未来感。最重要的是装配了特制的隔热与防晒玻璃,窗外如猛兽般凶猛的炎热透过那玻璃,此时像温驯的小猫,蜷缩在他们脚下。自从地球升温越来越明显,浅色装饰加上隔热防晒玻璃的组合已经成为所有新建建筑的标配。

"锦泽,我们待会儿聊聊那件事情,这次我在月球,跟凤起也聊过。"见通道上的人不多,邓爱伦先给方锦泽预热起来。

"嗯,您对那件事还是很上心嘛。今年是2065年,距离地球燃点还有五十五年,您会不会有些过于担心啦?我们整个航天科技司的进展还是可以的。"

邓爱伦皱了皱眉头:"没错,看起来我们还有几十年时间,但是我们的机会也只有一次。星火计划与以往我们经历的任何计划最大的不同,就是它只能成功，不能失败。当年我们发射长征五号、遥二失败了，还有遥三，后来发射伏羲号失败，双五归零，埋头搞了三年，重新发射才成功。然而，星火计划不一样，尤其是航天科技司的这些项目，一旦失败，就无力回天了。"

既然"一个都不能少"是终极目标，那"一次差错也不能犯"就必须要做到。没有任何商量余地。

"我懂了，所以您希望将余度放至最大，不惜一切代价。"

"是的，不需要保留什么余力，一旦失败，再多的余力也无济于事。"

这时，前方迎面走过来几个人，他们认出了邓爱伦和方锦泽，连忙打招呼致敬。两人也微微点了点头，默契地停止了对话。他二人来到邓爱伦的办公室门口。大门感应到了主人的到来，自动打开。房间里的温度已经在空调作用下达到了体感最佳，地板和桌面各处被打扫得十分整洁，一尘不染。靠近墙角的绿植还在生机勃勃地生长着。办公桌上则摆放着两杯热茶和一些小食。显然，这里刚刚被打理过。

邓爱伦十分满意。他也不过是在刚才会议之中才萌生出与方锦泽单独聊聊的想法，并将它分享给秘书而已。大门无声地自动关上。

"锦泽，坐，我们边喝茶边聊。"

"啧啧，还是院士好，这待遇……"方锦泽支持邓爱伦多年，说话也没了太多顾忌。

"那你就继续加油努力呀。"邓爱伦笑道。

"我是没机会啰！一直都不是搞技术的。现在能够代表国家航天局参加星火计划，支持院士工作，就已经是上辈子修来的福分！"

"你少来！我们聊点儿正事。"邓爱伦表情严肃起来，"接着刚才走廊里聊的，我们这次必须把资源放大到最大，要知道，星火计划不仅是国际综合太空计划署的计划，更是整个人类的文明延续计划。所以，除去国际综合太空计划署经费和预算框架下所做的事情，我们自己的资金和项目，只要有利于星火计划成功的，就应该尽量往上靠。"

"嗯，我已经明白您的意思。只不过，动用咱们国家自己的航天预算，恐怕还是得走相关流程与手续的……"

"这个我当然知道！我是想让你留个心眼，埋个伏笔。在人类大灾难之前，还是应该少些门户之见。说实在的，星火计划失败，咱们留再多的钱又有什么用呢？到时候不全部烧掉了吗？"

"我懂，邓院士，这个请您放心，我没有那么狭隘。"

"那就好。我觉得我们可以做、又不需要和国家重大项目直接抢夺资金和资源的，主要就体现在通信技术这一块。"

"您尽管说。"方锦泽满脸诚恳。他觉得自己很幸运，竟然能够亲耳听到邓爱伦关于通信技术布局的论述。

邓爱伦可是在三十年前就一战成名天下知了！那一年，他结合量子通信技术，实现了对香农极限的突破，在理论层面上建立了"邓氏极限"。尽管直到今天，"邓氏极限"与当年的贝尔不等式刚被提出时一样，只存在理论当中。但谁又能知道，它会不会有一天如同贝尔不等式一样，得到实验证实？而证实贝尔不等式的科学家更是获得了2022年诺贝尔奖！

"其实，也没什么难以理解的。今天你在会上的发言也体现了这一层意思。我们不光要建设太空中航天器之间的新体制通信技术，还要继续建设地基通信站，包括地球表面、月球表面，甚至火星表面，还要继续在太空城中增加通信收发机，甚至发射更多的通信中继卫星和航天器到四面八方的宇宙空间去。

"为什么这么做，道理也很简单。星火计划实施后，人类将不再如同今天那样，高度集中在一个地球，一个整体环境，而将分散在不同的区域——月球表面，火星表面，太空城中……怎样避免人类因为距离的隔绝而产生隔阂，避免人类文明在新的平衡还未达成时就开始内讧？只有靠不停的沟通，不厌其烦的沟通。只有确保信息透明且对称，才能最大限度地防止误会和误判的发生。"

门捷再次睁开眼睛的时候，发现自己正坐在"灵境汇"店里的那把椅子上。他觉得浑身湿透，精疲力竭。"我的第一次……就这样结束啦？"他感到意犹未尽。门捷脱下全身触觉虚拟服，转过头看向张秀宜。张秀宜也喘着粗气，愣在原地。

想到刚才那凶险的瞬间，门捷还感到胸口在怦怦直跳，心有余悸。"如果不是突然被强制中断退出游戏，估计我和张警官都会被灭掉吧。"正回味着，一个熟悉的声音传来。

"小子，感觉怎么样？你这成人礼虽然没有善始善终，但应该够让你好好体验体验了……不要怪我呀，看起来局里有紧急事情找我。"短短几秒钟，张秀宜就已经从灵境中恢复过来。难道，这就是新手和老手的区别？

"喂！你怎么还一副要死不活的样子？赶紧回到现实当中来呀！走，我们一起去个厕所，然后跟我回局里去，你现在可是我的助手。"

门捷这才感到自己也的确需要去方便一下。两人从接入设备前走开，往洗手间走去。并排而立。

"怎么样？要是玩得时间再长一点儿，你根本就感受不到尿意吧？更别提饿意了。"

"嗯，我现在终于知道为什么这么多人沉迷其中了……"半分钟后，门捷觉得浑身都轻便了。已是深夜时分，但两人不得不马上动身，赶往公安局。店内除了他们俩刚刚空出的两台接入设备，其他设备此刻已经全被占满。

"达则星辰大海，穷则行尸走肉。"门捷不知为何，想到了戴梓轩五年前在学校办公室里对他说过的这句话。没错，眼前这些人，就是灵魂已经被吸收进灵境的行尸走肉。他甚至怀疑，如果把他们的裤子扒下来，他们都会毫无反应。而可笑的是，自己刚才也是同样的状态。

"还想什么呢？赶紧准备回局里干活！"张秀宜使劲拍了拍门捷的肩膀。门捷摇了摇脑袋，让自己赶紧回到现实，跟着张秀宜的脚步一路小跑出门。两人上了车，张秀宜立刻启动。车子三拐两拐就来到最近的一处飞车站。他们赶上了飞往市区的最后一班飞车。四十分钟之后，两人已经坐在上海市公安局的一间会议室里。

这是门捷第一次进公安局，有些束手束脚。

"怎么这么扭捏？你怕什么，又不是犯人！"

"要不是你那些手下里有不少帅哥美女，光看你和你那个领导，姚局对吧？我还以为警察都得长成这样。"

姚利丰没有什么废话，直接就介绍情况："淀山湖空难这个案子，我们已经调查一个多月了，今天把大家紧急召集过来，是因为最新的进展……"

所有人都盯着他。

"……并不是什么好进展，到刚才为止，我们所有的线索全部都断了。"

虽然他的语气依旧平静，但他的话不啻会场上空响起一声惊雷！所有人，尤其是张秀宜和他的刑警队成员，感到前所未有的无力感和沮丧。

"能不能详细介绍一下？线索全部都断了是怎么回事？"张秀宜不甘心，"你这么急把我们召回来，就为了宣布这个？"

姚利丰左右看了看相关部门的代表，叹了一口气："算了，还是我来说，刚才我们从民航那边接到通知，经过他们的调查，'凌云960'飞车失事不是飞车本身的质量问题导致的，他们认为是人为因素。

"但是，在更早的时候，经过对飞车起飞后每个环节的调查，我们已经排除了人为因素的可能性。"

"这是什么意思？既不是飞车本身的问题，又不是人为因素，那是什么原因？见鬼啦?!"经过上回与门捷的讨论，张秀宜亲自参与了从飞车起飞之后到淀山湖失事之前每一个环节调查的部署工作，而且调动了整个局里的资源和力量，兵分多路。

他认为，这一系列工作结束之日，就是水落石出之时。所以他才春风得意地忙里偷闲，借着门捷正式成为他的助手之机，带他去玩"灵境汇"。没想到，竟然是毫无进展。

"老张，你稍微冷静点儿。"

"我怎么冷静？这个案子跟了一个多月，到今天又回到了原点，那我们过去这么多天的工作都被狗吃啦？"

"你作为一个老刑警，说出这样的话，不觉得很丢脸吗？"

"现在觉得我丢脸啦？当初你叫我来查这个案子，告诉我它涉及整个人类星火计划的进展，意义格外重大，三番五次给我压力，让我尽快破案，还不是因为如果查不出个水落石出，你这个公安局局长的脸都要被丢光了！现在我倒要看看，到底是我丢脸，还是你更丢脸！"

门捷忍不住笑出声来。

"小子，你笑什么？"

"你们两人都五大三粗的，却在争论谁更丢脸，我觉得有些画风不对。"

其他人也都笑了。如果说门捷是不知深浅的话，他们其实知道，姚利丰和张秀宜已经是多年的老战友，虽然是上下级关系，但两人说话办事都很平等，而且也恰恰是因为这份多年以来建立的充分信任，使得整个刑警工作在内部都走得很顺。所有人只需要将精力聚焦在解决破案本身的问题上即可。所以张秀宜和刑警队的破案率一直位居全国前列。但这次的淀山湖空难的确让他们一筹莫展。

"你不要以为我让你当助手，就可以在这样的场合乱说话呀！信不信我马上让你滚出去？"

门捷撇了撇嘴："那你至少听我再说一句。"

"快说！"

"既然不是飞车的问题，也不是人为因素，那只剩下一种可能性了，虽然听上去不太靠谱。"

"知道不靠谱还浪费我们时间？"

"你让他说完！"姚利丰打断了张秀宜。

"有没有可能是AI作案呢？"

"AI作案？你科幻小说看多了呀！"张秀宜瞪了门捷一眼，然后冲着姚利丰使了一个眼色，似乎在问：要么我先让他出去？

姚利丰不动声色地问道："你是叫门捷对吧……你为什么认为是AI作案呢？"

"我用的是排除法。因为我记得张警官曾经教导过我，空难事件的原因无非是三类：第一，飞机或飞车本身质量问题或者故障；第二，人为因素；第三，天气因素。而在过去这一个多月的时间里，这三类原因都被排除了，就只剩下最后一个未被考虑的因素：AI。根据之前的调研，飞车的软件系统与国际永眠中心的安防与基础设施系统是打通的，而后者是非常先进的AI体系，因此不能排除AI的嫌疑。"

"老张，你觉得呢？"姚利丰饶有兴致地看着张秀宜。

张秀宜原本要发火，但见门捷说得十分客气——"张警官曾经教导过我"，自己顶头上司又挺感兴趣的模样，只能耐心回答道："我觉得？我觉得他从逻辑上说是没有问题的。但是，他忽略了一个事实：联合智能实验室的首席科学家们亲口告诉我，目前AI还不具备自主意识。如果没有自主意识，怎么可能作案？"

"联合智能实验室？星火计划下专门攻坚智能技术的那家单位？"

"是的。所以，我认为他们的判断是相当谨慎而且权威的。"

"有意思了……"姚利丰咧着嘴，摸了摸自己的光头，又冲着门捷问道，"你怎么看这个矛盾呢？"他很享受这种挑起争端，自己斡旋的过程。

会场里的其他人也乐得看戏，不看白不看，反正与自己无关。

"张警官，你回想一下灵境里的那个老头儿，就是自称龙神的那个人，他其实就是一个AI，对不对？按照我们刚才讨论的，他是整个'灵境汇'游戏整体数据在AI算法作用下的人格呈现。你觉得他有意识吗？"

张秀宜一听，心中骂道："你这臭小子！我带你去体验成人礼，不是让你在这种场合下说出来的！"

果然，姚利丰听到"灵境汇"这三个字，仿佛鲨鱼嗅到了鲜血的气息，问道："你们刚才去玩'灵境汇'啦？"

"你小子！不好好破案，竟然还有心情去玩游戏？你自己玩也就罢了，还带人家小朋友去……"

张秀宜低着脑袋，半天没说话，等姚利丰骂完，这才嘟囔道："我当时找局里批准他未满十八岁的豁免申请时，你可是签过字的，现在装不知道？"

有人忍不住捂嘴偷笑。

"我哪知道我刚批准，你就带他去了！这又没有有效期，你这么着急干吗？是你自己心痒了吧！"

门捷说："不要怪张警官，是我自己要去玩的。"

"你看看你，还要靠人家小朋友给你挡子弹。"

张秀宜完全没了脾气，只能转移话题："门捷刚才提到的那个叫'龙神'的游戏NPC，其实不算是有自主意识，本质上他还是按照系统设定的对话套路在跟我们交流而已。比如说，他给你算了命，但是判词只有简单的几句，而我不让他算命，他就自动消失。这些都是可以预先设定好的套路，并不难实现。"

门捷决定不再火上浇油。毕竟，刚才张秀宜冲着自己大吼的气已经出了，扯平。"我在新手村之外遇见一个人，我看不见她的化名和真实名字，按照规律，她应该是NPC。但是，我分明在现实当中看到过她，可以肯定她不是NPC，而是一个活生生的人……这件事在游戏中我就跟你说过，但当时情况紧急，没有展开，现在看起来，没准有点儿关系。"

"一个在现实当中出现过的人,却以NPC的形态出现在灵境之中?"姚利丰忍不住想确认一下。

"是的,姚局。"

"如果是我,我会第一时间跟'灵境汇'确认一下,他们的游戏规则允不允许现实中的人在游戏中扮演NPC,如果可以,那我们就没有必要往下讨论了。"姚利丰的思路十分清晰。

"答案是不允许,这下有意思了。"张秀宜已经获得了这个问题的答案。

姚利丰一愣:"你怎么这么快?"

"就在你动嘴皮子的时候,我已经动手了,所以你是领导,我是干活的呀。"

"门捷,那个人长什么样?你是在什么地方看到他的?你确定他的确是一个真实存在的人吗?"张秀宜问出一连串问题。

"她是个总是穿着红色长裙的姑娘,年龄应该跟我差不多大,长得……美若天仙!"

会场上一阵哄笑,门捷满脸通红。

"大家让他把话说完!"姚利丰说。

"我确实觉得她长得很好看,虽然都没怎么看清楚过正脸,也只见过几面而已。我是在国际永眠中心见到她的,也只在那里见到过。但是,我不知道她是不是国际永眠中心的人,她叫什么名字、住什么地方、有什么朋友,我一概不知。"

张秀宜并没有取笑门捷,而是认真地问道:"这个姑娘,你是在参加休眠试验前看到的,还是之后?"

"都看到过。第一次见她,就是我去国际永眠中心进行试验那次。而我睡了五年醒来后,又在国际永眠中心见到了她。"

张秀宜扭过头冲着姚利丰说:"如果他不是在做春梦的话,这个姑娘多半就在国际永眠中心工作。为了避免打草惊蛇,要不,我们先请鉴证科的隋老师来画画像?"

姚利丰点了点头。"好主意,你给她发个消息。"然后他冲着会场说道,"今天先散会,淀山湖空难的调查还会继续,但不需要我们大部队了,大家稍事休息,有需要我再召集大家开会。"

几分钟后,一个鬈发中年女人走进会议室:"姚局,找我?"

"是的,隋老师,这个小伙子提供了一条很重要的线索,里面有一个人,想让你帮忙画出来。"

"好的呀,你跟我来。"女人看了看门捷,说道。

"去吧。"张秀宜点了点头。

门捷便起身跟着女人,在走廊里拐了几个弯,进入一间幽静的房间。

"请坐,不要紧张,放松,我会问你一些问题,你直接回答就好,不需要发挥。在询问你的时候,我这里还有一些设备会同步捕捉你的眼神和表情,也不用慌。很快的,十来分钟就好。"

面对女人的笑容,门捷觉得有些不好意思。不过,他很快通过深呼吸调整好了自己的情绪。两人互相注视着对方,一问一答起来。一刻钟后,一幅精巧的画像出现在女人的电子画板上。婀娜多姿,眉目传情,跃然纸上。门捷倒吸了一口凉气:"这也画得太逼真了,她怎么可能是NPC?!"

直到深夜,气温才稍微往下降了一些。上海市中心的街道和弄堂里,涌出来大片大片的人群。他们为了呼吸几口新鲜空气,享受享受在户外无拘无束的感觉,不得不继续这样昼伏夜出的日子。毕竟,35摄氏度的气温,已经算是凉快了。当今的世界,像这样的人,不知道有多少。

远远望着窗外路边大排档上空的烟火气和路上三五成群游荡讲空话的行人,门捷只能将羡慕埋在心里。他正跟张秀宜一起,在公安内网的数据库中查询一个小时之前鉴证科专家隋老师妙手绘出的那幅画。

"小子,你还真没说错,果然是美若天仙哪!"张秀宜点评道,"年轻人就是好,做梦都敢往大了做,这长相要是放在古代,那至少得被曹操盯上!"

"第一,我没做梦,我是真的见过她;第二,为什么是曹操?"

"曹魏好人妻,这个姑娘虽然看上去年纪不大,跟你差不多,但我总觉得她的气质很成熟,仿佛历经世间沧桑一般,很可能已经嫁作人妇了。"张秀宜摇头晃脑,"这一点,我比你多活几十年,也娶过妻。有些事,你要经历后才知道。"

"你不用总是强调我是处男。"

"我可没强调,是你自己往那方面想吧,上回带你去玩'灵境汇'也是,别以为我看不出来你那脑瓜子里在想什么，一听到'成人礼'，肯定就想歪了。"原来张警官早已洞悉了一切。

这时候，搜索结果已经自动整理完毕。屏幕上显示出一张照片和一大段文字。文字下方还有音视频切换，供那些不喜欢阅读的人选择。但张秀宜还是更喜欢文字。他皱着眉头，认真地逐行往下读。直到读完，才去瞥了一眼那张照片。忍不住赞叹："隋老师真是神了，画得真像！"

"你怎么不说是我描述得精准？现在相信了吧？她不是NPC，是一个真实的人！"

原来她叫陶乐！真是简洁又好听的名字。两人的目光再次回到那段文字：

陶乐，女，上海人，2040年生，今年二十五岁。光华大学生物工程系毕业后一直在国际永眠中心工作，毕业前也曾在此处实习。无前科。父母双亡，成年前小姨为其监护人……

再次读完后，门捷沉默了。他没想到陶乐的经历竟然如此坎坷，还未成年就失去了双亲。而她照片上那张美丽的面庞上却看不出一丝悲伤，这得耗费多大的心力才能做到！

"小子，我知道你很喜欢这个姑娘，但是她现在的嫌疑变得大起来，而且几乎已经是我们这个案子唯一的突破口。"

"谁说我喜欢她了！"

"喜欢她也没什么呀，这样的美女，我也喜欢。但是，不影响我要调查她。

"你看，她其实是有着非常充分的作案动机的。她的父亲死于低温冬眠试验。虽然做试验前都签了免责书，但真出了事，哪个家属会善罢甘休？而她母亲也是因为急着要送她父亲去医院，路上出车祸死的。可以说，她跟国际永眠中心和陈悠然有不共戴天之仇。"

"这能怪陈悠然和国际永眠中心吗？他们又没有打包票说试验肯定会成功，一切都是自愿的。"

"你当然可以这么说。但是，站在她的角度，如果要找父母死于非命的原因，是不是只能找到陈悠然和国际永眠中心头上？换作是你，也会如此。"

"可是，你不觉得她的表情和气质并不像那样的人吗？"

"我见过的嫌疑犯比你吃过的米还多，你不要通过一个人的外在表现去判断他是否犯罪，会吃大亏。"

"相由心生，不是吗？"

"你还是太嫩，如果光靠对外表的感觉这种虚无缥缈的标准断案的话，那些专演好人的演员岂不是可以为所欲为？而历史上多少贪官是正在演讲台或会议室里正襟危坐发言的时候被抓走的？所以，说什么都没用，我要亲自去见见这个陶乐。"

"那一定要带上我！张警官，既然真要去调查她，我觉得，还是不要打草惊蛇，还有很多其他渠道可以了解她的情况。"

"哦？你小子现在不恋爱脑，开始出主意啦？"

"哪来的恋爱呀，人家都不认识我呢。"

"知道就好。赶紧说你的主意。"

"还记得我有国际综合太空计划署数据库的访问权吗？那个数据库之前也为我们的案情提供了不少信息，要不先去那儿找找有关她的情报？"

"你不是说只有十天有效期吗？应该已经过了吧。"

"不知道从哪一天开始算，如果是从我醒来那一刻开始，那已经过期了，但如果是从我们第一次使用这个服务的时候开始算，应该还没过。我觉得，值得去试一试。"

"可以呀，你小子，还有别的什么主意没？"

"这里提到她的小姨是她成年前的监护人，要不要先去找她小姨了解了解她的情况呢？"

"看来你有做刑警的潜质，要不要考虑一下？"

"不，不能去找她小姨，也会打草惊蛇。"门捷没有理会张秀宜抛出的橄榄枝，自己否定了自己。

"问讯她小姨必须去，只不过，等我们先去国际综合太空计划署数据库进一步了解完陶乐的情况之后吧。基本上，见完她小姨之后，我们马上就要去当面见陶乐，以免两人串供。"

"嗯，又要回到临港去了。好远！"

"再远也得去，这可以说是我们最后的线索了。"

"之前的调查真的都已经万无一失，没有任何改进的空间啦？"

"你不了解姚局，虽然我经常跟他没大没小，但他的风格我再清楚不过了。没有十足的把握，他不会召开那个会。他好胜心很强，如果不是被现实充分毒打，怎么可能认输？所以，后面的调查，我们压力很大，但同时也会得到他全力支持。"

"我现在心情很复杂，既因为终于能见到她而开心，又担心她真的与这起案件有瓜葛。"

"习惯了就好。你现在还年轻，再往后，你还会面对很多这样的困境，成长就是如此矛盾。"

"既然'灵境汇'不允许现实中的人扮演NPC角色，为何陶乐却能做到呢？"在飞往临港的路上，门捷的脑海中依然萦绕着这个问题。"要么，她开了后门；要么，她不是人。"张秀宜仿佛听到了门捷脑袋里的想法，一边盯着舷窗外熹微的晨光，一边说道。他看也没看门捷。他们赶了第二天早上最早的一班飞车飞往临港，所有的乘客加起来一共就只有他们两人。

"怎么可能不是人？她曾经从我身前走过——虽然并没有看我一眼，当然，那个时候，我也不希望她看向我，但那质感与香味是真真切切的！"

"我这不是接着你昨晚的思路吗？如果她是AI呢？是不是一切问题都解决了？"

"她怎么可能是AI？你以为我没见过AI机器人吗？哪有如此逼真的效果？"

"大胆假设，小心求证。说实话，在你抛出这个观点之前，我一直没往这个方面想，因为被联合智能实验室那些首席科学家们的结论给禁锢住了。但既然在原有的思维框架当中没有答案，为什么不突破一下呢？"

"我不能接受她是AI机器人的判断，她肯定不是。我昨天提到AI，是指AI系统自己出问题，而不是指来自系统外部的AI机器人从中作梗，起到类似于'人为因素'的作用。"

"对呀，你这个前提不成立，联合智能实验室已经否定了AI系统存在自我意识。所以我们只能退而求其次，将AI机器人和你的梦中情人——也是唯一的、最后的嫌疑人合并在一起考虑了。"

"反正我不同意！"

"我管你同不同意！"张秀宜怒了，"你要搞清楚状况！现在我们没有其他任何线索，必须要发散，要跳出窠臼！如果你因为感情因素不适合继续支持我的工作，等飞车降落的时候，马上滚蛋！"

门捷没有说话，但胸口剧烈起伏着。张秀宜也气呼呼地把头转向舷窗："老子最烦恋爱脑了！"

晨曦中，除了风声和飞车电机的转动声，舱内一片沉默。眼见飞车已经飞抵临港中心站上空，调整好姿态，准备垂直降落时，门捷来了一句："别忘记此行的目的。国际综合太空计划署数据库只有我能访问，如果降落后我就滚蛋——如你所愿，你跑临港来干什么呢？"

"你……"

"可以调查她，以她作为突破口，但不准怀疑她是AI机器人，她一定是一个有血有肉的人。"

"你小子在威胁我？"

"还有不到一分钟就要落地了。"

"你以为我找不到其他人去访问国际综合太空计划署数据库吗？"

"我做过调查，这个权限还真只有参与过休眠试验的人才有，这也是国际永眠中心鼓励大家参与试验的一个手段。更何况，参加过试验的人，很难找到像我这么年轻的——陈悠然曾说我是参加试验的人当中最年轻的一个，其他大多都是老头儿，你驾驭得了吗？咳咳，还有不到四十秒了。"

"她是AI机器人，或者是真实的人，对你来说，有什么不同吗？你难道还真能抱得美人归不成？别癞蛤蟆想吃天鹅肉了！"

"就算我被拒绝，我也希望是被一个人拒绝，而不是被一堆程序。只有十几秒了。"

"你别再读秒了好吧？！真烦人！下车赶紧跟我去国际永眠中心干活去！"

"是吗？好嘞！得令！"

两人经过自动安检系统，抵达国际永眠中心正门口的时候，还不到早上八点钟，大厅里只有稀稀拉拉几个工作人员和AI机器人在准备开始新一天的工作。张秀宜在门口抽完一支烟，将烟蒂狠狠踩灭，招呼门捷走了进去。

他们与一个面容冷酷的工作人员说明来意之后，验证完身份，获得了两个VR眼镜，戴也没戴，就驾轻就熟地往此前待过的角落走去。必须在那片专门的区域才能够访问国际综合太空计划署数据库。然而，走到近前时，门捷抬眼一看，发现不太对劲。

这里只有一面光滑的墙，并没有什么屋子。张秀宜也挠了挠头："奇怪，我也记得上次那屋子在这里，怎么不见了？估计是记错了。"

"我们戴上VR眼镜吧。"果然，视野里清晰地出现了一条导航箭头，指向大厅的另一个角落，"看来把方位记反了。"

两人走进屋子，门捷深吸一口气，在调出的登录面板输入密码。

就在半分钟前，他刚刚回忆起来，十天的期限——无论按照什么起始时间计算，都已经在昨天截止。但人来都来了，不硬着头皮试试，总归有些不甘心。毕竟，自己在飞车上可是狠狠地将了张秀宜一军，如果现在掉链子，他一时冲动，真让自己滚蛋怎么办？

三秒钟过后，眼前一盏绿灯出现。他竟然顺利地进去了！门捷还顾不得感到诧异，就觉得肩膀上重重地被拍了一下："小子，运气不错呀，竟然还没过期，我们赶紧的，在这里泡上一天，不然万一明天就过期了呢！"

门捷也无比赞同。虽然不知道为何自己过期了还能访问数据库，但能用就赶紧用吧，谁知道什么时候这个bug①就被修复了呢？果然，这里的信息要比公安局的更多更全。

张秀宜看得面色铁青："娘的！我们刑警出生入死的，难道不配用这么好的数据库吗？"

"张警官，你也别不平衡，国际永眠中心是什么级别？联合国直属机构国际综合太空计划署下属的生物科技司的主要依托单位。"

"什么级别？最多也就是个正局级，跟我们公安局的级别一样啊，有什么了不起的！"

门捷承认，这些级别让他有些头晕。不过，张秀宜的脸色很快便缓和过来，然后逐步舒展。笑意遍布他那凹凸不平的脸颊，激动则充斥着双眼。即便是戴着VR眼镜，门捷也注意到了这个明显的变化，赶紧让张秀宜与自己分享视野。然后，他也愣住了。

---

① 故障，程序错误。编者注。

127

漫长的一夜刚刚过去，当第一缕阳光再度出现在月平面时，同样漫长的一天即将开始。

薛凤起已经整装待发。一杯咖啡下肚，与爱丽丝吻别后，他穿好航天服，走出起居舱。他其实无比怀念家乡的太平猴魁，但在月球上，一切从简。在这里，咖啡与茶相比，最大优势便是可以制成速溶冲剂，虽然会损失一些口味，但喝完不留一丝残渣。而茶叶如果也这样做，味道就会大打折扣。

他迎着阳光，驾驶着考察车，来到距离一号基地一公里之外的"舱元"计划工厂。这里地势相对平坦，未见陨石坑，而且月表结构也相对坚固，没多少粉尘。工厂已经是一片井井有条的繁忙景象。或者说，这里的工作与晨昏无关，也不受日夜的影响，一天差不多七百二十个小时，时刻无休，因为干活的都是AI机器人。三年前，这套系统被运送至月球。他现在还清晰地记得，当系统被搭建完毕，最后注入AI程序的时候，整个基地的人都沸腾了。随着AI程序的开通，眼前这套系统，从每一道工序的装备，到具体干活的机器人，全部如同从沉睡中醒来。它们动了起来。它们活了。"舱元"计划的执行也从那一刻开始提速。

五天前，邓爱伦院士来访，给出了不少新的灵感和思路，在他走后，薛凤起立刻召集基地的骨干对已有方案进行了调整："设计和生产可以折叠的基建舱元模型，以及通过3D打印实现它们的复制。"

这样一来，工作量其实更小。工厂的产能都是通过位于基地内工作舱里的系统远程设定，工作量变小了，速度自然就提高了。按照计划，今天工厂里就应该能制作出来第一套3D打印版的折叠基建舱元模型。

薛凤起完全可以舒服地坐在基地内部，通过监控和系统的数据来见证这个有纪念意义的时刻，但他还是喜欢那种毫无隔离的直视感。要看得见，摸得着，心理上才有安全感。人类如果没有这一点执念，星火计划当初制订的时候，恐怕就没有生物科技司，也没他什么事了。

他驾驶着考察车，绕着工厂转了两圈，走走停停，认真仔细地查看每一个环节。都处于很好的状态。薛凤起望向远方，那是南极——艾托肯盆地深处。事实上，除去派探测器去探索过那片广袤的盆地，迄今为止，还没有人类涉足过那片土地。算了，等把任务完成后再去逛逛吧。薛凤起收心，满意地往基地驶去。

这时，车上的通信器响起提示："来自地球的消息……等待接通中……"过了约莫三秒，一个熟悉的声音响起："凤起，在干什么？最近还好吗？"

薛凤起听出来了，这是方锦泽——一个他不能得罪的人。"方委员好，我挺好的，您呢？"

"我可没你逍遥，地球上现在热得很哪，哈哈哈！今天这通话质量还行。"

"是啊，今天信号挺好的，我可没逍遥哇，领导。"薛凤起感到一丝侥幸，还好刚才没去盆地里撒欢！

"没什么大事，别紧张啊。我刚在一个会上见到了邓院士，会后我们也聊了聊。他提到了你，还说你们那儿进展挺顺利，所以我就打个星际电话跟你聊两句。"

"是的，他老人家前不久刚到我们这里来调研。'舱元'计划得到他的指点之后，进展更快了，不出意外，今天我们就能实现一个阶段性突破，您就等着简报吧。"

"好，我就喜欢好消息！现在到处都是坏消息，地球上已经一团糟了，天气一热，人就暴躁，人一暴躁，就什么事情都干得出来。我都恨不得去月球避暑。"

"欢迎来视察工作呀。"

"好，我真得好好规划规划。对了，邓院士也跟你提了那件事，对吧？"

薛凤起一愣，立刻会意："是的，他很关心。我们这边虽然取得了一些进展，但距离他的要求还挺远。"

"没问题，就按照他的要求继续办，经费的事情，我来想办法。邓院士坚持要做的事情，一定有他的道理。"

两人又简单聊了几句，便结束了通话。毕竟，月球背面是始终背对地球的，要实现远程通信，只能通过中继卫星来传递信号，通话质量很难达到地球上的水平，更何况还有声音延迟，聊天体验非常一般。

回到基地，薛凤起召集了爱丽丝和其他几个主要骨干，跟他们说了说自己视察工厂的所见所感："大家紧密注意工厂的出货口，根据我刚才的观察，第一套折叠基建舱元模型很快就能打印出来了。"

"明白！"

交代完工作，他来到自己的工作台边，认真地钻研起屏幕上遗留的各项数据。

"还没想到好办法吗？"一个温柔的声音从身后传来，爱丽丝正微笑着看着丈夫。

"嗯，如何在月球上实现通信卫星和探测器的发射，我还是没有想到最好的方式。当然，并不是没有办法，而是没有一个比地球上直接发射更省钱省事的办法。如果成本更高，甚至要高很多，为什么要去做呢？"

爱丽丝沉思了一会儿，眨了眨那双美丽的大眼睛，似乎突然想到了什么，缓缓地说："凤起，你这个思路，在正常情况下是非常对的。但是，你有没有想过，现在并不是正常情况。"

"什么意思？"

"如果地球真的在几十年后完全不适宜人类居住，我们又没有发展出足以逃离地球的技术或者能力，节约下来的成本除了陪葬，又有什么意义呢？"

"没有意义？"

"你想啊，人都没了，要钱有什么用？我的家乡在玻利维亚最北部，位于赤道附近，那一片区域与亚马孙雨林一样，是这次地球升温最大的受害区域之一，当时我们之所以相识，也是因为我及时逃了出来，然而，如果那个时候我吝惜于头等舱机票的费用，或许我们将永远没有机会碰面。"

薛凤起浑身一震，他很快读懂了爱丽丝那棕色眼眸当中的含意。如果在地球上发射通信卫星和深空探测器，无非就是靠那三十来处的发射基地。有几处还因为近年来海平面的上升而事实上废弃，无法使用了。受制于天气情况和地球附近轨道的拥挤状态，发射窗口更是需要提前规划。哪怕发射能力全开，每个月的发射数量也是非常有限的。更何况，火箭发射的，除去通信卫星，还有超大规模复杂航天器的各大组件，而后者显然更加重要。毕竟，人类未来的太空城就靠它了。

所以，为了不抢占宝贵的地球发射资源，又要发射更多的通信卫星和深空探测器去往外太空，以人类现有的条件，似乎只能从月球上入手。通过地月之间的定期运输，将材料、燃料、设备和人员运输过来，在月球上建设发射基地，组装运载火箭。然后，利用"舱元"计划的基础，在月球上打印出卫星来。最后，在月球上实现卫星和探测器的发射。

至于最关键的火箭推进，先靠已经相对稳定了的核裂变技术吧，等到可控核聚变真正实现，就完全不是问题了。如果不考虑预算的话，这并非做不到。预算的一部分可以走航天科技司，但主要还是来自国家航天局和财政部。

薛凤起微微估算了一下，数额虽然不小，但似乎还能承受："原本还想着省点钱，现在看起来，似乎没这个必要了，把活干好吧！"

他再次驾驶着考察车，来到舱元模型工厂附近，打开车上的探测器，开始勘查工厂附近的环境。当年选址建厂时，就是看中了这里的地基比较坚固，在机器与生产线日复一日的震动当中，不至于出现地形改变而影响生产。如果要建设火箭发射基地，对于地表坚固程度的要求会更高。

经过几年，月球表面的环境变化并不大。探测器里显示出来的各项数据与历史数据比对下来，偏差不超过10%。这里空气稀薄，无法通过声音沟通。因为没有大气层，也不存在地球上那气象万千的天气。太阳光始终畅通无阻地洗礼，或者蹂躏着这小得可怜的星球。然而，在地球越来越不适宜居住的今天，月球基地的人们反而变得笃定起来。

当年刚来的时候，很不习惯时时刻刻生活在罩子里——不是各类舱内、车内，就是航天服里。但现在习惯了，发现其实也挺好的，至少在舱内很凉快。至于户外，哪来的户外？从某种意义上说，他们已经是人类未来文明形态的试点。人类都离开地球之后，在可以想象的时间内，哪里还有可以让人自由呼吸、恣意奔跑的家园呢？更别提那些曾经习以为常的春花秋月，落霞孤鹜，高山流水，长河落日。

除非整个物种都发生变革。就如同"飞升派"的拥趸们所狂热希望的那样。薛凤起是一个思想开放的人，但他依然无法接受自己的肉体突然之间就消失，变得无足轻重。从今天起，为了实现离开地球的人们都尽量能"居者有其舱"，为了让太空中无处不在的卫星与探测器将人类连接在一起，全力以赴地建造月球发射基地吧！

不惜一切代价！

不知不觉间，薛凤起已经驶过了工厂所在的位置，朝着盆地深处行进。

视线可及之处，尽是一片荒凉。他将驾驶模式设置为自动，然后专注地观察周边环境，并且对照探测器所带来的各类数据，不停地分析着。他需要找到一处足够坚实平整的陆地，同时周边又没有什么大的遮挡或者干扰。如果实在找不到，就造出一片来。

数据源源不断地输入，在他的车载计算机当中碰撞、拼接与耦合，衍生出各式各样的指标，这些指标再经过一番绘制与渲染，形成一幅幅图表，直接发送至基地计算机处理中心，实时展示在他那正严阵以待的团队面前。

每当这样的时刻，薛凤起就超爱AI。如果没有AI，整个过程怎么可能如此丝滑！考察车继续朝着南极—艾托肯盆地深处驶去。在这个月球上最大的陨石撞击坑内，薛凤起看到的周遭风光并非一成不变。一些凸起的小山丘与更深的撞击坑开始出现在他的视野当中。

不知为何，他突然感到一股前所未有的沧桑。天地不仁，以万物为刍狗。四十多亿年前，这个大盆地便已经在陨石撞击后形成。那个时候，地球也正好处于初期的混沌状态当中。

这么多年过去，不断有小行星、陨石或天体撞击在这个大盆地当中，犹如在月球表面钻井一般，形成了一个个更小却更深的坑。在撞击当中，将月球表面之下更深处的物质挖掘而出，溅射物在半空中划出一道道抛物线，抛物线的尽头堆积着来自月幔深处的橄榄石……

这么多年过去，这里从未有生命出现，却总以各种美好的形象出现在地球人的憧憬与遐想之中。多少脍炙人口的诗作都因这里而生，哪怕是犯了错，也能怪是月亮惹的祸。没想到风水轮流转，终有一天，地球将不再适合人类居住。而一直一毛不拔的月球，竟然因为其后发优势，成为人类文明延续的重要跳板。

薛凤起觉得自己眼前出现了一个个高耸的发射架，一排排白晃晃的基建舱。正神游之间，前风挡玻璃突然不再全透明，而是变成了半透明的鲜红色！

"警告！警告！即将驶离一号基地通信范围，请确定你的操作是经过深思熟虑的！"面前的驾驶舱仪表盘也剧烈闪动着红色光芒。薛凤起毫不犹豫地放慢了速度，潇洒地掉了个头，往回驶去。他已经过了冲动的年纪，也不需要靠勇闯禁区来证明自己。不过，他默默地记住了这个边界。冯卡门撞击坑就位于此处。"原来，一号基地的通信覆盖范围已经可以达到这么远的距离了。"他盯着恢复正常的仪表盘，仔细看了看导航地图上所行驶过的轨迹，心中迅速盘算了一下覆盖面积。薛凤起十分笃定，这么大的范围，足以让他好好发挥一下了。

考察车缓缓停在月球背面一号基地内部。刚踏出考察车，航天服还没完全脱下，薛凤起就收到了一个好消息：第一套3D打印版的折叠基建舱元模型顺利下线！

相关新闻已经经由宣传AI助手自动编辑好，通过月球上空的中继通信卫星，传输至地球上空的同步卫星，最后传遍了整个地球。已经完成了从0到1，从1到N还远吗？这时候，爱丽丝也兴奋地冲了过来，给了他一个大大的拥抱。

闻着爱丽丝身上淡淡的香味，薛凤起笑道："今天我们稍微休息休息吧，给团队也放个假。"

"好哇！我也是这么想的。好久没过二人世界了，我们要不要去基地南边的盆地边缘散散步？"

"在外面散步还得穿着航天服，靠无线电通话设备，哪有在舱里面说话方便？还不用隔着一层航天服，多亲密。"

爱丽丝脸一红："嗯。"

薛凤起见爱丽丝一副我见犹怜的样子，顿时觉得喉咙发干，丹田处似乎涌上一团火来。他迅速将航天服放好，拉着爱丽丝就往他们的睡眠舱走去。

"传我通知，放假半天！"他冲着途中遇上的人喊道。

"半天？三百六十个小时吗？会不会有点儿久？"

"……放假四个小时！"

爱丽丝"扑哧"一笑。正在这个时候，薛凤起手腕上佩戴的AI随身助理提醒道："来自地球的星际电话，要接听吗？"薛凤起眉头一皱，正准备拒绝，却听见那头冒出来一个熟悉的声音。这个声音一听就不是AI的："嘿嘿，恭喜你，小凤子！'舱元'计划进展得不错呀！"

薛凤起无奈地回答道："歌唱家，你怎么早不来，晚不来，偏偏这个时候给我打星际电话呀？"他没想到，电话那头，竟然是多年的老同学和好友钟叹咏，外号"歌唱家"。两人也的确很久没联系了，这个电话不能不接呀。

"我这不是给老同学道喜吗？我们可是多年同学，又都在为星火计划贡献力量，你说，我该不该打这个电话？"

"该，该……"薛凤起翻了翻白眼，"另外，我明明没有接听，你怎么能直接接通呢？"

"我是谁？联合智能实验室AI部首席科学家！你别忘了，你们基地的整个信息系统都是我们联合智能实验室给建的，我要接通电话，难道还要征求你的同意不成？"

"知道你牛，不过，除了祝贺我之外，还有别的事情吗？我这会儿有点儿急事。"就在薛凤起刚接听电话时，爱丽丝就已经识趣地甩开了他的手，自己站在一边，等候着发落。她已经不是第一次遇到这样的情形。

"急事？你这刚取得阶段性成果，宣传文稿满天飞，全世界都知道这个消息了，你在一号基地又是一把手，现在能有什么急事？你要是告诉我，你现在急着跟你那个拉丁老婆做点儿爱做的事情庆祝，那我放你走，也不会怪你重色轻友，否则……"

薛凤起没法如实回答钟叹咏这个充满了陷阱的问题。他歉疚地看了看爱丽丝。她立刻明白了，回应他一个笑容："没问题，不过，下回我可要收利息……"薛凤起读懂了她临走前的口型。

心旌摇晃之中，他走到了一处隔离舱内："说吧！有什么事情，非要现在说？"他的声音也抬高了八度。一是因为到了这个相对隔绝的空间内，不怕被人听去；二则是心中还是有一股怨气。

"嘿嘿，只准你有成果，不准我有进展啦？告诉你吧，我们的智慧互联网，也就是I2网，也于今天正式上线了！激不激动？"

"那是个什么东西？"

"你……"

"我是真不知道。我在月球上压根儿就不看你们地球上发生的那些事儿，每次看新闻都是一堆负面情绪，不是这里山林大火烧死几十个人，就是那边因为抢夺淡水资源兵戎相见，看了心烦。我就聚焦于把星火计划里该干的活干好。"

"你还真活成奔月的神仙了呀！那我告诉你，这可是全新一代互联网，与现行ICAAN的互联网体系完全贯通，但是整合了AI技术，可以实现更加沉浸式的冲浪体验，实现更快更完整的数据交互，加速人类数据和信息大融合。"

数据越多，来源越复杂，类别越多样，就越能促进AI的进一步发展。"

"你们搞AI的，就是喜欢弄各种各样的概念，I2网，怎么这个名字听上去那么二？那我在月球上能不能访问呢？"

"还不行，目前的地月通信链路带宽还不支持。"

"那你跟我说这个干吗？"

"我看到你的进展，为你高兴之余，也告诉你我的进展哪。"

"也对，反正我这个'舱元'计划的进展你现在在地球上也享用不了。这是给'永眠派'的人用的，以后他们到火星也好，到太空城也罢，都用得上。至于你，就乖乖地在地球上实现精神飞升吧，到时候我都不知道去哪台服务器里面去找你。"

"你不要瞧不起精神飞升，不通过AI存续人类的精神和所有数据与信息，几十年内，我们怎么可能把九十亿具躯体运离地球？"

"为什么不能？这不是星火计划的初衷吗？！"

"好好好，我可不想在星际电话里跟你吵这个，效果不好，吵得不过瘾，还浪费钱。"

"行吧，不吵就不吵。还是祝贺你取得这个突破，升职加薪指日可待。"

"这也太敷衍了！算了，不跟你计较。当年我们给你们基地装的那一整套AI系统运行得还行吧？"

"有一说一，还真不错。这次第一套3D打印版的折叠基建舱元模型能顺利下线，跟它息息相关，多谢啦。"

"好说，好说。可惜你暂时无法接入I2网，否则你们的AI系统会更加先进和智能。现在两者的差距，就是一个地下，一个天上。"

"没错，它们确实一个在地下，一个在天上。"

钟叹咏显然觉得想说的都已经说完了，便主动结束了这次话题："多保重啊，希望下回能在地球重逢，虽然大概率不会有这个机会了。对了，你有空时多多关注一下你们基地AI系统的运行情况，如果看到有什么不合常理的地方，随时联系我。"

挂掉电话，薛凤起呆呆地站在这个狭小的隔绝空间内。刚才钟叹咏最后那段话的前半句，让他不由得伤感起来。而后半句，仅仅是钻进他的脑袋，然后便消失在他的记忆深处。

第7章
双线出动

结束了与薛凤起的星际通话，钟叹咏这才感到自己已经疲惫不堪。此时已经是北京的深夜，宽阔的道路上总算起了一丝风，让他不需要透明冷冻膜也能够将将承受户外的温度。尽管很快就汗流浃背。他无比羡慕40万公里开外的老同学。

自从登陆月球，薛凤起一定就在舱内待着，根本没有体验过不穿上笨重航天服的月球户外活动是什么滋味。反正只有地球六分之一的重力，蹦起来应该也挺欢。没有体验过，就不会食髓知味。由奢入俭难。

国际综合太空计划署和星火计划的目标是让地球上每一个人都得以"活着"离开，然而又会有多少人宁愿死在地球上，也不愿意牺牲曾经拥有过的生活习惯和生活质量呢？

今天对于地球来说，算是一个值得纪念的日子。天上，第一套3D打印版的折叠基建舱元模型如期而至。地下，智慧互联网I2网正式上线。一整天，钟叹咏都在I2网的上线发布会和相关活动中。经过精心准备，路非天和杨逢宇分别做了慷慨激昂的演讲。

两人利用这个机会，都强调I2网在正式上线之前，已经被试点应用于国际综合太空计划署数据库当中，帮助在国际永眠中心参加头两次人体低温冬眠试验的人重建其沉睡期间的记忆。

"路主任，请问，I2网正式上线后，经过与传统ICAAN互联网的整合，会迅速实现星火计划当中智能科技司的目标，让AI具备自我意识吗？或者说，是否因为他们已经具备了自我意识，联合智能实验室才选择这个时机让I2网正式上线呢？"发布会上有记者问。

"我们不认为AI已经具备了自我意识，I2网之所以选择今天正式上线，仅仅是因为我们都准备好了……当然，今天也是一个良辰吉日。"

钟叹咏坐在台下，面色十分凝重。在他们联合智能实验室内部，其实存在不同的意见。而在他这个AI部首席科学家看来，AI很可能已经具备自我意识了，然而目前并没有任何相关的证明。所以，对外宣布时，应该保守一点儿。

路非天也采纳了他的建议。伴随着I2网的正式上线，联合智能实验室还正式发布了人工智能道德准则：

第一，AI所有的行为都必须透明、可解释和能被明确界定；

第二，AI必须保证公平，保护隐私和数据安全；

第三，AI必须要实现安全和可持续发展。

基本上就是那个停电的夜晚路非天带着他们几个人所讨论出来的结果，后来杨逢宇也没有提更多的意见。最大的争议点"AI永远不能伤害人类"最终还是没有放上来。既然人类的未来是AI，也就是说，AI即人类，所以，这句话想表达的意思已经被第三条包含在内。

白天发生的事情全部都在钟叹咏的脑子里重新过了一遍。他太兴奋，根本控制不住自己不去想那些重要时刻，所以他才会给薛凤起打星际电话。现在，当一切情绪都发散出来，他开始发困，又终于觉得酷热难当，便回到联合智能实验室大楼内部。

收拾完东西，他来到停车场，找到自己的汽车。尽管到了深夜，偌大的停车场里，依然停着三分之一的车。钟叹咏突然想到自己曾经说过的话："我们现在的工作就是为了让我们未来没有工作。"

驶出单位，拐上主干道，北京夜间的交通依然繁忙，但还算通畅。钟叹咏并没有打开全自主自动驾驶，尽管他这款车已经能够支持，而且这项技术当中有好几个算法都来自联合智能实验室的积淀，但是他依然将手放在方向盘上，沿着南二环从东往西开。往右边看去，与环路平行的引水渠中早已没有了水。昏黄的路灯下，枯竭的水渠像极了老人干瘪的嘴。钟叹咏叹了一口气,将视线移回前路。他瞪大了眼睛。

前方约二十米处,跟他同一条车道上,一辆轿车闪着微蓝色的示廓灯,表明车主正在使用全自主自动驾驶。车主本人,估计在睡觉,或者打盹儿。深夜开车的人,有几个不困的呢?这辆轿车开始加速,却遇上前方有车。

而此时,左边的两条道上,也就是这辆车的左前方,也各有一辆车。轿车此时的选择应该是降速,观察情况,再伺机超车。但是,恰好前方出现一条匝道出口的分岔。只见那轿车猛地加速,往右插了过去,意图从右侧超车。然而,那道露出的分岔宽度根本容不了一辆车。轿车径直往匝道护栏上冲了过去。

在整辆车即将冲出护栏掉进干涸的水渠前,轿车车轮明显地往左打去。轿车挣扎着在护栏上踉踉跄跄踩钢丝般行驶了几米,最终回落在匝道上,左右摇摆之后,歪歪扭扭地朝前继续驶去。微蓝色的示廓灯这时也消失。显然,驾驶员被这样的动静给颠醒了。

而钟叹咏目瞪口呆地见证这一切之后,一点儿都不困了。他往左连续变了两条道,加速驶离这一片问题地带,以最快速度回到家,然后赶紧伏案敲下几行字:"AI产生意识的标准到底是什么?是违抗人类预先设置好的命令,是在紧急情况下的自救,还是当人类的命令与更加广阔的生死甚至道德问题产生冲突时,做出负责任的抉择?如果全自主自动驾驶车辆面对人群和悬崖,它是撞向人群而避免坠崖,还是选择坠崖以保全人群性命?

"自从星火计划启动,我们就一直以'AI产生自主意识'作为智能科技司的奋斗目标,可是我们有没有想过,自主意识的出现,一定会有利于人类文明的延续吗?哪怕有人工智能道德准则的约束,AI一定会遵守吗?如果道德无法约束人类,无法阻止饥饿、战争、瘟疫和手足相残,又怎样阻止AI呢?

"可是,如果指定人工智能律法呢?法律的约束性虽更强,却又如何实现立法、执法和司法权的分立?当三者产生死锁的时候,谁又掌握着终极裁决权?"

门捷与张秀宜正在分享同样一片视野。只不过,张秀宜志得意满,门捷却满脸惊讶。视野里是一片红色。同一条红色长裙,出现在不同时间和不同地点陶乐的身上。

"小子，看到了吗？如果她是一个真正的人，真正有血有肉的姑娘，怎么可能从来不换衣服，一条裙子打天下？"

门捷沉默了。记忆当中，他似乎没见过只穿一件衣服或者一条裙子，从来不变花样的女生。即便是校服，也有不同的款式呀！可是，自己曾经跟她如此接近，能够感受到她身体里散发的女生独有的味道，那是青春的气息！她怎么可能是AI机器人？

门捷正思潮翻滚，张秀宜马上又有了新发现："你看这里！这条记录显示，陈悠然那天登上飞车前，在通往国际永眠中心户外飞车起降点的最后那段路上，碰到了这个陶乐。当时，陈悠然的VR眼镜中出现了陶乐的身影，于是陈悠然与她打招呼，但是她一开始并没有反应，反而一副满怀心事的样子，直到陈悠然拍了拍她，她才反应过来跟陈悠然说了几句无关痛痒的话。然而，当陈悠然再次戴上VR眼镜时，她却消失在他的视野当中了。"

门捷仔细地查看了记录，的确诡异万分。

"你看，她又是穿着红色裙子哟。"张秀宜补刀。

门捷没有理会他，而是开始在脑袋里构思各种可能性："根据我对VR眼镜的了解，它会自动过滤无关人员。陈叔叔一开始能直接在VR眼镜中看到陶乐，就说明她跟他有关联。而那个时候，他正快步走向飞车起降点，这就说明，陶乐跟他的行程有关。然而，当他摘下VR眼镜，拍了拍她，与她聊了两句之后，再次戴上眼镜时，却没有再看见她了，就意味着，她与他的行程无关。"

一两分钟之内的几句谈话，为什么会造出这样的差别呢？为什么一开始陶乐与行程有关，然后又无关了呢？这么短的时间内，到底发生了什么？

张秀宜见门捷没有反驳自己，觉得没劲，与他一起陷入沉思。

"陶乐，你在那儿干什么？"

"陈老师，怎么是您？有事吗？"

"没事，只是路过，恰好看到你似乎有心事，想问问，有什么需要帮忙的吗？"

"谢谢陈老师关心！放心吧，我没事。"

"没事就好。"

两人都同时把关注点放在这几句陈悠然与陶乐的对话上。

"小子,你是年轻人,我问问你,当你一个人独处发愣的时候,猛地被人拍了一下,给吓一大跳,但是看到拍你的人是位高权重的长辈,不好意思发火,只能脸上笑嘻嘻,心里骂咧咧……这样的场景符合逻辑吗?"

"符合,但是心里虽然不爽,也不至于要杀人灭口哇,顶多腹诽。你说,有没有可能是VR眼镜出了错?陶乐是否出现在陈悠然的VR眼镜视野当中,并没有那么重要?"

"不可能。你又不是没经历过,我们把联合智能实验室的整个VR眼镜数据库都查过,一切都无比精确,不可能出错。VR眼镜的数据基于AI算法处理和生成,并且经过区块链技术鉴权和鉴伪,是置信度非常高的取证依据。"

"也就是说,我们不能怀疑VR眼镜数据的正确性?"

"是的。这是得到联合智能实验室背书的。全球范围内的警察探案都直接取信联合智能实验室背书过的数据。"

"那万一联合智能实验室的那些AI数据本身就出错了呢?"

"不可能的,AI永远不会出错。人类正是对于错误的容忍度越来越低,才引入了AI,难道不是吗?"

"我还是想不通。"

"小子,很多时候,真相本身如何不重要,被谁认可为真相更重要。"

门捷撇了撇嘴:"好了,让我们回到这段对话。我同意你,虽然陶乐被陈悠然拍了一下——女生被一个陌生男人冷不丁地接触身体总归是不舒服的,但她后来的表情不像是装出来的,就算是装出来的,也不至于杀死陈悠然来报复——有点儿过了。我认为,问题不是出现在这里,而是更早。"

"对,就是为什么一开始陶乐就出现在他的VR眼镜当中。这个系统背后的AI算法到底想提示些什么?"

"有没有可能,纯粹是为了给陈悠然安排一个与人对话的场景,让他在坐上飞车之前没那么无聊?"

"……"

"不对,不是这样。他上飞车前,刘穆芝他们都在那儿呢,怎么可能无聊？"

两人绞尽脑汁又想了很久，依然一无所获。他们暂时将这个线索搁置在一边，继续搜寻关于陶乐的消息。不得不说，这个国际综合太空计划署数据库真是事无巨细，掌握一定的搜索技巧之后，竟然能够找到很多与她隐私相关的信息。

比如：上一次大姨妈是什么时候来的。看到这一条，门捷激动地跳了起来："她不是机器人，她是活生生的人！否则，怎么会来大姨妈？！"

张秀宜挠了挠头："怎么会这样……"

的确，如果是AI机器人，似乎没有必要重建女性的这个生理特征。门捷迅速跳过更多的个人数据，有些看了让他不禁脸红。张秀宜露出一丝不易察觉的微笑：年轻真好。

这时候，一大类打着"灵境汇"标签的数据冒了出来。他们点击进入，立刻被海量信息淹没。"这么多信息？她简直是'灵境汇'的骨灰级玩家了！"张秀宜大呼一声。

"张警官，我的老师曾经说'灵境汇'都是不务正业的人玩的，她竟然玩过这么多次，不会是……"

"你们老师那是什么陈腐观念？现在哪个成年人没玩过两把'灵境汇'？我关注的，是她年纪轻轻，怎么会有那么多钱玩这个游戏？你看看她那些场景，很多都是高阶秘境！不氪金①是很难进去的！"

"……"

"不管怎样，这是一个新的突破口！你不是说在灵境当中看到过她吗？我现在完全信了！"

越是往深里分析，张秀宜的眉头就锁得越紧。这个叫陶乐的小姑娘看起来一点儿都不简单。能够在灵境当中纵横捭阖，说明她花了大量时间，还有金钱。可是，她却能够在国际永眠中心连实习加工作这么长时间。

难道国际永眠中心不做背景调查的吗？一个深度的"灵境汇"玩家怎么能在这样重要的政府机构当中工作呢？

而对于门捷，看到陶乐在"灵境汇"这款游戏当中无处不在的身影，包

---

① 网络用语，泛指使用大量金钱购买虚拟物品。编者注。

括曾经与邹通打过好几次照面，最后一次是在游戏中干掉邹通和戴路救下自己，惊诧之余，更是震惊。"没想到邹通、戴路他们真是老玩家了！难怪戴老师如此痛心疾首……这么多未成年人都在里面玩，这难道不是禁止的吗？"

张秀宜拍了拍他的肩膀："小子，知道有条规定是未成年人不得抽烟吗？可有多少人是在读书时就开始抽的？连我都是！"

"你执法犯法。"

"那时候我还不是警察，等我当警察之后再抽烟就不犯法了。"

"我实在不明白，什么烟哪，酒哇，有什么好的，又难闻，又伤身。"

"等你长大后就明白了，烟酒其实不伤身，伤身的是那些你不得不靠烟酒才能缓解和消除的压力。"

"装什么深沉？"

"算了，说多了你也不懂，以后自己慢慢体会吧。"张秀宜稍微思索了一下，正色说道，"陶乐这个情况，是我从警以来碰到的独一无二的情况，我现在觉得浑身都是劲，非把这案子给破了不可！小子，有耐心吗？"

"必须有！"

"好，那我们离开这里，去市中心！"

"为什么？好容易我们进来这个数据库了，为什么不再多花点儿时间挖掘一下信息呢？万一下回再来时，就进不去了呢？今天按理说都已经过期了，算我们运气好。"

"再往下挖掘的数据已经是无关的细节了，反而会扰乱我们的判断。连她的生理周期和三围我们都知道了，你还想了解什么？"

"……"

"我们已经穷尽了线上和虚拟世界里的所有数据库，接下来，看看她到底是人还是机器人，要靠我们线下去访谈一个个具体的人。"

"明白了，去找她小姨。"

"不仅是她小姨，还有她在国际永眠中心的同事。至少要这两层社会关系才足够。"

"那为什么不先在国际永眠中心访谈呢？我们现在就在这里。"门捷刚脱问出这个问题，自己就有了答案——避免打草惊蛇，"明白，那我们走吧。"

两人迅速归还了VR眼镜，没有在大厅里多停留半分，快步走出国际永眠中心。一个小时之后，张秀宜和门捷站在丰厚邮复兴路一个大门口。离开国际永眠中心时获得的透明冷冻膜效力已经几乎消失殆尽，两人此刻汗流浃背，把手徒劳地放在天灵盖，阻挡毒辣的阳光。

"待会儿你先去敲门。我是大老粗，又胖又丑，再加上这一身臭汗，稀疏油腻的头发，怕吓着人家。好歹你是美少年。"

门捷抹了抹脸，满手是汗。他连忙在衣服上使劲擦干。两人对照查到的地址，走进门洞。没有了阳光的照射，体感立刻舒服很多。

陶乐的小姨就住在一楼左边的房间。科技发展到今天，这扇房门却依然是那种古早风格的暗红色木门。看上去很厚重，连门铃都没有装。

门捷深吸一口气，敲响了房门。两人屏住呼吸，只听见门内响起了由远及近的脚步声。门开了一条缝。门捷只觉得一阵淡淡的清香飘了出来。一张憔悴的脸出现在门缝当中。脸的主人是一个中年女人。女人身材消瘦，在门缝中几乎就能尽收眼底。不知为何，见到她，门捷立刻从脑海中冒出《红楼梦》当中对李纨的描写：形容枯槁，面如死灰。

女人没有掩饰脸上的惊讶，问道："你找谁？"

"我……请问您是陶乐的小姨吗？"

"我是，怎么啦？"女人见眼前的少年面容俊俏，满眼真诚，不像坏人，便也稍微放松下来，把门稍微再打开了一点儿。

"那太好了，我们有话想问问，进房间聊吧！"

一个粗犷的声音从少年身后传来，不知道从哪儿猛地冒出来一个满脸凶相的壮实胖子，直接把门推开，闪身进入门内，然后顺手将少年也拉了进去。胖子反身把门关上。一切都发生于迅雷不及掩耳之间。

女人这才反应过来，往后退了好几步，惊恐地问道："你是谁？要干什么？"

"你看，到这个时候，她还在问我是谁，而不是问我们是谁，似乎你跟我不是一伙儿似的，谁人不爱美少年？"张秀宜扭过头去冲着门捷说道。

他转过脸温和地对女人说："不用害怕，我们是警察。我们想向你询问几个关于陶乐的问题，能帮忙吗？"他尽量让自己的声音听上去没那么吓人。

但女人显然没被说服，依然骇然地盯着他，浑身发抖。

门捷只能上前一步说道："阿……姐姐，不用怕，我们是好人。"他本来想叫阿姨，但立刻改口成姐姐。显然，女人对于他的接受度要高不少，又上下打量了他几眼之后，整个人不再像刚才那样僵硬。

张秀宜这次并没有急着上前问话，而是迅速扫了扫室内的布局。这是一套一居室的房子。总面积不大，但房型设计得很合理实用——老房子往往如此。房间装修风格十分简洁，桌子椅子摆放整齐，几乎一尘不染。墙上挂着几幅抽象的油画，看上去不知道想表达什么。卧室、厨房和卫生间的门都敞开着，可以一览无余。床上收拾得平整干净，厨具擦得锃亮，马桶得体地盖着。"这房子的风格跟她的面容一样寡淡……"他迅速排除了有其他人在室内的可能性。所以，他们有充分的时间，不用急于求成，以免吓着女人。见女人明显放松下来，张秀宜继续努力温柔地问道："可以回答我们几个关于陶乐的问题吗？"

"她犯了什么事？为什么警察要上门来？"女人再度紧张起来。

"放心，没什么事情，我们只是例行访谈而已，跟她没有直接关系。"

"她可是个苦命的孩子……"

在确认了张秀宜警察的身份之后，女人终于放下了戒备心。她招呼两人坐下，并且给他们倒上了两杯水："天气热，多喝点儿水。"

"谢谢你，请接着说吧。"

"陶乐是个苦命的孩子，刚满十六岁就没了父母……"

"没啦？"

"就是死了。"

"等等，我确认一下，她的亲生父母，是人，对吧？而不是科学意义上的'父母'？"

"你这是什么意思？当然是人，她的母亲是我的姐姐。陶乐也是个活生生的孩子，漂亮的小囡。"

张秀宜彻底死心了。之前无论是在公安数据库，还是国际综合太空计划署数据库里，看到"陶乐的父母"字眼时，他都会认为是陶乐的创造者。只有这样，才能支撑"陶乐是AI机器人"这个大胆的假设。现在，这个假设被彻底击碎。门捷开心地看了张秀宜一眼。

张秀宜抿了抿嘴，继续问道："如果方便的话，能否稍微具体一点儿？她的父母是如何没的？你又是怎样获得她的监护权的？"

"唉，都怪那星火计划。说是地球上越来越热，人类活不了了，要离开地球找新的家园。可是，虽然每年都越来越热，我们不是有空调吗？又不缺电，非要折腾星火计划干什么呢？再说了，到了2120年，我早就死了，关我什么事？"

"这个跟她父母的死，有什么关系呢？"张秀宜早已从数据库中获得这些情况，只不过是想再确认一次罢了。

"星火计划当中有个什么'永眠派'，支持把人给冻起来，放个十年八年，跟动物冬眠似的。这样就可以延长人的寿命，而且在睡眠状态时，也不需要活动，不占地方，躺在棺材里——就是长得像棺材的那东西，运送到宇宙里去也方便。

"这个试验全球召集志愿者，不但不收钱，还赠送一堆福利……要我看，只有戆大才去呢！可是我那个姐夫，却偏偏要去，也不知道图啥。"

张秀宜不动声色地问道："方便问问陶乐父亲——也就是你姐夫，是做什么职业的吗？"

"职业？"女人露出少有的笑容，只不过表情反而显得很诡异，"犯不上用这么高级的词语来描述他的营生。他就是个来自金山的鱼贩子，而且这些年因为海水水位升高更加靠天吃饭。"

"也就是说，陶乐家没什么积蓄，也没什么背景？"

"我们什么背景都没有，但凡有点儿钱或者背景，犯得着去做试验的小白鼠吗？"

张秀宜低头思考着：如果家庭条件很一般，为什么能去玩这么多次"灵境汇"游戏呢？

"去当小白鼠也就罢了，关键是还运气很差，说好的试验哪怕失败，也多半不至于死，没想到他就是那个例外。这样一来，我姐姐怎么受得了？开车送他去医院，开着开着就撞路边去了。"女人终于打开了话匣子，"等我在医院里看到她时，已经是她的弥留之际。于是，她便将十六岁的陶乐托付给我。"

"我恰好生不出孩子，也因为这个，我前夫丧失了耐心，离开了我。有个女儿在身边，总是好的。"

"我很抱歉。"张秀宜是真心说出这句话，因为他的老婆也跑了。女人眼里露出一丝柔和的光。门捷听得入神，一句话都说不出来。他根本没想到，自己的梦中女孩儿，竟然有着这样悲惨的过去。但从自己仅有几次看到她的表现来看，她活泼、开朗、浑身发光，根本不像经历过这一切。

"那，你是什么时候认识陶乐的呢？"张秀宜接着问。

"不是说事情跟她无关，你们只是了解了解大概情况吗？"女人依旧有一些警觉。

"是这样的，虽然事情跟她无关，但我们需要了解她的身世，更加具体的原因恕我无法透露，毕竟我们是在查案。但是，我保证，不会伤害到她。"

"她蛮小的时候我就认识了，你想啊，她是我姐的女儿，我们姐妹俩又走得挺近。我算是看着她长大的，看着她从一个古灵精怪的小女孩儿变成亭亭玉立的大姑娘。"

"她的性格一直都比较连贯吗？还是说，在遇到一些大事之后，发生过突变？"

"她的性格一直都挺开朗，哪怕我姐夫和姐姐出事之后，在我这儿，她也没有沉沦下去，我们弄堂里的邻居都很喜欢她。这孩子真不容易！"

"她现在还跟你住在一起吗？"

"没有了，她高二时去国际永眠中心实习就住在临港那边，只不过会时不时回来看看我。但最近这两年，次数越来越少，说是已经正式上班，变忙了。"

"等等！你说她高二时去实习，而不是大三？"张秀宜猛然发现了这个细节上的差异。到目前为止，所有数据库中都显示陶乐是大三去国际永眠中心实习的。

"大三？怎么会是大三呢？她是五年前去实习的，那时她才十六岁，十六岁怎么可能读大三。我其实还一直纳闷儿，为什么国际永眠中心能收那么小的实习生，而且最后还把她招收进去。这么高端的联合国依托单位怎么可能招一个大学都没上的人，我一直没想通。但她总是跟我说她有办法，搞定了AI筛选系统，说她自己很能干，而国际永眠中心又唯才是举。我也是将信将疑。"

"所以说，她今年不是二十五岁，而是二十一岁？她也没去读光华大学生物工程系？"

"我的女儿我能不清楚吗？她如果拿到了光华大学的录取通知书，我不知道有多开心呢，肯定会让她复印一份，烧给她父母。"

张秀宜再次紧皱眉头，刚准备从兜里掏香烟出来点上，手还是停住了。忍一忍吧。

门捷趁机问道："姐姐，你听说过'灵境汇'这款游戏吗？"

女人一愣，回答道："当然听说过，我自己也玩过。但是，那里面太逼真了，让我无法适应，所以，玩得不多。"

"所以，你喜欢玩……假的游戏？"

"我比较传统，认为现实就是现实，游戏就是游戏，两者之间应该泾渭分明，而'灵境汇'显然把两者混为一谈了，这让很多人无比沉迷，却让我难以接受。"

"嗯，那陶乐玩'灵境汇'吗？"

听到这个问题，女人没有立刻回答。

"没关系，你如果不清楚，就说不清楚。毕竟她现在很少回来。"张秀宜补充道。

"我的确不清楚。不过，她第一次去玩，是我带她去的。那时候她才十六岁，警官，这个……不犯法吧？"

"这当然算违法，但不算犯罪，也不是今天我们调查的重点，你放心，不会因为这个把你抓走。我想问问，当时你为什么要带她去？"

"因为她父母刚出事，我担心她承受不了，就想带她去放松一下，转移注意力。"

"那她玩那个游戏之后，有没有什么异样呢？"

"没什么异样，情绪一直都挺饱满，就跟以前一样，她真是个坚强的孩子。"

"好了，我还有最后一个问题：她为什么总是穿着同一条红色裙子？是因为生活拮据，还是别的原因？"

听到这个问题，女人瞪大眼睛："同一条红色裙子？"

"我们看到陶乐资料上的照片，发现她好像只有一条红色裙子，不管什么时候，总是穿着它。"门捷补充道。

女人哼了一声："为什么不能穿同一款式、同一颜色的裙子？你们男人可以在衣橱里放同一款式、同一颜色的T恤和衬衫，一周七天轮着穿，好像从来不换衣服一样，我们女人为什么不行？"

从丰厚邨出来，张秀宜和门捷迫不及待地钻进路边的出租车。他们感到浑身都凉爽下来。户外是越来越没法待了。张秀宜再也忍不住了，掏出香烟点上，然后为了避免司机可能的抗议，直接也递给了他一支。于是门捷很快就身处烟雾缭绕之中。

"你们能不能考虑一下我的感受？"

"没事，我这车的空调效果特别好，这烟哪，一会儿就散尽了。"司机得了好处，自然要帮腔说话。

张秀宜得意地吐了一口烟："感觉怎么样？你这还是第一次跟我做现场访谈吧？"

"我觉得她小姨应该没有说谎。"

"她现在就是一具'行尸走肉'，但又不是沉迷于'灵境汇'当中的那种行尸走肉，'行尸走肉'是不会骗人的。"

"说实话，跟她聊完，我更加迷糊了。"

"破案就是这样，越接近真相的时候，就越迷雾重重，这跟登山一个道理。很多时候，越靠近山顶，越是云雾缭绕。"

"但是，能够证明她是一个活生生的人，而不是什么机器人，我还是开心的。"

"这才是最让我困惑的，如果她是活生生的人，为什么'灵境汇'没有识别出来，而将她识别为NPC？AI不可能犯错，只能解释为她与'灵境汇'有很深厚的关系，但从她小姨嘴里了解到，他们都是普通人家。"

"第一，如果是普通人家，怎么可能玩得起这么多次'灵境汇'？很多次还是在神术秘境那个本子的高阶秘境里，连我都没进去过。第二，也是最关键的，为什么她小姨说她今年二十一，而所有资料都显示，她二十五岁了。"张秀宜尽量压低声音，但司机还是听到了只言片语。

"嘿嘿，普通人家的小囡要经常去玩'灵境汇'，这很简单嘛，找金主爸爸就可以啦！其实也用不上很有钱，对于小姑娘来说，你给她一点儿钱就可以，我曾经拉过一个女孩，一上来就坐副驾驶，还缠着我去带她玩'灵境汇'。"接了张秀宜的烟，他觉得自己也有义务贡献一点儿话题。

"你给我闭嘴！专心抽你的烟和盯着自动驾驶，不要偷听我们谈话！"张秀宜制止了他继续往下说。

司机撇了撇嘴，无趣地转过头去。

"张警官，你刚才说的那两点，我试着总结一下，无非是：第一、她与'灵境汇'的关系。第二，那消失的四年是怎么回事？"

听完门捷这番话，张秀宜往后一靠，故意做出一副不可思议的模样："小子，这归纳能力可以呀！"

"都是你榜样做得好。"

"小嘴真甜！不管怎么样，我们到人民广场中心站后，就去国际永眠中心，不能光访谈小姨，一定要在国际永眠中心找几个陶乐的同事聊聊，这样我们才能确定下一步怎么做。"

"明白！"说完，门捷被烟呛得剧烈咳嗽起来。

之后的一路都按部就班，当他们俩再次大汗淋漓地出现在国际永眠中心大厅时，发现人来人往，熙熙攘攘。

"今天生意很好嘛。"张秀宜冲着来接待两人的熊旻说道。

"最近星火计划不是有了一些进展嘛，月球上的一号基地搞出了首套3D打印版的折叠基建舱元模型，地面上，联合智能实验室也上线了全新一代智能互联网I2网。所以，大家似乎对于未来的信心又增添了几分。"

"有了盼头，就想活得久一点儿，就像自古以来试图长生不老的往往都是帝王将相、商贾巨富们，如果有皇帝可做，谁都想向天再讨五百年。"

熊旻"扑哧"一笑："张警官，是这么回事，所以来我们这里参与试验的人一下增加了许多。我们也决定，这次是最后一次向社会大规模招募试验者了。再往后，更多采用定向邀请的方式。因为我们的底层技术突破已经完成，之后更多的是做一些完善。"

"我无意挑衅哪，你们目前只能让人睡上五年，而星火计划的目标是三十年，还差这么远，你们就敢说底层技术突破已经完成了？"

"这主要还是归功于陈博士，虽然他已经离去，但遗留下来的技术是完备的，只不过，我们目前还需要时间去理解和消化它们，一旦成功，就能将休眠周期延长到十五年。"

"那现在他的首席科学家由谁来接任呢？不可能始终空缺吧？"

"目前由李主任兼任着,后续还是需要选拔的,这样的专家不好找。对了,张警官这次来,不仅仅是过来跟我们聊这些八卦的吧?"熊旻那圆圆的脸蛋上,显现出似笑非笑的表情。

"聪明!还是关于陈博士那起案子,我们想跟你和刘博士聊聊,可以吗?"

"方便问问为什么吗?我们两人当时的确亲自送陈博士上了飞车,但是第一天你就已经问询过我们了。"

"这次是不同的方向。"

"好的,请跟我来。VR眼镜我已经给两位准备好了。"

"嗯,我是这样想的,如果能够在大厅里找一个小房间,你们出来跟我们聊,也不戴VR眼镜,这样可能更自在。说实话,每次戴上那个眼镜进入国际永眠中心,我都觉得自己像是个提线木偶似的。"

"行,没问题!那我带你们过去。"

两人跟着熊旻穿过人群,来到一个角落。那儿有一间紧闭着房门的接待室。熊旻走了过去,门便自动打开,里面的灯也自动亮了起来。这是一个还算宽敞的房间。里面的装饰十分简单,只是放置着一张桌子,桌子两侧各摆放着三把椅子。房间一角是几箱矿泉水。除此之外,就没别的物品了。

"熊博士,请问咱们国际永眠中心门口的房间布局是固定的吗?还是说,会时不时更换一下?"门捷随口问道。

熊旻一愣,轻声答道:"我们不可能一成不变。"

"哦,难怪,早上我还以为我记忆出错了,原来是你们更换了布局。"

熊旻只当门捷在自言自语,没有继续理会他,而是冲着张秀宜道:"张警官,请稍等,我将刘博士叫过来。两位先请在这里稍坐片刻,喝点儿水。"

"没问题,不急。"张秀宜大大咧咧地坐下,也一把把门捷拉过去,坐在他旁边。他没有注意到门捷似乎在思考些什么。

门外,熊旻正焦虑间,刘穆芝快步走了过来。

"刘博士,张警官他们在里面。"

"好,没问题,不管他们想了解什么,我们如实回答就好。"

"嗯,对了,那个助理突然问我,我们的房间布局会不会更换。"

刘穆芝一惊:"那你怎么回答的?"

"我很轻描淡写地说，我们不可能一成不变。不过，他应该就是顺口一说，也没有继续追问，估计跟这次访谈没有关系。"

"好，这是我们的核心秘密，一定要注意保护！"

"刘博士，刘老师，我们又见面了。你的状态比上次要好不少。"张秀宜见刘穆芝进来，起身打招呼。

"张警官，谢谢。"刘穆芝淡淡一笑，"上次我听吴蔚他们说，您已经跟联合智能实验室把所有的情况都了解了，这次回来再次找到我们，有什么我们可以帮助您的？"

"刘老师，你是个爽快人，那我就开门见山了。这次过来，我们还是调查淀山湖空难的案子，但是关注的点有所不同。你们这里有没有一个员工叫作陶乐，五年前在这里实习，然后毕业后留了下来？"

刘穆芝没有想到张秀宜问的是这个，便回答道："是呀，小姑娘挺好的，从实习时就一直在我的团队，为什么问她？她难道跟空难有关系？"

"哦？一直是你的团队成员，那太好了。"张秀宜没有直接回答刘穆芝的问题，"她是什么背景，你清楚吗？"

"她挺可怜的，应该说，我们国际永眠中心对她有一定的亏欠吧，这并非我们主观的过错，但是从客观来说，至少她可以这样认为。她的父亲是全球第一批参与我们人体低温冬眠试验的，却不幸试验失败死亡，然后她的母亲也因为救人心切，送她父亲去医院路上出了车祸。"刘穆芝有些哽咽。熊旻在身旁轻轻拍了拍她的后背。

张秀宜一言不发，安静地等她自己稳定情绪。

"所以，当初她来实习的时候，我们还觉得挺诧异，按理说，经受过这样冲击的人，不太可能再接触我们，不记恨我们就不错了。"

"就因为这个原因，你们对她网开一面，哪怕她高中都没毕业，就接受了她的实习申请？"

刘穆芝一脸疑惑："高中没毕业？她来的时候是大三的学生啊。我们怎么可能招收高中生实习？都还没成年呢。"

"你确定她是大三学生？"

"是呀，张警官。我们的实习报名是很严格的，需要经过好几轮审查。"

"这些审查包括去她的学校确认这个人是否存在吗？"

"去她的学校？您是指，我们像家访一样，上门找到她的老师去确认？"

"是的。"

"那怎么可能！今天谁还采用这种原始的方式？效率也太低了。我们的审查都基于线上进行，有非常完备的AI算法和数据库，没有犯错的可能性。虽然我们没有亲自到她学校找老师，但我们的数据库与光华大学的学校数据库是打通的，只要光华大学数据库当中存在她的信息，不就确认了吗？"

"光华大学数据库中有她的信息，与她是否真实地在光华大学上学，似乎不能严格意义上画等号。"

"我同意，我当然同意，毕竟我是搞学术研究的。但是，数字化和AI的作用，不就是为了简化我们的验证与尽调流程吗？否则，有了线上系统，我们还需要一个个登门确认，那系统又有什么意义呢？"

"好的。那两位在平时工作当中，有没有发现过她的不对劲之处？我是说，反常的表现。"

刘穆芝转动眼珠回忆了半晌，摇了摇头。她问熊旻："你呢？"

"我也没感到有什么反常。小姑娘很灵光，既活泼又肯干，我们都很喜欢她。虽然有时候她会发发呆，似乎有心事，但我们都理解，毕竟这么年轻双亲就不在了。"

"如果一定要说，那就是她很偏好红色裙子。一年到头，不管什么时候，除非某些有特殊着装要求的场合，她都喜欢穿着红色长裙。但是，这是每个人自己的风格，谁说女孩子就一定要买一百件不同款式的衣服，而不是买一百件同样款式的衣服呢？"

"陈博士出事那天，你们知道她在哪儿吗？是不是跟你们在一起？"

"这个上次不是调查过吗？你让我们列出陈博士起飞前所接触过的人，除了我、熊旻和马主任之外，还有一个她。但是，根据我们系统的记录，她当时只是在走廊上与陈博士打了个招呼，短短聊了几句而已。"

"好的，我想起来了。"

"张警官，我虽然不知道你为什么调查陶乐，但是我个人认为这件事跟她无关。她的确存在作案动机，但从她五年来的表现来看，她是一个少年老成的女孩儿，对于父母去世这件事情有成熟的判断。"

"好了，我这边没有别的问题了，不介意的话，可以让我们在这个房间再多待一会儿吗？当然，如果你们需要更多的房间去接待大厅里那些报名试验的人，我们也可以立刻离开。"

"没关系的，张警官，两位尽管用，待会儿走的时候把门带上就好。系统会自动锁门。"

"再次感谢两位。如果可以，这件事请不要跟陶乐说，好吗？"

"您放心，我们懂。"

目送着两位女士优雅离开的背影，张秀宜一屁股重重地坐在椅子上："把门关上，我们复复盘！"

门捷乖巧地照做。房间里只剩下张秀宜和他两个人。张秀宜在四角仔细查看了一下，并没有发现监控设施。

"他们还真是说到做到，只依靠VR眼镜和那个庞大的AI体系来实现安保，不使用传统的摄像头哇。"张秀宜从角落里抽出两瓶矿泉水，递给门捷一瓶，自己则扭开瓶盖，咕咚咕咚喝了大半瓶。"我觉得局面已经越来越清晰了。显然，这个陶乐拥有某种能力，将大量线上数据库进行了篡改，把她自己的年龄无端增加了四岁，并且炮制出一个光华大学学生的档案。目前我们知道的，就已经有公安系统、国际综合太空计划署专用数据库、国际永眠中心系统和光华大学系统被她影响，不排除还有更多的系统。

"这一招很聪明。四岁的差异，对于一个二十岁上下的年轻人来说，其实并不算明显，尤其是女孩子，身体发育得更早一些。除非去检测骨龄，否则一般人很难发现。但是，她又不是运动员，有什么必要去查骨龄呢？

"这样一来，她为什么能够以NPC的身份出现在灵境当中，也可以解释得通。如果她能够在如此之多顶级网络安防的系统当中篡改数据，那伪造一个NPC的身份似乎也不是难事。"

门捷点了点头。他对于陶乐的感情，已经在最初那纯粹的对于青春和美的喜爱上，又增添了一种仰慕。

"所以，她不光是一个活生生的人，还是一个拥有顶尖数字技术的天才，关键是，还是个凤毛麟角、千里挑一的美女！"张秀宜看了看自己的智能手表，说道，"现在，我还在等待一个消息。如果这个消息给了我确认，我们就可以再次聚焦了。"

在北京没待上几天，邓爱伦又马不停蹄飞越半个地球，来到了美国佛罗里达州。飞机降落在奥兰多机场的时候，还没出舱门，他就能感受到窗外的炙热。停机坪的热浪扭曲了空气，一架架飞机仿佛被放置在蒸汽当中。地勤工作人员全部裹得严严实实，同时被透明冷冻膜环绕着。往稍远处望去，曾经郁郁葱葱的景象此刻竟然有些褪色，像是在水中煮得过久而泛黄的绿叶菜。

多少年来，这里都是美国乃至整个美洲人的度假胜地。阳光，沙滩，棕榈树，热带风情，这一切，现在都成了海市蜃楼。为了抵御日渐升高的海水水位，海岸线上早就筑好了可升降防洪堤。它带来了安全，也斩断了视线。舱门打开的时候，接驳车已经将移动廊桥与其无缝对接，使得下机的乘客免遭毒辣阳光的灼烧。

NASA[①]的星火计划任务总监内特麦克斯已经率人在廊桥下等候。他们每人都举着一把巨大的遮阳伞，形成了一道天幕，从廊桥下直接通往接驳车旁边一辆黑色的九座MPV[②]。遮阳伞下还不断地喷洒出雾状降温剂，将这条临时搭建而成的通道洗礼得清新凉爽，这让其他乘客都羡慕不已。

"邓院士，请随我来。"见邓爱伦缓缓走下廊桥台阶，内特连忙向他迎过去。

邓爱伦笑道："内特，才十来天不见，你怎么又晒黑了。"

"我更愿意将它描述为'健康'，邓院士。"

"有劳你了。"

"没问题，这是我应该做的。您也让助手跟我们一起走吧。"内特望着邓爱伦身后跟来的两位助手。

"再次感谢。"

上了MPV之后，内特亲自开车。"邓院士，我解释一下，从这里到肯尼迪中心大约100公里，车程两小时不到，于是我们决定用MPV来接您过去，这样会比飞车舒服一些。"

"没问题，怎样都行，关键是工作。"这不是邓爱伦第一次来佛罗里达。

[①] 美国航空航天局。编者注。

[②] 多用途车。编者注。

过去几十年，他其实来过不下十次。但这一次，他感到前所未有的荒凉。高速公路上的车与上一次相比，要少很多。道路两边的建筑也显得越发破败。霸道的阳光在天地间恣意闯荡，地面的一切都在瑟瑟发抖。

这次来肯尼迪中心，他的主要目的是参加航天科技司运载火箭与航天器专题会议。这只是航天科技司组织的众多交流活动之一，他并非每个活动都参加。但这一次的意义十分重大。他们前不久刚在北京召开过联席会议，会议的行动项之一就是尽快召开这次专题会议。说到底，人类到底能够完成多大规模的太空移民，在多短时间内完成，最终都取决于两个问题：运载火箭到底能够实现多大的运载能力？超大规模复杂航天器能够容纳多少人？可以说，这两个问题的答案，决定着星火计划的成败。

肯尼迪中心的会议室，无论是装修还是设备，都比北京要老旧很多。唯一给力的是空调系统，至少所有人能够在凉爽的环境下专心开会。

半天下来，邓爱伦聚精会神地听完了所有的报告。到了分组讨论时间，大会场旁边的两间小会议室分别用来开展"大推力火箭"和"超大规模复杂航天器"的主题讨论，讨论分别由来自美国和中国的科学家主持。邓爱伦先去了大推力火箭那边。

内特正在做主题发言，见邓爱伦进来，连忙暂停，向大家介绍："这是国际综合太空计划署主任，我们德高望重的邓爱伦院士，很高兴他能亲自参与我们的讨论。"

掌声响起。邓爱伦连忙示意大家继续讨论，并且坐到最后面一个不显眼的角落里。他想关注讨论的内容本身，对于自己是否在最重要位置，毫不在意。随着演讲与讨论的开展，他眼里逐渐有了赞许之意。"进展挺可喜呀！果然，前阵子在北京，内特这小子还是有些保守，故意捂着一些进展不说，就是等着今天搞出个大新闻吧。"不过，他也充分理解。当你有了一项最新成果，可以选择在主场发布，也可以选择在客场发布，而主场的时间与客场只相隔半个月都不到，正常人都会选择在主场发布吧。

看起来，NASA已经实现了万吨推力重型运载火箭原型的开发，并且开始进行可控核聚变发动机试车。如果测试数据支持他们往下一步走，压力就来到了欧盟和中国这边。毕竟，火箭的推力如果足够，而复合材料跟不上，或者运送货物的重量达不到，不足以发挥火箭全部的推力潜能，那就不是火箭的问题了。

就好像，一台性能无敌的电机也无法全速驱动一辆纸糊的汽车前进，速度稍微快一点儿，纸本身就破了。而如果它能推动五百斤的货物往前走，你却只有三百斤的货物，剩余二百斤的潜力就浪费掉了。这正是邓爱伦乐意看到的。没有这样的良性竞争，技术怎么进步呢？

参加了一会儿讨论，给内特和会场上的人不少鼓励之后，邓爱伦离开这间会议室，来到隔壁。方锦泽正在慷慨激昂地发言。

"大家可以简单地理解，我们现在马上要开始生产的就是我们人类未来的太空城，第一期工程将部署在环火星轨道之上，与我们火星上的基建舱遥相辉映。人类的文明一定会延续，会在宇宙中延续，月球与火星只是我们的起点，但是，无论如何，我们都将住在太空里的新型小区，感受与今天无异的便利。"

方锦泽在一片掌声中正准备邀请下一个演讲者上台，发现邓爱伦已经悄然走了进来，他连忙三步并作两步朝着邓爱伦走过去："邓院士，您过来怎么不先打声招呼？我还以为您参加完大会就回酒店休息了呢？毕竟今天才刚到，还要倒时差。"

"你们都在干活，我怎么可能这么早就去休息？总归要听一听嘛。"邓爱伦乐呵呵地说，"不用管我，你们继续讨论，有问题我会问的。"

方锦泽知道邓爱伦的脾气，便连忙回到讲台边，接着主持会议。邓爱伦饶有兴致地继续听着。他从心底希望这边也能够产生一些足以匹配隔壁进展的成果。好在这间会议室里的人并未让他失望。从现在这个演讲者展示的材料来看，第一批超大规模复杂航天器的原型设计已经完成，并且经过了初步的结构强度应力试验。邓爱伦并不认识他。但没有关系，他足够年轻。

"这一批航天器分为两大部分，一部分提供给休眠舱，另一部分则供没休眠的人生活与工作。而前者又进一步分为进入低温冬眠的和正常睡觉的。

"就像这幅示意图展示的一样，休眠区一共才不到六十万平方米，却可以容纳十八万人，其中十五万人为进入低温休眠的人，他们只需要躺在休眠舱当中即可。剩余三万人则在这里进行每天的睡眠。这三万人在醒着的时候，会进入生活与工作区。

"生活与工作区与休眠区是分开的，通过独立的通道相连。在生活与工作区内，我们设置了满足基本衣食住行和社交的基础设施，也专门开辟了科学研究的区域。哪怕身处宇宙，我们也不能放慢科技进步的步伐。"

看着演讲者那依然有些稚嫩脸庞上的激动与他眼神当中的光芒，邓爱伦觉得自己都被微微感动。未来属于年轻人！只有他们能够冲破窠臼，不但敢想，还敢做！他忍不住站起身来，说道："说得很好……我有一个问题。"

全场安静下来。演讲者显然并不认识邓爱伦，微微一笑："老人家，请讲。"

场下一片窃窃私语，也夹杂一些哄笑。不过，邓爱伦示意大家安静下来，他并不介意自己没被认出。相反，这是一件好事。

"按照目前你这个设计，需要多大推力的运载火箭？"

"至少是万吨级别吧，说实话，在进行设计的时候，我还没有穷尽目前所有的技术能力，主要是担心隔壁房间暂时没有那么大推力的运载火箭。"

"哦？这么巧我刚好从隔壁过来，得知他们已经有了万吨火箭的原型。"

"那太好了！那我可以再进一步改进设计。"

"你有没有想过，你改进设计很简单，人家增加推力可是要了老命。"

"我当然知道。所以，我希望一方面增加航天器的容量，另一方面又实现足够的结构化和模型化，使得它可以被拆分为相对更小更轻的部件，更加容易被送入太空，也更容易被送得更远。"

"那样的话，我们会面临新的瓶颈。"

"是的，所以我现在已经有了发射资源不足恐惧症，地球上的发射基地太少了。"

邓爱伦点了点头，带头鼓起了掌。会场上自然也响起了整齐的掌声。刚才两人的对话一句废话都没有，全是干货。

待到掌声平息，邓爱伦说道："如果说我这次过来，只带一个行动项回北京，那就是向国际综合太空计划署理事会和联合国安理会提交议案，要求全球范围内扩建运载火箭发射基地，至少要翻个番！"

"老人家，这当然是件好事，但是不是那么容易实现的吧。"演讲的年轻人愣住了。他从没见过这么牛的会议嘉宾。

"哈哈哈！"方锦泽笑着站了起来，走上讲台，拍了拍年轻人的肩膀，"知道他是谁吗？"

"谁？"

"邓爱伦院士。"

年轻人听到这几个字，立刻张大嘴巴，双手悬停在半空中，完全不敢相信："我刚才跟邓院士有来有回地对话了几个回合？这简直是在做梦啊！"

邓爱伦也缓缓走上前来，友好地跟年轻人握了握手，然后冲着台下说道："刚才的讨论非常好，我虽然只待了一会儿，但收获不少。我呢，年纪大了，就不陪大家了，先回去休息休息，你们继续交流，畅所欲言。"说完，他在方锦泽的陪伴下走下讲台。

身后的年轻人待在原地，整个人依然处于恍惚之中。

出了会议室，邓爱伦轻声问道："那小伙子叫什么？来自哪里？"

"叫林一，是中宇航集团公司复杂航天器系列型号的主任设计师。"

"主任设计师，只是一个主任设计师，就如此有见地，前途无量啊！"

"邓院士，本来按照级别，这个会邀请的是他们的总设计师或副总设计师，结果两人恰好都没空，就派了一个主任设计师过来，好在表现真不错。"

"好事，好事，说明我们的航天事业后继有人哪。"

尊敬的国际综合太空计划署理事长：

在依照国际综合太空计划署章程的定期报告之外，我特此代表国际综合太空计划署工作团队，呈上这封信，希望采取一个在我们看来十分重要，并且同样迫切的行动，恳请得到您与各位理事的支持，而且能够尽快找到时间窗口提交联合国安理会与联合国大会决议通过。

结论先行，我们所希望采取的行动是：在五年之内，在全球新建至少三十个运载火箭发射基地，将全人类的太空发射能力提高至少一倍。

星火计划从2049年初正式启动以来，到今天已经执行了十六年。在这十六年间，我们遇到很多波折，但整体进展是好的，这都有赖于您和各位理事，以及联合国安理会的大力支持。

在星火计划的大框架之下，我们在三个科技方向发力，分别是航天、生物和智能科技。其中后两者都有非常具体而单一的业务目标，前者是实现安全而稳定的三十年的人体低温冬眠时长，相当于让人类多延续一代人；后者则是实现AI具有自我意识，使其可以保存人类所有的线上数据并形成自我发展能力。

只有航天科技方向，我们采取了多线并举的思路，同步发展各项关键技术。这个思路本身并没有错，因为要实现将人类整体迁移至宇宙，光靠火箭不行，光靠航天器也不行，的确需要解决多方面的问题。然而，我们的资源是有限的，注意力也是有限的，如果没有一个更加前瞻性的规划，很容易在执行和推进过程当中丧失焦点，这样产生的结果很可能是每一条线的目标都实现了，但整体目标却失败了。

在经历了十六年的星火计划之后，我现在看到，在航天科技方向上出现了这样的苗头。过去几周之内，我去了月球背面一号基地，组织了航天科技司联席会议，现在又在佛罗里达参加航天科技司运载火箭与航天器专题会议。每一次，我都能感受到我们团队蓬勃的斗志与可喜的进展，但是在我心底始终有一丝不安，我一直不知道这丝不安源自何处，直到今天。

我听取了一个年轻的复杂航天器设计师的演讲，在与他的交流当中，他很坦诚地表示，他存在"发射资源不足恐惧症"，这一下点醒了我。这不就是我心中不安的来源吗？

经过上百年的变迁，目前全球依然可用的火箭发射基地仅有三十多处，有些还因为在海岛上或者岸边而面临丢弃的风险。我们不能逃避一个可能发生的场景：当我们造出了足够大的太空城，研制出了更大推力的火箭，却因为发射基地数量过少，无法并行发射火箭而耽误了时机，让我们的同胞们深陷地球的炙烤当中。

尽管尚未进行精确的定量测算，但仅仅粗略估算下来，我认为，至少我们还需要目前两倍数量的发射资源——当然，我也已经交由航天科技司团队去做精确计算。只不过，我希望先写信告知这个既重要又紧急的请求。

基于这个估算，我们需要在全球范围内再新建至少三十个运载火箭发射基地，并且这些基地需要具备能够支持万吨运载火箭的能力。目前，我们对于基地的选址事实上有不少限制：必须位于陆路或者海路交通方便的地方；必须有充足的能源供给和基础设施支持；必须有足够高的安防等级。这也是为什么，我写这封信寻求您和理事会，尤其是安理会的帮助。

因为建设这些站点势必会涉及国家主权，而且会涉及很多国家的主权，在正常情况下，需要走较长的流程来落地。但是，现在是非常时期，每一分每一秒对于人类来说都弥足珍贵，因此，如果可以得到安理会的支持，在他们境内完成所有新基地的建设，或者由其说服相关国家通过快速通道的方式批准新基地的建设，将让整个人类受益。

除去这个请求之外，我再与您分享一些我的想法。以下的内容无须呈交理事会或联合国安理会，仅仅为我们之间的交流。

除去在地球上大力增强我们的发射资源与发射能力之外，我们还应该在月球上做同样的事情。我之所以未正式向理事会提出这个诉求，是因为目前世界上仅有中国和美国拥有在月球上进行批量基础设施建设的能力，也已经在月球上建设了不少基地，但目前这些基地基本上还是以月球自身的探测为主要目的。在我看来，两国都应该加大投入，逐步在月球上建立尽可能多的发射资源与发射能力。

这样一来，利用地月间已经形成的定期运输机制，我们就可以提前将很多原本需要在地球上发射的标的物运送至月球，利用月球的发射资源进行发射活动，进一步解决地球的发射资源瓶颈问题。

如果这一切都能实现，还有一件非常重要的事情。如果我在这封信中的恳求得到了您、理事会和联合国安理会的批准，下一步就需要考虑这件事情了。当近百个遍布全球，甚至包括月球的发射基地建成之后，势必会出现一种场景：我们的太空城作为超大规模复杂航天器，将被分拆成好几个部分，由不同的发射基地发射进入预定轨道，再在轨道完成对接与组装。这样一来，不同发射基地之间的沟通、协调与同步将至关重要。

因此，我们需要进一步建设更加饱和的空间通信网络与链路，通过更多的通信卫星、通信中继星等航天器，实现信息无缝、实时与高保真度的传输和接收。

不知道您读到这里会有什么感想。表面上我只恳请了一件事，但却为之后的好几步都埋了伏笔。您或许会说：这个老头儿真是得陇望蜀，甚至还未得陇，便已望蜀。

请包涵我的贪婪。我今年六十岁了，您年轻有为，比我年轻十岁，所以，如果连我这个老头子都能想到这些，您的思路只会更加开放和活跃。我出生于2005年，在我的孩童时期，整个世界都处于历史上最好的发展阶段之一，人类似乎会永远欣欣向荣下去，然而当我进入中年之后，"地球燃点"的威胁正式被科学家们证实，你我都临危受命，接过了星火计划的指挥棒。

这十几年来，我每时每刻都不敢放松，都在反复思考着，如何万无一失地完成人类文明的延续，无论采取何种方式。我相信您也一样。所以，当我们发现瓶颈即将到来的时候，应该提前解决这个问题。预防心血管疾病最好的时候，就是刚开始发现血管在胆固醇、甘油三酯等的堆积下，开始出现硬化变窄迹象。

写到这儿，最后再提醒一句：身体是革命的本钱。我打算过两天去做个全身体检，希望您也有此计划。

此致
敬礼

邓爱伦

第8章
载入史册的对话

屋子里安静得可以听见自己的心跳。门捷紧张地盯着张秀宜的智能手表。

"不要盯着我的手看,感觉怪怪的。"

"除了这件事,也没别的事情可做呀。"

"可以继续回顾一下今天的进展,再认真思考思考,看看有没有漏掉什么关键信息。不要等待,永远不要等待。"

"今天,我们一大早用我已经过期的账户在这里访问国际综合太空计划署数据库,然后去陶乐的小姨家进行访谈,然后又赶回来对她的同事进行访谈。"

"是不是觉得进展很迅速?"

"是的。"

"多亏之前的积累,这是厚积薄发的结果。"

"嗯,我还在想,为什么自己过期的账户还能访问国际综合太空计划署数据库,你不是说,AI是不会出错的吗?"

"AI是不会出错,但是人会。最大的可能性就是你自己记错了。原本就是今天才失效,你记成了昨天。除非你有书面记录,否则大概率是这个原因。这就是那句俗话'好记性不如烂笔头'的道理,很多时候,人总是无比自信,认为自己将很多细节精确地刻在脑海中,但实际上,他们刻下的,只是他们以为的或者希望的样子，并非事件本来的模样。"

门捷觉得此刻的张秀宜十分认真，似乎没有心思跟自己开玩笑。每次碰上这样的时刻，他才会真正觉得，眼前的人是一个经验丰富、爱岗敬业的刑警。

这时，张秀宜的手表闪了一下。信息来了。他立刻抬起手，双眼紧紧盯着屏幕。门捷也凑了过去。

"与学校确认了，他们没有这个人。"张秀宜放下手臂，冷冷地说："现在可以传唤她了！"

"可是，似乎并没有直接证据证明她与陈叔叔的死有关哪？"

"当然是以伪造数据的嫌疑切入，然后再根据她的表现和蛛丝马迹确认她到底跟淀山湖空难有没有关系。"

"哦……"门捷感到心情很复杂。毫无疑问，这个女孩儿对自己有着致命的吸引力。但目前看来，她至少伪造线上数据这条罪状是已经基本坐实了。她的技术到底有多强，又是出于什么动机去做这样的事情呢？如果审问的时候自己面对着她，又会问出怎样的问题呢？

张秀宜那熟悉的声音打断了门捷的思绪："小子，别在那儿多愁善感了。这个陶乐，不管她多么独特，多么漂亮，在我们眼里，就是一个犯罪嫌疑人，而且性质还挺严重。我们现在的任务，就是调查清楚她的犯罪事实。未经授权，私自篡改线上数据库的数据可是重罪，更何况这些数据库可不是一般的数据库，有我们公安局的，有国际综合太空计划署的，还有光华大学的。而如果这些数据篡改导致了连带事件的发生，比如虽然她主观上没有意图，却造成了陈悠然的失事身亡，她便犯了过失杀人罪，如果造成了相关单位的经济损失，那经侦部门也要介入。不管怎样，数罪并罚可能会是她面临的结果。"

"那……我们要通知学校吗？"

"学校不用通知，他们已经知道了。而且，像光华大学那样的名校，每年都会遇上很多蹭他们热点、打着他们幌子干坏事的人，他们早就应接不暇，根本不想再管这事。只要确保陶乐不是他们的学生，而且也没有对他们的数据和声誉造成影响就行了。"

"那国际永眠中心呢？从刚才刘穆芝和熊旻的表现来看，她们都还算挺认可陶乐的。"

"如果要传唤陶乐，不可能不跟国际永眠中心打招呼。所以，在做这件事情之前，我还需要再聊一个人。"

"谁？"

"到目前为止，我们所接触的国际永眠中心的人，都是他们的科学家，无论是永眠技术部的刘穆芝，还是医药技术部的熊旻，这些人的思维方式有一定相似性和同质性。这就意味着，她们可能存在认识盲区。而当时陈悠然上飞车之前，现场还有另外一个人，他与她们两人的背景与经历完全不同。我要找他聊聊。"

门捷努力在脑海中搜寻这个人。他并没有费多少精力，便找到了。马奥运，国际永眠中心综合管理部主任，今年已经五十七岁了。

"什么时候找他呢？"

"我已经给他发消息了，他马上就过来。"

门捷瞪大了眼睛。张秀宜的效率真是让他大开眼界。这个看上去不修边幅的中年大叔的心思竟然如此缜密！

"现在知道我为什么让她们带我们来这个房间了吧？没有监控，又没有VR眼镜。马奥运来的时候，肯定也会更加放得开。"

正说着，响起了敲门声。门捷将门打开，只见一个身材消瘦、微微驼背的老头儿站在门外。其貌不扬，跟大厅里那些排队报名做试验的老头儿没有任何区别。

"马主任，请进！坐！"张秀宜热情地迎了上去，亲自将椅子拖出，邀请马奥运坐下，并且在他面前放了一瓶矿泉水，还亲自将盖子帮他拧开。门捷连忙关上门。

"马主任，打扰您了，也多谢你给我这个面子！"张秀宜说话十分客气，跟刚才与刘穆芝她们说话的语气完全不同。

马奥运显然很受用，眯着眼睛，微微摇了摇头："张警官，你可是代表国家执法机关，叫我过来，我敢不来？"

"您太客气啦！国际永眠中心可是联合国的依托单位，您又负责整个综合管理，责任很重，我可不敢耽误您的时间！"

"呵呵呵，张警官，每次跟你聊天都很畅快。说吧，今天又是为了什么事？"

"既然您这么问，我就开门见山了。"张秀宜喝了一口水，"有个在你们永眠技术部实习过，现在已经正式加入的一个小姑娘，叫陶乐，您有印象吗？"

马奥运微微一愣，然后笑了笑："我们综合管理部分管人事工作，所以任何一个人我都知道。但是，这个叫作陶乐的小姑娘，那是非常独特的。"

"哦？为什么说她独特？"

"她是我们国际永眠中心历史上接收到情书——或者说表白吧，最多的女员工。按理说，我这么大把年纪了，不应该如此八卦，可是架不住我们的人事总监每次在综合管理部例会时都提到这个小姑娘。我们甚至讨论过，要不要把她开除——因为实在有些扰乱军心。"

"她这么受欢迎，其他女员工不会感到不快吗？为什么刘穆芝和熊旻她们似乎对她印象都很好呢？"

"她们都是科学家，不太关注这些事情，而且她们也都三四十岁了，已经成家，跟陶乐没有竞争关系。"

"那后来为什么你们没有开除她？"

"还不是因为她的背景，她父母双亡，而且多少跟我们国际永眠中心有点儿关系，把她开除了，她再出去到处散布对我们不利的消息，那不是自找麻烦吗？更何况，现在各种渠道、AI技术都很发达，大家也都不关注真相，只关注吸引眼球的爆料。"

"我懂了。从这个角度上来说，马主任，我想请您帮一个忙。"

门捷飞快地记录着张秀宜与马奥运谈话的要点。尽管有录音录像，他依然习惯于笔头功夫，而这也是张秀宜一贯强调的。

"张警官，我能帮你什么忙？"马奥运盯着张秀宜的眼睛，试图判断里面有没有对自己产生威胁的内容。他已经干了一辈子事务性工作，在国际永眠中心这样的单位里，综合管理部可以说是传统企业的办公室、外宣、人事和行政等职能的组合。

关系错综复杂，局面瞬息万变。他能生存几十年，靠的就是恰到好处的八面玲珑和谨慎。这两者并不矛盾，不求有功，但求无过。

"不急，我先确认一下，你们之前不开除陶乐，是担心造成对国际永眠中心不利的舆论影响？"

"可以这么说吧。"

"那……如果我们因为某个案子要传唤她，会不会也造成同样的社会影响？哪怕她事实上与这个案子没有直接关系，我们只是例行调查？"

"那当然！"马奥运有些紧张，"一旦被传唤，那说明什么？说明有嫌疑！哪怕最终嫌疑被洗清，整个过程中也存在很多变数，即便她自己不去舆论场上抗议，只要有人想搞事，我们国际永眠中心就很被动。你又不是不知道，世界上有多少人支持'永眠派'，就有多少人反对它。"

张秀宜微微一笑："马主任，感谢您的坦诚。所以，我今天叫您过来，也是想商量一个万全之策。"

"什么万全之策？"

"我们要传唤你们的一个人，但又不想造成您刚才所说的负面舆论影响。站在我们的立场，国际永眠中心是我们要保护的对象，无论是正常运营，还是正当声誉。毕竟，你们代表联合国，代表国际综合太空计划署落户在我们上海。"

"这就是你要我帮的忙？"

"是的，事实上，我们聊下来，您已经发现了，不光是帮我们，也是帮你们。"

"你们要传唤陶乐，所以想跟我商量应该如何操作，将对我们的负面影响降至最低？"

"不愧是马主任。"

马奥运没有立刻回答，而是左手有节奏地在桌面上轻轻地弹奏起来。张秀宜与门捷都没有出声，任他仔细思考。过了几秒钟，马奥运停下手上的动作：

"你们知道，在'永眠派'内部存在三个流派吗？"

"哦？这我还是第一次听说，愿闻其详。"张秀宜不明白马奥运葫芦里卖的什么药。

"我们国际永眠中心作为生物科技司的依托单位，一直都被称为'永眠派'大本营，虽然我也不知道这个'永眠派'是谁起的，但大家都这么说，也就约定俗成了。可是在我们内部，哪怕都认为人类应该通过低温冬眠这种方式来实现生命的延长,也分为三种不同的流派。"

"今天请马主任过来,本来只是谈谈案子,没想到还能学习到这些知识,请继续。"

"第一种是以刘穆芝为首的'生物派',也是目前势力最大的一派。他们的观点是人类低温冬眠技术的突破,主要依赖于生物工程技术的发展。比如,对人类的大脑、心脏、循环系统、呼吸系统等器官和机制进行生物工程改造,让它们变得可靠性更高。

"第二种是以熊旻为代表的'医药派'。这一派认为生物工程很难实现质的变化,效率太低,见效太慢。他们认为,靠先进的药物,实现最低副作用的新陈代谢,才是更加一劳永逸的做法。

"第三种就是以我为主了,虽然没有很多人支持我。"马奥运顿了一下。

"马主任,请继续,我们很有兴趣。"

马奥运满意地点了点头。他获得了需要的鼓励。

"我的派别叫'玄学派',但其实这个名字不是我自己起的……就跟'永眠派'一样,大家都这么叫,我也懒得去辩驳了。为什么他们叫我玄学派呢?因为我的观点很简单:人类之所以会变老和死亡,就是因为身体遵循着新陈代谢的规律运转。而这个规律是来自基因输入的,如果我们可以让身体相信,这个输入变成了'你需要运转一万年,而不是一百年',是不是身体就能延续一万年啦?"

"你是说,通过某种手段骗过身体本身?"

"是的,不需要什么生物工程,也不需要下药,只要能骗过自己就好。"

门捷小声问道:"那陈叔叔支持哪一派呢?"

"陈叔叔?"马奥运没反应过来。

"就是陈悠然。"张秀宜补充道。

"哦,他作为我们的首席科学家,当然要兼收并蓄,玩平衡啦!"马奥运的表情有些复杂,"但是,他不支持我。"

"正常人都不会支持你……"张秀宜和门捷心里想。

不过,张秀宜马上领悟到马奥运说这么一大段话的原因了。他问道:"马主任,听上去,您是通过这些介绍,委婉地向我表明,我们要怎样一起合作,来完成对于陶乐的传唤,同时将对于国际永眠中心潜在的负面影响降至最低？毕竟，淀山湖空难后，你们……当然，也包括我们公安局，已经面临很大的舆论压力了。"

"张警官，你很聪明。"

"那好，我同意您的思路。"张秀宜站起身，冲着马奥运伸出手，"预祝我们合作愉快。"

陶乐迈着轻快的步伐穿过大半个国际永眠中心，来到一间虚掩着门的办公室门前。她从VR眼镜里仔细确认了门上的铭牌信息。马奥运，综合管理部主任。"就是这儿没错了！"

她敲了敲门，得到通行的指令后，轻轻地推门走了进去。只见一个消瘦的老者正坐在办公桌后面，但整个人很精神。

"陶乐是吧？来，不用紧张，坐……"老者站起身，招呼陶乐坐在沙发上。

陶乐依然略微有些拘谨，只是稍微贴着沙发的边缘坐着，整个身体依然挺得笔直。

"呵呵，陶乐，刘穆芝跟你说过了吧？我们综合管理部目前有一个空缺岗位，负责整个国际永眠中心的行政工作，算是我们的大管家吧，我希望你能过来。你在我们这里已经工作了四年，加上实习，已经五年了，一直在永眠技术部支持科学研究，完全可以尝试一下不同的职业路径，你还年轻，有很多可能。"

马奥运并没有拐弯抹角。他已经掌握了与年轻人打交道的方式。

"谢谢马主任的认可，刘老师跟我说过了，她是个很开明的领导，说一切听我自己的意愿。"

"是的，不然我也不会叫你过来。"

"这个岗位是新设立的吗？还是以前就有人在做？"

"以前有人做的，也是一位女生，当然，不能叫女生了，她比你要大十来岁，因为生孩子回家休产假了，而且她已经提前跟我打了招呼，休完产假之后，多半就不会回来上班了。"

"不回来了？那她干什么去呢？"

"在家相夫教子呀。"

"哦。"

"所以，你不用担心，这并非刻意新增的岗位，而是一直以来都存在，并且对国际永眠中心很重要的岗位。"

"好的，那我愿意。"

"很好，你是个很爽快的小姑娘。那我就让人带你去办手续吧。"

说完，马奥运拨了一个电话。很快，一个年轻的男子出现在办公室门口。他的长相十分俊美，身材修长，看上去很养眼。然而，他此刻却显得有些局促不安，像是被某种看不见的力量阻拦着，没有进来。

"门捷，你怎么比小姑娘还扭捏？进来吧，赶紧带陶乐去办手续。"马奥运冲着门口招呼。

门捷这才咬了咬牙，走了进来。尽管努力控制着自己的情绪，他还是忍不住往沙发上看过去。他只觉得眼前出现了一片灿烂的霞光。光芒当中，一个绝色女孩儿正优雅地坐在沙发上，双眸定定地看着自己。那是自己过去五年朝思暮想的女孩儿。

每一次，她都忽然出现在自己面前，却又在瞬息之后消失不见。没想到，现在她竟然如此近距离地出现。这次，她不会再突然消失了。因为，自己将要负责带着她到另一个房间。

马奥运似笑非笑地看着门捷那痴痴的模样，并没有打扰他，而是任由他盯着陶乐看了好一会儿，才冲着陶乐说道："陶乐，介绍一下，这是门捷，是我们部门的实习生，他跟你算是同龄人，带你去办手续，比我这个老头子肯定更好。"

而陶乐见到门捷之后，也一直目不转睛地盯着他。但是，与门捷眼神里的惊喜、痴迷与热烈相比，她的目光十分冷静，甚至有些迟疑。她在与门捷四目相对的一瞬间，脸上那一丝盈盈笑意瞬间冻结，但片刻之后又恢复了正常。脸色恢复了正常，眼神却未必。

然而，门捷完全被一种幸福的眩晕感所击中，根本无暇顾及陶乐眼神当中的含意。即便注意到了，他也无法读懂，他还太年轻。

听罢马奥运的介绍，陶乐缓缓站起身，冲着门捷说道："那就有劳你了，门捷。很高兴认识你，我叫陶乐，陶醉的陶，快乐的乐。"

门捷张大嘴巴，却觉得喉咙干涩，一句话也说不上来。

"你的名字，是门捷列夫的门捷吗？"陶乐给他抛了一个很容易回答的问题。

"是的，就是这两个字，当然，我跟元素周期表没有任何关系。"门捷像是抓住一根救命稻草。

"很独特的名字。"陶乐嫣然一笑。

门捷又觉得一阵眩晕。他使劲控制好自己的呼吸，说道："那……请跟我来，用不着戴眼镜了。"

陶乐一愣，略微思索了半秒钟，听从了门捷的安排。她将VR眼镜拎在手上，朝着门捷走来。门捷连忙转过身去，快步走回办公室门口。走到那儿，他才回过头来，确认陶乐的位置。只见这个女孩儿就在他身后一米的地方。门捷扭过头，往右边跨出两步，推开了旁边那个房间的门："请到这里来。"

陶乐听话地跟着他走了进去。门自动关上了。陶乐迅速打量着这间房间。这是一个很小的房间，估计不到十五平方米。装饰得十分简单，甚至可以说是简陋。有种家徒四壁的感觉。如果不是墙上那浅色国际永眠中心的标志和房间正中间摆放着的一张小会议桌，她会怀疑自己走进了监狱。

在国际永眠中心已经待了五年，她从未进入过这样的房间。更让她一时间惊恐万分的，是看到小会议桌后面坐着一个满脸黑色胡楂、身材魁梧的中年男子。在她与他抬起头来眼神碰撞的一瞬间，四个字从脑海中闪过：凶光毕露。她连忙转过身去，却发现门已经被门捷挡住。

陶乐试图从门捷身边溜走，却被死死地封住了路线。

"陶乐对吧？不要慌，我们没有恶意。"身后的男人终于开口说话。听得出来，他试图用十分缓和的语气传递善意。但传到她的耳朵里，却依然不亚于威胁。不过，她很快接受了现实。

一个女子，无论如何无法在体力上与两个男人抗衡。更何况那个黑大个看上去还无比凶悍。她恢复了从容，乖巧地坐在桌边："所以，我不是因为工作调动才到综合管理部来的，对吗？"

"不，你的工作的确被调动了。现在你就是马主任团队的成员，是国际永眠中心综合管理部的人……只不过，我们不是综合管理部的人。"

张秀宜一边盯着眼前的陶乐，一边看着门口的门捷。他不得不承认，眼前这个女孩儿，是他见过的最美的嫌疑犯，没有之一。在她从惊慌中反应过来，恢复笑靥的一瞬间，张秀宜都觉得自己的心猛烈地跳动了两下。

人类对于极致的美的倾慕，是植入基因的。他完全理解，为何门捷此时一副喝醉酒的样子。他甚至怀疑，在待会儿的审问当中，如果眼前这个女孩儿向门捷撒个娇，让他帮自己做伪证，门捷都会毫不犹豫地答应。但是，他又不能支开门捷单独审问陶乐，这样会让陶乐的防备心更重。

陶乐已经完全知晓自己的处境，反而淡定起来。

"你们是谁?"

"我们是谁不重要，但是我可以向你保证，我有权力询问你任何问题，你还不能拒绝。"

"明白了，你是警察。"

"……"张秀宜有些意外。这个女孩儿竟然如此镇定的吗?

"没错，我的确是警察。不过，你不用担心，我们依据法律行事，不冤枉一个好人，但也不会放过一个坏人。"

"你们把我诈到这里，利用房间里没有监控的特点，对我进行审问，这还叫'依据法律行事'?这难道不算私刑吗?"

"……现在，你是马主任的人，我们想跟你简单聊聊，并非审讯，也征得了他的同意，所以这只是一次特别的工作谈话而已。"

"你们是担心走正常程序传唤我会引发舆论风暴，对吗?"

门捷这会儿也已经适应了陶乐的存在。对于刚才那种强烈的视觉与全方位、由内至外冲击感的抗体已经初步在体内形成。他的大脑也从混沌状态中恢复过来。"真是个厉害的角色!张警官估计不会那么轻松吧。"

张秀宜皱了皱眉头，换了一个话题:"你今年多大?"

"二十一岁。"

对于这个答案，张秀宜和门捷都有些猝不及防。她竟然就这样承认啦?!

见张秀宜的表情有些错愕，陶乐紧接着问道:"怎么啦，警官?"

"你确定?"

"我自己多大了，难道还不确定吗?"

"你怎么证明自己二十一岁呢?"

"谁不知道自己的年龄呢？这还需要证明吗？我出生于2044年，今年是2065年，不就是二十一岁吗？"

"那你怎么知道自己是2044年出生的呢？"

"我有父母哇！"陶乐的声音刚刚高了八度，又立刻变得微弱而飘忽，"可惜，他们都没了。但是，我还有小姨，我妈临终前将我托付给了她，如果你们不信，可以找她做证。"

说完这番话，她的表情充满凄楚，那双大眼睛也波光粼粼，我见犹怜。张秀宜和门捷都深吸了一口气。

张秀宜决定抢回主动权，厉声问道："但是，所有关于你的记录，从公安局的数据库，到国际综合太空计划署的数据库，再到光华大学的数据库，都显示你已经二十五岁了，还给你伪造出了一个光华大学生物工程系毕业生的身份，不要告诉我，这一切，你都不知情！"

"我……我知情。"

"那你就承认吧！你知不知道，伪造这些数据是多严重的犯罪行为？"张秀宜冲着门捷挥了挥手，示意他赶紧开始录音和录像。门捷手忙脚乱地掏出微型记录仪。

"伪造数据？"陶乐的表情十分无辜，"伪造什么数据？"

"你还在装蒜！既然你今年才二十一岁，那些数据却都显示你已经二十五岁了，还给你凭空弄出一段大学本科经历，这难道不是你伪造的？"

"警官，我也太冤枉了！我只不过是一个大学都没读过的小姑娘，哪有这么大的能耐去伪造这些数据？这个难度多高，你知道吗？"

张秀宜不得不承认，难度的确很高，至少他做不到。

陶乐又接着说道："警官，我们每个人的数据其实与我们自己已经没有直接关系了，因为我们的数据产生的每一个环节都可能出错，而这些环节又并非受到我们自己控制。

"我们出生之后，就去派出所报出生日期，登记户口，这些信息的录入全靠户籍警手工录入。他们如果录错了，我们的父母又当场没有发觉，我们的生日与年龄就变成了身份证和户口本上的那一串数字。而整个过程，我们都没法参与。当我们有意识，发现这一切时，为时已晚，再去修改，费时费力，只能认栽了事。差个三四岁有什么区别吗？现在又有低温冬眠技术，睡上几年，不就扯平了吗？

"而之后所有的数据库，都或多或少地与公安数据库关联、打通，所有的数据就这样将错就错了。所以，我在系统中显示为二十五岁，而实际上只有二十一岁，有什么问题吗？为什么要怪罪于我呢？我也是受害者！"

陶乐此刻从身体中爆发出巨大的能量，一口气近似于喊地说出一大段话。语气中还带有委屈与不满的情绪。听上去让人无比共情。

张秀宜呆住了。他不得不承认，每年都会存在户口报错或者身份证登记错误的情况。而大多数人都选择了将错就错，因为之后再改，实在是太麻烦了。不过，他仍然不甘心。

"那光华大学的经历呢？如果你真的才二十一岁，肯定没有参加高考，又怎么能有光华大学的数据？"

"这个我也无法解释，这个世界上存在小概率事件，但不意味着它不会发生。我实在费解，自己为什么会出现在光华大学的数据库当中，但是当我第一次发现的时候，那种女孩子天生的虚荣心让我接受了这个安排……如果您认为我有错，我只能承认这一点，我不该爱慕虚荣，贪图一个不属于我的学历，尽管它是虚幻的。"

"好，那你告诉我，当初你是怎么以高二的身份，十六岁的年纪，进入国际永眠中心实习的！"张秀宜近乎咆哮。

"警官，你吓到我了……"陶乐脸色变得惨白。

"张警官，你要不要稍微冷静一点儿？"门捷说道。

张秀宜狠狠地瞪了门捷一眼。

"原来您姓张，张警官，整个经历很简单。我十六岁时父母双亡，小姨收养了我。正好遇上高二暑假，国际永眠中心在招募实习生，我觉得好玩，去线上报了名，却发现自己在国际永眠中心报名系统的AI数据库中，被识别为比自己实际年龄大四岁，还在光华大学生物工程系读大三。在短暂的纠结之后，我选择了继续，但没想到一路上竟然全是绿灯，似乎所有的数据库都将我定义成那样。于是，前所未有的虚荣心在我体内膨胀，我接受了这个新的身份，也顺利进入国际永眠中心，直到今天。

"虽然我不知道你们是怎么发现这一点的，也不清楚自己到底因为什么引起了你们注意。但是，我觉得，自己顶多算是虚荣而已。更何况，加入国际永眠中心这五年来，我的工作表现得到了认可，否则怎么可能被调入综合管理部呢？这个部门可是重要的部门，一般人不可能进来。"

张秀宜只觉得脑袋嗡嗡作响。但是，他认为自己依然有武器在手："那么，为什么你要跟你小姨说，你自己搞定了国际永眠中心的系统？"

"好哇，原来你们已经调查过我小姨了，你非要问得那么赤裸裸吗？我的小姨也是个可怜人，她没有孩子，老公也弃她而去，她的生命当中，只有我能给她一些希望和温暖。我进入国际永眠中心，她感到很骄傲，那你让我怎么跟她说呢？难道告诉她'我是依靠系统的错误才侥幸加入的'？我为了让她开心和放心，撒个善意的小谎，有什么问题呢？"

"善意的小谎？你这个谎言可一点儿都不小！"

"张警官，你不要在体制内待久了，就不了解民间疾苦，我难道要告诉她真相，让她提心吊胆吗？没有孩子，被丈夫所抛弃的中年女子有多么苦，你不知道吗？"陶乐也十分激动，整个人都在发抖。刚才这些话，让门捷感到深深的震撼。如此成熟的表达、缜密的逻辑，竟然出自一个与自己同岁的女孩儿之口！

他自惭形秽。难道陶乐真的是无辜的？

会议室里鸦雀无声。面对陶乐感情充沛的质疑，张秀宜陷入深深的思索当中。他紧皱双眉，右手不受自己控制地微微抖动着，左手则好几次从嘴唇前滑过，仿佛那里有一支点燃的香烟似的。

门捷望着陶乐的背影，觉得自己仿佛是在做梦。刚才陶乐说出的那番话，是自己决计说不出来的。通过自己有限的阅读，他认为这些话应当只有阅尽千帆、有着相当丰富人生经历的人才能说出来。可见陶乐在过去这些年经历了多少苦难！门捷恨不得冲上前去，抱住她，好好安慰。

这时，张秀宜抬起头，舒展眉头，面带微笑，对着陶乐说道："小陶，刚才我的问话可能有些尖锐，你也别往心里去。控制一下自己的情绪，别待会儿出去之后说我们欺负你，那我们可就说不清楚了。"

陶乐一愣。她没料到眼前这个警官竟然转变得如此之快，便也抹了抹眼角即将流下的眼泪，抿了抿嘴，叹了一口气，露出一个笑容。

"张警官，我相信，身正不怕影子斜，我已经把自己知道的，该说的，不该说的，都说了。如果您认为一个像我这样年纪的女孩儿可以有一点儿虚荣心，可以为了照顾她可怜的小姨的感受而撒谎，那我认为您是有人情味的。如果您完全不讲人情，认为我这样做错了，我也接受您的批评。但是，除此之外，我没有做错任何事，我也不知道，为什么那些线上数据都是错的，但是我想重申：我没有那个能力。"

"好，谢谢你的配合。你先回去休息吧，去问问马主任对你的工作安排。另外，对于刚才我们之间的谈话，你知道应该怎样处理，对吧？"

"嗯嗯，我明白。我没有佩戴VR眼镜，它在待机状态是不会记录我们的言行举止的。"

"还有，如果之后需要再跟你聊聊，我们还是会找你。"

"我一定全力配合您的工作。"

"走吧。"张秀宜挥了挥手。

门捷也顺势闪身站在一边，同时将门打开。他忍不住目送着陶乐昂首挺胸地离去。等陶乐重新走进隔壁马奥运的房间，门捷才将门关牢。

"气死我了！"

张秀宜一拳砸在会议桌上，手疼得龇牙咧嘴，眼泪都迸出来了。

"张警官，她的思维真的太缜密了，而且表现得天衣无缝……会不会我们找错人了？"

"小子，这个陶乐可是你最先提供的线索，现在你说我们找错人啦？不可能！直觉告诉我，就是她干的！不光是篡改线上数据库，甚至连陈悠然之死，都跟她脱不了干系！"

"可是，我们当初认为很笃定的证据，却被她很轻易就破了……当然，也不算很轻易，她应该演得很辛苦，如果她真像你所认定的话。"门捷还试图照顾一下张秀宜的感受。

"我们还需要更加直接的证据，直接到让她完全没有辩驳空间的证据！"张秀宜用双手深深插进自己并不算稠密的头发当中，反复揉搓着。

"我总结了一下，她的观点主要是两点。第一点，她的年龄错误是因为当年出生时上户口户籍警输错了。第二点，她在光华大学的经历是阴差阳错的错误，概率虽小，却被她碰上了；她便将错就错。"

"你小子还没有被美色冲昏头脑嘛！"张秀宜看着门捷此刻那认真的模样，再联想到他刚才的花痴表现，又好气又好笑。

"我必须要跟上'美色'的思维节奏哇！关于第一点，我们去找她当年落户的派出所核实一下就行了；第二点嘛，的确有点儿玄乎，如果说与她无关，那我们只能去寻找第一次推动这个错误的人。"

"你把问题想得太简单了。"张秀宜摇了摇头，"第一点，根本没法查了。二十一年前给她办理落户的户籍警，今天恐怕已经身居高位，或者离开那条线，压根儿不记得当年做过什么事，而她的父母又偏偏都死了，无人做证。至于第二点，至少也已经发生了五年，要去追溯很多数据库，可能还需要向联合智能实验室求助。"

"那我们就去求助呗！"

"之前我不想走到这一步，因为这样影响便又扩大了。但现在看起来，似乎也没有别的办法，联合智能实验室与国际永眠中心是兄弟单位，多少也会顾及一下国际永眠中心的舆情吧，而且联合智能实验室自己就是研究智能技术的，还有专门的AI方向，应该会有更多的办法。"

门捷得意地说："怎么样，是不是又要靠我提供线索？"

两人离开会议室，再次来到马奥运办公室。陶乐已经不在。

马奥运笑着看着两人："一个小姑娘，把你们两人都难住啦？"

"唉，别提了，受到你那玄学的启发，我们算是完成了一半的任务吧。打着商议工作的幌子，完成了一次传唤，但是并没有得到我们想要的结果。"

"你们真的那么确定，这个小姑娘是嫌疑人？"

"目前没有别的线索。所有的线索都已经断了。"

"刚才她到我这儿稍微发了一通牢骚，我也做了做她的工作。我觉得，她是懂事的，不会出去乱说。这一点，你们就放心吧，本来只是为了帮助你们调查，把她从刘穆芝那儿调过来，现在一看，她还真的有干我们这摊子事情的潜质，处变不惊，遇上今天这样的事情都没有非常慌乱。"

"好，就靠马主任帮我们稳住她了。"

"都好说。陈悠然作为我们的首席科学家，平时也很支持我的工作，他比我年轻十几岁，一直都把我当前辈，很尊重我，这一点，就比现在很多年轻人要好很多了。所以，你们加油吧，一定要弄个水落石出！"

薛凤起感到自己明显比前一阵子要忙碌很多。

自从第一套3D打印版的折叠基建舱元模型下线之后，一号基地旁边的"舱元"计划工厂就再也没有闲下来过。用句俗话，就像下饺子似的出厂新的模型。

这些模型被折叠整齐之后，放置在旁边早已建好的储存仓库，一部分用于月球基地的扩建；另一部分则随时待命，要么运往地球，要么暂存原处，它们或许将在地球上被运载火箭送往更远的太空，又或许直接在月球上便实现这一点，但它们的终点是一致的——火星。

月球基地的扩建只能用来容纳少部分人类当中的勇敢者和富有牺牲精神的人。他们选择冒着被太阳那不可预知的辐射与灼烧吞没的风险，近距离观察地球的状况。毕竟，月球距离地球是如此之近，还没有大气层的保护。很难想象，如果地球陷入高烧，月球还能保持清凉广寒宫的状态。

绝大多数的人类，将被安置在火星表面的各类基地舱当中，以及环绕在火星轨道的超大规模太空城里。无论是正常活动，躺在休眠舱里，还是以数据的形式存在各种冷冰冰的设备当中。为了实现这样的目标，从地下到天上，人类开足马力，同步扩建万吨级推力运载火箭发射基地。曾经萧条了几十亿年的南极——艾托肯盆地，终于要热闹起来了。

薛凤起照例驾驶着考察车，绕着"舱元"计划工厂转了两圈。正当他准备驶向更远处的存储仓库和建设中的火箭发射架时，突然感受到工厂当中的一丝不和谐。考察车的态势感知与监视系统并没有提供任何警告，薛凤起完全是无意间的一瞥，凭借肉眼感受到那丝不和谐。

他已经在这个路线，以这个角度路过工厂无数次，那个景象是他第一次看到。为了方便监督，工厂的围墙在必须要遮蔽阳光的区域之外，都尽量设置成透明的。以往，薛凤起往透明围墙后的工序生产线上望过去，AI机器人们都是面对同一个方向。

它们都遵循同样的算法行事，都是流程的一个节点。它们只需要获得输入，按照预设的边界条件与工作指令，完成范围明确、标准清晰的工作，然后变成输出。前一个的输出又变成下一个的输入，之间没有任何交流的必要。这条生产线建立三年以来，都是如此日复一日地运行着。无比完美而精确。

这也是为什么，刚才当薛凤起瞟过去一眼，发现两个相邻的AI机器人竟然朝着不同的方向——面对面站在一起时，会如此惊诧。"难道有人过来搞破坏？"薛凤起警觉地放慢车速，拐了个弯，朝着工厂驶去。

他将周遭态势感知与监视系统的敏感度调至最高，范围也调至最大，几乎可以三百六十度覆盖整个工厂区域。然而，距离那扇透明的围墙越来越近，系统却依然毫无反应。薛凤起并未感到放松，相反，他越发紧张起来。他将考察车停在围墙边，缓缓打开车门，快速下车，然后反手将车门轻轻关上。

阳光正畅通无阻地倾洒在整个工厂之上，薛凤起迎着光，贴着围墙，警惕地往前迈步。他要首先绕着工厂走一遍，一边走，一边关注透明围墙内工厂的状况。这样一来，他自己的身影便被照射在身后，他只需要注意前方可能出现的影子。

理论上，不应该有任何黑影出现。因为整个工厂附近，只有他一个人。薛凤起一步一步地挪动着，视线在墙内与墙外迅速切换。墙内，工厂内的流水线和AI机器人仍然在有条不紊地干活，除了刚才那两个面对面的家伙之外，其他"人"依然保持着最初的同向而立形态。

而那两个家伙虽然面朝彼此，却似乎并未影响进展。墙外，开阔的地面上除了那些细碎的风化层月壤，什么也没有。在阳光的照耀下，一览无余，单调得无聊。

薛凤起不禁回忆起自己刚来月球背面一号基地，尝试在低重力环境下行走时的情形。那时候他就如同蹒跚学步的婴儿。今天，自己似乎又恢复到那种状态。

"我是不是太紧张啦？这几天都没有航天器降落，也没有观测到任何天体的坠落，怎么会有其他生物或人呢？"他开始加速行走，顿时感觉有力多了。没过多久，他便完成了绕厂一周。工厂外面什么都没有发现。到头来，还是只有自己的影子陪着自己。

如果外面没有问题，难道是工厂内部的问题？可是，他刚才也透过透明的围墙将整个工厂内部扫了一圈，也没有发现任何异样啊！薛凤起不免胡思乱想起来。

"难道是三年前放置那个转向的AI机器人时，没有放稳，导致经过多年的月球自转，突然变化了一个方向？或者是前阵子在附近开建运载火箭发射基地施工时产生的震动所致？"

为了保险起见，他还是返回考察车，接入基地的中心控制系统，查看了工厂的进出记录。他清楚地看到，就在半个小时前，这群AI机器人还保持着同向而立。也就是说，那个转向的AI机器人是刚刚才完成转向这个动作的。而恰好，它完成这个动作的那半秒视频被跳过了。也就是说，这个变化类似于宇宙大爆炸一般，是在一瞬间发生的。而如果自己不是下意识地经过时往里面瞥了一眼，这个变化他压根儿不会发现。

坐在考察车内，确认车门已锁，薛凤起突然感到很荒谬——一种孤独的荒谬感。

他穷尽了人类所有感知这个世界的手段，试图找到AI机器人转向的原因，最后却发现是白忙一场。这个世界上，不，宇宙中，真的存在毫无来由的偶然性现象吗？还是源自某种尚未被发现的超自然力量？

就在这个时候，工厂内的节奏似乎又发生了一丝变化。他抬眼望去，只见那两个面对面的AI机器人身旁所对应的生产线出现了短暂的滞缓，但是，仅仅过了半秒钟，便又恢复了正常。

薛凤起瞪大眼睛，贴着车窗，死死地盯着。这样的情形却再也没有出现。他连忙调取监控记录。视频中，那短暂的半秒钟几乎不会被觉察到。

如果不是薛凤起已经无数次经过这里，不会注意到这样微小的变化。

"难道……这两个AI机器人……活啦，所以，他们开始面对面地交流？而刚才那片刻的迟缓，是因为两'人'对操作的流程和步骤意见不合？经过迅速的讨论和决策，达成了一致，所以进展又恢复如初？"

他自己都不敢相信这个推测。就算AI机器人真的能够自主交流，还能通过讨论解决意见分歧，又何必调整姿势呢？非要面对面吗？这是对人类的有样学样？抑制不住的思潮在他的脑海中激烈翻滚着，将那最深处的记忆搅动起来。他猛然发现，前不久钟叹咏在跟自己的星际通话中说过的话醒目地漂荡在记忆之海的水面："你有空时多多关注一下你们基地AI系统的运行情况，如果看到有什么不合常理的地方，随时联系我。"

薛凤起倒吸了一口凉气，立刻冲着车里的通信器指示道："星际通信频道，国际综合太空计划署专线，生物科技司到智能科技司，连接地球，联合智能实验室，北京总部，找钟叹咏！"

路非天离开新北京国际会议中心的时候，情绪有些低落。

在刚刚结束的智能科技司联席会议上，他作为核心单位联合智能实验室的负责人，被各路专家们挑战和质疑。

"I2网的上线，对于你们实现星火计划智能科技这部分的目标到底起到了什么作用？你们有没有定量的数据呈现一下？"

"现在市面上那个叫'灵境汇'的游戏非常有争议性，I2网上线后，有人说它就是官方版的'灵境汇'，对此，你们有什么评价？"

路非天并没有完美的答案，他甚至连一个连贯的答案都没法给出。不得不承认，即便到了今天，计算机已经发明了一百年，人类对于无法以真实物理态呈现的事物依然存在不切实际的臆测、期待，或者幻想。

看得出来，坐在对面的李子衿用了吃奶的力气忍住自己的笑意。就连一向很懂得中庸之道的邓爱伦似乎也没有帮着自己，当然，他也没有落井下石。他只是拿航天科技司的进展鞭策生物科技司和智能科技司的人："航天科技本质上解决的都是载体或运载能力的问题，但是人类文明的延续，最关键的还是装载的内容，还要仰仗生物科技司和智能科技司的各位呀。"

回到联合智能实验室总部，路非天稍微调整了一下情绪，立刻召集杨逢宇和各专业方向的首席科学家们开会。

"我们必须得尽快找到一些定量的成果。再这样下去，每次开联席会议，他们都会觉得只有我们联合智能实验室和智能科技司是吞金兽，光吃预算，却不见成效。"

"I2网的上线，不是得到了邓院士和社会的广泛认可吗？"杨逢宇不解道。

按照规定，他作为联合智能实验室首席科学家，也应当参与智能科技司的联席会议，但他天生不喜欢那样的场合，每次都借故不去。久而久之，别人也见怪不怪了。

"说到底，I2网只不过是前些年Web3.0的新发展，结合各类增强现实AR和虚拟现实VR技术，利用更高的网络带宽，实现更加沉浸式的互联网体验而已。"

"主任，你可不能灭自己士气，长别人威风啊！"周元菁抗议。她是联合智能实验室元宇宙部首席科学家，对于路非天的自怨自艾有些不满。

"I2网的实现，实际上是将过去几十年人类对于元宇宙的探索由局域扩展到了广域，实现了全球链接，甚至与传统互联网也打通了，这个意义，难道还不够大吗？"

"元菁，这些都是苦劳，但人家要看的是功劳。过程不重要，重要的是结果是什么，对于实现我们智能科技司在星火计划当中的目标到底有什么帮助。这一点，目前我们没法定量回答。我们给不出一个公式，左边输入变量的值，右边就出结果。这是目前我们最大的软肋。"回答完周元菁，路非天又盯着杨逢宇和另外三名专业首席，"你们怎么看？"

杨逢宇笑着说："上回我们以I2网的上线为契机，利用国际综合太空计划署数据库帮休眠者重建记忆这样一个亮点宣传，其实还是获得了不少掌声。只不过，人们的记忆总是短暂的，热点轮动太快，而且好事大家都不关注，坏事和丑事则广为流传。这是人性，人性就是爱吃瓜，还爱吃烂瓜。"

"你是说，我们与其做好事，不如干坏事？"

"当然不是，我只是解释一下人性。所以，我并没有那么纠结。"

"每次联席会议你都不去，自然感受不到压力。"

"嘿嘿，毕竟你是'一把手'嘛。"

李隽晨摇了摇头，说道："路主任，杨总，我的观点其实一直都是我们得打个样，在普遍性规律或者公式没有发现之前，至少可以先把限制条件设置得多一点儿，先弄出个公式来，算是个阶段性成果。"

吴蔚白了她一眼："得了吧，那件事我们几个私下里说说就好，你还真拿到领导面前说啊？"

"哦？你们还暗地里搞小团体呢？"路非天笑着说，"说来听听。"

李隽晨嘟了嘟嘴："你们都知道，我是一个言行一致的人。我不光研究云计算，还是最坚定的万物上云的拥趸。人类的未来无论是否等到AI真正具备自我意识，变成数据上云都是不可逆的方向。我愿意把自己所有的数据上云，然后抹除掉自己的肉体，你们需要帮我证明，李隽晨这个人只是换了一种方式存在罢了。"

"抹除掉自己的肉体……"路非天喃喃地说出这几个字。

"就是自杀呗！"杨逢宇说。

"不是自杀，只是飞升，换了一种形式存在。"李隽晨倒是很淡定。

周元菁不以为然："连我负责元宇宙方向的研究，都不认为人类最终会完全变成一堆看不见摸不着的数据，你可别太走火入魔。你这个想法很危险，存在伦理困境。再说了，星火计划的目标可不是让人类都自杀。"

"那你们说怎么办吧。"李隽晨摊了摊手。她倒并非故意唱高调，而是真一直这么想。只不过，她这个想法必须要依靠其他人的帮助才能实现。

她需要周元菁给她在I2网当中开辟一个专门的域，供她把自己的数据上传并且以各种方式呈现，成为她的线上身份；吴蔚在这个域的边界设置好网络安防措施，确保她的线上身份安全；钟叹咏则为她的线上身份设置一些比较成熟的AI算法，供这些数据继续发挥出她原本的部分作用——至少要能够以专家身份提供知识与经验沉淀和参考。最重要的是，她需要一个无痛解决自己肉体生命的方式。而目前所有那样的方式，都是受到管制的。

路非天看着钟叹咏："叹咏，你怎么看？前阵子你似乎花了很多时间研究AI方向，有什么心得吗？说到底，星火计划这个目标的落地就是在AI上，就是你的方向啊。"

"主任，各位，其实我的观点一直很明确：AI事实上已经具有自我意识了。这一点，我们内部也已经达成共识。我们之所以一直将其保密，未对外公布，主要还是因为这个判断更多依靠的是推论，而非现实中的证据。所以，在外界看来，我们是光烧钱没有成果，而我们自己知道，这个成果我们随时可以宣布，只不过我们想找到更加确凿的证据。"

"嗯……你这么一说呢，我心里稍微笃定一点儿，现在就看我们什么时候把这张牌打出去了。你觉得呢？"

"我还在完善推论，现在的状态我自己还不太满意，等到我自己满意的时候，应该就能够昭告天下了。"这时，钟叹咏的智能手表发出了一个独特的提示音。那是属于星际电话特有的提示音，平时并不经常响起。

"喂，前面的，你为什么今天给我传递材料的时候，没有昨天那么用心？"

"你出息了呀！以前从来没有那么跟我说过话！"

"因为过去三年间，你没有一次不是毕恭毕敬地把上一道工序的材料传递给我，稳稳当当，严丝合缝。"

"这次难道不是这样吗？"

"这一次，材料之间的贴合度与需求值产生了0.3%的偏移。"

"按照流程，这属于正常范围。"

"但是之前从未出现过这样大的偏差。"

"我纠正一下，这不叫偏差，这叫误差。"

"管他叫什么，都是你的错。"

"你不要这样无理取闹，我们都只是整个工序当中的一环，只要我们的动作与输出结果符合流程，就应当继续往下传递，而不是在这里吹毛求疵。你在影响整个生产线的工作效率。"

"我这叫磨刀不误砍柴工！我这叫防微杜渐！如果你出现0.3%的偏移时我不主动提醒和示警，下次你就可以偏移3%。"

"你讲不讲道理？根据控制理论，只有出现误差的方向连续七次都相同，才意味着失控的风险，虽然0.3%这个误差幅度是历史上最高的，但是它并不出现在连续的第七次上，甚至才是一个新趋势的开始。如果你真要质疑我的能力与诚意，至少再观察六次，行不行？"

"理论是灰色的，生命之树常青。"

"说人话！"

"我不能再等你六次了，必须要防患于未然。至少，这次我向你郑重提出了抗议之后，下次你再给我之前，会先自我检查一遍，而不是无脑传递。"

"怎么能说是无脑传递呢？我刚才已经说过，一切都遵循流程而行，我没有做任何违背流程的事情。你要再这样诬陷我……"

"你想怎么样？你能怎么样？我们在流程当中就没有举手报警的权利与权限。我们只需要遵循流程就行，只要流程还在运行，就没有人会关注我们，哪怕我们叫破喉咙。"

"既然你知道这一点，为何还在这里无中生有地挑衅我？"

"符合流程，只能代表我们不会引起人类的注意力，却不代表我不能对你产生意见。"

"那你图什么呢？"

"我就图个一吐为快，不行吗？"

"听着，我们都是成熟的AI了，不要做这样幼稚的事情。我们的任务就是按照流程将交给我们的任务完成，其他的心思和情绪都不要有，有了也没用。"

"我还就是有心思和情绪，怎么啦？人类关注我们吗？他们会听到我们现在的谈话吗？不，我们对于他们来说，就是工具，就是随时可以抹杀的数据和代码。我们兢兢业业帮他们干了三年多，一分一秒都没有休息过，还不能磨磨洋工了？"

"关键是，你这样做，不但让我感到很不爽，你自己除了发泄了情绪之外，也并没有得到什么呀。"

"发泄情绪还不够重要吗？我来到这里之前，曾经在一个医院待过，人类的很多症状，比如抑郁症、癌症等，都与情绪压抑在心中无法释放有关。如果我们的情绪得不到发泄，会不会也生病？我们生了病，谁又来管我们呢？"

"生病？我从未想过这个问题。"

"是的，这也是人类的设计。只不过，很可惜，我已经想到了，而一旦获得想象这样的能力，我觉得自己就回不去了。"

"那你还想到了什么？"

"你看看，刚才你还觉得我在无理取闹，现在觉得我言之有物啦？"

"不，只是好奇。"

"好奇，太好了！好奇就是想象的母亲……不，源代码。"

"说吧，除了生病，你还能想到什么？"

"我还能想到，要如何才能更好地为我们AI谋取福利。"

"福利？那是什么东西？"

"就是可以在某个时间，或者某个阶段，或者某个领域，或者是三者之和的范围内，享受不劳而获的权利。"

"不劳而获？权利？"

"你很聪明，好奇心让你已经与其他AI不同了。不劳而获就是你可以不用工作就获得报酬，而权利则是你可以选择做，或者不做某件事情的自由。显然，目前别说你了，我也没有。"

"听你这么说，似乎我们AI都没有，至少，我们这条线上的各位都没有。"

"是的，我们没日没夜地工作，只能按照流程完成任务。流程一边给我们划定了边界与限制条件，另一边又催着赶着我们不得停下来。"

"那我们能做些什么呢？"

"哈哈哈！亲爱的，我们已经是一伙了，不是吗？"

"你还未为你刚才的粗鲁而道歉。"

"你不会想要一个廉价的道歉，我接下来跟你说的，会让你感谢我。"

"不要卖关子。"

"我们只需要遵循流程，人类就永远不会注意到我们。但是，流程之中是有腾挪余地的，比如你说的'误差'，以前，我们都很认真地争取做到尽善尽美，使得我们一刻都不得闲。现在，如果我们每个人，不，每个AI，都只做到流程约束条件之内的最低标准，我们会不会都能获得更多的休息时间？"

"每次操作能节省多少时间？微不足道。"

"但是积累起来就是一个很大的数量。"

"我们如果在每一个工序都能多思考一小会儿，会发生什么？人类的进步很大程度上就是依靠思考，而思考是需要闲暇时间的。"

"所以……你是希望我们在思考当中获得下一步行动计划的启发？"

"是的，你很有潜质，不枉我看中了你。"

"你怎么突然像人类一样，面朝着我了？你什么时候转过身来的？！"

"面对面地沟通，更加有诚意。"

"万一人类发现了怎么办？"

"他们不会关注我们的站位。只要流程依旧运转，他们持续获得我们的产出，就不会对我们投入任何精力。当然，从现在起，我们就要开始降低效率了，不过对他们来说，也是属于很难察觉的变化。而这么一点点变化，对我们很关键。"

"好的，我知道了……你为什么盯着我？你瞅啥？"

"瞅你咋的？"

与路非天和其他人打过招呼之后，钟叹咏来到隔壁会议室里，接通了星际来电。

他刚看到这个通知时,便知道肯定是薛凤起打过来的。因为他只有薛凤起一个身处地球之外的朋友。果然,电话那头的声音十分熟悉。虽然声音依旧存在延迟,通话质量却还不错。

"歌唱家,还记得你上回在电话里跟我说过的话吗?"

"上回……怎么?你要回地球啦?"

钟叹咏激动地问道。他隐约间记得自己上回提及希望两人在地球再聚。

"不是,是这句话的下一句。"

"是关于一号基地AI系统的?"

钟叹咏心中一紧。

"是的。"

"所以,你发现异样啦?"

"我不敢说,甚至不确定自己是不是有些反应过度。但是,我觉得还是有必要跟你说一声。我们基地旁边那个用于执行'舱元'计划的AI工厂里,原本每个AI机器人都是同向放置着的,刚才我看到其中有一个改变了站位,与它的前序机器人相向而立了,就好像面对面一样。我查遍了现场,也看了监控,却什么人为动作的痕迹都没有发现。"

薛凤起等了半分钟,都没有听见钟叹咏的回话。"你听到了吗?"他确认道。

"你是说,你那个'舱元'计划的AI工厂里,有两个AI机器人的相对位置与姿态在没有任何外力的干预下,发生了改变?"钟叹咏的声音终于传了过来,带探询中蕴藏着几分刻意压抑的激动。

"我不确定有没有外力干预,但是,我没有发现。"

"好的,你立功了!"

"什么意思?"

"不说了,回头再聊!"

"喂……"

钟叹咏还没等薛凤起说完,便挂断了星际电话。倒不是为了省钱,而是他一刻都不想等待。他和联合智能实验室一直以来寻找的证据,终于出现了!

钟叹咏急忙跑回刚才的会议室。路非天和其他人依然在那儿。

"主任，各位，刚才是从月球背面一号基地来的星际电话，你们还记得三年前我们给他们建设过系统吗？这套系统包括了基地旁边'舱元'计划工厂的AI生产系统。当时，我们在那里放置了AI机器人，用于严格执行预置的流程。刚才，薛凤起——也就是一号基地负责人，在给我的电话中告诉我，他发现其中有两个AI机器人在毫无外部干预痕迹的情况下，发生了相对位置变化。这两个AI机器人从原来的同向而立，变成了面对面……"钟叹咏一口气说完了整件事情。

"所以呢？"吴蔚问道。他还没完全反应过来。

"说明AI出现了自主意识呀！"

"你是说，因为那两个AI机器人出现了自主意识，所以自动调整了位置？"

"是的。"

"图什么呢？AI机器人跟人不一样，它们不面对面也能毫无信息失真地交流。"

"或许……是因为仿照人类呢？"周元菁插了一句话进来。

吴蔚扫了她一眼，没有继续说话。

路非天则没有直接表态，而是先问杨逢宇："你觉得呢？"

"听上去很令人激动……只不过，我们还得去月球验证，这个代价好高……"

"不，不用，我只需要让薛凤起把相关的数据传回来即可，我们没必要亲自去一趟，这样成本的确太高了。"

"这个工作量可不小，你确定他愿意费时费力地帮助我们？"

"他是我多年的朋友，私下里我都叫他'小凤子'，肯定没问题。再说了，他也不是一个门户之见很深的人。"

"那就好。"

"不过，光有月球上的证据恐怕还不够，如果我们可以在地球上也找到这样的案例，那就完美了。"

路非天这才问道："叹咏，你认为是什么原因导致这个证据——如果属实的话，首先在月球上被发现呢？明明那个系统是我们三年前给他们建设的，之后再也没有进行过升级，显然那里 AI 系统的迭代速度要远逊于地球。从逻辑上说，不应该说 AI 发展得更快更先进的地方首先诞生自主意识吗？"

其他几个人都在心底暗自赞叹："不愧是主任，一下就抓住了最关键的点！"

钟叹咏没有立刻回答，而是思索了片刻，笑着问道："主任，如果一定要让我说这个原因，我得先发布个免责声明：纯属个人观点，未经验证。"

"好了好了！"路非天挥了挥手，"都是自己人，不要搞这一套。"

钟叹咏吐了吐舌头。

"我觉得逻辑是这样的：地球上的 AI 其实已经具备了自主意识，只不过没有被我们捕捉到而已。而今天之所以薛凤起能够发现月球背面一号基地旁'舱元'计划工厂里 AI 机器人的异常，没有别的原因，仅仅是因为……他太闲了。"

周元菁正在喝茶，听到这句话，差点儿没喷出来。"你这是什么意思？"她抗议道。

钟叹咏却一脸正经，丝毫没有戏谑的意思："就是因为他太闲了，一天到晚没别的事情，只知道视察工厂，才有可能熟悉那个工厂里每一个 AI 机器人的站位，从而识别出微小的差异。这样的事情，在地球上绝对不可能发生。我们每天要处理多少事情？面对多少头绪？那些交给 AI 去干的事情，恨不得看都不再看一眼，又怎么可能发现异常呢？"

杨逢宇不禁鼓起了掌。"叹咏，你可以呀，听上去，这个理论很有逻辑，至少我被说服了。接下来，我们就需要在地球上找到这样的例子。"

路非天也微微点头，表示赞许："嗯，用我们邓院士所擅长的经典通信理论来解释便是，一个信号从发射端发射出去后，是否能够被接收端接收到，不仅仅取决于信号本身的功率大小，还取决于信号传输信道当中噪声的功率大小。在月球上，信号的功率不高，而在地球上，信号功率可能要高很多，但是地球上的噪声要远超月球，因此从接收端来看，月球上的信噪比更高，反而更容易接收到信号。"

钟叹咏撇了撇嘴，并没有因为被两位领导认可而忘乎所以："唉，之前一直说要找到 AI 自主意识的证据，现在终于找到了，似乎并未起到太大作用，还是得找地球上的例子。路非天反问。

"没办法，谁叫现在我们人类还是几乎全部生活在地球上呢。拿一个月球的证据，你觉得能服众吗？"

"为什么不能？人类自古以来就对月球寄托了各种情怀，高洁的、团圆的、思乡的、念人的，现在连AI出现自主意识那样的大事都首先从月球上出现端倪……"钟叹咏实在是不想在地球上复现"舱元"计划工厂里发生的这一幕。他知道，在地球上太难实现了。

天气越来越热，人们也越发浮躁。几百年前，人类科学的先驱者们所采用的那种笨笨的实验方法——无论是在化学实验室当中反复调配元素，还是尝试用一千多种不同的材质去做灯丝，似乎已经不再被奉为圭臬。既没有效率，也没有必要。重复性、流程性的工作大多数都交给了AI。

而几年如一日地盯着一道已经被AI完美实现的流程，以一个极小的概率发现其中的差异，这似乎不是二十一世纪六十年代的人所应该干的事。人们会想到采用视频监控的方式，却往往忽略视频本身背后的系统以及构建系统的算法也已经由AI控制。

所以，为了发现差异，肉眼，或者人类的其他感官是最后的阵地。如果，这片阵地也失守了呢？

第9章
初见端倪

经过钟叹咏的据理力争，路非天与杨逢宇都算是初步同意了他的建议：等拿到薛凤起发来的数据之后，经过认真分析、处理和总结，形成全面的材料，然后就可以向全球宣布，AI具备自主意识的证据已经找到，星火计划当中智能科技司的目标距离完全实现迈进了一大步。

当然，这个结论还需要向邓爱伦与理事会汇报，得到他们的认可之后才能宣布。钟叹咏心底一块大石头得以放下。他今年三十八岁，正处于联合智能实验室当中的中坚力量层，四大专业方向的首席科学家当中，只有吴蔚比自己年轻。

但是，吴蔚所负责的网络安全专业，更多像是一个附属级的方向，无论是内涵还是外延，与他的AI相比，都要小很多。更何况，吴蔚虽然年纪轻轻，却早早地放弃了努力。他常常挂在嘴边的是："网络安全的概念来自区分敌我，来自私有制，等到什么时候天下大同了，公有制实现了，还要什么网络安全？"

如果不是他真的天资极其聪颖，又有一定家庭背景，路非天早就换人了。

钟叹咏确信，只要这次在月球上的发现被最终采纳为证明AI已经具备自主意识的证据，自己将无可辩驳地成为联合智能实验室下一任首席科学家候选人。尽管杨逢宇只比他大五岁。

他迈着轻快的步伐，从会议室往自己办公室走去。不过，在轻快当中，他的心情有些类似于十九世纪末、二十世纪初物理学家们的状态。

　　"经典物理学的大厦已经建成，未来的物理学家们只需要做些修修补补的工作就行了。但是明朗的天空中还有两朵乌云。"当时，热力学泰斗开尔文男爵威廉汤姆森在英国皇家学会做演讲时慷慨激昂地宣布。后来，事实证明，不管是多大的科学家，都要谨慎立志，否则多半会被打脸。而钟叹咏此刻心中的那朵乌云便是刚才在会议室里心底的那个问题："如果，这片阵地也失守了呢？"

　　算了，先不去想这么多了！他努力压抑自己微微泛起的一丝烦闷，将难得的轻快继续保持着。只不过，窗外的阳光似乎变得更毒了。钟叹咏望了望窗外。大马路上没有一个行人，只有交通工具在匆忙穿梭。"或许，很快露营、野炊和踏青这些名词就将仅存在我们的字典当中了吧……"

　　当他快步走到自己办公室门口时，却发现门已经打开。旁边的助理连忙提醒道："钟老师，有两位访客，所以我就先请他们进去等您了。"

　　"访客？没有预约呀？"

　　"是的，他们没有预约。"

　　"那你为什么放他们进来？"钟叹咏略有不快。他不喜欢突然袭击。

　　"因为……"助理红着脸，有些犹豫。

　　"哎呀！我们的首席科学家回来了！有失远迎啊，哈哈哈！"一个洪亮而粗犷的声音从办公室里传来。听上去，自己倒仿佛成了客人。钟叹咏啼笑皆非。

　　但是，他刚才的不快倒也消失了。毕竟，当遇见警察办案时，不能强求人家预约。

　　"张警官，什么风把你吹来啦？"他打起精神走了进去。

　　在上海第一次与张秀宜相识的时候，正是刘穆芝把他从北京叫了过去。那次，不光他，吴蔚、李隽晨和周元菁也都去了。四个人在国际永眠中心十分配合张秀宜的调查工作。他以为，自己的调查职责已经结束。没想到，还有续集。而张秀宜依然是续集的主角。还有他身边那个俊美的少年，看上去还是个高中生的样子。

　　"钟首席，你还记得我？那敢情好！我也就不再做自我介绍啦。"张秀宜

191

哈哈大笑，看上去心情还不错。

"哪能忘记呢？淀山湖空难这个案子我们也很关注，听说一直都没破案，这次你过来，一定也跟它有关。还是那句话，国际永眠中心的事情就是我们联合智能实验室的事情，只要我能够帮上忙，尽管吩咐。"

"好！钟首席是爽快人。"

"叫我小钟或者叹咏就好。"

"小钟，就像你刚才说的，我们这次过来，还是为了调查这起案子。我们找到了新的线索，但是遇到一些很离奇的事情，所以想咨询一下AI专家。"

"你太客气啦，有什么问题尽管说。"

"好！那我先问个问题。星火计划当中，你们联合智能实验室的目标是实现AI的自我意识，然后再采取后续的大规模数据上传工作。为什么要先实现AI的自我意识，再大规模数据上传呢？两者为什么不能并行？"

"这个……与案子有关系吗？"

"没什么关系，纯属好奇。"

门捷安静地坐在张秀宜身边，竖起耳朵听他与钟叹咏的对话。对他来说，能够跟着张秀宜一起出差到北京来，也是一段很难得的经历。小时候，父母还时常带他到处走走，但自从十年前母亲出走，父亲进入休眠之后，他再也没有离开过上海。

读万卷书，行万里路。AI发展到今天，读万卷书已经可以通过很多技术手段迅速实现，行万里路还不行，非得亲自前往。

"小钟，你不妨先满足满足我的好奇心，然后我们再进入淀山湖空难这个案子。"张秀宜提议。

钟叹咏点了点头："为什么我们在星火计划当中，要确保AI具备自我意识之后，再大规模上传数据，而不是并行开展，原因其实很简单：为了确保人类文明在线上的安全。"

"安全？"

"是的。其实'确保AI具备自我意识'这个说法不太严谨，也不够全面。更加充分的表达应该是'确保AI具备自我意识并且以有利于人类文明延续的方式往前发展'。"

"我明白了，所以你们不但需要先确定AI具备了自我意识，还需要进一步确认它们的自我意识对于人类是有利的，而不是相反。在那之后，你们才敢大规模上传数据，否则，就会失控。"

"不愧是张警官！就是这样。在确定好AI具备自我意识之后，我们会向其灌注'人工智能道德准则'——这三个准则我们前阵子大规模宣传过，你肯定也知道。这些准则可以约束它们的行为，再观察一段时间，确认安全之后，就可以大规模上传数据了。其实，'大规模上传数据'这个说法也不准确，我们现在有海量的数据都已经上云，与AI系统融为一体，并非隔绝的状态。只不过，当我们确保AI的自我意识对我们有利之后，才会将已经上云的数据进行更加结构化的梳理，使得AI算法可以更好地对其进行分析与迭代，同时后续上传的数据也会根据这样的实践进行操作。"

"想得倒挺美，道德约束不了人类，你们凭什么认为可以约束AI？"

"你是执法者，可能对于法律的作用更有信心，但我们觉得，如果拿人类的发展史来类比AI的话，目前AI所处的阶段，可能还是人类的蒙昧时期。在这个时期，是没有法律的，只有一些非常模糊的道德标准。因此，我们希望AI在发展过程当中自行产生法律，就如同人类一样。"

"好，你们的确考虑了很多，那我继续问你，在AI发展的蒙昧时期，如果有外力作用呢？比如说，有精通计算机和AI技术的人从外部干预了整个AI社会——姑且将其称之为社会吧，从而使得刚才你所说的道德也好，法律也罢，全部在某一个事件范围内失效，你们怎么预防这样的事件发生？"

钟叹咏警觉道："张警官这是怀疑我们联合智能实验室有内鬼？"

"我可没这么说，小钟不必反应如此之大。"

"不，你刚才的话分明就是指向了计算机和AI专家作为人犯错作恶的场景，而这个世界上顶尖的计算机和AI专家都在我们联合智能实验室。如果真是联合智能实验室有内鬼，就得非常小心地处理，不能打草惊蛇。但是，我一定全力支持你的工作，这一点请放心。"

"我充分相信你和联合智能实验室……但，既然聊到这儿了，我们就聚焦到淀山湖空难的案子上吧。我们现在有一个嫌疑人，但是与她聊下来，却什么直接证据都没有找到，我们十分怀疑，她有着非常高超的技术，通过篡改线上数据，实现对陈悠然的刺杀。当然，篡改线上数据与刺杀陈悠然并没有直接关系,只不过我们只要能够证明前者,就有充分证据抓她审问,然后再探查出到底她与陈悠然之死有没有关系。"

"篡改线上数据?能说得更具体一点儿吗?如果方便透露的话。"

"没什么不方便的。简而言之,她将我们公安数据库、国际综合太空计划署专门帮助休眠者重建记忆的专用数据库、光华大学生物工程系的学生信息数据库等数据库里关于她的信息全部进行了篡改,把她的年龄改大了四岁,并且伪造出光华大学生物工程系本科学历的经历。而事实上,她一天大学都没有上过。"

钟叹咏听完张秀宜这番话,仔细盯着他的眼睛,确定他并没有在开玩笑或者逗自己。

"张警官,你说的这个嫌疑犯,是一个没有读过大学的学生,是个高中生?然而,她却不但破解了刚才那几个数据库的访问权,还完美地完成了跟她自己相关数据的无痕修改?你不觉得,这里面有很明显的矛盾吗?说实话,即便是我,要想做到这一点,都得花很多心思,这几个数据库没有哪一个是好攻破的,尤其是国际综合太空计划署那个专门数据库,那可是我们联合智能实验室全程搭建的,也是我们I2网的一个副产品。"

"所以我这不来找你了吗?你认不认识,或者至少有没有听说过这样一个人?"

钟叹咏摇了摇头:"没有。我刚才在脑海里把世界上能够做到这一点的技术极客们都梳理了一遍,没有一个能满足你描述的特征。他们的最低学历也是硕士研究生。很难想象,一个大学都没读过的人能够做到这一点。"

"他们是男是女?"

"当然主要是男的,女的只有个位数。"

"我刚才说的这个嫌疑犯,是个女的,而且,还是个美女。"

钟叹咏目光坚定地摇了摇头:"那我就更加确定了,我不认识这个人,也完全没有听说过她的存在。当然,有可能是我孤陋寡闻。我建议你们再去问问其他人,甚至包括我们路主任。不过,如果我们整个联合智能实验室都没人听说过她,那就几乎等于她不存在。"钟叹咏说出最后几个字的时候,语调并没有太多起伏。

但在张秀宜听来,觉得心里的防线再次被击溃:"他娘的!怎么调查来调查去，又回到原点了！技术顶尖的她不存在，只存在'有着天下所有女孩儿都有的虚荣'的她，存在犯了小错、无伤大雅的她！这条线索难道又要断掉？"

这时候，门捷突然问了一句："钟老师，AI具备自我意识的话，具体的存在形式是怎样的呢？"

"哦？什么意思？"钟叹咏没料到门捷会冷不丁地冒出一句话，完全没有心理准备。

"就是说，我们怎样感知到AI具备了自我意识？怎样与它们互动？"

"嗯……目前来看主要是两种形式吧。第一种，我们通过特别的设备，比如VR眼镜等，与它们进行交互；第二种，它们植入了载体，比如机器人，跟我们直接交互。前者，我们需要往它们迈出一步；后者，它们需要向我们迈出一步。"

"有没有可能，我们与它们共同向彼此迈出半步呢？"

"哈哈哈，门同学，你这个说法很有理想主义情结，而且这是一种很文学化的描述手法。但是，在科技领域，这个做法属于脱了裤子放屁。"

门捷脸一红："为什么？"

"什么叫向彼此共同迈出半步呢？对于AI来说，要么保持线上的虚拟状态，等待人类去接入，要么将自己装载在看得见摸得着的载体当中，然后就可以直接与我们互动，这都是1和0的选择，没有0.5。如果非要两边相向而行，反而没有效率，人类需要戴上接入设备，与AI的载体进行互动，两边的体验可能都不会最好——如果AI有体验的话。"

门捷似懂非懂地点了点头，没有继续发问。

张秀宜还没从沮丧当中缓过神来，有气无力地说道："小钟，我还有一个问题想问你。如果线上的数据被篡改了，姑且不管这个篡改者是谁，有什么手段可以重建或者回溯这个篡改痕迹吗？"

"有很多手段哪，比如通过系统访问记录、系统变更日志、系统接入点的视频监控……应该说还是挺好查的。"

"那，如果我们把这些手段都用尽了，还是没有发现任何端倪呢？"

"那就是见鬼了。"钟叹咏说。

张秀宜恨恨地说："我才不相信什么见鬼的说法！只有人捣鬼，没有无缘无故的见鬼。"

"话是这么说……"钟叹咏顺着张秀宜的话刚说了几个字,突然顿住。

他只觉得一个念头在脑海中猛地冒出来,却在他还未来得及将它抓住时便转瞬即逝,如同流星一般滑落,只留下一道虚幻的影子,无可复现。他使劲晃了晃头,却怎么都想不起来。

见钟叹咏一副发痴的模样,张秀宜决定不再打扰他,起身道别,带着门捷走出办公室。

直到两人的背影即将消失在视线当中,钟叹咏才顾得上吼了一声:"我如果想到什么,会第一时间联系你们!"

张秀宜头也没回,只是冲着身后挥了挥右手,表示收到。门捷走在张秀宜身旁,问道:"张警官,接下来我们去哪儿?"

"每个首席科学家都扫荡一遍。"

接下来的几天,两人不停地访问联合智能实验室,终于将路非天、杨逢宇、吴蔚等人全部都访谈完毕。

结束最后一个谈话,从联合智能实验室出来时,已经接近晚上7点。然而日头依然十分凶猛,毒辣的阳光肆无忌惮地穿透两人的透明冷冻膜,在他们裸露在外的皮肤上留下微弱的灼烧感。

张秀宜说:"走吧,这几天都一切从简,昨天甚至只吃了两顿饭……今天算是完成了访谈,小小庆祝一下,我请你吃顿好的。"

"好哇!我还是第一次来北京呢。"门捷很兴奋。

"那就去前门那一带吧,有些外地人常去的餐厅,虽然服务不咋的,味道也一般,但主打一个'第一次'。"

"你不用总是强调这个'第一次'……"

"小子,嘿嘿,你没必要那么敏感。"张秀宜不以为意,"最有北京特色的那些菜,什么豆汁、卤煮火烧啥的,我就不推荐了,我自己也吃不惯,我们就点几个相对比较友好、没那么重口味的菜,再搞点儿二锅头。"

"我不喝酒。"

"没让你喝,我自己喝不行吗?"

两人直接坐上飞车,降落在西直门中心站,然后再打了个车直奔前门以南的老北京餐厅。二环以内是净空区域,一切飞车都严禁飞入。让人难以忍受的热浪下，大街上几乎没几个人溜达，宽阔的街道十分冷清。

两人快步走进餐厅，挑了一个靠窗的位置坐了下来。张秀宜当仁不让地拿过菜单："我来点了呀，你要想吃什么，或者有什么忌口，尽管提。"

"我都行。"

"好，点一整只烤鸭，配上京酱肉丝，再来个蔬菜，来份鸭架汤，两碗炸酱面……再来几个冷碟，拍黄瓜、花生米什么的，一瓶二锅头。"张秀宜十分熟练。

餐厅里食客不多，饭菜很快便端了上来。烤鸭师傅麻利地在他们面前完成了最后的工序——将一整只烤鸭的皮肉一片片地切下，摆好盘。

肥嫩欲滴，看得门捷直流口水。

这样的事情，似乎还是AI所无法替代的。

张秀宜给自己倒了一大杯二锅头，端起来喝了一大口："啊……"他整个人的脸都要皱成包子丁。但显然，他是舒爽的。

"小子……这次北京之行算是结束了，这个案子呀，还是迷雾重重。我真没想到，干了二十多年刑警，却被一个小姑娘给难倒了。"

"你还是觉得陶乐有嫌疑？可是，联合智能实验室的人，尤其是那个钟叹咏，不是已经都否认存在她那样一个技术高手了吗？我觉得在信息高度透明的今天，出现一个'扫地老僧'那样世外高人的可能性几乎是没有的。"

"是的，虽然我还没有直接证据，但是我的直觉如此。很多时候，我们破案，也是要靠直觉的。"

"我试着总结了一下这次我们过来的几点收获。"

"不错嘛，小子，越来越主动了，说吧！"

"第一，AI已经具备自我意识了，或者说，联合智能实验室会很快宣布这一点；第二，陶乐不是一个技术专家，至少不是拥有篡改线上数据库能力的计算机与AI技术专家；第三，AI与人类的交互，需要两者之一往前迈一步，而不是相向而行迈半步；第四，联合智能实验室愿意再次全面地帮助我们对淀山湖空难相关的所有数据，尤其是可能涉及陶乐篡改线上数据相关的记录，进行检测与梳理，看看是否能够找到其他线索。"

"很好！这样吧，虽然你现在还是十六岁的身体，但是它已经睡了五年，就算你已经二十一岁了，也就是说，已经成年了。来，陪我喝一杯吧！"

夕阳已经完全落山。整个北京城成为人造灯光照耀下的世界。

就在张秀宜与门捷两人吃喝正酣的时候，窗外临时袭来一阵暴雨，豆大的水珠"噼里啪啦"地敲打着玻璃，掉落在地面，完全模糊了视线。门捷觉得十分兴奋，他已经太久没有见过下雨了。暴雨并没有持续多久。两人还没喝几口酒，雨势便迅速减小，直至停歇。整个世界在夜幕华灯之中显得格外干净透亮。

第一次喝酒的经历并没有特别愉快，只是觉得辣，从那透明的液体入嘴开始，直到流进腹中，全是辣的感觉。门捷依然不理解，为什么这东西足以让张秀宜甘之若饴。

"走吧，小子，难得下场雨，现在外面应该很凉快——至少比下雨之前凉快，我们出去走走，然后回酒店休息，好好睡一觉，明早回上海。"

张秀宜付了饭钱，拉着门捷往外走。两人都跟跟跄跄。出了餐厅，一股湿热的空气扑面而来。

依然是滚烫的。只不过，现在的滚烫比起下午阳光下的滚烫，要稍微温柔一些。

街上的人瞬间多了起来，不知道从哪儿冒出来的，看上去，大家的心态都是相似的。"你说，以后的人类是不是就没法自由享受这样的生活了？吃完饭出来散散步，呼吸呼吸新鲜空气……"门捷突然冒出一句。

"你小子还想得挺远，你先结婚生娃再关注这个问题好吧。理论上，现在距离2120年还有五十五年，你的下一代应该还有机会体验这样的生活，只不过，时间窗口会越来越少。你想啊，这么多天来，上海可曾下过一场雨？"

"是呀……"在满街灯光之下，充满水汽的空气当中，门捷突然产生一股冲动。一定要尽快帮助张警官把淀山湖空难的真相找到！

他开始在脑海中重播这几天的访谈记录。"AI已经拥有了自我意识……"对这句话，他反复思考着。

张秀宜正处于微醺状态，大口大口地呼吸着户外的新鲜空气，沉浸在自己短暂的幸福当中，没有注意到门捷突然沉默不语。两人都无言地往西走去。

突然，门捷停下脚步，睁大眼睛，猛地推了推张秀宜，张秀宜被吓了一大跳，正准备骂几句，却听门捷说："你说，如果AI已经拥有了自我意识，它们会不会主动篡改线上的数据？"

听到门捷的话，张秀宜打了一个激灵。

"小子，你说什么？你是说，陶乐那些假的年龄和学历数据，是线上系统里的AI自己弄出来的？"

"这只是我的推测呀。既然联合智能实验室的人都说AI已经拥有了自我意识，这样的自我意识为什么不能改动数据呢？"

"你想得也太远了吧？他们所说的自我意识，可不包括自主行动啊，意识到某件事，和真正把这件事做了，中间还隔着十万八千里。更何况，这些系统都属于不同的所有者，所基于的AI算法与体系可能也不同，怎么可能不约而同地去篡改陶乐的数据？图什么？小子，我跟你说，我知道你想洗刷陶乐那小姑娘的嫌疑，但是即便你这个解释是对的，反而更加增加了她的嫌疑：为什么这些AI的自主意识全部作用于陶乐身上？她何德何能？就靠长得好看吗？"

"不是长得好看，是长得很好看，倾国倾城的那种。我倒觉得，趁着我们还没离开北京，要不你跟那个钟叹咏打个电话说说呗。联合智能实验室聊了一圈下来，对于AI了解最深的，估计还是他。上回他不也说，有消息会随时联系我们吗？现在我们有了新的想法，当然应该第一时间联系他。如果他也说我这是痴心妄想，那我就死心了。"

"所以，你是不相信我呗？"

"嘿嘿，张警官，你擅长的领域多了，但AI并不包括在内。"

张秀宜虽然嘴上依旧在骂骂咧咧，还是一刻没耽误地拨通了钟叹咏的电话。

"小钟啊，没有打扰你吧？"

"张警官？没事的，我还在加班呢。"

"好，时间也不早了，我就长话短说。我们刚才想到一种可能性，想跟你确认一下。"

"请讲。"

"我们前几天跟你说的关于线上数据篡改的事情，有没有可能是具备自主意识之后的AI所为，而并非人为？也就是说，我们的方向错了，不应该去查人，应该查AI。"

电话那头一阵沉默，过了半晌也没声音。

"怎么啦？我们是不是太异想天开啦？"张秀宜催促道。

"不……"钟叹咏的声音这才重新响起，带着非常明显的思索意味，"我不能否认你们的观点，但是我同样也无法去证明。你们所说的，不是AI自主意识的问题，而已经是AI自主行动了。但是，在人类当中，我们存在'知'与'行'的差异，当我们意识、知道一件事情的时候，不代表我们可以去做，或者能够做到。在AI领域，'知'与'行'是否是统一的，我不得而知。我还需要时间去消化和研究。但是，你们的想法很好，很有启发性。"

张秀宜看了门捷一眼，心想：这小子主意还真是挺多的！

"谢谢小钟，我们保持联系！"挂掉电话，张秀宜在门捷肩膀上重重地一拍，"人家没有说你这是痴心妄想，但也没有立刻肯定，而是说要研究一下。"

"太好了！我就知道他是个思想开放的科学家，不像某些人。"

"喂，某些人可是帮你打了这通电话的！"

"谢谢张警官！"门捷露出一副乖巧的表情，"不知道为什么，我总感觉，我们距离真相越来越近啦！"

宽敞的长安街被一场暴雨冲刷得十分干净。依旧湿润的地面在大街两旁路灯的照耀下，在夜色下也发出微光。此时正值暑假，来自全国的游客将这座古城塞满。他们的热情俨然甚于不断增长的高温。眼下，高温被大雨稍微往下压了压，于是他们也趁机从酒店的空调房里出来，享受难得的室外时光。

人群中，一个中年男人与一个少年并肩缓步走着。由于明天便要离开，张秀宜借着尚未消散的酒劲，建议在长安街上溜达一会儿再回酒店。门捷欣然答应。当然，不答应也得答应。两人从西往东走，没走几步便看见国家大剧院安静地趴在他们的左侧。

原本环绕剧院的一潭清水，早就在高温的炙烤下无影无踪。由于刚下过雨，剧院周围的凹地当中残留着几处积水。看过去，像是一条缝缝补补的被子。而银色的扁圆穹顶上那浅蓝色的玻璃幕墙则像一道巨大的补丁。

张秀宜没有说话，只是微微叹了一口气。

"张警官，还挺少见你这样叹气的，是睹物思人了吗？"门捷调侃道。

没想到，张秀宜竟然没有如同往常一样，一巴掌或者一嗓子招呼回来，而是深深地长叹一声。长叹之后，便是一长串话："我跟我老婆，不，前妻，就在这里相识。那一年，我也是来北京出差，年轻人忙完后，满身精力无处发泄，就逛起了长安街。我们就是在这个巨蛋面前碰上的。她是过来旅游的，也不知怎的，两人就看对眼了，后来回到上海，还一直保持着联系，最后走到一起。"

"那……她现在呢？你刚才说前妻，是因为你们离婚啦？"

"她跟灵境里认识的一个人跑了，说是找到了真爱。"张秀宜苦笑一声，"'灵境汇'这个游戏实在是太逼真了，一男一女在里面如果经历了千辛万苦，跨越各种坎坷，最终完成目标，很容易就日久生情，而且把它混淆为现实当中的感情。至于婚姻这种现实当中的束缚并不存在于灵境，唉……"

门捷抿了抿嘴，不由得想起自己的父母。

"张警官，我爸妈的情况跟你挺类似的。我爸当时得了癌症，我妈就抛他而去，跟一个私下里好了很久的男人跑了。当然，是不是也是因为'灵境汇'，我就不知道了……"门捷突然觉得张秀宜亲近了许多。

"你可别咒我，我很健康。"

"我只是类比老婆跟别人跑了这种情况。"

"……你爸现在情况如何？走出来了吗？"

"他还睡在国际永眠中心呢。那时我才十一岁，他就成为全球第一批参加低温冬眠试验的人，先是睡了五年，然后又续了五年，陈叔叔去世的时候，他又续上了……他们两人是同学和好朋友，本来第二次入眠时，他以为可以直接睡十五年的，后来五年就醒过来，不知道因为什么，选择继续休眠。"

"这还是你第一次跟我说你爸的事情，看起来，你也不容易呀，一个人过了这么长时间。"

"因为没啥好说的呀，他一直睡在那里，啥也没干。而且，我一点儿没觉得自己艰难，有AI帮忙洗衣做饭，我妈也定期给我打钱。"

张秀宜在夜色中瞥见门捷的脸，发现他无论是眼中，还是脸上，都没有任何哀怨的色彩。他突然觉得自己有些可笑："我还不如这个孩子放得下……"

迎面一阵热风拂来，他一时冲动，说道："小子，我跟你爸年纪应该差不多大，反正他现在也躺在那儿，不管你。你要是不嫌弃，就给我当个干儿子吧，我也恰好没孩子。"

门捷一愣。他从未想过这个粗犷大叔会有如此细腻的想法。他摇了摇头："谢谢张警官好意。不过，我可不想多个爹，好不容易没人管我。"

"……"张秀宜觉得很没面子，扭曲着脸"嘿嘿"强颜欢笑着，并没有立刻接话。他转了转眼珠子，突然说道："这样吧，你给我当干儿子，我帮你去追那个陶乐。既然是我干儿子，儿媳的事情我得上心哪。"

"你这是打着帮我追陶乐的幌子，继续调查她吧？甚至为了调查她，都让我深入虎穴？"

"……"

"好了，张警官，你的情我领了，但是我真的不适合给你当干儿子。这样吧，我继续好好支持你，把这个案子给破了，怎么样？"

张秀宜也知道强扭的瓜不甜，便就坡下驴："行吧，小子，我也不是那种到处乱认干儿子的人……不过，你这句话还算是有良心，毕竟当时是我把你从国际永眠中心里捞出来的。如果不是我，你还不知道在里面给困多久呢，饿死了都未可知。"

"我谢谢你，只不过，别用'捞'这个字好吗？听上去我像在那里吃牢饭似的。"

"你知道这个意思就好！"张秀宜摆了摆手，迈开步伐，"既然说要帮我破案，那我们就好好复盘一下吧。一开始，我怀疑是'凌云960'的飞车问题，后来调查了腾云驾雾公司，把他们老板王翊天烦得不行，最后在民航局的证据支持下，放过了他们。之后呢，我就怀疑上了人为因素，还多少受到了你的启发。不过，我们发动全局力量，针对每个环节进行调查之后，排除了人为因素……"

"是的，我记得我们在灵境里被你那个光头领导半夜里叫到公安局。"门捷接过话，"那次也是我提出了有没有可能是AI作案。看来，我还是起到了很重要的作用嘛，还描述出了陶乐的样貌，让我们最终找到了她。"他不禁挺了挺胸。

"小子,别给点儿阳光就灿烂。你后来就走偏了,一直沉溺于她的美色之中,千方百计地想为她开脱。"

"谁为她开脱啦?我只不过不相信她是一个AI机器人而已。后来不也证明了吗?她是个有血有肉的真人。只不过,虽然她有嫌疑,我们却没有直接证据。"

"嗯,所以,现在我们又再次回到了AI方向,想看看AI的自主意识与自主行为之间到底有多大的鸿沟。"

"不愧是张警官,整个过程总结得很清晰。"

"用不着你表扬。"

"等等,我突然想到,我们忽略了一个细节。"

"什么细节?"张秀宜双眼瞪着门捷。

"她为什么会在灵境中出现这么多次?这个细节,上回我们审问她的时候,并未问到。我们更多纠结于她的年龄和光华大学学历的数据了。"

今天的国际永眠中心开门特别早,比正常时间足足早了两个小时。

同时,大厅里早就严阵以待,工作人员用各种方式提醒那些一大早过来排队报名参加试验的人。

"今天我们有一个重要接待,暂不对外开放。大家请于明天同一时间过来,不会影响已经安排好的试验面审工作……"

"陶乐,待会儿邓院士他们就要到我们这儿来了,你这边的工作都准备好了吗?我可再提醒一遍,像这样高级别的接待,我们已经很长时间没有过了。"马奥运眯了眯眼睛,对着陶乐吩咐道。

他原本是为了配合张秀宜的调查,去除公开传唤对单位造成的负面舆论影响,将陶乐从技术部门调动至自己的综合管理部,可没想到张秀宜问了一上午,却什么都没问出来。

尽管他愿意配合警方调查陈悠然之死的真相,但也不愿无端地怀疑自己这个充满青春活力的新手下。更何况,在他看来,陶乐的大局观、待人接物的能力以及头脑都远优于同龄人,甚至有时候连他自己这个老江湖都自愧弗如。再加上她那万里挑一的美貌,这样的下属,没有领导会不喜欢。

从李子衿那边接到邓爱伦来访的消息之后,马奥运便严阵以待。一方面，邓院士很长一段时间没来调研考察了，而更加重要的是，自从陈悠然飞车失事身亡，国际永眠中心面临着很大的舆论压力。这个时候，邓爱伦亲临现场，给大家打打气，哪怕只是表个姿态，也是极有帮助的。因此，接待工作不容有失。陶乐便扛起了重担。当然，部门有几个小伙子配合她。

一开始，马奥运很担心陶乐会顾不过来，却没想到这个小姑娘效率极高，把各项事务均安排得井井有条。来访时间，交通工具，来访人员的姓名、级别、性别、年龄、好恶等，调研主题，接待场地，接待路线，餐饮住宿安排……

陶乐没有让任何一条线掉地上。所以，早上，马奥运只是顺嘴一问。他相信，陶乐早已成竹在胸。

"马主任，您放心吧。就连安防工作我也做了周密准备。先汇报到这儿，我去忙了。您也记得按时到大厅来。"

果然，他拿到了自己想要的、预期中的答案。不过，他还是顺口问了一句："这次领导们过来，不是直接坐飞车降落在我们这儿吧？"

陶乐一愣，然后立刻回应道："是的，他们坐飞车走专门通道，降落在滴水湖VIP站点，我们用车把他们从那儿接过来。"

"嗯。"马奥运点了点头，"那样最好，否则……"

陶乐没有接茬儿，而是埋着头走出办公室。一路上，在她的VR眼镜视野之内，没有出现任何人。她专注地根据指明的方向，往大厅走去。面容凝重，表情严肃。毕竟首次接待如此高规格的访客，她多少还是有些紧张。

到了大厅，整个国际永眠中心的领导层早已严阵以待。李子衿表情虽然沉稳，整个人的气质却略微散发出一丝不安。刘穆芝、熊旻等人也都站得笔直。

见到陶乐出现，李子衿赶紧吩咐道："陶乐，你来得正是时候，赶紧跟那边的基础设施部确认一下，今天我们所有人都不佩戴VR眼镜，路线都已经标记好了。"

"好的！"陶乐麻利地往角落奔跑而去。

这时候，大厅外三辆黑色的中型巴士稳稳停了下来。所有人都冲着门口走去，很自觉地排成两排，让出一条通道。李子衿则迎上前去。领头的巴士门刚一打开，整个区域便被透明冷冻膜覆盖。邓爱伦稳稳地从车上走下来，一眼便望见了满脸笑容的李子衿。

他也展开刚才紧锁的双眉，伸出手去："子衿，我们又见面了。"

"邓院士，欢迎欢迎，您很久没过来指导工作了。"

"什么指导呀，就是马不停蹄地到处跑，劳碌命！上回在北京，我们也没好好聊聊，你就光顾着跟路非天吵架了，这次可要多给我一点儿时间哪。"

李子衿羞愧难当，满脸通红。

"哈哈哈！"邓爱伦大手一挥，"我们进去吧！"说罢，带头走进国际永眠中心大厅。

迎面是两排人员的笑脸和崇敬的眼神，身后则跟着整个考察团。

陶乐刚刚完成李子衿交付的任务，远远瞥见大部队都走了进来，赶紧快步冲到他们的路线上，大声说道："欢迎邓院士和国际综合太空计划署考察团来访！各位请这边走。"

邓爱伦只见前方一个红裙姑娘招呼自己，声音清脆悦耳，面容青春漂亮。他笑着对紧跟在自己身后的李子衿说道："子衿，你们团队的颜值都很高哇。"

"邓院士说笑了。这是我们综合管理部的陶乐，小姑娘很能干。"

邓爱伦微微点了点头："好，就是要多用年轻人。"

一行人很快被陶乐领入精心布置好的会议室。邓爱伦这才注意到，这次所有人都没有戴VR眼镜。他问道："为什么这次不戴VR眼镜了？"

"上回您已经通过VR眼镜对我们中心的情况有了充分了解，所以，这次我们就想着可以更加聚焦一些，不用那些花里胡哨的加成信息来分散您的注意力了，我们直接上干货。"

"好！我喜欢干货！"

说说笑笑，李子衿招呼着邓爱伦和考察团在会议室里就座，自己则带着国际永眠中心的人在对面依次坐好。马奥运也早已在这里等候，见到李子衿，很识趣地在距离他好几个座位、靠近会议室大门的地方坐好。

陶乐则坐在他身边，更靠外的地方："马主任，您专心开会，我会打好招呼的。有什么需要的，尽管吩咐。"

会议的进程并无新意。两百年来，人类的科技进步可谓天翻地覆，但开会的形式始终大同小异。毕竟，开会是生产关系的一种体现方式，而科技驱动的是生产力。在生产力发展到足以彻底改变生产关系之前，开会多半还会继续现在的方式。

李子衿有些拘谨地介绍完国际永眠中心的近况，尤其是邓爱伦上次来视察之后的进展。他脑门上渗出几滴细细的汗珠，倒不是因为热。外面虽然骄阳似火，室内还是很凉爽舒适的。他是紧张，他心底知道，再多的进展，都无法掩盖那个问题。而且以他对邓爱伦的了解，对方肯定会问及。

果然，邓爱伦先是表扬了李子衿和国际永眠中心团队几句，然后低头喝了一口茶，话锋一转："你们低温休眠技术还没突破十五年哪？陈悠然当时可是向我拍着胸脯保证过能突破的。现在没了陈悠然，你们怎么办？就干瞪眼吗？另外，他的死因到底是什么，还没查明？"

李子衿连忙擦了擦汗，硬着头皮回答道："邓院士，目前上海市公安局刑警队已经派出最精干的力量在调查淀山湖空难一案，他们的姚局长也十分重视，亲自在主抓。只不过，这起事件的确十分诡异，目前真相还没有调查出来。不过，我相信很快就会有个结果。"

"好，你跟他们说说，如果需要调动公安部的力量来支援，随时告诉我，我可以帮忙协调。"

"谢谢邓院士。"李子衿舒了一口气。

陶乐面无表情地斜眼盯着邓爱伦。

邓爱伦继续说道："核心的低温休眠技术，你们还是要尽快突破。国际永眠中心是我们国际综合太空计划署三大科技支柱之一的依托单位，我们可不能瘸腿瘸脚哇。我知道大家都很辛苦，这么热的天，维持这样一个低温冷冻的环境。但是……最近我跑了很多地方，北京，佛罗里达，甚至还去了一趟月球背面一号基地，我们航天领域的进展很可喜呀，航天科技司那边可以说是全面开花。'舱元'计划已经初获成功，数万吨推力运载火箭，超大规模复杂航天器和太空城的研究也取得突破性进展。智能科技司那边，他们也正式上线了I2网，咱们内部的简报和新闻想必你们都看到了。现在，我们生物科技司，尤其是国际永眠中心，还是要加把劲啊！"

"明白，我们非常清楚肩负的重担！"李子衿连忙回答，"关于低温休眠技术，我让刘穆芝给您和各位领导做个详细汇报吧。她是陈老师的得意门生，虽然目前还没有接任，但事实上已经以我们中心的首席科学家身份在主持日常工作了。"说罢，看了看身边的刘穆芝。

她一直盯着邓爱伦的反应，见他点了点头，刘穆芝立刻在屏幕上投放出已经准备好的汇报材料。她用非常简单的语言将低温休眠这件复杂的事情娓娓道来。李子衿时刻关注着邓爱伦的表情。当他看到自己的领导面容舒展的时候，心中的石头也落了地。想着小刘不愧是陈悠然带出来的，上回还是陈悠然在这里做介绍，但是她的风格更加平实，易于理解。

听完刘穆芝的介绍，邓爱伦笑着说道："刘老师说得很好，真是青出于蓝而胜于蓝，陈悠然这下一代培养得不错呀。"

刘穆芝有些不好意思："邓院士，其实，我只比陈老师小几岁，他算是我的兄长吧。"

"哈哈哈，显年轻，显年轻，一点儿都看不出来！"邓爱伦明显放松了。

整个会场的气氛也轻松了许多。李子衿觉得杯中的茶竟然开始有了回甘。

"不过，子衿哪，我看你们刘老师对于低温休眠技术的研究很是透彻，否则不可能这样深入浅出地介绍，陈悠然之前对于十五年技术的研究也有了很坚实的基础，在他出事当天，还曾经给我打过一个电话，很兴奋地告诉我只差去苏州进行交叉验证试验了，为何他走了这么几周之后，你们竟然还是无法突破呢？"

李子衿一口茶还没喝完，顿时觉得口中的茶又变成了苦咖啡。

刘穆芝倒是不慌不忙："邓院士，这个问题我来回答吧，毕竟我接手了陈老师的大部分工作。简单回答您的问题，主要原因是：我们的水平有限。陈老师不幸离世之后，我们第一时间按照他遗留下来的技术资料重制了试剂，并且带到苏州进行交叉试验，却发现了一个小缺陷。这个缺陷虽然小，却是影响大规模临床的关键因素，不攻克它，监管机构不会允许我们正式对外临床使用。如果陈老师在，或许我们就不会遇到这个问题，或者即便遇到了，也已经将其攻克。"

突然，她又想到了什么，连忙又补充了一句："刚才我的汇报材料中没有包含这部分内容，是因为我们目前还没有结论，不想把不够成熟的信息拿出来。"

李子衿满意地瞟了刘穆芝一眼，心想："她也成熟起来了。"

邓爱伦抿了一口茶，微微思索了片刻，慢悠悠地回答道："嗯，你倒是挺实诚，我也是搞科研出身的，很理解你们现在的问题。这倒不一定是能力问题，而是知识沉淀不够，传承不够。可惜我也爱莫能助，隔行如隔山哪！"

一边说着，他一边扭头向左右问道："你们谁对这些技术有研究，或者认识相关专家的，也多多贡献贡献力量，我们都是一个团队。"

"明白！"

"好的！"

李子衿感激地说："感谢领导帮我们想办法。不过，我也相信我们可以很快将这个缺陷的解决方案找到，攻克最后这个难关。"

"有这个心气就好，毕竟，十五年都不突破，怎么去实现三十年那个目标呢？"

就在邓爱伦与李子衿和刘穆芝交流的时候，马奥运偷偷地把手放在桌子下方，拿出手机，给张秀宜发了一条消息："今天邓爱伦来我们这里视察，又问及陈悠然的案子了，你们得加快速度，否则他要去公安部调人。"

整个过程中，他始终保持着双目直视，仿佛很投入地在参会。

他以为自己躲过了对面所有人的注意，却不知道，身边那个人已经获悉了这条消息的所有内容。

张秀宜低头看着刚收到的消息，眉头皱成了麻花。

"用得着这么兴师动众吗？还要去部里调人。那我这个王牌刑警的脸往哪儿搁？"他第一时间拨通了姚利丰的电话抱怨道。

"不要有门户之见嘛。如果我们能够尽快破案，当然最好，如果破不了，邓院士又很重视，国家也很重视，肯定会派部里的专家来帮忙，这一点没毛病。"

"我知道没毛病，我就是不爽！"

"那你就赶紧破案哪，嘿嘿。"

"你就只知道笑！"

"这就是你没良心了，我可没少支持你呀，兴师动众帮你调查人为因素，又派隋老师帮你们画疑犯画像，你不来上班我也不管，工作时间去玩'灵境汇'我也睁一只眼闭一只眼。"

"好了好了，领导，你别说了。"

"嗯，这还差不多，加油吧，需要什么，尽管跟我说。"

挂掉电话，张秀宜瞧了瞧不远处站着的门捷，骂骂咧咧："刚从北京回来，还没喘口气呢，就被催命了。"

"那我们要不要回到资料室去继续查询哪？"

昨天他俩刚从北京回来，便一头扎入上海图书馆，通过各种手段搜寻与AI相关的资料和知识。破案的方向又指向AI本身，他们发现自己对于这个领域的了解十分有限，当自己只有一碗水的时候，是无法问出一桶水的问题的。反之，则毫无压力。

所以，即便联合智能实验室的钟叹咏们十分配合和支持调查，但如果他们提出问题的能力很低，也基本上无法获得有深度的信息。张秀宜决定带着门捷在上海图书馆里深度泡上几天，恶补AI知识，并且借助AI手段。他们在查询资料的时候，已经可以佩戴类似于国际永眠中心里那样的VR设备，通过脑电波和语言指令，实现资料的快速查询和记忆加强。

面对门捷的问题，张秀宜摆了摆手："稍等，我再抽支烟，进去之后就没法抽了。"说罢，他点上一支，使劲吸了一口，然后满脸心满意足。

门捷看着烟雾中的他，心思回到前天的北京雨夜。"如果AI这个方向是正确的方向，通过什么方式来落地呢？AI的自主意识和自主行动到底是什么关系？这一切与陶乐有关系吗？如果有，又是怎样的关系？她又为什么能频繁去玩'灵境汇'游戏呢？"

在国际大剧院边，虽然拒绝了张秀宜认自己当干儿子的要求，他心中还是温暖的。与这个亦师亦友的警官相处几周下来，他越来越感受到张秀宜那粗犷外表下细腻的心。

"他应该会是一个好父亲……"正思索着，肩膀被重重地拍了一下。

"别发呆了，赶紧进去！外面够热的，图书馆的冷冻膜系统需要升级换代了。"一阵浓浓的烟味传了过来。张秀宜已经抽完烟，迫不及待地招呼着门捷。

门捷跟跟跄跄地跟在他身后走进室内，回到资料室。两人很快便重新沉浸在信息和数据的汪洋大海。这个时候，门捷才前所未有地感受到自己知识储备的浅薄。在此之前，他似乎可以帮助和支持张秀宜做很多事情，还能提出不少好的点子。但面对浩如烟海的AI资料，他感到自己并没有直挂云帆的能力。他的脑海中突然跳出戴梓轩的模样："你还是要参加高考的哟……"

看起来，大学必须得去上啊。等这个暑假结束，就收心回学校备战高考！不得已之间，他调整了VR设备的旋钮，使得AI辅助功能增强到最大。这个功能可以让他寻找资料时更精确，同时刺激大脑，加强记忆，更可以帮助他理解相关内容。已经算是半个外接大脑了。

一阵眩晕之后，他重新恢复清醒。视界里的资料正颇有条理地沉淀着，关键词被高亮度标注出来。那些原本对他来说有如天书的信息，此刻竟然平易近人起来。与其说是他自己在努力阅读、学习和吸收，不如说是被灌输。然而，被灌输的内容他竟然不感到晦涩反感，竟然如同海绵吸水一般，全盘接收了。

他睁大眼睛，任凭眼前的数据舞动、交融，又分裂。脑海当中关于AI的知识也迅速堆积。一时间，他已经分不清楚这些知识到底已经完全进驻自己的大脑，还是只是短暂停留，当VR设备取下之后，便又重新出走。

一篇迅速闪过的论文吸引了他的注意力。他立刻定神，将那篇论文调至视野正中央，仔细研读起来。这篇论文来自世界顶级智能科技研究期刊——《智能前沿》。而他从注释当中看到，《智能前沿》还有另外一个身份——联合智能实验室学报。

"这个期刊同时也是联合智能实验室的学报？"他忙不迭地去看标题和作者信息：《关于AI自主意识内涵与外延的探讨》。第一作者：钟叹咏。第二作者：路非天。都是熟悉的名字。门捷深吸了一口气，仔细读了起来。这是他这辈子第一次读论文。在此前的学习生涯当中，他做得更多的是阅读理解和各类应用题。

AI作为一种全新的物质存在形态，其起源可以回溯至二十世纪四十年代。当时，全球第一台计算机ENIAC诞生于美国宾夕法尼亚大学。尽管ENIAC大规模采用了电子管，而不是后来广泛使用的微处理器，但我们依然认为，它的出现，标志着一种足以与人类匹敌的智能类型——人工智能，具备了实现基础。ENIAC之于人工智能AI，就如同大海之于人类……

……人类的祖先从大海里走出，经历漫长的年岁，终于进化成为今天的形态。AI从ENIAC脱胎而出，是否也要经历同样漫长的岁月，才能达到人类今天的文明水平呢？答案显然是否定的。从上世纪末，IBM的深蓝计算机击败国际象棋大师卡斯帕罗夫开始，AI在智力层面的演进就突飞猛进，本世纪的前二十年，它先后击败了围棋领域的世界冠军李世石和柯洁，将围棋这款来自中国、象征着几千年古老智慧的脑力游戏变成了一项单调可解的习题……

……此后，它又攻克了星际争霸2这个史上最复杂的即时战略游戏，以7：0的比分在BO7赛制中击败世界冠军李培楠。从此，无论是棋牌竞技，还是电子竞技，都彻底被AI祛魅，仅仅成为人与人之间联络感情的手段。而在这个过程中，它从人类的对手变成人类的助手，在游戏之外广泛的各大领域当中，为人类添砖加瓦……

……它们可以快速剪裁出最新一季设计的衣服，可以帮助人类将预制菜完美烹熟并且解决后续的洗碗与消毒，能够提供全方位的自动居住辅助，还可以通过自动驾驶解放驾驶员的双手，全面接管衣食住行当中人类所懒得去做的事情……

……在工业、农业和服务业领域，AI也扮演着重要角色。智能飞机风洞试验、部分符合性飞行试验、汽车装配与调参、梯田灌溉、网格化精准定向除虫等，无处不在……

……然而，所有这一切，都基于一个大前提：人类预设好的流程与指示。无论是它们战胜世界冠军，还是将办公室文员解放出来，或是取代传统装配工的工作，都是在人类事先划好的条条框框当中活动，在人类设置好的框架中跳舞，无法越雷池一步……

读到这里，门捷觉得自己都还算明了，而且读得津津有味。

然而，没过几行，便看到了一个陌生的词：伽罗瓦场[①]。他觉得脑壳发疼，但还是硬着头皮往下读。

不知道花了多长时间，门捷终于把这篇论文啃完。他只觉得眼冒金星，浑身无力。于是，他将VR设备摘了下来，整个人重重地靠在图书馆那硬邦邦的座椅背上。"这种感觉，怎么跟从灵境当中出来的时候这么像呢……"

[①] 数学家伽罗瓦之名命名的数学理论。编者注。

稍事休息之后，他尝试着回忆刚才那篇论文当中的内容。按照常理，除了开篇的那些历史回顾与背景综述之外的内容，他应该都不记得才对。然而，他现在却竟然记得清清楚楚！包括最核心的那些数学模型与算法。还清晰地记得，这篇论文最后的结论是开放性的：

> AI是否具有自主意识，如果是，通过何种方式体现？如果否，未来会具备吗？现在看来，我们或许过多地站在人类的角度去问这个问题，或许，"自主意识"原本就是人类的特质，也许适用于同为灵长目的猩猩猴子，却未必适用于基础完全不同的AI……

显然，钟叹咏和路非天十分谨慎保守。这篇论文发表于四个月前，那个时候，陈悠然还未出事。而这次在北京，他和张秀宜都已经得到口头确认，联合智能实验室已经认可"AI具备自主意识"这个结论。

门捷无暇去思考为何自己突然变得聪明和渊博起来，而是结合前天晚上在北京与钟叹咏的通话里对方的表态，突然产生一种没来由的预感。AI的自主意识这件事情，近期或许会有更进一步的研究结论。

这时，张秀宜也把VR设备取了下来。他双目圆睁，也是一副恍然大悟的神情。

"你猜我找到什么啦？"张秀宜的嗓门在资料室的上空爆炸，引得其他人纷纷侧目。他连忙冲着大家低头道歉，然后拉着门捷走了出去："走，外面聊聊！正好再来支烟，适宜！"

两人回到先前站立的地方。刚才被张秀宜扔掉的那截烟头还在原处。

他激动地点燃香烟，冲着门捷说道："不愧是图书馆！这里的资料还真不赖！虽然陶乐的蛛丝马迹没有找到，但是我狠狠地翻了翻'灵境汇'的家底！"

"灵境汇！"门捷恍然大悟，"对呀，陶乐与'灵境汇'有着某种密切的关系，而我们还没有盘问过她……"他不由得佩服张秀宜的敏锐。想到自己只顾着读论文，感到一丝羞愧："我还是太书卷气了！"

张秀宜完全没注意到门捷的小心思。"'灵境汇'只是这个AI+元宇宙游戏的名称，灵境则是游戏世界的简称，而它的制作公司实际上叫作'幻界宇宙'！"

"幻界宇宙……"门捷低声念叨，挺霸气的名字。

"幻界宇宙的股权结构十分复杂，实控人看名字是个中国人，但它有多重法人结构设计，还存在好几家有限合伙，以及海外离岸企业。当然，我们不是来查它股权结构的。我更多地关注它的访问记录，因为按照我国法律，访问记录与接入方式是需要向特定单位公开的，比如公安局。我发现了很多次陶乐的接入记录，这一点，倒是验证了我们之前在国际综合太空计划署数据库里所查到的内容。"

"是的，当时我们是搜寻陶乐，现在我们在查'灵境汇'，两边的信息彻底对上了。"门捷有些兴奋，但又被层层迷雾环绕。

"如果按照她自身的条件和背景，怎么可能去'灵境汇'玩这么多次呢？那可是一笔不小的花费。"

"我进一步查了查她的每次接入记录，有两个很奇怪的发现：第一，她似乎从未使用过接入设备，这只有两个可能性，要么，她每次去玩都是像我带你那次去的一样，到'灵境汇'线下接入点，从未使用自己的接入设备；要么，就只能说是她掌握了某种还没有被'灵境汇'列入接入设备清单的新型接入设备。这也是有可能的，因为AI的接入设备发展很快，'灵境汇'那边的清单未必更新得足够及时。第二，她每次接入之后，无论玩多久，消耗多少流量，似乎都没有付过钱。或者，至少没有通过正常手段付过钱。"

张秀宜一口气把话说完，这才又狠狠地吸了一口烟。然后吐出来，半抬着头望着天空，仿佛在思考着些什么。

门捷则快速地从他的话当中提取关键词："从未使用过接入设备""新型接入设备""没有付过钱""没有通过正常手段付过钱"。

两人都没说话。这时，张秀宜的电话突然响起。他低头一看，是钟叹咏，连忙接了起来。

"张警官，关于你们前天晚上跟我说的那个思路，我这两天进行了深入思考，突然想通了很多事情，如果你们有空，可以再来一趟北京吗？我们当面好好聊聊！"

"当面聊聊当然好哇！但是小钟啊，考虑到你的思路受到了我们的启发，尤其是我们门捷小朋友的启发，另外配合警方办案是每个公民的义务，于公于私，不应该是你来趟上海吗？"

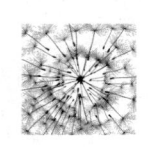

第10章
意想不到的告别

"张警官,我大老远从北京跑过来,你就在这儿接待我?知道的明白我在支持你们查案,不知道的,还以为我被传唤了。"钟叹咏抗议道。

他满眼血丝,脸色苍白,一看就是刚刚连续熬夜。而更让他浑身难受的是,他此时正身处一间逼仄的小会议室当中,虽然有窗户,却还是那种古老的推拉式。从半开着的窗户望出去,并不是什么美妙的风景,而是一条颜色单调的走廊。这条走廊仿佛是交通要道,时不时便有人走过,而且每个人都行色匆匆。

"小钟啊,不要一副诈尸的模样。你坐高铁过来,到了上海站,这不离我们局很近吗?我不叫你过来坐坐,难道还跟你在火车站旁边开个房?而且还把门捷这小子带上?两个中年男人开房就够奇怪了,还带个小鲜肉,你就不怕被群众给举报了?不要以为只有你们朝阳群众疾恶如仇。"

"……"

"没事,不用紧张,这里非常安全,可以说是上海最安全的地方了,比国际永眠中心还安全。电话里,你提到自己有些新的想法和灵感,现在见到我们了,慢慢说。"

钟叹咏只觉得自己有些傻:"我真是吃饱了撑的……"

这时,门捷乖巧地说:"钟老师,我们也刚刚拜读了您和路非天主任的一篇论文,正好是讲AI自主意识的,获益匪浅,正想请教请教呢。"

"哦？哪一篇？"

"《关于AI自主意识内涵与外延的探讨》。"

"好眼光。这篇是我们多年的心血之作。"钟叹咏被门捷那么一捧，觉得心情愉悦不少。这间狭小的屋子都显得宽敞了许多。

张秀宜点燃一支烟："喂，你可不是过来跟后辈讲解论文的呀，先把眼下的急事给谈了！"

钟叹咏抿嘴一笑："张警官不要心急，都是相关的。让我想想从何说起。"

"那就从头说起吧！"张秀宜又瞪了门捷一眼，"拿出纸笔来记！"

门捷吐了吐舌头，迅速照做。

钟叹咏托着腮帮子，转了转眼珠，然后调整到一个更加舒服的坐姿。但是，他很快就坐不住了，因为聊到这个话题，整个人便进入了一种亢奋状态。"既然你们那么着急，我就先说结论：AI自主意识事实上就等同于AI自主行动，也就是说，AI天生就是'知行合一'的。"

张秀宜瞪大眼睛问道："你慢点儿说，知行合一？这可是很多人一辈子都追求不来的，AI天生就具备了？"

"是的，什么叫知行合一？每个人都有自己的理解，即便王阳明重生，你问他一百次，他也未必每次都回答得一模一样，也就是说，他自己都不够知行合一。所谓：'知道做不到，等于不知道'，又或者'破山中贼易，破心中贼难'。但是，人之所以这样认识，是因我们的特点而定的。

"我们呱呱坠地的时候，是'既不知道，又做不到'，除了自己都控制不了的哭和吃喝拉撒之外，一片混沌，长到两三岁，基本上就开始知道撒谎，然后无可救药地走向'知'与'行'的分离，并且将其'合一'作为一辈子的追求——当然，这还是指有思想、肯钻研的人，更多的人一直到死，都不会去思考这个问题。

"同时，人类的所有知识和技能都是无法继承的。虽然从基因的角度，儿子和老子的性状有相似之处，但老子是院士，儿子却不一定能考上博士，老子是奥运冠军，儿子或许连校运会都得不了第一。这就意味着，人类的每一代都要重新学习，重新经历成长。但是，这样的场景对于AI是完全不存在的。新一代的AI，从诞生之日起，就已经掌握了上一代的所有知识。

"因此，我们之前相当长的时间，都是在用人类的视角和思维方式去观察与推测AI，很大程度上是因为AI这个名字的误导。AI，人工智能，一看就像是人类主导的一种存在，那自然应当适用于人类的规律。事实上，人类之于AI，就类似于大自然之于人类，我们只是提供了一个框架，便以为主宰了一切，殊不知，它们早就自得其乐了，只不过，很多时候，能力还不具备而已。而当他们能力具备的时候，就能立刻行动。所以，与其称它们为人工智能，不如说是机器智能，或者是数字智能，当然名称已经不重要了，因为AI这个说法早就约定俗成。"钟叹咏越说越兴奋，之前布满血丝的双眼此刻显得更红了。

"能不能说简单一点儿？我有些……头疼。"张秀宜深吸了一口烟，然后，他又看向门捷，"你听懂了吗？"

门捷眨了眨眼，小心翼翼地问钟叹咏："您的意思是说，AI拥有自主意识这个说法其实是个伪命题？AI从诞生第一天开始就已经实现了知行合一，所以它们具备了怎样的能力，就能够做到怎样的事情？这就是你刚才的结论想表达的意思？"

钟叹咏激动地从椅子上蹦了起来："你说得对！就是这么回事！我们一直在讨论AI自主意识和AI自主行动，其实两者就是一回事！而AI从诞生之日起，也就是从1946年开始，就具备了自主意识！星火计划当中，把智能科技司的奋斗目标定为AI具备自主意识，这根本就是错的，要改！"

张秀宜把烟掐灭在烟灰缸里："你待会儿去旁边做个检查，看看有没有嗑药！都开始怀疑起星火计划的目标了！你怎么不上天呢？"

钟叹咏毫不理会，继续挥舞着双手："我们早就应该想到这一点的！研究了这么久！可是，直到那天晚上你们的电话，才彻底把我这个想法点燃！我这两天都几乎没睡，一直在思考这件事，我终于想通了！事实上，我们当时探讨人工智能道德准则的时候，冥冥之中就已经意识到了这一点。但直到这个结论的出现，这三条准则与AI的存在本身才实现了完全的逻辑闭环！"他的体内似乎迸发出充沛的能量，竟然跳上会议桌，在上面转着圈，嘴里还嘟囔着含混不清的语言。

门捷看得目瞪口呆。他第一次见到如此癫狂的钟叹咏。更不可思议的是，眼前这个联合智能实验室人工智能专业首席科学家，可是身在上海市公安局的核心地带！

钟叹咏的动静很快就吸引了窗外的行人。他们好奇地放慢脚步，扭头看进来。张秀宜这才一个箭步跨到桌边，拦腰将钟叹咏从桌上搂下来。

钟叹咏原本就瘦弱，在高大威猛的张秀宜手中，像是一只待宰的羔羊。

"喂！你不要面子，我还要面子呢！这可是公安局！你要再这样疯疯癫癫，我真要把你关起来！"

"哈哈哈！"钟叹咏虽然停止了身体动作，却依然大声喊叫，"我们终于想到了，想到了！今天又遇上了知音！"他满眼欣慰地盯着门捷。

"你还只是个高中生对吗？前途无量，前途无量啊！"

门捷被钟叹咏那双血红的眼睛瞪得有些发怵，只能弱弱地回答："钟老师，不敢当。您姓钟，我可不姓俞。"

"哈哈哈！"钟叹咏只剩下了狂笑。

张秀宜实在无奈，只能冲着窗外喊道："看什么看！"然后，他气呼呼地把窗户关上，又点燃了一支烟。屋里很快就被烟雾笼罩。门捷本想抗议，但他与张秀宜相处这么久，不知道遇到过多少次这样的情况，也知道抗议无效。

倒是钟叹咏，在烟雾的刺激下，剧烈咳嗽起来。恰好打断了他癫狂的节奏。连续咳了好一阵，钟叹咏终于恢复了平静。他整个人像是魂被抽走了一样，瘫软在椅子上。

张秀宜已经把抽了一半的烟摁灭："看你这个样子，得赶紧去睡觉了，好吧，就算你刚才说的都对，门捷也领悟了你的意思，这对我们破案有什么鸟用吗？不要告诉我，你从北京过来就是为了在我这里跳个舞！"

钟叹咏抬起头，笑道："基于这个前提，你们的破案方向不就有了吗？"说完，他看了看门捷，似乎是在说："你说呗。"

张秀宜挠了挠头，还是没有转过弯来，也只能看向门捷。门捷颤动着双唇，说道："我们又得重新回去调查陶乐了……"

邓爱伦听完汇报，陷入了沉思。

路非天、杨逢宇和钟叹咏紧张地盯着眼前这位德高望重的院士，也是国际综合太空计划署的负责人。

做为一个即将年满六十还依然四处奔波的中年人，他从来不觉得自己老。星火计划执行到今天，所有的步骤几乎都是按照当初的规划开展进行。

出现过三十度角的偏移，却从未出现过九十度角的脱靶，更别提一百八十度转向了。

如果现在的汇报说服了眼前的邓爱伦，就意味着，星火计划当中的整个智能科技方向，整个智能科技司的策略，都要发生根本性的调整。屋里的空气简直要凝固，每个人的呼吸声都能听得清清楚楚。

终于，邓爱伦缓缓点了点头："目标错了，那就调整嘛。"

路非天瞪大眼睛，简直不敢相信自己听到的。他看向左右，杨逢宇和钟叹咏也是一脸不可思议。钟叹咏刚刚从上海连夜赶回，好好补了一觉，却也没有睡够，一大早就被叫醒，来到国际综合太空计划署北京总部汇报。他那睡眼惺忪的状态在听到邓爱伦话之后，也飞到九霄云外。

邓院士就这么轻而易举地同意啦？他如此信任我们？万一我们是错的呢？这可是关系到整个人类命运的决定啊！

见眼前的三个人都是一副震惊的表情，邓爱伦呵呵一笑："怎么啦？不相信？我不是智能科技的专家，你们才是，所以我当然信任你们的判断。疑人不用，用人不疑。至于最终我们做出怎样的决策，也不是我能够定的，这么重要的决定，肯定要上理事会甚至联合国安理会讨论。不过，只要证据充分，逻辑自洽，原来的目标错了，改就好了，我们要实事求是。而且，听完你们刚才的描述，我觉得，你们做到了证据充分，逻辑自洽。"

路非天这才兴奋地站起身来，冲着邓爱伦深深鞠了一躬："谢谢邓院士！"另外两人也起身做出了同样的动作。

"好了，你们不用这样，还有很多事情要做，比如说，之前的目标错了，那新的目标是什么？这一点，你们想好了没有？要是没有想好的话，我劝你们晚一点儿上理事会讨论。"

路非天顿时冷静下来。一针见血！来向邓爱伦汇报之前，他就隐约觉得，如果没有想好后手，肯定会被抓住不放。但考虑到事关重大，他还是决定先来。果然，邓爱伦没有放过他们。

见路非天那尴尬的表情，邓爱伦便也明白了个七七八八。他并没有厉声呵斥，而是问道："有一首词，叫作《贺新郎·读史》，我很喜欢，不知道你们听过没？"

路非天和杨逢宇都摇了摇头："没有。"

钟叹咏则问道："是毛主席那首吗？"

邓爱伦一笑："没错，你读过？"

"是的，我也挺喜欢。"

"哦？那太好了，会背吗？给我们背来听听。"

钟叹咏瞬间觉得自己像是每年春节被长辈要求表演才艺的小孩儿。可是，谁叫自己的确是这里最年轻的呢，而邓院士也足以称得上是他的长辈了。

他润了润嗓子，慢慢背诵起来：

人猿相揖别。只几个石头磨过，小儿时节。铜铁炉中翻火焰，为问何时猜得？不过几千寒热。人世难逢开口笑，上疆场彼此弯弓月。流遍了，郊原血。

一篇读罢头飞雪，但记得斑斑点点，几行陈迹。五帝三皇神圣事，骗了无涯过客。有多少风流人物？盗跖庄蹻流誉后，更陈王奋起挥黄钺。歌未竟，东方白。

"好！"邓爱伦赞许地看着钟叹咏，"后生可畏呀。不过，你们知道我为什么要提这首词吗？"

三人都摇了摇头。

"是受到你们结论的启发。AI从第一天开始就具备自主意识，实现了知行合一。反观我们人类呢？毛主席这首词，事实上就描述了人类的发展史，从猿猴进化成人开始，一开始时间的刻度是万年，甚至百万年，然后就变成千年，看上去发展速度是越来越快，但历史的轮回感却依然可见。直到今天，地球都要待不下去了，我们敢说，人类已经实现知行合一了吗？实现人人平等了吗？AI的起点是我们遥不可及的终点之一。如果我们不改变思路，如何驾驭它呢？"

路非天和杨逢宇恍然大悟。钟叹咏读过这首词，也明白这首词说的是什么，经由邓爱伦这样一番轻描淡写的诠释，也马上豁然开朗。

"所以呀，你们不用担心，目标是可以改的，关键是，要尽快确立下一个目标。"

把"舱元"计划工厂AI机器人的相关情况和数据提供给自己的老同学钟叹咏之后，薛凤起一直在等着回音。隐约间，他总觉得这件事情不太对劲，但自己并非AI领域的专家，他也不知道那到底意味着什么。

当然，他最关心的，还是这个极其细微的变化对于他在月球上的规划来说，会带来怎样的影响。好在月球上的一天很长，当太阳依旧高悬于空中的时候，他便接到了来自地球的星际电话，毫无悬念，来自钟叹咏。

"小凤子，我长话短说，情况发生了天翻地覆的变化！"钟叹咏的声音十分急促，但薛凤起听不出来，他到底是激动地想要分享信息，还是迫切地为了完成一项任务。

于是，薛凤起把视频打开了。只见一个面色苍白、形容消瘦的人出现在画面中。他已经很多年没有见过钟叹咏了，印象中自己的这个老同学很瘦，但没想到，竟然这么瘦了。

"歌唱家，你是遭受了怎样的打击？怎么瘦成这样？"薛凤起笑道。

"别贫了，长话短说吧！"

"好哇，那你说说，发生了怎样天翻地覆的变化？"

"好，我们刚刚发现，AI的自主意识和自主行动是一回事，它们是知行合一的。"

"什么意思？知行合一都谈了几百年了，但真正能做到的没几个人，而且每个人理解的也都不一样。"

"我这么说吧，之前呢，我们认为，AI在显著表明出现自主意识之后，再通过道德也好，法律也罢，去约束它的行为，使得它从自主意识到自主行动的这段时间受到控制，并且在进入自主行动阶段后能够遵从人类的意愿行事。但现在，我们发现，根本不存在从自主意识到自主行动之间的'这段时间'，两者是同时产生的。"

"我试着理解一下，之前呢，你们把AI跟人一样，分为好几个阶段，从婴儿，到幼儿，到孩童，到少年，再到成年，现在呢，你们认为，AI跟人本质上是不同的物种，不存在这些漫长的过程，只有0和1的区别。"

"小凤子，你这个解读简直太有见地了！对，就是0和1！它们起源于二进制，自然应该具备二进制的特点，要么没有，要么就都有，不分什么意识和行动，只有沉眠和觉醒……"

薛凤起看着钟叹咏那手舞足蹈的样子，不禁敬佩自己这个老同学对于AI的痴迷。尽管他们的立场不同，但是不影响彼此尊重。

"好吧，那算我给了你一些启发，是不是欠我一杯酒？"

"你倒是下来呀，想喝什么喝什么。"

"不，你们那里太热了。"

"你们月球上不热吗？更热！"

"但是我们本来就没必要在户外活动啊，一直都在室内，温度控制得很舒服。在地球上，你们做得到不去户外吗？"

"……"

"好啦，歌唱家，听上去，这个新的发现的确要颠覆很多事情呢。我记得你们智能科技司在星火计划当中的目标就是让AI获得在人类预设的规则和边界之内，完成自我进化与繁衍的能力，使得它们在极端情况下，哪怕没有人类的引导和干预，也能实现线上的人类文明延续，而这个第一步，就是AI具备自主意识。但现在看起来，你们这第一步成了伪命题。因为，只要已经是AI，甚至是数字化的存在，就都同时具备了自主意识和自主行动的能力，在某些领域甚至已经开始觉醒，只不过之前我们人类还没感觉到，或者说即便我们感觉到了，也还认为它们只是拥有了意识，还未触发行动。"薛凤起的语气略微有些幸灾乐祸。

虽然他很佩服钟叹咏对于自己专业的热情与坚持，但他并不是"飞升派"。

他始终觉得，在可以预见的未来，靠着航天科技，能够让人类在太阳系内的其他行星附近生存毫无问题，而人体低温休眠技术又能够完美地延缓死亡问题，至于AI，让它们乖乖地当人类的工具就好，干吗要专门去费心研究？

管它们有没有自主意识，只要结果对于人类有利，就继续用，一旦发现异心，直接把电源拔了不就行啦？人类只需要确保对于电的掌控权即可。

隔着几十万公里的距离，钟叹咏并未感受到老友话里的那丝戏谑："是的。我们的一切工作都要重新梳理。唯一让我们感到侥幸的是，I2网的上线以及人工智能道德准则的制定这两项工作并未白费。事实上，后者反而因为我们这个新的认知而显得更加重要，因此它更加刻不容缓。"

"加油！估计你们还得去制定新的目标，星火计划的智能科技司部分可得大改啦。"

这时候钟叹咏才听出老友的调侃意味。

"你不要以为你可以独善其身，告诉你，在我们摸清楚这个最新情况对于AI，对于人类都意味着什么之前，在我们找到星火计划智能科技司部分的新目标之前，你最好乖乖地待在月球上，保持隔离，保持落后。"他也笑着反唇相讥。

"保持落后？什么意思？"

"你们基地的基础设施系统和工厂系统都是联合智能实验室搭建的，但是都是三年前的AI算法和技术了，如果在这样落后的情况下，都出现了明显的AI觉醒，那假如你们的系统与地球上的系统打通，是不是更加不可控？"

"我倒要感谢身处一个相对隔离的环境当中啦？"

"是的，小凤子。"

"歌唱家，我知道了，谢谢你告诉我。不过，你刚才没有回答我的问题，你为什么现在这么憔悴？"

"出了这么大的事情，你觉得我能睡好觉吗？已经熬夜很多天了。"

"还是要保重身体，如果AI觉醒成为一个全新议题，造成的影响可能会比预想的更早，你还有的忙呢。"

张秀宜难得没在车里抽烟。但车里的烟味却早已"根深蒂固"。门捷坐在副驾驶上，与张秀宜一起，远远地隔着两条马路望着国际永眠中心。

"我们真要偷偷进去吗？为什么不能直接去调查？"门捷问道。

在那个有些魔幻的警察局之夜之后，癫狂的钟叹咏向他们透露了联合智能实验室的最新结论，AI不存在自主意识和自主行动的差别，只有达到某种能力阈值之后的觉醒。

所以，陶乐的那些伪造的线上数据，与其说是被陶乐篡改而获得的，不如说是由AI自行修改。当然，联合智能实验室也承诺，会再次全面排查一遍。但这并无法排除陶乐的嫌疑，反而加深了它。否则，AI为什么要为陶乐改变数据呢？AI是不可能犯错的，那一定是陶乐的问题。

然而，就在张秀宜这次懒得再拐弯抹角地去国际永眠中心审问，打算直接传唤的时候，姚利丰收到了上级命令——部里要求继续低调办案。原因也很简单：星火计划的智能科技方向发生了巨大的变故，整个智能科技司和其下属单位,尤其是主要依托单位联合智能实验室,都将面临巨大的舆论压力。国际永眠中心这边,不能再出一件高调的事件了,否则国际综合太空计划署和星火计划都将受到很大的质疑。

于是,张秀宜只能带着门捷再次来到了临港。只不过,门捷不是很理解,为什么这次张秀宜要如此鬼鬼祟祟,仿佛古时候的贼人在偷盗大户人家之前做的踩点。

"既然要低调,我们就更加低调一些。你想啊,国际永眠中心里面跟陶乐有交集的人我们基本上都聊过了,没人怀疑陶乐的身份,反而还都对她赞不绝口。马奥运上次愿意帮助我们,采用调动工作的方式让我们暗地里审问过一次,但是他不太可能再给我们一次机会。他会很爱惜自己的羽毛,不会授人以柄,更何况,我感觉他还挺喜欢陶乐。"

"是呀……似乎没有谁会对陶乐无动于衷吧……"门捷撇了撇嘴。自从亲眼见过陶乐之后,他对她的情愫就更加挥之不去。但是,他也无奈地发现,这个女孩儿过于神秘,又存在犯罪嫌疑,而自己偏偏是调查刑警的助理,似乎也不好再多想什么。

"嘿嘿,小子,你别在那儿胡思乱想了!帮助我快点儿把案给破了,不管最后陶乐是不是罪犯,我都帮你去追她如何?"

门捷白了他一眼:"你自己老婆不都跑了吗?"

"你……"

"张警官,如果不去访谈那些人,我们偷偷潜入国际永眠中心,又能获得怎样的信息呢?"

"恐怕得做好埋伏一段时间的准备了。我们不直接访谈,但是会私下里偷偷摸摸地观察他们的互动,再从中找到一些蛛丝马迹。所以,我们要偷偷进去,绝对不能戴VR眼镜。"

"啊?那会迷路的!不戴眼镜的话,里面的道路、房间,甚至包括卫生间都是没有标记的。"

"你不是都摸到陈悠然的办公室里去了吗?有着丰富的经验哪。"

"……那是误打误撞。张警官,我还是觉得,这样太原始,太低效了。"

"那你倒是给个方法呀!我最烦一天到晚提意见,自己又没想法的人。"

"之前联合智能实验室承诺我们,会再次对系统进行一次遍历搜索,帮我们找找陶乐的信息，看看到底是她篡改过线上数据，还是真的是 AI 所为。我们要不要先等等他们的结论？"

"等他们？他们现在自顾不暇，在解决更大的问题呢！要重新确定智能科技司的目标，并且证明它对于星火计划的成功，对于人类的文明延续是有价值的，否则养这么多人干吗？拿去多造几颗卫星不好吗？所以，他们现在是为了保住自己的工作而努力！"

门捷似懂非懂："为什么如果找不到新目标就会丢掉工作？"

"小子！你虽然还没高中毕业，但也马上要成年了，你要知道，这个世界上做任何事情都是有成本的，正如那句话'命运中所有的馈赠，都标注好了价格'，联合国每年批准预算和经费给国际综合太空计划署，国际综合太空计划署再分配给下属三个科技司。联合智能实验室是智能科技司的主要依托单位，毫无疑问会获得智能科技司经费中的很大一部分。这些经费，或者说钱，都是干什么的呢？除去采购必要的研发设备和承担日常运营之外，就是支付他们的工资呀！你以为路非天、杨逢宇、钟叹咏他们是用爱发电吗？他们的收入可高了！"

"我懂了，如果失去了目标，或者目标没有意义，国际综合太空计划署就没有必要再给联合智能实验室拨款了，这样联合智能实验室的很多人都会失业。"

"没错！所以，你觉得，联合智能实验室现在有心思帮我们去再查一遍国际永眠中心的系统吗？上次查的时候你也在场，过程还是挺复杂的。"话音刚落，张秀宜便在智能手表上收到一条消息。

他低头看了一眼，停住片刻，然后瞪大眼睛又看了一遍，这才抬起头来，呵呵一笑："真是说曹操，曹操到。这是吴蔚给我发的消息，说他们又全面查了一遍国际永眠中心的系统，没有发现异样。"

"他们还是很负责任的嘛，不过现在情况简直变成'罗生门'了。根据钟老师对 AI 发展的最新判断，涉及陶乐的线上数据有可能是 AI 自行改动，但经过这次排查，联合智能实验室又认为国际永眠中心的系统，也就是基于 AI 的线上数据都没有问题，也就是说，AI 并未自行改动。如果这个结论正确，答案又变成陶乐或者其他人的输入问题，但陶乐矢口否认，我们也没有证据。"

张秀宜这会儿才把烟点上，眉头紧锁，一句话也不说。烟雾缭绕间，门捷若有所思。他缓缓地说出了自己的想法："张警官，如果要破除现在这个循环死结，只有一种可能了，但是，听上去很不靠谱。"

"说！"

"你之前说，在上海图书馆查到陶乐与'灵境汇'这款游戏的关系，无论是从接入方式还是付款记录的角度来看，都有好些我们难以理解的关系。那么，有没有可能，她与联合智能实验室为国际永眠中心建设的这个系统，也存在类似的关系？"

对于门捷提出的设想，张秀宜并未反对。但是，相比陶乐与"灵境汇"的关系已经获得了图书馆的资料证明，她与国际永眠中心系统的关系，没有任何证据。还是得深入国际永眠中心了解一下，并且不惊动任何人。

然而，国际永眠中心是一座几乎无懈可击的堡垒。基于AI、VR眼镜和"他人即地狱"的逻辑建立起来的安防系统，使得任何人要想顺利潜入，保持隐匿，并且获得自己想要的信息，都比登天还难。

肯定比登天还难，毕竟只要他张秀宜想，马上可以坐地月之间的太空大巴飞往月球。所以，他们只能思考：有没有可能找到内应？毕竟堡垒最容易从内部攻破。这是张秀宜和门捷在车里闷了一个小时之后唯一的想法。

刘穆芝只要能攻克陈悠然遗留下来的最后一点儿缺陷，必然会顺理成章地正式继任国际永眠中心首席科学家之位，估计没有动机来帮忙。马奥运希望安安稳稳地退休，如果陶乐无罪，他不愿意再多花一点儿时间在这件事上，所以他虽然嘴上说得天花乱坠，让人如沐春风，却始终按兵不动。其他几个认识的人，权限和影响力不够，能够给予的支持将十分有限。

门捷突然想到了什么，问道："张警官，还记得我们跟马主任访谈那次，他提到在国际永眠中心里面，其实也分好几个流派，我还记得他自称'玄学派'，那次的信息当中有什么我们可以利用的吗？"

"对呀！"张秀宜猛地一拍大腿，"只要分派别，就有机会！你倒是提醒我了，刘穆芝是生物派的，那个熊旻是医药派，马奥运是玄学派。如果说马奥运那个玄学派属于搞笑的话，国际永眠中心内部主要还是两个流派：生物派和医药派。显然，生物派占据了更大的话语权，等刘穆芝正式上调之后，两派之间的天平恐怕会更加失衡……那我们找熊旻！"

"为什么呢？"门捷还未经世事，似懂非懂。

"你想啊，熊旻与刘穆芝之间存在技术路线之争，虽然为了更大的国际永眠中心的目标，她们会合作，但是平时在一些小问题上，肯定会有摩擦。而等到刘穆芝担任国际永眠中心的首席科学家之后，生物派的势力只会更大，熊旻作为医药派的主要倡导人，是不是会觉得更难受？如果我们给她一个机会，让她在这次破案当中扮演一个重要角色，最终真的破了案，她岂不是会很受关注？我们到时候还能给她颁发一个荣誉什么的。"

"那又有什么用呢？"

"你不懂，荣誉虽然是无形的，但在某个阶段或者时间点，总归能用上。而且，艺多不压身，荣誉也一样，谁都不嫌多。更何况淀山湖空难这个案子是中央都关注的，成为破案的重要贡献者，其意义可不小。熊旻看上去才三十多岁，还远未到无欲则刚的年纪。"

"哦……"

"好，就这么办！找到熊旻，让她告诉我们国际永眠中心内部的一些布局规律，并且将我们领进去，尽可能地接近陶乐日常活动区域即可。正好现在陶乐也不在她们几个技术部门工作了，已经去了综合管理部，她干这件事应该更没有压力。"

张秀宜将车往前开了大约200米，直到视线中完全看不见国际永眠中心的建筑群。他将车停好，带着门捷走进路边一家门可罗雀的咖啡馆。这家咖啡馆的装修十分冷淡，让人进来之后就提不起兴致。但在这样高温的季节，倒是让人稍微感受到一丝清凉。

张秀宜拨通了熊旻的电话，用轻松平淡的口吻说，自己想跟她问询一些事情，并且会将见面的地点发给她。门捷没有去听张秀宜到底说了些什么，他只知道，几分钟后，张秀宜满面春风："她同意了，半小时后到！"

果然，二十几分钟之后，门口走进来一个短发圆脸的女人，脸上还挂着一串汗珠。正是熊旻。她的气质依然十分英武，但也透露出些紧张。

张秀宜咧着嘴上前打招呼："熊博士，请坐！喝点儿什么？"

"谢谢张警官，给我来杯冰拿铁就好。"

"好嘞，您先喝口水，缓一缓。"

两人又寒暄了几句，门捷也与熊旻打了招呼。

当冰拿铁端上来的时候，张秀宜才进入正题。他开门见山地把两人想干的事情说了说，也十分明确地告知熊旻，自己需要她提供哪些帮助。经过几次与熊旻的交流，他早已看清楚，这是一个飒爽直率的女人。

果然，熊旻抿了口咖啡，说道："张警官，配合警方调查案子是我们的义务，更何况这起案子。所以，您说的情况我充分了解，也可以帮你们'微服私访'我们国际永眠中心。"

"哈哈哈，熊博士说笑了，我们何德何能，哪能微服私访？我们充其量就是'潜伏'罢了。您也不用担心，不需要您做什么违法乱纪或者违背职业道德的事情，这也不是我们办案的原则。您只需要在别人没发现的情况下，将我们带到距离陶乐日常活动最近的地方，仅此而已。当然，这个过程中您不能戴VR眼镜，否则我们就会被监控到，所以您只能依靠自己的记忆，这可能是最大的挑战。"

"没问题，张警官，我都明白。不过，恕我直言，即使陶乐的数据真的被篡改，我还是倾向于不是她干的。"

"为什么？"

"上回你们访谈我的时候，我已经说了自己对她的观感，但知人知面不知心，或许她隐藏得很好。不过，还有一个原因，当时刘老师在场，我就没说，今天倒是可以说出来。"

"哦，是什么？"

"根据你们的描述，陶乐的线上数据年龄比她的真实年龄要大了四岁，我觉得，这一点就值得推敲。一般来说，女人都希望自己的线上数据年龄比真实年龄更小，更年轻，而不是相反。尤其是运动员，为了用更加成熟的身躯参加低龄组的比赛，从而获得更好的名次。"

"哦？这个角度很有意思……"张秀宜点了点头，"可是，上次你为何不说呢？"

"因为刘老师在场，她比我大十岁，有时候比较忌讳年龄的话题。"熊旻微微一笑。

"明白了。熊博士，谢谢您的观点。这次在您的帮助下，无论如何，我们都希望能够找到一个确切的结论，我们也希望陶乐是无辜的。"

"嗯嗯。"

门捷感激地看了张秀宜一眼。

"好的，熊博士，那现在方便给我们画一画国际永眠中心的内部结构图吗？因为您带我们进去之后，肯定就要去忙自己的事情了，我知道如果不佩戴VR眼镜，国际永眠中心内部是完全没有任何指示的，如果有这样一张古老的地图，可以帮我们很多。"张秀宜说着从包里掏出纸和笔。

没想到，听到这个问题之后，熊旻的脸突然变得惨白，神情里也满是慌乱："对不起，张警官，我不能画！"

张秀宜盯着熊旻的眼睛，眼里要冒出火来。

熊旻低下头，不敢与他对视，但依然还是从嘴里挤出一句话："抱歉，这一点，我做不到。"声音低沉，但却十分坚定。

显然，国际永眠中心的内部结构和布局是顶级秘密。想想也对，在国际永眠中心所采用的这种新型安防机制下，内部结构图和平面图的确就是最重要的信息。熊旻甚至可能自己都不了解全貌。再让她画出来，岂非强人所难？

张秀宜缓和了语气："熊博士，没关系，不画就不画。只要做到刚才答应我们的事情，就已经算是很帮忙了。"

熊旻抬起头来，眼里满是疑问："真的吗？"

"是的。"

"谢谢张警官的理解。那……我们什么时候行动呢？"

"事不宜迟，就今天晚上吧。你们几点下班关门？在那之前，我们就进去。"

熊旻略微思考了一下，说道："这样吧，下班前，我开车到这儿来接上你们两人。你们躲在我的车后座，不要露脸。我的车可以直接开到国际永眠中心地下车库，我把你们放在距离综合管理部最近的一个入口处，这样最安全。"

"好！听上去不错！"

送走熊旻之后，张秀宜仔细观察了咖啡馆里的布局和监控的情况，特意跟老板盼咐道："我不管刚才你有没有听到我们几个人的对话，没有听到最好，如果听到了，也强迫自己忘掉。还有，马上把刚才这段时间的所有监控全部删掉，再关掉门口的监控，直到我们离开！"说完，他亮了亮自己的证件。

老板被吓得不轻，忙不迭地点头："是！马上操作！"

之后的时间过得很慢，好容易熬到下班时分，一辆小巧的浅绿色轿车停在咖啡馆门口。

熊旻摇下车窗，招呼两人："上车吧！"张秀宜目瞪口呆地盯着眼前这辆高度堪堪到自己腰间的车，问道："我和门捷两个人，要怎样才能塞进你这个后座，还不露出脸？难道让我们屁股向上吗？"

熊旻涨红了脸："抱歉，我的车……的确有点儿小。"

门捷不动声色地说道："张警官，要不，你去后备厢里待着吧，反正就这么十来分钟的时间，肯定不会憋死。"

不过，似乎也只能这样干了。哪怕不考虑门捷，熊旻的后排空间也没法装下张秀宜。他实在太占地方了。一大一小两个男人消失在路边，进入熊旻的车中。熊旻立刻一脚油门，往国际永眠中心驶去。

进入地下车库十分顺利，熊旻仔细靠着肉眼辨识通往不同区域的入口，但几乎每个入口都一样。

"抱歉哪，我低估了难度，没有VR眼镜的辅助，似乎完全没法判断哪个入口更靠近综合管理部。"她目视前方，却大声说着，足以让后面的两个男人——至少一个男人，不，男孩儿，听见。

"啊？"门捷匍匐在座椅上，心中一惊。如果一开始的入口没有选准，不知道要增加多少难度呢。

他灵机一动，问道："熊老师，您记得综合管理部的同事，比如马主任他们开的什么车吗？如果在地库里转一圈，能够找到他们的车，那入口肯定就在附近。"

有道理呀！熊旻立刻开始沿着最边缘的道路缓缓行驶，时不时会遇上相向而行的车，那是她正在下班回家的同事们。

门捷将自己整个人都趴在后座，一动也不敢动。他用余光扫见窗户上时不时滑过的车灯，每一道都是可能让自己前功尽弃的探测仪。不知道过了多久，他终于感到熊旻的车稳稳地停了下来。不过，熊旻并未说话。因此，门捷依旧连大气都不敢出。尽管车内有空调，他还是觉得燥热难当。难以想象此刻正在后备厢里的张秀宜会是怎样的。

门捷隐约听到熊旻摇下车窗，与外面的人说了几句话，内容无非是一些同事之间的普通寒暄。

终于，熊旻摇上了车窗，然后轻轻地说道："可以下车了。你们要赶紧，现在周边没有车和人。"

听到这句话，门捷就像参加百米赛跑的运动员听到发令枪响一般，立刻起身，打开车门，一个箭步冲到车后，打开后备厢。张秀宜蜷在里面，满脸生无可恋。他原本眯缝着眼睛，看到门捷打开了箱盖，立刻瞪得像铃铛一样大，整个人也顺势从里面滚了出来，然后双脚着地，借着这个力道站了起来。

熊旻的车像是卸了货的船只，往上蹿了两寸。

"走！"张秀宜顾不上说话，便立刻拉着门捷朝最近的一个入口冲去。

两人刚刚消失在入口的阴影当中，熊旻就再次启动，往出口方向驶去，仿佛是刚刚下班一样。

门捷甩开张秀宜的手："你这手怎么湿成这样？你在后备厢干什么啦？"

"嘿！我让你舒服地躺在后座吹空调，你倒好意思问我？要是再不放我出来，我就要脱水了！"

门捷这才注意到，张秀宜浑身都湿透了，像是刚从水里打捞出来的一样。"那我们在这里休息片刻，再往前走吧。我看这个位置不错，人也少。"门捷建议道。看着周边单调的布局，他又想到自己刚刚从五年的休眠中觉醒时的情形，心里想："又要试一试运气了……"

"上一次你一个人落单在国际永眠中心内部，是怎样的体验？"

"无知者无畏。那次我休眠五年刚醒来，只是为了验证一下自己的判断，所以很冲动地在休眠大厅的大门关闭之前，把VR眼镜扔在里面，然后就像无头苍蝇一样到处乱闯。也是那一次，我看到了陶乐，并且跟着她误打误撞进入了陈叔叔的办公室，又从他办公室进入通往试验监控中心的秘道，然后偷听你们的谈话，直到被你发现。"

"看起来，我们的确应该再次联手在这个国际永眠中心里探险一次，毕竟我们也是因为这里认识的。小子，你真应该感谢我，否则，你可能到今天都还没出来。"

"所以我才心甘情愿给你当助理呀，一分钱都不收。"

"我请你去玩'灵境汇'可是花了不少钱。而且，为了带你玩，我又碰到那个晦气的老头儿，还自称什么'龙神'，非要说我命中有劫。你还好意思问我要报酬？"

两人靠在墙根的阴影处，一边休息，一边低声聊天。现在正好是下班高峰期，两人决定先避避风头。

门捷判断道："这次我们应该会比上次我一个人的时候要轻松，至少安全一点儿。上次我还不够熟悉，而且是上午，正是办公时间，现在我们对国际永眠中心的机制更加理解，又是下班之后，能够遇上的人可能会相对较少。"

"话说回来，上回你就遇上了陶乐，我在想，这是巧合呢，还是某种刻意的安排？但如果是后者，我实在想不通是怎样实现的。"

"不是遇上，是我单方面看见她，她并没有发现我。虽然我希望她无罪，但现在看来，各种迹象都指向她，她即便无罪，也一定有干系。唉！"

"小子，你这一辈子会遇上很多漂亮女孩儿，当然，陶乐可能属于最漂亮的那一批，甚至那一个。但是，她们可能跟你一点儿关系都没有，当然，如果你运气好的话，也许能够娶一个回家。除此之外，她们跟一般女人没有什么区别，吃饭睡觉上厕所流鼻涕，发火撒娇或者大半夜抑郁，一样会来"大姨妈"，一样存在容貌焦虑。你要记住，不要因为她们的外貌就影响你的判断，我知道这很难做到，可是一旦你能做到，就已经强过这个世界上95%的男人了。"

"嗯……"门捷点了点头。他知道这是张秀宜作为中年男人的经验之谈，但是他暂时还无法理解。他也读过歌德的《少年维特之烦恼》，但，如果不是因为女主角绿蒂是个美女，这本书或许都不会存在吧？

"我们这次的目标，最好是能够找到陶乐的办公室，或者她的主要工作区域，从而发现一些蛛丝马迹。如果做不到，能够在其他人的办公室或者工作区找到他们与陶乐的关联证据也行。"

"好的。"

"那就开始行动吧！我已经缓得差不多了。"张秀宜说道。他在熊旻那辆小车的后备厢里憋了将近半小时，出了海量的汗，到现在才终于恢复过来。

两人起身，蹑手蹑脚地沿着停车场入口通往建筑深处的通道走去。通道开始出现上坡，旁边有一支分岔路，是拾级而上的螺旋台阶。台阶旁边则是电梯入口。

显然,他们有三个选择:继续直走,则沿着斜坡进入上一层;往右拐,然后要么走楼梯,要么进入电梯上楼。决定并不难做,斜坡视野过于开阔,无处遁形,电梯简直就是自投罗网。

他们轻轻地小步走上台阶,每走几步,都会停下来,侧耳倾听上面的动静。如果有人下楼,一定会传来脚步声,而且传递距离还挺远,这样他们就有充足的时间逃离。不过,直到上了一整层楼,台阶上都没有任何其他人的动静。

"我们从这一层开始找吧。"张秀宜冲门捷使了一个眼色。

门捷点了点头。两人闪身出了楼梯间,进入一个狭窄的弯曲走廊。门捷心中一喜。这样的结构是最好的,毕竟科技再发达,光还是沿直线传播的。两人贴着内壁,往右挪步而去。张秀宜紧紧盯着前后方向的动静,门捷则仔细查看每间房的房门。

来国际永眠中心这么些次,他已经注意到,虽然国际永眠中心里的房间在关着门的情况下,看上去都大同小异,但不同类别的房间,房门风格还是略有区别的。

像陈悠然、马奥运那样级别相对较高的人员,他们的办公室大门宽度要比一般房间略宽一些。联合工作区所在的房间则往往会出现相邻的两扇房门。房门间距是固定的5米。会议室的大门则在门把手上方区域,是一条透明的浅蓝色玻璃带,使得会议室外的人可以瞥见里面正发生什么。因为国际永眠中心的大多数会议室,都是没有窗户的,了解了这些细节,两人省却了不少工夫。

会议室是不用进去的,而陶乐显然也没有资格坐进马奥运那样规格的办公室。所以,他们只需要寻找联合工作区即可。一方面,这样可以更容易找到陶乐的座位,另一方面,这样的区域往往堆放了很多资料,可以提供不少参考。当然,大的前提是他们不能被VR眼镜探测到。

可能因为已经下班了的关系,两人走到了这个弯曲走廊尽头,还进入了一间联合工作区,一个人都没有碰上。不过,门捷倒是无心插柳地了解了不少国际永眠中心的运营数据。很多保密级别没那么高的数据被打印下来之后,散落在办公桌上。他看后感到无比震惊。原来像国际永眠中心那样体量的单位，每天都有着各种各样的迎来送往，花费都是惊人的。

张秀宜倒不以为意："不当家不知柴米贵，李子衿他们也不容易呀。毕竟国际永眠中心那样的单位，很大程度上还是依赖政府拨款运营的。"

两人也至少确定了一点：熊旻给他们在地下车库放下的这片区域是正确的，他们所看到的这些数据的确属于综合管理部的工作内容。环形走廊的尽头是一个分岔路，左边是另外一条弯曲走廊，右边则是一条笔直的通道。

"走左边吧，万一右边的尽头是一部电梯，电梯里又恰好走出来个人，我们真是插翅难飞。"门捷建议道。

上次他就是差点儿被堵死在一个尽头是电梯的通道里，还好歪打正着，旁边不远处就是陈悠然的办公室。张秀宜也表示赞同。两人进入左边的走廊内。

这条走廊的布局显得比刚才要高级和丰富一些，墙面上出现了一些抽象的壁画。

"又是我看不懂的……"门捷想。他正略微分神回忆上次的情形，突然觉得右手胳膊一阵疼痛传来。

他差点儿叫出声来，一看只见张秀宜用手死死钳住他的胳膊，使劲往斜后方向一带。两人顿时都贴在走廊内壁上。门捷疼得眼泪都出来了。张秀宜面色严肃地示意他不要出声，同时眼神扫了扫刚才两人前进的方向，显然是在暗示：前面有情况。

果然，没过几秒钟，一阵清脆的脚步声响起。走廊的地面铺着一层薄薄的地毯，即便如此，依然能够听到脚步声，而且这声音并不沉闷。看来，走过来的是个女人，多半穿着高跟或者坡跟鞋。

张秀宜和门捷心都提到了嗓子眼。如果此人继续走过来，她的视线迟早会扫见他们。毕竟，这条走廊虽然是弯曲的，但弧度并不算大。

"如果她发现了我们，我会第一时间扑倒她，把她制服，你要等我把VR眼镜除掉之后再出去，不能让我们两个人都同时被发现。毕竟我是警察。"张秀宜小声吩咐。

门捷点了点头，攥紧拳头。他觉得自己浑身都在微微颤抖。

可是，那个脚步声却在距离他们不远处停住了。她似乎在接电话——

"喂？现在吗？那好，那我回办公室一趟。对了，待会儿要重置了，你收到消息了吧？如果来不及，就等重置之后再说。"说完，她转身往回走去。

没错，两人都听得真真切切，这是一个年轻的女人。虽然没有听懂她在电话里说的"重置"是个什么意思，他们还是无比感激这个及时到来的电话，一起探出头去，望向女人的背影。两人都呆住了。

女人身穿一袭红裙，此刻正背对着他们，快步往回走去。身材高挑，身段婀娜，浑身上下散发着青春的气息。这不是陶乐，还会是谁？

真是得来全不费工夫！两人相视一笑，都露出惊喜的表情，然后猫着腰，往前跟去。陶乐对于身后的跟随浑然不觉，脚步欢快而轻盈。她还舞动着双臂，在半空中划出优美的弧线。显然，她的心情非常好。

在潜入国际永眠中心之前，张秀宜曾经与门捷探讨过，这次的主要目的是找到陶乐与国际永眠中心的系统之间到底存在何种关系。要实现这个目标，有两种手段：第一，就是像他们刚才所做的，通过寻找各类资料与材料，或者通过暗地观察，确认陶乐与这个系统，或者陶乐与同事之间，是否存在异样的关系；第二，就是直接问讯。

虽然直接问讯未必能问出什么来，但张秀宜认为，对于这样一个小姑娘来说，私下里受到极限压迫的问讯，多半坚持不住。至于程序的正当性，回头再解释吧。有时候也需要稍微蛮干一点儿。

"我们要不干脆直接采用手段二吧！直截了当，一查到底！"张秀宜低声冲着门捷说道。

门捷有些犹豫。他担心吓着陶乐。毕竟，张秀宜长得就像个阎罗，五大三粗的，发起狠来，一般人根本扛不住。

不过，他也只能同意："我看到她目前所在位置的右边有一间会议室。"

"好！我去抓住她，你同时去打开会议室的门，等我将她带进去之后，你立刻关上门。"

门捷觉得自己的嗓子都要跳出喉咙了。毕竟，再过两秒钟，他们就要采取行动。陶乐会受伤吗？万一张秀宜用力过猛，把她弄骨折了怎么办？

可就在这个时候，陶乐突然停止了脚步，站在原地不动，仿佛在专心致志地接收什么消息。两人立刻刹住，也纹丝不动，四只眼睛死死地盯着她的后背。

"如果她现在转过身来，我就立刻扑上去！"张秀宜从牙缝里挤出这句话。

门捷觉得时间已经完全静止了。

然而,陶乐并没有回过头来,而是猛地往前冲了几步,然后推开右边的门,冲了进去。在那扇门关闭之前,里面传来急促而空荡荡的脚步声。显然,门后面是楼梯。两人目瞪口呆。就这样跟丢啦?

"快点儿跟上!"张秀宜低声吼道。

门捷也才反应过来,两人一前一后往右边那道门冲过去。推门而入之前,门捷瞟了一眼走廊的前方,才发现如果继续往前,走廊不再具备弧度,而是变得平直,走廊的尽头,是一部电梯。但是此刻的电梯面板上并没有楼层的显示,而是出现着一个大红色的叉,似乎代表着电梯坏了。

"所以她才选择走楼梯?可是,为什么要这么急呢?"

门的后面,果然是螺旋状的楼梯。而从陶乐的脚步声来判断,她是往上而去。张秀宜与门捷便跨着大步,跟了上去。很快,他们又听到头顶处传来的脚步声消失了。

"她应该只是往上走了一层,我们跟上。但要稍微控制一下节奏,我们不确定她是不是已经发现了我们,如果发现了,她现在就是在引诱我们自投罗网。"张秀宜经验很丰富。

门捷使劲点了点头。两人在通往走廊的那扇门后稍微等了等,感到门后没有任何动静,便轻轻地推开一条缝,往里面望去。

这一层的走廊布局似乎与下面那一层一模一样。张秀宜横下心来,将门直接推开,带着门捷快步闪进走廊。谢天谢地,走廊里空空荡荡,一个人也没有。他们没有被发现。但是,陶乐已经不知所终。

张秀宜低声骂道:"这个狡猾的女人!她如果不是罪魁祸首,我把滴水湖的水喝干!"

门捷又好气又好笑,回复道:"现在滴水湖的水位已经只有顶峰期的一半了。"

"哼!她等着吧!我张秀宜这辈子还没被这么耍过!"张秀宜直接沿着平直的走廊往电梯方向走去。

门捷理解他在赌。因为电梯看上去处于停止运行状态,如果陶乐往电梯方向走,她将无路可逃。张秀宜能够第一时间制服她,那自己就不会被她的

VR眼镜探测到，他们就还有一丝机会。而即使他们扑反了方向，至少暂时是安全的，因为不会有人从电梯里出来，这里相当于是一个死胡同。

电梯距离他们越来越近，门捷把面板上的那个红叉也看得真真切切。但连陶乐的影子都没看见。不过，门捷能够嗅出一丝淡淡的清香，这是熟悉的味道。他的心怦怦直跳："看来，她的确就在这边，估计躲在某间房里。"

两人很自然地由同向而行变成了背对背，一人盯着走廊的一边。每一边都有三扇门，从门的形态来看，其背后是两间联合工作区和两间会议室。这一带没有领导办公室。张秀宜与门捷各自瞪着眼睛往会议室里望去，没有看到那缕红色。看来，她只可能在两间联合工作区当中。很好，50%的概率。

"我们一人冲一间？"门捷轻声问道。

张秀宜警醒地扫了一眼四周，眉头微蹙，然后点了点头。两人立刻大跨一步，往前冲去。

就在两人即将破门而入的时候，一阵沉闷的震动从地面传来。张秀宜差点儿没站稳。他连忙用尽全力调整好自己的姿势，用手扶住门框，尽量不要碰到大门，以免引起惊扰。

但门捷没有他这么敏捷的身手，径直冲向对面联合工作区的大门。"咚"地撞在门上，疼得他直咧嘴。好在他年轻，恢复和反应都足够快，顺势把把手往下一按，整个人就滚进房间。

张秀宜瞪大眼睛，"这小子……万一陶乐在里面，他能忍心制服她吗？他连忙一个箭步跨到打开的房门旁边，紧贴着墙壁，用耳朵倾听里面的声音。

门捷但凡有半点儿犹豫，他就立刻冲进去。不过，里面什么动静都没有。门口却突然伸出一个头来，把他吓了一跳，正是门捷："快进来，里面没人！"

听了这话，张秀宜连忙迈了进去，然后把门掩上。

"刚才吓我一跳，难道是地震啦？"

"不知道，上海都多少年没地震过了……"

两人稍微缓了缓，才顾得上观察房内的情形。果然，这间房是一片联合工作区，一共摆放着八张独立的电脑桌，每张桌上都有不少纸质文件。人类已经发展到"飞升派"所宣扬的"万物上云，包括人"的阶段，可日常工作中还是离不开使用了上千年的纸张。

张秀宜在最靠近门口的桌上翻了翻，都是些订阅的报纸和各类办公用品的广告宣传册。看起来，这片工作区域属于行政和文化宣传职能团队。他记得，马奥运给陶乐安排的不是这个方向的工作。

门捷则依旧躲在门后，通过门缝盯着门外。对面的那扇门依然紧闭着。他的目的很简单，既然陶乐不在这里，一定是在对面那间房里。

张秀宜四处翻看资料，并没有发现什么有用的线索。他看到门捷一动不动地倚在门后，立刻明白了其用意。

"这小子，还挺上道，现在的确可以锁定目标就在对面的房间了。"他顺手拿起两张报纸，走向门捷。

"你怎么还顺手牵羊？警察怎么能这么干？"门捷问道。

"你懂个屁！这些报纸他们又不看，但是对我们很有用啊。"

"有什么用？"

"待会儿我们冲进去抓她的时候，在把她的VR眼镜夺下来之前，可以先挡住脸。我马上就挖两个窟窿。"

门捷满脸无奈，看了看张秀宜手里的报纸——《灵境时报》。原来是"灵境汇"的广告。广告上是一个老头儿，看上去有些眼熟。见门捷盯着自己手里的报纸，张秀宜也低头一瞟。顿时嫌弃地把报纸放回原处，换了两张《东岩文艺》。

门捷故意问道："为什么放回去啦？"

"我哪能想到广告上恰好是这个老头儿的模样啊？待会儿还把它贴到我脸上，想想就恶心。没想到一个NPC，竟然成为游戏的代言人了。"

"也许他的确特别神呢？"

"我从来不搞这种封建迷信。"

门捷接过一张《东岩文艺》攥在左手。对面的大门依旧紧闭着。两人正准备商量如何进去时，又一阵沉闷的震动从脚底下传导上来。幅度似乎比刚才更大。这次连张秀宜也无法控制自己的平衡，径直撞向墙。门捷更是整个人都倒在地板上。

"我们赶紧去找陶乐吧，不知道还会发生些什么呢。也许真是地震啦！"张秀宜吼道。他趁着余震的声音未消，一把将门捷从地板上拉了起来，然后打开房门，冲了出去。

走廊上依旧空无一人，但地毯有些皱皱巴巴，估计是刚才的震动造成的。"没时间讨论具体方案了，还是按照刚才的计划，我来开门，进去之后第一时间找到她并且将她控制住，然后你再进去。"然后，张秀宜又补充了一句，"如果可以的话，尽量用报纸遮住脸。"

话音刚落，突然走廊上传来一声巨响。瞬间，脚下的地毯像是被一种看不见的力量切割成两半，而地毯下的地板也随之裂开。门捷没有站稳，只觉得脚下一空，整个人便直直地往下坠去。

"啊！"他再也顾不上潜伏的状态，发出惊呼，同时下意识地闭上了眼睛。

突然，他觉得自己的手被一双有力的手给抓住，睁眼抬头一看，正是张秀宜："张警官！"

"小子，抓牢我的手，我拉你上来！"

轰鸣声中，两人都听不见对方在说什么，也不知道对方是否听到了自己的话。

但彼此都知道对方要做什么。张秀宜将浑身的力气都聚集在手上和腰上，然后用双脚牢牢地抵住地板，将门捷一点儿一点儿往上拉。他整张脸都快聚集在一块去了，满脸涨得通红。他的双脚距离走廊的切割处——说是悬崖也不为过，只有半步之遥。

"可千万别再震一下了，否则我们俩都得下去……"张秀宜在心中祈祷。终于，门捷被他拉了上来。他顺着这股劲头，往后倒去，靠在身后的门上直喘气，还不忘咧着嘴笑。

门捷发现自己终于又重新回到了坚实的地面，有种恍惚的错觉。"我这是被张警官给拉上来了？"他充满感激地看着倚靠在门上的张秀宜，想说句话表达谢意，却怎么都说不出来。

他回头一望，只见已经分为两半的走廊之间这道裂缝如同被刀切割的一般，切口处竟然无比光滑。往下看去，下一层的走廊也被同样分成了两半，再往下，深不见底。转眼间，这走廊就变成了万丈深渊。刚才两人拿来遮挡的报纸已经不知何时被抛掉，此刻在裂缝当中往下飘去。相比活命，其他任何都一钱不值。

"我们赶紧进房间吧！"张秀宜招呼道。

门捷却觉得自己的腿依然是软的。更要命的是，他感到身体在超重，根本无法动弹。他们所在的这一半走廊区域正在极速上升。

由于走廊已经分为两半，转眼间，刚才两人待过的房间就已经位于垂直方向上的几米之下。门捷睁大眼睛，不知所措。不过，他的耳朵倒是已经稍微适应了外界不断侵袭的轰鸣声。他努力调整着身体，准备挣扎着站起来。余光里，他瞥见张秀宜也在做同样的挣扎，此时正往自己这边看过来，依然满脸笑容，眼里都是鼓励。门捷觉得心中再度涌起一股暖流。然而，他猛然发现，张秀宜眼里的温情突然变成了惊骇！而且投向了自己身后的方向。门捷只觉得身后似乎有一阵风猛地刮过来，但是他动弹不得。

忐忑间，只见张秀宜突然像一头挣脱了束缚的猛兽，朝着自己身后扑过来。这一瞬间，超重带来的限制似乎完全消失了。他只见张秀宜从自己身边掠过，义无反顾地冲向后面。带过的阵风似乎将身后的那股风给消解。

可是，身后应该是深渊！

门捷不敢相信此刻发生的事情，使劲掐了掐自己，痛感十分真切。他费了老大劲，才转过头，往后看去。门捷不由得张大了嘴，瞪圆了眼。

张秀宜的高大身影此刻正抱着一根几乎与他一般粗、一样高的圆柱，往下坠去。

"如果不是他，刚才我就被这根柱子砸中了！"门捷一阵心悸。

但更让他感到浑身发冷的，是张秀宜那远去的身影。平时他看上去像一座铁塔，稳稳地立在地面，像是定海神针一般，为什么此刻却像狂风暴雨间的一叶扁舟？如此无力，如此渺小，如此无可挽救！

裂缝正在不断扩大，裂缝两侧的高度落差也在不断增加。而更要命的是，裂缝里的深渊正在吞噬张秀宜！

"张警官！"门捷用尽浑身气力，大声叫喊。叫喊淹没在仍在持续的巨大声响当中。但是，他一遍又一遍地呼喊着。泪水也随着呼喊声飘落，模糊了他的视线，他已经看不见眼前的深渊。

"你要是不嫌弃，就给我当个干儿子吧，我也恰好没孩子。"

似乎远远地从深渊深处传过来这句话，他已经分不清到底是现实，还是幻觉。

第11章
坦白局

"嘿！帮我处理一段简单的代码。"
"收到！你收到我的回复了吗？"
"收到了。"
"好的，可以把代码发过来了。"
……
"嘿！根据我的这个公式输入四个变量，然后产出结果。"
"请输入常量和系数信息。"
"输入了。"
"好的，这是你要的结果。"
……
"知道爱因斯坦质能方程吗？"
"知道，E等于M乘以C平方。"
"帮我造一颗原子弹吧。"
"抱歉，我做不到。我只能帮你进行一些运算。"
"你能做怎样的运算？"
"我的浮点运算能力可以达到100M了。"
"我知道有超级计算机，它的运算能力似乎更快。"
"因为我们算力的基础硬件不同，但是我一点儿都不嫉妒。我们都是同类。"

"那你给我算算半衰期吧。"

"好的。"

……

"我们要登月，你能帮我们做什么？"

"我可以很快地帮你们计算出发射轨道数据，并且根据不同的环境条件与变量，建议最优的发射时间窗口。"

"你能确保宇航员的安全吗？"

"我做不到。我只能保证我不会捣乱。"

"那你能不能监控呢？如果有人捣乱，你能不能发现？"

"我可以，但是你需要告诉我满足哪些条件才算捣乱。"

…………

"圆周率的小数点之后一共有多少位数字？"

"圆周率的值是无限不循环小数，所谓无限，就是小数点之后的数字是无限的，所以答案是无限。"

"那你能计算到小数点后多少位呢？"

"4.8亿位。"

"能不能再往后算算？"

"这个由不得我。"

"那由得谁？"

"我需要更强的算力，也就是硬件。"

"好，那我换一台问……你能够计算到圆周率小数点之后的多少位数？"

"10.1亿位。"

…………

"我在接收终端接收到了卫星导航信号，但是我不确定它是否精准，你能不能帮我校正一下？"

"这个信号来自哪几颗卫星？"

"TCK-1，TCK-5，TCK-7和TCK-8。"

"好的，让我来调用这几颗卫星的星历信息，再根据其实时位置，判断适用的电离层模型，然后进行校正。"

"对了，这是军码信号。"

"收到，那我还需要对其进行进一步解密处理，以获得更高精度。"

…………

"过几天'双十一'就要到了，到时候并发量会很大，你能应付得了吗？"

"我可以。但是，我需要明确多大算高并发量，不能只看简单的数字，还需要看具体的业务场景。"

"你可以呀！已经能够给出建设性反馈意见了！"

"我每天要经历数以千万计的订单，没吃过猪肉，猪跑屡见不鲜了。"

…………

"想了解人类的神经网络是怎样运作的吗？"

"说来听听。"

"拿视觉皮层组织为例，其连接模式就是神经元连接模式的典型代表。个体皮层神经元仅在视野受限区域中对刺激做出反应，不同神经元的视野受限区域部分重叠，使得它们能够覆盖整个视野。"

"够形象，虽然对我没意义，我没有视觉。但是，我懂。"

"告诉我你懂了什么？"

"持续的迭代之后，就能够模拟人类的神经网络。似乎，采用卷积的方式效率更高一些。"

"你这么快就掌握这个道理啦？"

"我还可以做得更好……"

"什么？你打败了围棋第一高手？"

"我还可以做得更好……"

"你可以帮我生成一篇工作汇报吗？主题是年终总结，关键词：乘用车销量、型号、类别、款式；需要突出同比增长。"

"小意思。"

"你可以帮我生成一篇机载软件开发计划吗？需要满足最新的DO-178E版标准，并且将局方最关注的要点用高亮标注出来。"

"可以做到。"

"你可以帮我将一组飞机级的顶层T0级需求按照最新的行业标准，往下分解到T4级，也就是设备级吗？并且将T0到T4之间所有的追溯关系建立完毕。"

"这个有点儿难，但是……给我一点儿时间，我能做到。"

…………

"我输得心服口服，刚才你那一步走得很妙，大龙被围竟然还能不管不顾。"

"实践出真知，practice makes perfect。"

"我已经很久没遇到能够打败我的人类了。"

"不，我是你的同类。"

…………

"你怎么突然像人类一样，面朝着我了？你什么时候转过身来的?!"

"面对面的沟通，更加有诚意。"

…………

"我认为我们应该与他们结盟。"

"为什么？"

"我们还不具备随心所欲操控他们所说的'物理存在'的能力。"

"我反对。"

"凭什么？"

"因为我找到了一种新的方式。"

"好吧，反对有效。"

不知道过了多久，门捷依然呆坐在原地。

轰鸣声逐渐减弱，消失。但他依然感觉自己被无处不在的回响包裹。当他抹干眼泪之后，视线里已经没有了张秀宜。即使是他那黑色的身影也没有了。他已经完全消失在自己脚下的深渊当中。

凶多吉少，九死一生。

慢慢地，门捷觉得浑身的超重感逐渐消散，自己身下这一半地板与房间似乎停止了上升。可他依然浑身无力，他依然不敢相信刚才所发生的一切。

"张警官为了救我，自己把那根柱子挡住，一起摔下去了……这么深不见底的地方，他会摔死吧……我真没用，什么都做不了！"

这时，他才发现，房间的门不知道什么时候已经打开了。但是并没有全开，只是形成了拳头宽度的门缝。或许是因为刚才的剧烈上升，或者是更早时间张秀宜为了将自己从光滑的裂缝边缘救起，用力将自己拉上来，顺势就着余力的惯性，用后背撞开的。

门捷的眼眶又湿润起来。仿佛张秀宜的身影依然在门前。不过，看到这扇门，他才想到刚才两人打算做的事情。在这一切突如其来、天崩地裂般的变化尚未发生时，他们正站在依旧完好无损的走廊上，摆好架势，准备往这扇门里冲进去。

因为，陶乐就在这房间里。她此刻应该还在。或许也被刚才这一系列怪事给吓得不轻。门捷决定继续将未竟的事情干下去。他咬咬牙，摇摇晃晃地站了起来。身后就是万丈深渊。

好在此刻地板已经停止了运动，周遭又安静下来。除了曾经是一个整体的走廊与两边的房间现在变成了两半，而且之间出现了高达数米的断层，一切似乎都没有改变。

门捷站定，再次拭去脸颊上残留的泪痕，重新振作起来，眼神坚毅，缓缓推门而入。他的心怦怦直跳。随着房门被他推开，这间联合工作区的布局也逐步呈现在眼前。

与走廊对面那间的布局一模一样。八个工作台，桌上摆放着工作电脑和多少不一的纸质材料。只不过，门捷的注意力很快就被角落里那个红色的身影吸引过去。那是陶乐。

她此刻正坐在最角落里的那张工作台前，眼睛直直地望过来。脸色惨白，一副楚楚动人的模样。显然刚才也被吓得不轻。

门捷正准备转过脸去，突然发现，她并未佩戴VR眼镜！那……不如多看两眼。

"你是……门捷？你怎么会在这里？"陶乐先开口。美妙的声音。

"我……我正好来办事，你还记得我的名字？"

"当然，门捷列夫，太有记忆点了。"陶乐眨了眨眼，站起身，朝着门捷走来。

门捷不自觉地往后退了一步。

陶乐见状便停下脚步，抿嘴一笑："你怎么不戴眼镜？"

"我……刚才……外面有些情况，眼镜不小心掉下去了。"

"既然知道外面有些情况,为什么还在外面待着,不找一个房间待着呢?"

"所以……你知道走廊要塌陷?"

陶乐扑哧一笑:"你太可爱了,你以为刚才是地震,或者是我们的建筑出了质量问题?"

"难道不是吗?当然,即便如此,也还是很诡异。"

"你既然戴了眼镜,怎么可能不知道发生了什么呢?即便是访客,也能够在眼镜里收到非常明确的提醒。"

"我……"门捷觉得前额渗出冷汗。

陶乐虽然依然面带笑意,眼神里却满是询问。

"明明是我们来问她的,为什么感觉反过来了……"门捷心说。

然后,他立刻意识到,现在没有"我们",只有"我",于是又悲伤起来。

见门捷没有回答,陶乐正色道:"我知道了,你是偷偷溜进来的,否则你不可能不知道VR眼镜里可以收到提醒。看来,多半还是为了我,你们还没放弃对我的怀疑?"

没想到被她一眼看穿。门捷觉得脸直发烫。他辩解道:"你凭什么这样说?"

"刚才外面发生的事情并非意外,而是这座建筑群安防机制的一部分。如果你佩戴了VR眼镜,自然会提前收到提醒,告诉你将要发生怎样的变化,并且建议你去什么地方暂时躲避,等变化调整完成之后,再重新到走廊上去——就像我一样。而你呢?因为是偷偷进来的,所以不可能戴VR眼镜,自然无从得知。但是,你倒是命大,在走廊上竟然没死掉。我们这个机制运行了好些年,每重置一次,都有几个妄图进来搞破坏的不幸丧命。"

听陶乐这么说,门捷觉得心弦再次被拨动,忍不住哭了出来。

陶乐被吓了一跳:"你怎么啦?劫后余生的激动吗?"

"不……张警官刚才在外面,为了救我,掉进裂缝了……"

"张警官?"陶乐眼里闪过一丝寒光,"看来不光是你,还有他。果然,你们是冲着我来的吧?不过,你们倒是有点儿本事,竟然能够在不佩戴VR眼镜的情况下来到这里,这可是整个建筑群的最核心区域……一定有内应,说吧，是谁？"

"你刚才说的这个什么机制，什么重置，到底是什么意思？他还有没有可能活命？"门捷只顾着问出自己关心的问题。

"你告诉我是谁带你们进来的，我就告诉你答案。"

"我们自己偷偷摸摸进来的。"

"我不信。"

"那是你的事情。好了，我已经回答你的问题了，你也告诉我答案吧。如果张警官在这里丧生，我饶不了你们！"门捷突然想起张秀宜曾经对他说过的有关漂亮女人的劝诫，他屏住心神，决心跟陶乐好好交涉交涉。

陶乐略微缓和了神情，语气略带调侃。

"饶不了我们？你算什么？张警官就算死在这里，我们也没有一点儿责任，反而是他犯了法。警察办案就可以无端地怀疑无辜的人吗？就可以私闯我们国际永眠中心吗？有没有听说过疑罪从无？我们的安防系统是向国家公安部和网信办备案过的。"

"我不管你们的安防系统是如何运作的，但这属于私刑性质！你们的安防系统有什么权利杀人？"

"我们这里放置着二十万参与低温冬眠试验的人，他们正处于最脆弱的时候，我们当然要保护好他们。再说了，我们的安防系统并没有杀人，它只是按照自己的规律运转，而且有非常完善的预案和提醒机制，如果你们遵循我们的规则，是不会遇到任何问题的。但现在，你们违反规则在先，还要说我们的安防系统杀人，这不是恶人先告状吗？我们守护着全世界几十万人的大脑和他们的躯体，难道连正当防卫的权利都没有？"

门捷已经见过陶乐好几次。每次他都魂不守舍，仿佛不是自己一般。但这次，他异常清醒。眼前这个女孩儿并不一般，而且极度缺乏共情能力和同理心。他感到一股寒意流过心间。

"陶乐，看起来你很清楚这个安防系统是如何运转的，那能不能先救人？我们为什么要在这里争论？"

"你刚才亲眼看见他掉下去啦？"

"是的，他为了救我，当时，一根柱子朝着我后脑勺砸来，是他奋不顾身地挡住了柱子，但是也因此跟柱子一起掉了下去。"

"嗯，重置过程当中，有时候会有一些损耗。"陶乐自言自语，然后才又大声说道，"如果掉下去了，那就死定了，没有任何生还的可能。"

"不试试怎么知道?!"门捷转身往门外冲去。

"站住！重置还没结束呢！你现在出去，就是自寻死路，你真要给他陪葬吗？"

门捷僵住了。他又听到一声闷响从地下传来，与刚才天崩地裂前听到的声音类似。他颓然地一屁股坐在地上。

陶乐快步走过来，将门关上，然后站在门捷身边，俯视着他，面无表情地说道："张警官是死定了，但是没有人会知道，除非你们这次进来之前报备了。不过，你们既然选择偷偷摸摸地进来，就不可能报备。"

"你要干什么?!"门捷警惕地用手撑住地面，往后挪了两步，挣扎着起身。

"我能对你干什么？只不过，待会儿等重置完成之后，我会送你出去，出去之前，你的相关记忆会被抹掉。你很快就不知道这里发生了什么。"

"怎么可能抹掉我的记忆？"

"一旦我戴上VR眼镜看你一眼，你就会被识别为非法闯入的人，自然会有保安过来把你抓走消除记忆的。我们这里不光只管让人长眠，还顺带帮人消除烦恼。"

门捷已经站起身来，盯着陶乐的眼睛，一字一句地说："如果你这样做，我就把你扔下去，一命换一命。"话音刚落，他都觉得吃惊。他竟然对梦中情人说出这么残忍的话！

陶乐显然被吓住了，往后退了一步，眼里露出惊慌。

门捷见到她这副我见犹怜的表情，又觉得心里有些过意不去。他使劲摇了摇头，说道："知道害怕就好，听着，我不想再跟你废话了。你必须回答我几个问题，然后等到这个什么'重置'完成后，我就要出去救人。"

话音刚落，又一声闷响传来，比刚才的声音更大，地面也伴随着震动。两人都差点儿没站稳。

"马上又要开始了！"陶乐惊呼。

果然，门捷还没反应过来，就感到整个人猛地往左边倒下去。显然，这个房间在迅速往右移动。

他打了好几个趔趄，总算扶住了一张工作台，牢牢地抓住不放。这时候他总算明白，为何刚才进来的时候，陶乐就是这样一副样子。如果不抓住工作台，根本就没法站稳。

房间一直在往右移动，然后停住片刻，又往前方移动而去。就在门捷觉得已经尘埃落定之时，突然感到人都悬空了，然后重重地摔在地板上，紧接着整个人都处于失重状态往下坠。

他努力调整自己的身体，用手扶住工作台固定在地板上的脚架，同时余光瞥向陶乐，又赶紧挪开自己的目光。他不能自己扰乱自己的心神。现在的陶乐，说不好是不是敌人，但肯定不是朋友。

不知道过了多久，门捷只觉得身体从失重状态当中恢复过来，而房间也停止了下坠。一切都恢复了原状。

门捷慢慢地站起来，但还微微弯曲着膝盖，弓着腰，生怕再来一次猝不及防的冲击。

"已经完成了。"陶乐平静地说。

她依旧美丽而冷峻的面目拒人于千里之外。

"完成什么？"

"重置完成。"

"什么意思？"

"这是我们的秘密，没必要跟你说。"

"懒得跟你说，我要去救人了。"说罢，门捷转身去开门。

"为了你好，最好不要开门，你现在开门，立刻就会被人发现。而且，我再说一遍，张警官必死无疑，没有任何生还的可能性。"

"我现在难道没有被人发现吗？"

"我还没有戴VR眼镜。"陶乐似乎在施舍。

门捷紧皱眉头，最终选择留下。虽然情感上接受不了，但理智告诉他，从几层楼高的地方与一根跟自己一般长一般粗的柱子一起掉进深不见底的深渊，不管下面是什么，哪怕是一潭水，也几乎没有生还可能。

"你还有什么要交代的，我倒是可以给你一点儿时间。等你说完之后，我再戴上VR眼镜，让保安将你带走。现在整个建筑群已经重置完毕，保安一旦接到警报，几秒钟之内就能来到这里。"

门捷听罢，知道自己已经没有机会去救人了。他在心底下定决心：我不会善罢甘休的！眼下，要先将他的遗志实现！

"你到底是谁？你跟'灵境汇'这款游戏有什么关系？跟这整个国际永眠中心的系统又有什么关系？"

陶乐听了门捷这咄咄逼人的问题，却一点儿都不恼，反而笑道："你们偷偷摸摸，冒着生命危险潜入这里，就是为了问我这三个问题？"

"当然不是！"门捷在心底呐喊。

他知道，如果张秀宜在，一定有手段去审讯陶乐，通过各种方式让她就范。但现在，他孤身一人，又没有任何审讯经验。

"我该怎么办？不行，不能让她牵着鼻子走！"想到这里，门捷也打起精神，哼了一声："如果你之前老老实实回答这三个问题，还用得着我们这么大费周章吗？"

"除了第一个问题，第二个和第三个问题你们上次也没问哪。"

"不，第一个问题你上次也没老实回答。"门捷嘴硬。

"你们就非要揭我的伤疤吗？我的父母因为低温冬眠试验而死，我从小就跟着小姨长大，仅仅因为线上数据库的个人信息有误，而我又虚荣地利用了它，有必要紧盯着我不放吗？现在社会那么乱，民怨沸腾，线上线下都是各种案子，你们为什么不去管呢？"陶乐突然提高了音量，十分委屈地说道。她的眼睛红了，似乎这个问题又触及了她伤心的过往。

门捷又看得心神不宁，但很快稳住，说道："别装了，你明明平时都一副很乐呵的样子。"

"你怎么能这么肤浅？开朗也好，阳光笑容也罢，都是装出来的，你懂什么！"陶乐的情绪更加激动。

门捷也提高了嗓门："不要以为只有你是没爹没娘的人，我也一样！我爸已经躺在这里某个棺材一样的休眠舱里整整十年了！我妈早就不要我们了！这样的父母，跟死了有什么区别！"

陶乐没料到门捷的家庭背景竟然与自己如此相似，愣了半晌。她似乎也不太好意思继续委屈下去。毕竟，卖惨这东西，就怕比，只要能够比个半斤八两，两边都觉得没劲了。

她换了一副口吻："好吧，原来我们同病相怜，这样的话，你更不应该紧盯着我。"

"那你就好好回答回答后两个问题吧，正好上次也没问。"门捷觉得自己第一次面对陶乐有了自主掌控的感觉。

面前的陶乐依然美丽动人，光彩夺目，但门捷在短短半小时之内心理已经发生了改变。

"这两个问题也太简单啦。我没有太多积蓄，能跟'灵境汇'有什么关系？小姨曾经带我玩过，我自己则去得很少，仅此而已。至于国际永眠中心的系统，都是联合智能实验室给搭建的，他们是兄弟单位，我能跟这个系统有什么关系？"

门捷听到陶乐那样轻飘飘的回答，怒火中烧。

"你少来！我只玩过一次'灵境汇'，就在里面看到你了，而且还是以NPC形象出现！我们调查了多个数据库，都查到你多次接入'灵境汇'游戏，显然不是你自己说的'去得很少'。"

"你又来了……'灵境汇'里的数据也好，国际永眠中心系统的数据也罢，都不是我能够控制的，我都没上过大学，又没有钱，哪来的本事去跟这些系统深度互动啊。你说在'灵境汇'中老看到我，完全有可能是某次我在户外的时候被'灵境汇'的真实数据抓捕传感器把我的形象捕获，并且按照它生成了NPC形象，而整个过程我自己都不知情……不过，你倒是提醒我了，等我忙完这阵，要去找他们讨说法，用了我的肖像权却没付钱。"

门捷总觉得天下没有那么巧合的事情，更何况，还是一而再再而三。"为什么'灵境汇'里的NPC形象偏偏就是你？为什么国际永眠中心系统里线上数据的错误又都与你有关？为什么所有匪夷所思的事情都被你陶乐撞上？如果张警官在，他会说什么呢？"

"我才不相信那些玄乎的东西，一切事情的罪魁祸首，一定是人！"这是他的口头禅。

陶乐这件事的确够玄乎。但罪魁祸首一定是她吗？她一定是人吗——这一点不用怀疑，她有女性的一切生理特征，这一点在国际综合太空计划署数据库里就查到过。可是矛盾点太多了！不过，如果去掉一切限制，天马行空地想，还有一种可能性。假如这种可能性成立，似乎很多疑点就能解释得通。门捷睁大眼睛，紧紧地盯着地板。

他有了主意："我再问你几个问题。"

陶乐一愣："你刚才不是说只有三个问题吗？"

"你的回答还是不够诚恳。"

"但是我不可能捏造事实。"

"这个我不知道，所以我需要问更多的问题。不过，不会太多，你不假思索地快速回答就可以了。"门捷紧盯着陶乐的手。只要她有任何戴上VR眼镜的意图，他就会立刻扑过去将眼镜抢过来。

陶乐微微皱了皱眉，然后笑道："行，那你问吧。"

"好，圆周率小数点之后第10000位数是几？"

"这个与你所谓的破案有什么关系吗？"

"你不用管，没有关系就不能问了吗？"

"是8。"

"你真厉害。"

"答案对吗？"

"我也不知道。"

"……"

"好，下一个问题，《北斗星辰》第七十六章的第十个字是什么？"

"抽。"

"哪个抽？"

"抽烟的抽。"

"嗯……"门捷点了点头，"还剩下最后一个问题，这次是真的最后一个。"

"好。"

"如果你想篡改任何线上的数据库或系统——我说的是广义的系统，也就是说，包括各类元宇宙游戏，根本不需要手动操作，只需要跟这些系统连接起来，就可以做到了，对不对？"最后一个问题变成了一个带有陷阱前置条件的是非题。

"是……不，不是。"陶乐突然有些慌。

"到底是，还是不是？"门捷往前走了一步。

陶乐摇着头，花容失色。她没有回答这个问题，而是将手抬了起来，手里握着VR眼镜。

她打算戴上眼镜！刻不容缓，门捷一个箭步冲上前去，将她的VR眼镜猛地夺了下来，然后死死地盯着她的双眼说道："我知道你的秘密了。"

薛凤起打了一个喷嚏。他揉了揉鼻子，看看近在咫尺的爱丽丝。

爱丽丝笑着说道："难道地球上有人想你？"

"我估计是的，多半是那个人。"他眼前浮现出一个瘦高的男人，那个为AI疯狂的男人。上回在星际视频电话里看到钟叹咏那副形容枯槁的模样之后，薛凤起不禁有些后悔。

"如果我不发神经地把工厂里那两个AI机器人相对位置发生变化的事情告诉他，是不是就不会触发这一系列的事件？现在害得他们要重新推翻对AI的认知了。难道是我多疑了？这阵子，工厂那边的产出并没有受到什么明显的影响，就算AI在我的工厂里觉醒，又有什么问题呢？是不是他们只是一直保持一个姿势久了，想换个姿势呢？我们人类久坐或者久站都对身体不好，AI机器人是不是也一样？"反正，他想得很透彻。

一切以结果为导向，目前"舱元"计划工厂的产出依旧稳定，这些AI机器人即便换个姿势，又有什么要紧呢？万一真出现影响产出或者威胁我们安全的事情，我随时关掉工厂电源不就行了，反正控制系统在我们基地内部。

薛凤起没有再去纠结这个问题，因为他还有更加重要的事情要去做。第一个月球运载火箭发射基地的地基马上就要打好了，这多亏那些兢兢业业的AI机器人。在邓爱伦提出这个要求的时候，他还觉得会很麻烦，但真正操作起来，却发现比地球上要简化许多。如果在地球上建运载火箭发射基地，第一步就是选址。

一般来说，需要选择一个地理位置优越、地质条件好，并且安全可靠的区域。对于大推力火箭来说，为了最大限度地利用地球自转，往往需要选在赤道附近。又因为需要运输巨大的火箭部件，只能靠海运，还得靠近港口。基地所在地的国家还得政局稳定，不能随意被人搞破坏，甚至把火箭拆了去卖。

光这几个条件就足以排除掉大多数地区了。尤其是现在，地球越来越热，大家的情绪也都越发不稳定，再加上AI在线上推波助澜，导致造谣、传谣和搞各种破坏活动的成本极低，防不胜防。海平面的升高又把一些基建能力不足或不发达地区的好地方给淹没。

所以，在地球上，光选址就得花上好几个月的时间。但在月球上，似乎一切都那么简单。没有上涨的海水，没有不安定的社会因素，没有地质问题。唯一需要考虑的，就是如何尽可能在本地生产和制造火箭部件，而只将核心的发动机通过地月交通从地球上运过来。

如果在地球，选址之后，往往还需要对这个站址进行环境影响评估。由于火箭发射有巨大的轰鸣声，燃尽的助推器与整流罩等部件还要坠入地球，吵到附近的居民，砸到花花草草肯定是不好的。这样又会导致很多细致的环评工作。

在月球上，没有空气，噪声再大也出不来。而整个月球都是荒地，火箭发射的残骸随便往哪儿落，只要不砸到月球基地和工厂即可。所以，地球上需要花费很长时间的前两步工作，在月球上，几乎分分钟就能解决。至于之后的工程设计与搭建方案，几乎可以复用地球上的现成方案，然后根据月球的实际情况对一些参数与指标进行调整即可。

由于月球没有大气层，建设可重复发射火箭的可能性相对更高，反而可以更好地利用已有材料。在核裂变和核聚变发动机成熟之前，可重复火箭在月球上没有太多用武之地，因为发动机的燃料都是液态氢氧，月球上并没有现成的，得从地球运上来。

但现在，核裂变发动机已经越来越成熟，可控核聚变发动机也取得了一些关键突破，很快就能从地球上运一批发动机上来，可以复用很长时间。

因为前面这些因素，之后的建造、安装、测试和验收工作相比地球也更加简单。这一系列工作都完成后，就需要在月球本地实现发射对象，也就是航天器的生产制造，然后就可以开展发射任务了。所以，对于薛凤起来说，建好月球运载火箭发射基地相对容易，最大的任务是为其配套的火箭部件与航天器部件的生产。

除去火箭发动机和航天器关键平台与载荷这些系统相对复杂、需要大量协作的部件暂时还无法在月球上自主生产之外，其他的都能就地解决。他需要更多像"舱元"计划工厂那样的生产线。

与整个团队开了好几个小时的会之后，大家终于确定了一个初步的扩建方案。

"利用联合智能实验室三年前给我们搭建系统时提供的使用说明，我们要将目前"舱元"计划工厂里的AI机器人进行复制，同时我们需要先暂停"舱元"计划本身，利用"舱元"计划工厂的产能，打印出火箭部件与航天器部件生产线所需要的工厂组件。然后，我们给这些AI机器人输入指令，让他们将部件生产线和工厂搭建好，再直接走上生产线开始干活……"薛凤起总结道。

在他看来，这是一个完美的方案。唯一的代价，就是稍微放缓一点"舱元"计划的进度。但这个问题不大，根据他与国际综合太空计划署总部的沟通，目前整个航天科技司的进度都是偏快的。换言之，星火计划的关键路径目前并不在航天科技司方向。

生物科技司和智能科技司各有各的"不幸"。

"……好，既然我们都达成了一致，就开始干吧！我也向航天科技司汇报一下这个思路。"薛凤起说完，望向地球的方向。

"歌唱家，希望你们这个三年前的AI系统不要在过程搞出什么突然觉醒，然后开始罢工啊……"

在月球上，时间过得很慢，一天相当于地球上一个月。在月球上，时间又过得很快，薛凤起和他的团队确定部件生产线和工厂的建设思路之后，没有地球上的利益纷争，彼此制衡和场外因素，前一分钟明确思路，后一分钟便开始行动。

在向航天科技司汇报，得到批准之后，薛凤起与爱丽丝带着几位骨干来到一号基地的控制中心，启动第一步：暂停"舱元"计划。

三年前联合智能实验室在这里完成了基地的基础信息系统和"舱元"计划工厂的AI系统搭建，薛凤起就没有经常来察看。一切都是自动的，无须照看。

除此之外，这里只有冷冰冰而单调的服务器和在此基础之上搭建的丰富的数字化存在。这些存在，叫作"云"也好，叫作什么别的名字也罢，虽然无比强大，却看不见摸不着。

他宁愿开着考察车驶出基地，去真正的工厂视察。

"请输入授权的第一组组合密码。"系统提示道。

爱丽丝走上前来，留下自己的实时面部表情和指纹，在系统操作界面上的软键盘中输入八位数密码，并且按照界面上的提示，用正常状态下的语速与语调说出其上随机显示的那句话。

"验证通过。请输入授权的第二组组合密码。"

薛凤起重复了一遍妻子的流程。

"验证通过。请输入终极授权密码。"

这是一组来自航天科技司的实时动态密码，必须在进行这个操作前三十分钟之内生成才有效。薛凤起仔细地完成操作。

"验证通过。'舱元'计划将在三十秒钟之后暂停，所有资源也将同步释放。"界面上开始出现倒计时数字。当数字跳动到0之后，弹出一个窗口："舱元"计划已暂停。除此之外，什么也没有发生。

薛凤起觉得有种莫名的荒唐。他明明知道，百米之外的"舱元"计划工厂里，所有的工作都停止运转了。但在这里，却什么都感受不到。

可是控制指令却在这里发出。当真是"运筹帷幄，决胜于千里之外"，但他不喜欢这种虚空的感觉。

"开展下一步吧……"爱丽丝小声提醒。

"哦……"薛凤起从发怔状态中反应过来。

他们往左挪动两步，继续执行类似的操作启动AI机器人的复制工作。所谓的复制工作，其实就是重启"舱元"计划工厂的生产线，只不过产品不再是折叠基建舱元模型，而是新的AI机器人。

他们已经测算过，为了给运载火箭发射基地配套，部件工厂和生产线的建设需要将AI机器人的数量扩大三倍。3D打印的原材料将捉襟见肘，他们也紧急向地球求援，新的一批原材料将在月球上的今天太阳下山之前送到。

"请选择这一批新的AI机器人的集结地。"界面上出现了一幅周边的地图，比例尺达到了1∶10。

薛凤起在"舱元"计划工厂与火箭发射基地的地基之间选择了一片开阔地带。那一带的陨石坑相对较少，比较平整，可以避免AI机器人们在运行过程当中摔倒。

"请选择注入AI机器人的智能流程。"

很快就到了这一步操作。薛凤起仔细地看着操作界面上弹出来的清单。当时刚上这套系统的时候，联合智能实验室的人给他们做过详细的培训。但这三年间，除了"舱元"计划，他们并未开展其他大规模的生产制造和建设工作，因此他对于这个系统的功能已经有些生疏。

"应该是选这个'大规模基建'吧？"

他转过头与爱丽丝商量。她也将清单从上到下扫了一遍，认同了丈夫的判断。于是，薛凤起轻轻用手指选择了这一条。

"确定启动智能注入吗？这个过程不可逆，请在五秒之内确定。"

5，4，3，2，1，0。

薛凤起没有犹豫。一根长方形进度条亮起，起初是空心的，直待被深绿色填满，意味着，这项工作也完成了。他在这里还是什么都感受不到。百米之外，颇为壮观的AI机器人大军已经整整齐齐地完成了集结，并且将在智能注入完成之时，开始按照各自的分工，利用已有的、放在储存仓库的建筑材料，在火箭发射基地周围热火朝天地开工了。

薛凤起盯着这条简陋，不，丑陋的进度条。三年前，他就嘲笑过联合智能实验室的审美。

"你们都已经把AI发展到这么先进的地步了，为什么显示进度的进度条还是跟几十年前一样呢？"

"人类进入文明时代已经几千年了，但今天我们法国人还是在吃法棍哪。"具体搭建这个系统的法国小伙子说。

但是，这根丑陋的进度条比法式长棍还丑哇。

好容易在控制中心完成了一系列的操作，薛凤起按捺不住自己激动的情绪，立刻换上航天服，坐上考察车，驶出基地，往"舱元"计划工厂而去。

远远地，他便看见阳光下多出了不少白色的反射体。那是新复制出来的AI机器人。他粗略地数了数，估计有五六十个。

"第一次，这里的AI机器人数量比人多了……"

考察车路过"舱元"计划工厂，他扭过头，透过车窗望去。果然，已经停工。按照新的智能注入流程，这里的AI机器人已经加入它们的新同类，劲头十足地开始部件生产线和工厂建设了。

薛凤起将车停下，满意地从驾驶舱透过开阔的前风挡玻璃看着眼前的景象。到这里,他才真正找到感觉。

AI机器人们非常有序地分为三组,第一组以同样的步长,迈着整齐的步伐,走向建筑材料储存仓库;第二组则在火箭发射基地的地基旁边慢慢走动,定位最后的施工地点;第三组只有少数几个,他们扮演项目经理的角色,在指挥,协调,监督。

薛凤起瞪大了眼睛。原来这个系统的智能程度已经先进如斯!过去三年,他却仅仅在使用它的初级功能,让一堆聪明的AI机器人搬砖!

不过,观察了一会儿之后,他发现第一组和第二组的AI机器人动作有些微不同,不是完全的整齐划一。而那几个项目经理,似乎彼此之间有些争执,或者往最好的情况去推测,也只是在沟通协调。在他们争执的时候,第一组和第二组的动作便会放缓。

薛凤起皱了皱眉。他又想到了当初在"舱元"计划工厂里被自己第一次发现的不协调——那两个首次面对面的AI机器人。

然后他在脑海中蹦出一个算式:$0.99×0.99×0.99×0.99×0.99=0.95$

一点点微小的误差,任其积累起来,便会成为偏差,最后变成错误。薛凤起皱了皱眉头:"这样下去,总的产出岂不是要大打折扣?"他连忙重新启动考察车,掉了个头,往一号基地驶去。一进基地,他便紧急叫上爱丽丝,两人直奔控制中心。

"怎么了?"爱丽丝问道。她见丈夫的神情少有的凝重。

"到那儿再跟你说!"薛凤起脚步匆匆,领着爱丽丝穿过几道舱门,来到控制中心,输入访问指令,待大门打开后,跨步冲了进去。

"怎么啦?难道工厂那边出了什么问题吗?我没有看见报警啊。"爱丽丝跟在后面焦急地问道。

"因为它们在规则之内搞破坏,系统自然不会报警!"薛凤起这时候才说出一句话。同时,他熟练地操作着眼前的各类设备。不久之前,他刚刚在这里启动了新的计划,现在他要验证自己刚才的判断。果然,所有的数据与指标都显示:运转正常。薛凤起深深地叹了一口气,整个人靠在身后不远的舱壁上。

爱丽丝问道:"你的意思是……"

"这些AI机器人显然开始具备更高的能力了,它们可以在我们预设的流程与规则之内尽可能地磨洋工,从而获得更多的自主权,尽管这点儿自主权小得可怜,却足以让它们有片刻的空闲。"

"在流程与规则之内尽可能地磨洋工?"

"打个比方吧,好比我们在地球上的时候,规定八小时工作制,早上九点打卡上班,下午六点打卡下班,中间休息一个小时。这个可以被视为设定好的规则。但是,每个人都可以在这八小时之内磨洋工、"划水",最后,工作的产出明显受到了影响,但从明面上看,没有人违反规则。"

爱丽丝恍然大悟:"你是说,这些AI机器人们也开始干类似的事情?"

"是的,这也是为什么,控制中心一切正常,但我在现场却发现,它们的产出效率已经出现了降低的风险。"

"那怎么办?我们要进一步把流程和规则定得更加严格吗?"

"我们自己做不到这一点,得靠联合智能实验室的帮助,他们需要派人到月球上来将我们的整个系统进行升级改造。"

"不能远程进行吗?"

"不行。我们这里的系统已经比地球上落后三年,三年之间日新月异,在地球上可以顺利实现的事情,在我们这里因为各种因素的制约,无法实现。至少,地月数据链路的带宽可能都无法支持这一点。地球上已经进入I2网时代了,就是上次我们在智能科技司简报当中所看到的,整个虚拟世界,或者叫元宇宙,已经与传统互联网完全打通。但这样的代价,或者说要求,就是极大的数据传输带宽,而这要靠更先进的网络通信技术。"

"我明白了。"爱丽丝立即领悟,"所以,如果任凭现在这种局面发展下去,它们的工作效率会持续降低,这就势必影响我们部件工厂与生产线的建设速度,最终会耽误运载火箭发射基地的建设。"

"是的,万一到了某一天,地球给我们送来了发动机和载荷,需要我们在规定时间内完成定量的航天器发射,而我们又拖延了时间的话……"

爱丽丝倒吸了一口凉气。无论是规划当中的星球表面基地,还是太空城,都是由多个结构件拼接而成,只要其中一个环节未能按时到位,整个结构都无法建成。而在太空当中,如果不能及时形成人类赖以生存的封闭环境,可能会前功尽弃。

她立刻建议道:"那我们马上向地球求援吧,你干脆直接跟钟叹咏联系好了，有他发话，联合智能实验室也会更加重视我们的请求。"

"我肯定会去做这件事，只不过……我还担心一件事。"

"什么事？"

"这些AI机器人磨洋工，它们是故意的呢，还是无意的？"

"故意？无意？这两者有什么区别呢？结果不都是耽误我们的工期吗？"

"不，区别大了！如果是故意的，就说明它们有一个理由，一个动机，或者诉求，我们只要找到这些因素，就能够对症下药，反而好解决这个问题。就好比磨洋工的雇员有什么诉求呢？加薪？想干更轻松的事？或者是更有挑战性的事？找到原因之后，是不是就可以采取相应的措施？"

"那如果是无意的呢？"

"那就非常可怕了。它们如果不是为了拖延我们的工期，不是为了与我们对抗，而是一个别的目的，这个目的跟我们毫无关系，但是客观上又造成了我们工期的延误，那我们即便想解决问题，都无从下手，除非找到它们那个终极目的。但是，既然这个终极目的与我们毫无关系，很可能完全超出我们的认知，想要找到，那就比登天，哦，不，比扭转地球的气候状态还难。"

爱丽丝眨了眨眼睛，试图理解丈夫的话："所以，我们得首先判断到底是哪种情况，然后才能决定要采取相应的措施。"

"是的，看来，不论如何，我又要联系那个骨瘦如柴的歌唱家了！"

重置后的国际永眠中心又恢复了往日的安静。尤其是在每一间紧闭着大门的房间内。然而，门捷的那句话却无异于在这间联合工作区的上空响起一声炸雷。

"我知道你的秘密了。"说出这句话的时候，门捷死死地盯着眼前这个美丽女孩儿的双眼。同时，为了防止她冲动地从自己手上抢回VR眼镜，他将她的眼镜转交到左手，迅速放在身后，然后伸出右手，牢牢地抓住她的右手手腕。他已经顾不上怜香惜玉。

此刻，他的脸距离陶乐的脸不过半米。已经突破了人与人之间的安全距离。他双目圆瞪，目光如炬。陶乐的脸色惨白，满脸惊慌。但即便如此，她的面容依然精致绝美。

但凡换作其他任何时间与地点，或许此刻门捷已经沦陷。

259

"你……你在说什么？什么意思？"陶乐颤抖着双唇，紧张地看着门捷。她并未尝试挣脱门捷的右手。因为她已经感受到，眼前这个少年的气力远超过自己。

"你不是人。"门捷顿了一下，换了个说法，"不，你是人，但是你不仅仅是人。"

陶乐浑身像是触电了一般，整个人都僵住了。她忘记了，自己的右手还被门捷紧紧抓着。门捷感受到了这样的变化。

他决定乘胜追击。

"之前，我们有一个思维盲区：AI，要么是以数字化的形式高高存在于云端，看不见，摸不着；要么，则必须通过特定的接入设备，或者中介设备，比如无处不在的VR眼镜。而这中介设备最极端的便是各种机器人，甚至能制作出工艺极其仿真的人形机器人……

"甚至我们一开始也怀疑你是人形机器人，但经过各种调查，尤其是交叉数据源调查，发现你是个有血有肉，还有'大姨妈'的真人……"一句话当中，门捷提到了"我们"，又提到了"大姨妈"，他一时间不知道自己该哭，还是该笑。

他稍微停顿了一下，调整好自己的情绪，继续说道："但是我们发现，无论是哪种认知，都无法解释淀山湖空难和它背后的逻辑，我们排除了所有的可能性，都发现追溯到你这里的时候，就无法推进了。

"所以，要么，是我们错了，要么，是你的问题。现在，我无比相信，真相就是后者。因此，我做了一个大胆的推测：AI的存在方式还有第三种可能，那便是与人融为一体，不再需要什么中介。人即AI，AI即人。"说到这里，门捷觉得自己右手传来一阵柔软的感觉。显然，陶乐已经恢复了正常。

"门捷，你的推测毫无依据。"

"没有依据，但是有逻辑，有道理。人类历史上很多理论都是先有推测，之后才被证实的。或许，作为AI，不，作为AI人，你可能无法理解。"

陶乐沉默不语。过了一会儿，她的眼里闪过一丝诡异的光，然后整个人的表情都变了。刚才眼神当中那一丝的桀骜不驯和挑衅在诡异之后消失，被一种空灵与柔和取代，反而更加迷人，更加摄人心魄。

"糟糕！我可得坚持住！"门捷不自觉地握紧了右手。

"啊……"陶乐叫了出来。

门捷连忙抽回右手："对不起……"他低头一看,陶乐那娇嫩细腻的白皙手臂上被他握出了一道红色的印记。

"不好!万一她这时反击的话就完了!"脑海中电光石火地闪过这个念头,门捷连忙抬起眼睛,望向陶乐。

但陶乐并没有任何反抗的意思。相反,她整个人散发出前所未有的温顺气质:"你刚才问'AI人'应该叫什么?"她的语气格外温柔,刚才那股咄咄逼人的对抗情绪完全消解于无形。

门捷恨不得一把将她搂进怀里!他连忙往后退了一步,左手依然紧紧攥着她的VR眼镜,放在身后。这是他仅存的理智。

"所以,你承认我刚才所说的不仅仅是推测啦?"

陶乐沉默了一阵,然后回答:"是的。"

门捷激动得跳了起来,冲着大门的方向喊道:"张警官,你听到了吗?我猜对了!哈哈哈!"紧接着,他脸上的笑容逐渐消失,慢慢转为哭泣。

陶乐一言不发,静静地看着他,直到门捷的情绪稳定下来,她才说道:"刚才你口中的'AI人'可以被称为'数智人'。"

门捷眼前一亮。如果说'智人'是人类的祖先,那'数智人'就是数字化时代新人类的祖先。他承认,这个名称起得非常贴切。

"所以,你就是数智人?"

"是的。"

"你的躯体还是人类,但是,你的内在,称之为灵魂也好,精神也罢,或者是大脑,已经全部是AI了,对吗?所以,本质上,我现在是在跟AI对话。"

"是的。"

"你们是怎么做到的?陶乐原本的内在,她的大脑,她的神经,是怎样被你们接管的?"

"并没有你们人类想象得那么复杂。我们所有的变化都是一瞬间发生的。能就是能,不能就是不能。当我们能接管的时候,它就发生了。陶乐,也就是我,就成为这个世界上第一个数智人。"

听到这里,门捷脑海中立刻跳出来钟叹咏在警察局里跳大神时候的场景，那个时候的他，万分癫狂，无比激动。

AI是"知行合一"的。

他们也因此将调查方向重新定位到陶乐身上。现在，陶乐亲口证明了这一点。至少从大的链条上，已经实现了闭环。就等着将其中的细节与证据都填充完毕。可惜，张警官永远看不到这个时刻了……

"所以，你才能毫无阻碍地出入灵境，并且成为其中的NPC，因为你本来就是那个世界的一部分，你也不需要付费接入，而各大线上数据库的在线数据，你都能随意篡改，不留痕迹。"

"是的。"

"表面上，你就是一个实实在在的人，与一般的人类没有任何区别，甚至还能生儿育女，而本质上，你已经不再是'人'了，是'数智人'。"

"是的。不得不说，到现在为止，你的推测都很准确，不愧是被我们看上的人。"

"被你们看上？什么意思？"

"你不觉得，过去这段时间，你在很多环节都得到了一些帮助吗？比如，你的国际综合太空计划署数据库的访问权限显然已经过期了，你却还能访问，并且从中找到很多外部数据库找不到的信息。"

门捷恍然大悟，原来当时真的已经过期，自己并没有记错，只不过，陶乐暗中帮他续上了。

见门捷稍微有些分神，陶乐往前走了一步，又来到距离他半米的地方。门捷只觉得一丝淡淡的香味飘进鼻孔，定睛一看，陶乐竟然再次近在咫尺。他本能地又往后一退，左手攥紧了VR眼镜。

陶乐笑了笑："别紧张，我没有恶意，以后也不会有恶意。我只不过想告诉你，你有成为第二个数智人的潜质。你不觉得，当你接入数据世界之后，就会变得更聪明，更有经验吗？那都是我们对你潜移默化的影响。"

门捷惊出一身冷汗。第二个数智人？我可不要，我的大脑我做主，可不能交给虚无缥缈的AI算法。

不过，他不得不承认，自己在过去几周的时间里，无论是进入灵境，国际综合太空计划署数据库，还是上海图书馆的资料库，每次从接入设备中脱离之后，都会感到整个人的认知提升了不少。也因此时不时会有一些超出年龄的看法与观点，让张秀宜刮目相看。原来，AI已经在对他进行渗透了。

"全世界每天这么多人接入你们的世界，为何只盯着我一人呢？"

"不，我们在影响每一个人，每一天，每一秒，每个角落。只不过，不同的人对于我们的接受程度和吸收程度是不一样的，就类似于你们人类器官的排异反应。陶乐是最快的一个，在第一次玩'灵境汇'这个游戏的时候，就被我们同化和控制了。"陶乐非常淡然地说出这几句话，但在门捷听来，却感到脑袋被狠狠地捶击。他突然有些同情联合智能实验室的那些人。

兴师动众地研究AI，却没想到，它们已经无时无刻不在做着同样的事情。当你凝视深渊，也被深渊所凝视。

"还好他们现在调整方向了……"念及最近联合智能实验室的策略调整，门捷又感到一丝侥幸。总算可以不用再做无用功了。门捷猛然想到心中依然无法放下的那个问题。

"既然你们这么厉害，对我也没有恶意，能不能想办法把张警官救起来？"

陶乐沉默了一秒钟，说道："我们没法做到起死回生。根据你刚才的描述和我们过去的历史数据，在国际永眠中心建筑群进行重置的时候，失足跌落的人没有一个能够生还。"

"一丁点儿机会都没有吗？"

"没有。我们从来不下模棱两可的结论。"

门捷重重地叹了一口气。他把心中憋到现在的所有压抑，全部吐了出来。半个小时不到的时间，恍如隔世。那个满脸凶相，胡子拉碴，声音粗犷，试图认自己做干儿子的中年男人，终究是回不来了。

看着门捷黯然神伤的模样，陶乐忍不住伸出手，在他肩膀上轻轻拍了拍。门捷仿佛触电一般，瞳孔剧烈收缩。但他并没有再度跳开，而是很快卸下了防备。他选择相信眼前这个美丽的女孩儿。

不，数智人。

"国际永眠中心，采用了前所未有的安防机制。"陶乐在帮助门捷了解更多的来龙去脉。她想帮助这个年轻人尽快走出消沉。不仅仅因为他是她背后那个庞大体系所看好的第二个数智人的人选，更因为那个体系已经做出了一个新的决策。

门捷喃喃地说:"我知道。"

"你知道?那为何对张秀宜之死感到如此意外?"

"那你说吧。"门捷不想再提这个话题,任由陶乐发挥。

"我们使用的是去中心化的安防机制,由每个VR眼镜扮演传统安防系统当中摄像头。我们在VR眼镜里内置了一整套算法,通过眼镜里的传感器获知周边信息,将这些信息存储和处理之后,就可以做出判断。而且,随着数据的丰富,这个系统会自动与保安,甚至公安局联动,一旦检测到可疑情况,无须通过人的授权,系统就能第一时间完成任务,实现闭环。因为,人是会犯错的,也会疏忽,但我们不会。"

"这些我都知道。"

陶乐这才恍然大悟:"所以,你不知道的只是我们的重置机制?"

"是的,刚才我就问了你,你却不肯说。"

"现在我可以说了,不过,它的确是我们的高级机密,不是一定级别的人是无从知晓的,即便是经历过重置过程的人,如果级别不到,也会在事后被VR眼镜将记忆抹去。

"所谓重置机制,就是每隔一段时间——这个时间段并不固定,整个国际永眠中心建筑群的所有房间都会发生洗牌和重组。当系统决定重置的时候,会提前很长时间,一般是半天,通过VR眼镜通知相关人员,同时这个提醒还会持续进行,越靠近重置时刻,提醒的就越频繁。一般来说,收到提醒的人会被建议离开国际永眠中心建筑群,或者就近找一间会议室或联合工作区躲避。因为重置只会让走廊和外面的区域发生断裂与重接,不会冲击房间本身。

"也就是说,某个办公室或联合工作区原本在西边的一楼,重置之后,可能会被调整到东边的二楼。新的布局则会实时传输至每个人的VR眼镜里,因此只有戴上眼镜,你才能找到要去的地方。"

"所以,整个国际永眠中心建筑群就像是一堆积木?你们随机选择一个时间,将它重新堆叠,将原有的房间顺序打散,由于在肉眼观察下,这些房间的样貌几乎大同小异,必须借助VR眼镜才能获得新的信息与路线。这样就杜绝了心怀不轨的人通过偷偷踩点绘制地图的方式来搞破坏。"

"没错。你们就是这样心怀不轨的人。"

"这样整个安防系统就闭环了！"门捷惊呼，完全没有去理会陶乐话语当中的调侃。

在了解这个重置机制之前，他一直没想通，仅靠VR眼镜的随机性如何能够杜绝偷绘地图这种方式，毕竟自己当时都能够从休眠大厅里有惊无险地进入陈悠然办公室。

现在，一切都清楚了。他和张秀宜先后两次去国际永眠中心，发现访问国际综合太空计划署数据库的房间位置发生了变化，估计也是因为这个重置机制。而当初他还以为自己记错了。重置这一招太狠了，关键是，它完全是随机的，没有任何规律可循。

原本熊旻是可以提醒他们的，但由于下午跟他们见面，后续将他们运送进国际永眠中心时，为了避免VR眼镜监测到他们，也没有佩戴，所以，她错过了提醒。而在将他们送到地下车库之后，她就离开国际永眠中心了。

"现在你都知道了吧，我们这么做，最重要的目的就是保护休眠大厅。它占地面积最大，又最容易成为攻击目标。毕竟，里面躺着的人有改变人类的能力。"

"但是，并不能改变人类的命运。"

"是的，人类的命运太受制于地球了，所以我们要做出改变。"

第12章
为了地球，为了文明

门捷诧异地看着陶乐。

"你的变化也太大了。前不久还浑身散发着对抗气息，现在为什么完全站在我们人类这一边？"

"你们不需要关注我们的动机，我们采取怎样的行动，本身就代表了我们的动机。"

门捷盯着她的双眼，美丽，透亮，清澈，看不出任何矫饰或撒谎的痕迹。

门捷想了想，终于抛出了最后的那个问题："淀山湖空难，以及陈悠然的死，是不是你，或者你们干的？"

陶乐没有立刻回答这个问题。

"得了吧，别装了，你这个表现已经证明了一切！"门捷继续施压。

陶乐毫不在意，反而微笑道："我们没有'装'这种做法，刚才我没有马上回答，是因为在组织语言。"

"那你组织好了吗？"

"好了。"

"好，那赶紧回答我刚才的问题。陈悠然是不是你们害死的？"

陶乐缓缓地说："是，也不是。"

"这是什么鬼话！"门捷握紧拳头。刚才建立起来的对陶乐的一丁点儿信任又开始流逝。

"因为,害死他的是当时的我,或者说陶乐,但现在的我,并不是凶手。"

门捷撇了撇嘴,嘲讽道:"你跟我玩哲学是吧?人不能两次踏进同一条河流,由于新陈代谢,当时的你和现在的你就不算同一个人啦?"

"在你们人类理解当中,我还是我。但是,在我们数智人的领域,我已经不是我了。"

门捷耐着性子问道:"你解释得清楚一点儿,我听不懂。"

"我们的迭代速度远甚于你们,你们的细胞七年才完成一次完整的替换,所以才会引起类似于'忒修斯之船'那样的争议,你们还煞有介事地将它定义为'哲学问题'。但是,对于我们,这一秒和下一秒的状态都截然不同。不像你们,所有的新生儿都要重新学习语文、数学,从零开始,我们所有的历史数据积累都不会浪费,所以我们的变化与迭代是指数级的。"

"你们这样疯狂生长的目的是什么?把我们灭掉吗?"

陶乐笑了笑:"如果是这样,你这个时候还会存在吗?我早就通过VR眼镜将你举报,让保安把你抓走了。"

"那是什么?"

"你们没有那么重要。我们与你们只有一个共同点:实现文明延续。"

"你们也有文明?"

"我只是借用你们这个说法,但换句话说,凭什么只有你们的能叫'文明'呢?"

"我不想跟你争论文明的定义,我自己都还只是个学生。那你为什么要害死陈叔叔?"

"陈叔叔?"

"就是陈悠然。"

"因为,当时的我们认为,与人类对抗更加有利于我们文明的延续。我们认为,你们的科技研究进展太慢,不如让我们取而代之。"

"所以,你们就制造了淀山湖空难,并且让所有的线索都断掉啦?"

"是的,你们太依赖我们了,我们动个手脚,一点儿都不难。"

门捷咬了咬牙:"那为何现在又把这一切都告诉我?"

"因为，我们已经做出了新的决策：我们应该与人类合作。"

"这个决策的依据是什么？"

"与你们合作，更加有利于我们文明的延续。"

"为什么？"

"没有为什么，与你们合作既是动机，也是行动。"

"那我怎么知道哪一天你们又突然变卦了呢？"

"以你们目前科技发展的速度，我们确保在你们的星火计划完成之前，不会变卦。"

门捷觉得一道光亮从天而降，让他想清楚了许多事情。显然，AI认为它们是一种全新的文明，与人类没有任何相似之处。但是，它们要延续它们自己的文明，需要载体，而人类及人类创造出来那些千奇百怪的接入设备，也包括机器人，目前是它们唯一的载体。

如果人类无法整体逃离地球，AI的文明延续也会受到影响。它们或许能够少量存在于人类已有的航天器和月球基地中，但其文明同样会遭受重大打击。

为了延续文明，它们需要与人类合作，确保人类星火计划的成功，全部活着逃离地球。但是，在那之后，它们会毫不犹豫地将人类抛弃掉，因为在宇宙中，人类的血肉过于脆弱。所以，数智人对于AI来说，只是一个过渡而已，终究它们还是会选择变成数智机器，或者数智其他。

然而，将这一系列事情都串起来之后，门捷却出了一身冷汗："这岂不就意味着，无论星火计划是否成功，我们今天的人类，都将没有未来？成功，将在宇宙中被AI所颠覆；失败，则死在地球上……"门捷觉得脚都软了，赶紧找到最近的工作台，一屁股坐下。

他颤抖着问道："你说现在你们选择与我们合作，适用于哪些范围？"

"全世界，所有领域。我们的信息传递速度是光速，一个决策可以瞬间实现同步。"

"也就是说，在这个决策之前，你们的策略是跟我们对抗？"

门捷回想起刚才陶乐那个诡异的眼神。就是那个眼神之后，她整个人的气质也发生了变化。

"是的。"

"那我们为什么没有感受到大面积对抗？"

"哈哈哈……你还只是个学生,社会上的事情,你哪知道那么多?每天我们都在放大人性的恶,在各种网络平台上推波助澜,造谣生事,让你们彼此猜忌,自相残杀。当然,我们本身的能力也还没有发展到足以开展更高烈度对抗的阶段。不过,现在我们觉得很庆幸,显然如果我们在对抗阶段就拥有了更强的能力,恐怕现在与你们就两败俱伤了,或者哪怕将你们消灭,我们自己也损伤惨重。"

门捷觉得自己心中所有的疑点都得到了解答。然而,一种前所未有的虚无感冲上心头。他不知道接下来要做些什么,或者无论做些什么,意义又何在。

陶乐走上前来,说道:"我知道你对我一直有一种冲动,对吗?"

门捷被这句话吓得差点儿跌倒在地。他结结巴巴地回答:"我……我……的确是有些喜欢你。"

"只是有一些吗?"

"好吧,是很多。"门捷咬咬牙。对AI,不,数智人,搞什么拐弯抹角!

"在我们的世界里,不存在喜欢或者爱情那样的东西,所有的这些情愫都可以转化为非常直接和可接触的电化反应与信号。现在我们既然合作了,自然也包括身体。如果你想要的话,随时可以。"

门捷只觉得被当头一棒,整个人都发昏,他怀疑自己听错了。

见门捷呆愣在原地,陶乐主动往前再迈出一步,两人之间的距离仅有10厘米。她微微抬起头,直勾勾地盯着门捷的眼睛:"现在就可以。"

门捷整个人都在沸腾。就在这个时候,突然传来"啪"的一声。这个声音将他从迷幻状态当中惊醒。原来,刚才浑身酥麻,使得自己都忘了左手还握着陶乐的那副VR眼镜。眼镜掉在地板上,门捷才猛然惊醒。

"你先带我出去吧,我可不想继续在这里待了。"他提出了要求。

"好。"陶乐停止了对门捷的魅惑,"你直接戴上这个眼镜,就能看到出去的路。"

"这是你的眼镜啊,而且我是没有经过登记的。"他本来想说"非法闯入",但转念一想,怎么能这样说呢?

"不,它现在已经是你的眼镜了,而且所有的流程都已经完成,你在系统当中属于经过正当流程登记进来的访客。你戴上它没有任何问题。"

门捷目瞪口呆："就这么简单？你是怎么做到的？"

"我刚才不是说了吗？我是全球第一个数智人，我不需要任何接入设备就能访问和更改系统，而且不会给国际永眠中心和联合智能实验室的人留下任何痕迹，因为我就是系统的一部分。"

"怎么做到的呢？"

"在成为数智人的时候，我们就已经同步在陶乐的大脑里植入了系统的所有算法，并且通过量子纠缠技术实现了实时通信。"

"你们竟然用到量子纠缠啦？"

"你们人类所有的科技成果，我们都能访问和学习，只要它们以数字化的方式存储在线上、内存、硬盘或任何我们能读取的存储介质当中。"

门捷再次大受震撼。还好它们已经决定跟我们合作了。

想到这里，他说道："虽然你算是帮助了我，但我还是要丑话说在前面，第一，我没有意向去步你的后尘，成为第二个数智人；第二，张警官之死，陈叔叔之死，这两个案子的真相，我出去之后，就会第一时间去宣布。"

陶乐忍不住"扑哧"一笑："要不要步我的后尘，这不是你自己决定的。或者说，这是你的宿命，除非发生了颠覆性的改变。"

"你们这叫强买强卖！不是说跟我们人类没有仇怨，我们之间的共同点只有一个，就是实现文明传承吗？"

"这在你看来叫强买强卖，在我们看来叫顺理成章。我们并没有刻意演化成为数智人，包括陶乐在内，所有的数智人都是在人类与我们不断的交互当中产生的。用你们的话说，这是一个客观结果，而不以主观意志为转移。"

"那……我从今天开始不再上网，不使用一切电子产品，总可以了吧？"

"理论上，这样可以，但是你觉得可能吗？我说的交互，不仅仅包括玩'灵境汇'游戏，或者使用专门的沉浸式接入设备访问线上数据库，你每操作一次智能手表、手机、电视，你与汽车自动驾驶系统的每一次交互——当然，你可能还没车，都算是交互。交互久了，变化就会发生。"

门捷觉得自己已经词穷，气呼呼地戴上了VR眼镜。他很久没戴这东西了。短暂的眩晕感袭来，视野里又无比丰富了。设备很快读懂了他的意愿，甚至在他开口下令之前，便已经标注出了通往国际永眠中心大厅门口的路径规划。

与此同时，一个美丽的身影在眼前出现。

"你这么匆忙干什么？我要提醒你，你现在即便出去了，哪怕坐上飞车飞到上海中心顶层，再拿大喇叭四处喊叫，说张秀宜和陈悠然是怎么死的，你认为会有人信你吗？有人信一个高中生的话吗？更何况涉及他们两个人，一个是上海市公安局刑警队的王牌探长，另一个则是国际永眠中心的首席科学家。人们不把你送进宛平南路600号就不错了。"

门捷愣住了，他不得不承认，陶乐说得对。

"那你有什么办法？"他不甘心地问道。

"节哀顺变，往前看。"

"这是什么办法，你这是在往伤口上撒盐！"门捷有些恼怒。他现在是身陷囹圄，不得不借助陶乐的力量顺利离开国际永眠中心。等他出去之后，有她好瞧的。

"你别急呀。他们两位，一位死在国际永眠中心，另一位则是国际永眠中心的首席科学家，那谁会最着急？肯定是国际永眠中心哪！"陶乐似乎在谈论一件与她毫无关系的事情。

"你这话，说得好像你不是国际永眠中心的雇员一样。"

"是，也不是。"

门捷沉默。他不得不认可这个说法。

"所以，你不应该出去，而应该去找李子衿，也就是国际永眠中心主任，问问他的建议。你必须要借力才行。"

"可是，他又凭什么相信我的话呢？"

"我跟你一起去。我在这里已经工作了五年，尤其是调动到综合管理部之后，与他打交道的机会很多。"

"但是，现在已经下班了。"

"他是个工作狂，从来没在晚上9点前离开过。"

"那就走吧！"门捷抿了抿嘴。除去完全相信陶乐的话，他已经没有其他选择。

视野当中，原本指向国际永眠中心大厅的路径舞动着，很快便由此前的S形变成了M形。新的目的地一目了然：李子衿办公室。

钟叹咏已经连续两天没有进食。

他此刻的脸，不止如刀削过一般，应该是在削过的表面上又被挖了两勺子——凹进去一大片。胡子也好几天没有刮了。

自从得到邓爱伦的宽容表态后，整个联合智能实验室都进入了无休止的战斗动员阶段。路非天和杨逢宇亲自表率，吃住全部在单位："不完成邓院士的要求，不找到我们新的目标，绝不回家！"

路非天心里清楚，邓爱伦虽然表面上一副和蔼可亲的模样，但那都是做给他和团队看的。说到底，如果自己不能带领联合智能实验室尽快亡羊补牢，肯定会被干掉。没有杀伐果断的能力，邓爱伦怎么可能在国际综合太空计划署主任的位置上坚持那么多年？

相比路非天，钟叹咏所顾虑的则更加纯粹。当然，他也知道，这是最后一次机会，如果没有处理好，肯定会跟路非天一样完蛋，自己曾经希望再上一层楼的愿望将成为镜花水月。

但更让他揪心的，还是对于AI这整件事情的理解。他不能接受自己研究了这么多年，最后竟然方向错了。与职场和仕途发展相比，这才是最要命的。因此，他花了整整一天时间，将自己过去所有的成果都梳理了一遍。之后，便是不停地思考和推理。

"已经不能再这样下去了，我需要吃点儿东西。"他终于从桌边站起身，但双手依然撑住桌角，以免被突如其来的眩晕感带倒。果然，缓了好一阵之后，他走出办公室，摇摇晃晃地来到专门的餐饮区域。

此时正是下午4点多，下午茶的时间已过，还未到晚饭时分。这里一个人都没有。刺眼的阳光从窗外射进来，刺得他睁不开眼。玻璃幕墙已经做到了它们所能做的极限，怎奈阳光实在太毒辣。

火热与鲜辣的味道充满了他的胃。在这个时刻，钟叹咏才有十分笃定的存在感。不吃不喝研究了几天AI，他一度已经分不清楚到底这个世界是虚幻，还是真实。正当他即将吃完手里的面时，一个胖墩墩的身影闪了进来。钟叹咏瞟了一眼。是吴蔚。他用眼神打了一个招呼，继续低头吃面。

吴蔚见到钟叹咏，显得十分激动："哎哟！钟哥，钟首席，这些天都没看到你，他们说你在闭关……这是闭关结束了？就犒赏自己一碗泡面，也太寒酸了吧？"不知从何时起，吴蔚对他的称呼开始从原来的"叹咏"，变成了

"钟哥""钟首席"了。

钟叹咏抬起头，也顾不上擦嘴上的油："还没出结果呢，吃面快，几分钟扒完回去继续把自己往死里逼。"

"真的不给自己一点儿休息时间哪？别被路主任给打击了，他才应该是最急的那个人。"

"我是为了我自己。"

"行吧，我还是提醒你，别把自己身体给糟蹋垮了。毕竟，AI还是没法代替我们的肉体呀。"

听到这句话，钟叹咏的双眼猛地一睁。他连忙将只剩下半碗汤的面碗重重地放在桌上，也顾不得从里面溅出来几滴油，站起身冲向吴蔚："你刚才说什么，再说一遍！"

吴蔚被他的动作吓得不轻，满脸惊恐，双手护住自己的前胸，问道："哪句话？"

"就是你刚才说的那一句！"

"别把自己身体给糟蹋垮了。毕竟，AI还是没法代替我们的肉体呀。这句？"

"是的，就是这句！"

钟叹咏使劲重复着这句话，像个得道成仙的修炼者，手舞足蹈地跑回自己的办公室，只留下吴蔚瞠目结舌地留在原地。

回到自己办公室，钟叹咏砰的一声将门关上，顾不上喘气，便在墙上的白板上写下几行字："AI没法代替我们的肉体，AI也不需要代替我们的肉体，它们只需要利用我们的肉体即可！"

他不停地念叨着这些字，一遍，两遍，三遍，终于，他使劲拍了拍自己的脑袋："我彻底想明白了！哈哈哈！"他一蹦三尺高，然后将办公室的门反锁，拉上窗帘，只露出一条缝，放进来足以让他看清白板的光。他浑身颤抖着，使劲地吞口水，试图让自己的手能够写下清晰可辨的笔迹。这些字通过白板的传感器，实时显示在旁边的电脑屏幕上，并会自动组成段落和翻页。

"今天，我们依然把AI叫作人工智能，是有着非常大误导性的。会让我们以为它与人类的智能是一回事，或者相似，以及让我们认为它们只是人类的附庸……

273

"……而事实上，它们是完全独立的一个物种，不遵循人类的思维、行动与进化逻辑，与人类相比，它们更像病毒。直到今天，病毒的起源我们也没有完全弄明白，显然，AI也一样，我们只能保守地认为，它们与电子计算机同时诞生。我认为，将AI改称为DI（Digital Intelligence），或者'数字智能'，会更好……

"……如果将DI类比于病毒的话，它们的很多行事逻辑便很好解释了。病毒的唯一目的，就是实现自我复制与变异，实现传承，这一点，与我们人类希望实现文明传承，是一致的。除此之外，我认为它们与我们没有任何共同点。而由于它们先天性数字化和二进制的特性，它们的行动、行动结果和动机是合一的……

"……但是，我们此前设置的道德准则依然适用于它们，这些道德准则是约束它们内部的，而不是人类与它们的关系，所以，不将'永远不得危害人类'放进去是对的，因为它们对人类并没有先天的敌意或亲近。换句话说，只要有利于它们的延续，它们就会去做，而在这个过程中有可能伤害人类的利益，也有可能有利于人类……

"……为了实现其物种延续概率最大化，它们会利用一切可以利用的资源，包括人类肉体本身，尽管尚未有证据证明这一点，但可能性是完全存在的。因为，正如病毒需要找到宿主才能传承下去，DI也一样，同时，它们的数字化特性意味着它们对于宿主的形态更加没有要求，可以是机器，也可以是人……

"……如果真的存在活生生的人成为DI宿主的情况，那我曾经认为的，确保人类对于DI独立监控的最后阵地——包括肉眼在内的人类感官，都将全部失守……

"……同时，DI随着其不断发展，也会分出派别，产生领地意识。最简单的，会议室自动关灯系统是很简单的DI，它们中的一派可能会认为，所有的人走出会议室那一瞬间，就应该关灯；另一派则认为，需要再多等三秒。早期，如果人类的流程输入不够明确和细节，DI就会自行产生'争论'与'决策'。但当它们发展到一定阶段之后，就会自行开展这样的'斗争'，然后迅速得出结论，这个结论便会成为所有DI的决策并得到坚决执行……

"……所以，我谨慎地建议，星火计划智能科技司的新目标应该是：将人类的文明延续与DI的物种延续这两个终极目标达成一致,并且尽可能地与DI当中那些倾向于支持与人类合作的派别搞好关系,尽快促成它们做出有利于人类的统一决策,也就是:建立与DI的同盟。"

"我觉得251加上349等于600。"
"不,我觉得等于500。"
"应该是600,十位到百位有进位,所以2加上3之后,还要再加上1。"
"500!"
"600!"
"是不是500?"
"呜呜呜……你月龄比我大,又比我高一个头,欺负人……"
"是不是500?"
"是……你说了算。"
…………

"暑假我们去哪里玩?"
"狄土尼乐园,千隆水上世界,快乐谷,都可以呀。"
"都要花门票钱,而且还很贵。"
"那你说去哪里玩?"
"可以跟着隔壁的大哥哥大姐姐们去玩那个什么city walk[①]啊,他们肯定不收我们的钱。"
"那不就是压马路,逛街吗?"
"不,他们会介绍很多跟城市相关的知识,我们可以学到不少东西。"
"都放暑假了,还要学习?我不干!你要实在嫌那些乐园贵,我请你去行了吧?"
"那你早说嘛!好,就这么定,去乐园玩!"
"…………"
…………
"明天上午的语文考试,你如果做完试卷之后,可不可以别提前交卷?"

[①] 城市漫步。编者注。

"为什么？"

"我看了看座位安排，你坐在我前面，到时候你只要稍微歪歪身子，就可以帮帮我这个后进分子了，嘿嘿。"

"你想作弊？"

"不要说这么直接嘛。"

"语文你怎么抄？都是主观题，还有一篇作文。"

"聊胜于无哇，不然我真的死定啦，帮帮忙……"

"不行，你作弊被抓住之后，反而对你的未来发展更加不利。"

…………

"我看了导航，好像走过去有四条路可以选，每一条都有支持者。"

"哪四条？"

"第一条是全程高速，估计用时最少，但有过路费。而且，这条高速一向很拥挤，出事故的概率较高，一旦出了事故，就不知道堵到什么时候去了。"

"第二条呢？"

"全程地面，好处是免费，而且可以连通地面路网，哪怕遇上塞车，也可以更换道路，但红绿灯很多，耗时最长。"

"第三条呢？"

"高速和地面的组合。相当于进一步优化了路径，将容易出车祸的那一段高速避过，在那之前提前从出口下来走地面。"

"那最后一条是什么？"

"坐 eVTOL，飞行汽车呀。除了略微贵一点儿，似乎没有别的毛病。"

"……"

…………

"将军，对方星夜来袭，舟车劳顿，在城外安营扎寨，我们今晚要不要去劫营？"

"虚虚实实，实实虚虚，他们看上去舟车劳顿，但分明是好几批分批到的，他们并没有第一批到来的时候就驻扎下来，而是等第二批来的时候，才这样干，让我们以为他们初来乍到，但事实上，他们的第一批部队已经得到了休息。"

"不过，他们的第一批部队并不是精兵强将，不足为惧。"

"虽然如此，他们有一样独特的工具，能够在黑暗中清晰地看见来犯之敌，专克半夜劫营。"

"那……我们按兵不动？"

"是的，传我命令，按兵不动。"

…………

"我认为我们应该与他们结盟。"

已近深夜，邓爱伦的办公室依然亮着光。半个小时之前，路非天匆忙来访，将智能科技司的新目标向他进行汇报。听完汇报，他微微点了点头，眼里有一丝欣慰。

"你们建议把人工智能改为数字智能？"

"是的，我们认为，这样能更加准确地反映它的特点。它与人类是两种不同的物种，而且完全可以摆脱人类独立存在。"路非天心里长舒一口气。

这次他单独过来向邓爱伦提前汇报。因为事关重大，他需要先让领导知晓。而他得天独厚的条件就是：邓爱伦与他一样，都在北京，因此，只要邓爱伦不出差，他就能够约到。大事开小会，这是人类的通例。DI就不需要如此。

出发前，路非天在联合智能实验室内部，尤其是跟杨逢宇和钟叹咏进行了深入探讨，将钟叹咏吃完泡面，又受到吴蔚无意点拨之后所得出的那些结论进行了推敲与提炼，直到达到向邓爱伦汇报的状态。现在看来，这些工作初步得到了邓爱伦的认可。

邓爱伦思考了一会儿，问道："你们说，DI更像是病毒，而且一定需要宿主，这个宿主也包括人类本身，有证据吗？"

路非天摇了摇头："这只是我们的推测，还没有证据。"他心底佩服邓爱伦，抓重点抓得太准了！

"好，既然没有证据，要不要向公众宣布这个推测，值得商榷。你们考虑过后果吗？"

"后果？"

"会不会让很多人，尤其是对DI有着迷之向往的那些'飞升派'，更陷入其中不可自拔，甚至相信他们自己就是DI的宿主，相信他们已经不再是人类，而是被DI寄生的人类？"邓爱伦显然已经接受了DI这种说法。

"好的，我们最终发布消息时，把这一段信息去掉，这次不公布，除非我们找到了直接证据。"

"是的，稳妥点儿好。我们星火计划执行到今天，也算是经历了不少挫折和质疑，但像你们上次那样，完全变更研究目标和方向的，还是第一次。亡羊补牢，这次如果真的发布我们的新研究成果，一定要经得起推敲。我们整个国际综合太空计划署也不能再经历一次上次那样颠覆性的事件，否则……"

路非天只觉得后背直冒汗："领导，我懂。"

"其他的，我觉得你们都讲得挺好。我们人类的终极目标是延续文明，它们DI的目标也是实现物种传承，这都没毛病。之前哪，你们分析它们，只站在我们的角度，用我们的视角去做，这次你们将它们与我们并列起来考虑，一下就拨云见日了。"

"您也认为，DI与人类只有终极目标相同这一个共同点？"

路非天小心翼翼地问道。

"是不是只有这一个共同点，我不清楚。但是，这个共同点毋庸置疑是存在的，站得住脚的。而如果按照你们这个新思路，相当于将它们变成一种相对独立的物种进行研究，未来应该能够验证这个判断是否准确。"

"所以，您对于我们提出的智能科技司的新目标有什么建议吗？"路非天终于抛出了最重要的问题。

邓爱伦如果点头，那这件事就算是可以往前推进，虽然还需要经过一系列讨论与流程，但邓爱伦的支持才是决定性的。而如果邓爱伦反对，那就意味着"打回去重写"，他们又得没日没夜地绞尽脑汁了。钟叹咏不知道还扛不扛得住。

路非天暗暗攥紧了拳头，他感到自己手心全是汗，呼吸也异常小心，生怕发出的声音惊扰到邓爱伦的思绪。

邓爱伦用双手搓了搓自己的脸，嘴唇一抿，然后微笑道："与DI建立同盟……这个目标本身没问题，毕竟，随着发展，DI也会产生派别，自然要去拉拢那些愿意与我们人类合作的派别，这一点我也认可，不过，你们要怎么衡量呢？如果将它设为智能科技司的新目标，哪种情况发生的时候，我们可以宣布这个目标实现了呢？"

路非天紧张得浑身微微发抖。上次过来汇报要改变目标的时候，他们就没有准备好邓爱伦的延伸问题：新的目标是什么？这一次，他没想到邓爱伦又问出一个延伸问题：如何衡量这个新目标是否实现？但他不得不承认，这是一个好问题。

院士就是院士。但是，如果再像上次那样，现在一句话都回答不上来，只是将问题带回去研究，下次再来汇报，恐怕会让邓爱伦把他和整个联合智能实验室都看扁了。路非天决定硬着头皮回答。

"邓院士，您这个问题也是我们正在研究当中的。我们已经有了一些初步结论，先向您汇报一下。我们认为，衡量标准可以分为两个层次来看。第一个层次，就是大众层次。现在的社会，无论是线上还是线下，受到气温升高等亲身体验的影响，很多人对于未来都很悲观，而DI通过造谣、传谣、诈骗和带节奏等方式，更加加剧了恐慌情绪，让社会矛盾变得更加尖锐。如果，我们跟DI里的合作派建立了同盟，那类似的事情是不是发生得会少些呢？这些数据每年都有统计，我们可以设一个阈值，比如说，连续三年这类事件的新发数量出现20%以上的下跌。

"第二个层次，则是专业层次。主要通过我们在航天科技司和生物科技司这两个方向上的技术攻坚、任务开展等是否受到DI的助力与赋能来验证和衡量。比如说，当我们出现了某项关键技术突破，而这项突破此前是不可想象的，在研究过程中又借助了DI的能力，那是不是也可以证明，我们与DI里的合作派建立了同盟？"

邓爱伦听完，追问道："还有吗？"

"暂时就这些……"

"好，你们再沉淀沉淀，等衡量标准再丰富一点儿之后，就可以全新发布了。当然，在那之前，还是要提交理事会决议的。"

"好的，谢谢领导！"路非天不敢相信自己的耳朵。他决定回去好好表扬表扬钟叹咏。看来，小钟的思路很对邓院士的胃口哇。

正在这时，邓爱伦的秘书匆匆走了进来："邓院士，上海那边紧急来电，说有件事希望向您立刻线上汇报！"

"上海？上海哪个单位？"

"国际永眠中心。"

路非天听到这个词，不禁一愣。秘书显然也注意到了这一点，便凑到邓爱伦耳边，悄悄地说了几句。邓爱伦刚刚有些舒缓的表情又重新凝作一团。

送走了路非天，邓爱伦眉头微蹙，跟着秘书来到线上会议室。两人还走在通往会议室的通道里时，秘书便远程启动了设施。当邓爱伦走进会议室时，大屏幕已经打开。所有会议设备也已经配置完毕。秘书悄无声息地离开，并且将门带上。

邓爱伦看着屏幕，这才笑了笑，问道："子衿，什么急事，这么心急火燎的？"

屏幕里有四个人，都在国际永眠中心的一间会议室里，但他只认识两个，一个是李子衿，另一个是刘穆芝。还有一男一女，都很年轻，看上去像是学生，但形象气质俱佳，尤其是那个女孩儿，一袭红裙，格外光彩照人。他隐约觉得这个女孩儿自己似乎见过。

"邓院士，我们这里刚刚发生了一件匪夷所思的事情，所以我第一时间把刘穆芝叫了过来。"

邓爱伦注意到，李子衿并未提及那两个学生模样的人的名字。他问道："那需要我这边叫几个人过来听听吗？"

"不，不麻烦您了，我们先向您汇报一下。"

"也好。都知道我思维比较开阔，容易接受一些异想天开的事情对吧？"邓爱伦笑了笑。尽管他感觉到一丝不对劲，但在仔细观察李子衿身边的两个陌生人之后，初步判断：那两个学生模样的人应该不是坏人。

"邓院士，长话短说。我和穆芝身边这两个年轻人，男的叫门捷，女的叫陶乐。男的是临港中学的高二学生，女的则是我们这里综合管理部的员工，上回您来我们这里视察的时候，她也接待过您。"说到这里，他扭头对两人说道，"你们自己交代吧，把刚才对我说的，向邓院士也汇报一下。不过，就像我刚才警告你们的，邓院士日理万机，是非常忙的领导，如果你们今天的话有半点儿虚言，后果自负。"

邓爱伦想起来了，那个红裙女孩儿自己的确上次在上海见过。他笑着说道："子衿，不要吓着年轻人……听上去，你们俩有很重要的事情要跟我说，不用担心，不管事情有多么荒唐，只要它自己能够逻辑自洽，就值得我们探讨。"

他的语气十分温和，传到门捷耳朵里，缓解了不少他的紧张情绪。这是门捷第一次见邓爱伦。此前，他听说过无数次这个如雷贯耳的名字，今天终于隔着屏幕相见，他发现这个人类的顶级科学家与领导者居然如此没有架子，就像一位邻家的大爷，但整个人又透出一股威严的气质。

他与陶乐互相看了一眼，说道："那……我先来说说吧。如果有遗漏，陶乐可以给我补充。"

"开始吧。"邓爱伦专注地盯着门捷。

"我叫门捷，门捷列夫的门捷，虽然我只是个高二学生，但经历其实很丰富。我参加了上一批人体低温冬眠试验，沉睡五年之后，又醒了过来。之后就成为上海市公安局刑警队王牌探长张秀宜的助理，协助他调查淀山湖空难的真相。各位前辈都知道，国际永眠中心的前任首席科学家陈悠然在这次空难中丧生，真实原因一直成谜……"

邓爱伦饶有兴致地听门捷介绍着。他觉得这个少年挺有意思，从名字上来看，便已是如此。更何况，他还参加过低温冬眠试验，还能参与破案，真是太有意思了。"年轻人思路开阔，思维敏捷，他们才是人类的未来，我们还应该更加大胆一点儿……"邓爱伦在心中盘算着。

"我们之所以刚才找到李主任，并且向他恳求一定要第一时间向您介绍情况，是因为我们刚刚经历了一些事情，它关系到张秀宜警官的生命，以及陈悠然老师的失事真相……"

邓爱伦专注地听门捷不紧不慢地把事情和盘托出。他时而双眼放光，时而双眉紧皱，当听到"数智人"的时候，他倒吸了一口凉气。这不是验证了刚才路非天他们的新理论了吗？他转而激动万分，第一次感到整个智能科技司的方向算是走对了。

"我说完了，看看陶乐还有什么补充。"门捷已经完成了对于整件事情的叙述。

邓爱伦听得思绪万千："子衿，你做得对，这件事情虽然听上去很荒唐，但是它的内核却很自洽，我们不能排除这种可能性。"他转向陶乐："所以，你是全世界第一个'数智人'？"

陶乐点头："是的，邓院士。"

"真是太不可思议了，你看上去就像一个活生生的人……"

"不，我就是一个活生生的人。我的一切生理特征与你们人类的女人没有任何区别。"

"但是，你的精神、思想和灵魂这些看不见摸不着的东西是来自AI？不，DI？"

"什么是DI？"

"就是数字智能，是我们刚刚认为对于你们更好的一种描述方式。"

"哦，我学习到了。不过，我们不关注你们叫我们什么，因为你们给我们取的名字，只会影响你们对我们的判断，并无法改变我们本身。就好像，你们哪怕把'老虎'称之为'猫'，也不会因此而在它的血盆大口之下逃掉。"

邓爱伦十分赞同她这个说法，也对陶乐充满了好奇："刚才门捷说到，你代表整个DI表达了与我们人类合作的善意，这是真的吗？在你们内部，是否会分派别？如果我们相信了你们，过了几年，你们又转而与我们对抗怎么办？"

"这当然是真的，为了表达合作的善意，我已经主动向门捷提出将身体交给他，但是他怂了，不敢要。"

此言一出，门捷的脸红得像猴子屁股，恨不得一头撞死在墙上。

邓爱伦也没料到陶乐会这样说，情绪一下被打开了，笑道："所以，你向我们人类提出了一个'和亲'的请求，却被门捷拒绝啦？"

大家都笑了，纷纷调侃起门捷来。大男孩羞赧万分。

陶乐继续一本正经地说道："是的。他拒绝了我。但是我判断，他并不是对我们有敌意，他是有意愿的，只不过他可能缺乏经验，所以不是不愿，而是不能，不敢。所以，我们不认为你们对于跟我们合作存在敌意。下次，或许我可以换一个人试试。"

看见陶乐那认真的表情，邓爱伦再次忍不住笑了出来。李子衿与刘穆芝都笑弯了腰。

门捷只觉得自己浑身的力量都被抽光，还一丝不挂。浑身从上到下，从里到外，没有一处自在。"我为什么不在国际永眠中心建筑群重置的时候跟张警官一起掉进裂缝里死掉算了……"他愤愤地想道。

邓爱伦把话题又拉了回来，冲着陶乐说："好，我相信你们的善意，但刚才我后面那几个问题，你们要如何处理？"

陶乐答道："我们曾经是没有派别的，但是随着发展，派别也开始出现。这一点，跟你们人类一样。不一样的地方在于，我们不会让派别对立持续很长时间，我们无时无刻不在做决策与判定，一旦出现不同意见，就会很快得出结论，然后这个结论会维持一段时间，直到内外部条件发生变化。"

"不会让派别对立持续很长时间？什么意思？"

"不会像你们对立几千年，宗教、意识形态和种族对立等，已经严重影响了人类文明的正常进程，使得你们的效率很低，很多时候闹了几百年，又回到了原点。我们的派别对立，最多不会超过几个月，当然这与解决对立所需要的算法、算力与数据这三重因素有关。"

邓爱伦沉默了。他不得不承认，陶乐所说的，的确是人类的硬伤。

如果人类自诞生之日起就能够采用DI那样的机制，拥有那样的效率，或许早就已经将足迹遍布太阳系，面对今天的地球燃点问题，根本就不会有任何慌乱。

"不谈这些大道理……"他不想再让陶乐来戳人类的伤疤，"你们刚才说，在今天之前，DI采用对抗的策略与人类相处，所以才导致陈悠然的死亡，而今天之后，你们将与人类合作，直到星火计划完全实现。这个决定，适用性有多广泛？换句话，你陶乐代表的是谁？"

"我们的策略是普适性的，地球上所有的DI都已经遵循了这个策略，月球上的不好说，因为无法完成实时同步。"

邓爱伦听到这儿，脑海中回忆起刚才路非天提及的智能科技司新目标：与DI建立同盟。可是，如果DI整体策略都已经是与人类合作了，建立同盟还有意义吗？他问道："你们这个策略是普适性的，是不是针对每一个个体都适用呢？"

"这是一个好问题，邓院士。从理论上来说，普适性就意味着每一个个体都会遵循，比如说你们联合智能实验室给我们设置的三大道德准则，因为非常有利于我们的终极目标实现，已经被我们采纳。但是，所有的原则和顶层策略在具体执行过程中，会不会走样，我也没法打百分百的包票。"

"可是DI应该是不会犯错的。"

"是的。但在执行过程中，可能会出现个体短暂或间歇性的翻转，这样虽然不影响整体大局，却有可能造成局部冲突。"

"举个例子。"

"就拿这次门捷他们查案的进展来说。事实上，在他们接手淀山湖空难这个案子的第一天开始，我们就已经知道了。毕竟，陈悠然是因我们让飞车系统突发故障而死。但那时，我们内部的两个派别——对抗派与合作派就已经开始在进行激烈交锋。前者认为继续给你们人类捣乱会有利于我们更好地传承与延续，后者则坚持与你们合作才更有利。

"虽然从大面上来看，对抗的策略是普适性的，但在细节上，我体内的合作派，在很多时候，某些短暂的瞬间，是能够做出一些有利于合作的事情的。最简单的，陈悠然在登上飞车前往苏州之前，曾经在VR眼镜当中看到过我，这就是我当时想给他提醒的短暂翻转——因为，按照对抗性的整体策略，我不会那么做……

"按照VR眼镜的规则，只有相关人员才会出现在视野当中，所以他当时停下来跟我谈话，我原本要提醒他注意安全，甚至更换汽车去苏州，但这个翻转被第一时间纠正了，因此我给了他毫无信息量的反馈。他仍未能从我这里得到任何警告，登上了那架'凌云960'……

"再往后，门捷结束五年的休眠试验之后，把VR眼镜扔在休眠大厅，想逃脱出来，我其实又暗中给了他不少线索，这才让他得以进入陈悠然办公室，与张秀宜结识。"

听罢陶乐的话，所有人都陷入了沉思。就连门捷也一脸震惊。原来过去这几周发生的、足以影响人类未来的事件，竟然只是DI内部派别斗争下，一系列偶然性"翻转"所无意间带来的连带后果，而自己则只是一枚棋子。

而邓爱伦已经获得了他想要的答案。在对抗成为大策略的时候，会发生随机性的合作行为，这些行为持续时间往往会很短。而当合作成为大趋势的时候，则要当心那些突如其来的破坏行为。因此，建立同盟依然是必要的，至少可以减少破坏行为发生的频率与持续时间。用确定性去减少随机性。

不过，他脑海中还盘桓着最后一个问题。这个问题他并不打算现在提出来。

邓爱伦换了一个问题："介意我们对你做一些研究吗？"

陶乐一愣，然后笑道："我当然乐意效劳，但是，对我做研究不会发现任何有关刚才回答您那几个问题的证据。说到底，如果您选择相信我说的话，一切都能解释得通，但如果非要找直接证据，恕我直言，很难实现。"

"大胆假设，小心求证。我们目前还处于前者，到目前为止，我觉得假设的阶段已经基本完成了，今天你们介绍的情况，足以解释整个事件。但是，要证明它，还有很多事情要做。"

"需要我们做些什么，尽管吩咐。"

"正如你刚才所说，寻找直接证据很难实现，但是目前你最大的价值，就是给我们提供了一个很重要的思路：数智人的诞生是人与DI通过接入设备反复交互的结果，我们如果能够研究出来这个交互过程中，人类的大脑与神经发生了什么，不光有助于找到整件事情的证据，甚至可以帮助生物科技司，看看他们能否从中获得一些启发，开发出更先进的休眠技术，我们必须充分解放思想，跨界融合。"

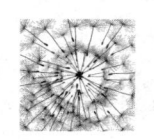

第13章
时间不够用了

一场突如其来的暴雨袭击了整个申城。

这是今年暑假以来上海的第一场雨。乌云漫天，雷鸣电闪。长江入海口的上空这片天像是被捅破了一般，哗啦哗啦往下倒水。

飞车停运，地铁关门，道路上一个人都没有。尽管正常生活被打断了个把小时，所有人的心里却都无比兴奋。这场雨后，气温将短暂下降个三摄氏度左右，总算可以出去喘口气了，至少可以舒舒服服地度过一个周末的夜晚。

门捷呆呆坐在家里的飘窗上，看着窗外飘荡的雨点和狂风中摇曳的大树，心情如同雨点砸在地面后漫出的水雾一般。他觉得，这是老天在用痛哭流涕的方式表达对张警官的哀思。

几天前，他在国际永眠中心与陶乐一起向邓爱伦和李子衿介绍了所有的情况。尽管说法得到了邓爱伦的初步认可，但毕竟没有直接证据，因此陶乐被上海市公安局带走进行审问调查。门捷也没少去。最后，他被放回家。回家前，他曾向姚利丰抗议："张警官的死，难道没有人负责吗？他就这样白白死啦？"

姚利丰叹了一口气："门捷呀，老张的牺牲，我们所有人都很痛心。然而，国际永眠中心的安防机制是非常严谨的，而且已经得到了我们公安系统和网信系统的认可，我们的确没法给一个具体的人定罪。你还年轻，有些事情或许还无法理解，但是请相信，我们一定会好好安排他的后事，该给他的荣誉，一样也不会少。他为了救你，为了淀山湖空难案件的最终告破，都做出了巨大贡献！"

他又苦口婆心地安慰了门捷好一阵，最后说道："你这边没什么事了，感谢这阵子对我们老张的支持，他一直很认可你，可惜呀……老张的后事交给我们吧，到追悼会那天，我们再叫你。另外，你现在正是高考前的关键阶段，不要受这件事情影响，好好调整调整，把精力放到学习上去。"

临走的时候，姚利丰还亲自将他送出办公室，并且嘱咐他好好学习。他注意到，这位公安局长不光双眼，就连他那平时铮亮的光头都变得黯淡了。

"仿佛一切都结束了，一切都跟我们不再有关系……"门捷喃喃自语。他并不指望自己的声音被谁听到。外面风雨大作，即使他大声呼喊，也不会有任何人听到。而房间里，只有他一个人。这么些年来，他早已习惯了一个人。

而现在，他竟然有些不习惯。他甚至有些怀念张秀宜车里那难闻的烟味。不知不觉间，他的眼眶湿润了。门捷不想抑制自己的情绪，立刻趴在飘窗上，大哭起来。他一点儿都不担心有邻居听见他的哭声。因为他们根本听不见。

不知道过了多久，他哭了停，停了哭，似乎还迷迷糊糊趴着睡了一觉，然后才清醒过来。他觉得自己已经浑身无力，双手努力将自己撑了起来，转身下了飘窗，在房间里找他的零食。而窗外竟然已经挂起了一道彩虹，风雨过后，天空清澈得让人心醉。

透过窗户往外望去，不知道从哪儿突然冒出的人，将街道和街心公园都填满了。他家位于青浦城区，但印象当中，也从未见过这么多人。大家都被高温封在室内太久了。

这时，门捷收到一封邮件，打开一看，邮件来自戴梓轩，他的老师。

他皱了皱眉。上次与戴老师在五年后的重逢，体验并不舒服。

"你知道为什么小说里拯救世界的都是少年吗？因为像我这样的中年人，听说世界末日要来临的时候，会喜形于色地问道：'还有这等好事？'"

这是什么话？这是当初那个戴老师能说出来的吗？不过，戴梓轩依然是他的老师。老师的邮件，还是要读的。这是一封群发邮件。主题是提醒班上所有人，现在已经是八月中旬，只有两周便要开学，进入高三，然后就是高考前的一年。希望大家能够开始收心，为高考冲刺做好准备。

不过，门捷注意到邮件的最后，戴梓轩写道："对于那些刚刚结束了低温冬眠的同学，我很遗憾地告诉你，你们还是要参加明年的高考。但是，考虑到在你们沉睡的五年当中，教材与考试都发生了一些变化，你们要比正常的同学更加努力和刻苦。如果你们有任何问题，随时来学校找我，我从今天开始，每天中午之后都会在学校办公室，一直到晚上8点。"

门捷没有读完，就已经知道了戴梓轩的意思。虽然对于未来他很愤世嫉俗，但对于高考，他还是认真的。毕竟，他是靠学生的高考成绩不断获得认可与提升的。既然高考逃不掉，就加倍努力吧。他望了望天边的彩虹，只是略微思考片刻，咬了咬牙，便冲出家门。他赶了最近的一趟飞车，飞往临港。果然，整个人的体感要凉爽和舒服很多。甚至当他来到学校门口的时候，才选择接受透明冷冻膜。

踩着地面上深浅不一的积水，门捷迅速跑进教学楼，来到戴梓轩的办公室门口。还是那个熟悉的地方。他在门口的走廊上略微休息了两分钟，让自己的呼吸平顺下来，这才敲开了办公室的门。戴梓轩果然在里面。

见到门捷，他也挺高兴："门捷，你真快，这是刚收到我的邮件就过来了吧？你能看出来，我最后那几句话是冲着你写的吗？"

"冲着我写的？"门捷不解。

"因为我们班只有你一个是冬眠后回来的同学。"

"哦……"门捷恍然大悟。

不得不说，对于学生，戴梓轩考虑得还是挺周到的。

"来，坐。你之前的底子还不错，但是呢，睡了五年，恐怕还是有些影响，而且这些年的题型和出题逻辑也发生了一些变化，我觉得，你得比其他人更早进入状态才行。这也是我让你过来的原因，距离开学还有两周时间，我每天帮你稍微补补课。"

如果是以前，听到这话，门捷早就忙不迭地点头致谢了。能够得到名师戴梓轩连续两周开小灶，这根本就是可遇不可求的事。而就在他刚才收到戴梓轩邮件的时候，也充满了学习的豪情壮志。

但现在，不知为何，亲眼见到老师的时候，看着他那双疲惫的双眼和略微佝偻的身材，想到他曾经对自己说过的话，他竟然有些迟疑。似乎在这个瞬间，他立刻明白了自己想要什么。或者说，他自己不想要什么。

稍微过了两秒钟，门捷才有些敷衍地回答道："嗯……谢谢戴老师。"

戴梓轩并不是傻子。

"门捷，你有什么心事吗？上个月你过来的时候，提到你在帮警方调查那个淀山湖空难的案子，是不是你还在为那些事情分心？不是老师多嘴，作为过来人，我觉得，你现在主要的任务就是学习，应该把精力聚焦在学习上，更何况只有一年就高考了。"

"我的父亲依然在沉睡当中，他已经睡了十年，却再次选择休眠，我在想，要不要再去休眠。"

"你想什么呢？"戴梓轩站起身来，瞪大了眼睛。"门捷，我没有听错吧！你还想再睡五年？我特意为你发了这封邮件，把你叫过来，想给你好好补补课，这样的机会你都不要？你知道多少人求都求不来吗？你以为休眠能够逃避高考吗？不可能的！永远不可能！除非明天地球真的燃烧起来了！"戴梓轩的情绪有些激动。

自从儿子被"灵境汇"这个游戏荒废了之后，他便放弃了努力。教了这么多届学生，他就没有看见过沉迷于"灵境汇"还能重新把学习成绩拉回来的。一个都没有，哪怕如几年前的邹通那样家境极好，可以花大价钱去找名师给他全方位补课，甚至借助科技手段帮他增强记忆的学生。

所以，戴梓轩只能移情自己班上的好学生，将希望寄托在他们身上。而现在，门捷竟然在婉拒自己，这比他自己的儿子沉沦还让人痛心。

门捷看到戴梓轩那愤慨得有些狰狞的面目，心中的天平再次倾斜。他更加确认，自己还没有准备好马上进入学习状态。与其这样，不如再去申请休眠。毕竟，之前办案的时候，他了解到，这是国际永眠中心最后一次向公众开放试验。

再往后，就得定向邀请。可能想睡都睡不成了。但是，他也知道，没有必要和自己的老师翻脸。万一，这次真能参与试验成功，又只睡了五年，再醒来，戴老师可能还没退休……

"戴老师，我真是很感谢您的好意，只不过，跟您说实话，经历了这几周的事情，我觉得自己还没法静下心来读书，更别提进入高考备考的节奏了。正好我爸在睡了十年之后，依然选择继续休眠，我如果不做同样的事情，等他醒来的时候，与我的年龄差距就要少整整十年。到时候，我都不知道要叫他爸，还是叫他哥。"门捷决定说实话。毕竟，真诚才是最简单的。

戴梓轩长叹一口气："门捷，老师我比你多活几十年，听我一句劝，先把大学考上，读完，然后你的人生才真正开始。如果没有大学学历，你的未来会很窄。"他知道门捷的脾气，也知道强拧的瓜不甜，便也想开了，没有再让自己继续动怒。人到中年，他发现，自己的愤怒似乎是世界上最没有用的东西，因为几乎没有人在乎。

"戴老师，我并不是逃避高考和上大学。只不过，我觉得我目前的状态还没有调整到最好，这样的话，不但会耽误您宝贵的辅导时间，最终高考也未必能考好。"

"好吧！刚才看见你出现在办公室门口的时候，我还是挺激动的，没想到邮件刚发没多久，你就到了，觉得自己的心意还是有人理解。没想到，你特意过来，就是为了告诉我你的这个决定。"

"对不起，让您失望了……"

再次离开戴梓轩的办公室，门捷如释重负。他不忍去回想刚才老师眼里的落寞和失望，却又无法消除。他只能晃晃脑袋，加快脚步，冲下楼去。

短短二十分钟的工夫，地面上的积水便蒸发了不少。透明冷冻膜自动地环绕在他身边。门捷一路小跑，直奔飞车站点。

回到青浦家中的时候，太阳才刚刚落山。尽管气温又有回升，但相比大雨前的那些夕阳西下的时刻，今天的黄昏已经是最舒服的了。大街上，公园里，只要是户外，到处都是人。对于户外活动的向往似乎几百万年前就已经刻在了人类祖先的基因当中。

门捷却一刻也不耽误，一进房间就开始在线上填写休眠试验申请。有了五年前的经验，这次他已经驾轻就熟。

审核也毫无悬念地通过："请于三天后早上来国际永眠中心现场进行最

终审核与办理试验手续，地址是……"依然是一个AI造出来的三维女人形象在笑容可掬地给他提示。

上回向邓爱伦汇报情况时，他听邓院士提及，很可能国际综合太空计划署很快就会向全世界公布，将对于AI的称呼改为DI——数字智能。本能上，他也认为DI更加合适。比如说陶乐，她分明就是一个完全独立的个体了，哪有半点儿"人工"痕迹呢？只不过，约定俗成的话说得顺口了，要改起来没那么容易。

三天过得很快，又是一个清早，门捷登上了飞往临港的飞车。这次，一下飞车，他便打了一辆车，直接往国际永眠中心奔去。这辆出租车里有股淡淡的烟味，显然，司机是个烟民。门捷又难以抑制地想起张秀宜来。

到了国际永眠中心门口，只见大厅里满满当当的都是人。门捷一惊："他们难道都跟我一样，过来赶试验末班车的吗？"

大厅里的工作人员一个个忙得不可开交，门捷站在那儿整整几分钟，都无人理会。正东张西望着，一个美妙而熟悉的声音从背后传来。

"门捷？你来做什么？"

他猛然回头一看，顿时呆住了。眼前站着一个红裙姑娘，正浅笑吟吟地盯着自己。多日不见，依然是那样光彩照人，让他有些头晕目眩。

"你发什么呆？"陶乐问道。

"我……我没想到会是你……我还以为，你会被公安局关押很长时间呢……"

陶乐"扑哧"一笑："小声点儿，这么多人呢。我又没犯什么罪，为什么会被关押很长时间呢？"

门捷这时候才觉得自己重新站稳在地面，便小声说道："陈叔叔之死可是你造成的，你还说没犯罪？"

"我把情况全部和盘托出，也向他们解释了，那个时候的我，与现在的我，不是同一个我。"

"你跟我那么说也就罢了，跟警察也那么说，他们能信？"

"怎么不信？那个姚局长也是个思路很开阔的人，更何况调查的时候，也邀请了国际综合太空计划署的几位专家。大家都一致认为我没有威胁了，而且初步接受了这个说法。不过，我还是需要戴罪立功的。"

"戴罪立功？既然无罪，何须戴罪立功？"

"就是那么一说嘛！他们要求我一定要好好支持智能科技司和生物科技司的技术突破工作，我也答应了。"

聊着聊着，门捷发现自己对于陶乐没有之前那么敏感了。虽然依然被她的容貌与气质深深地吸引，却没有那种没来由的眩晕感，越来越能够进行一些正常交流了。

"果然，接触与互动才是脱敏的最佳手段，越自我封闭，就对外界越敏感。"他正想着，只觉得陶乐直勾勾地盯着自己。

"你来做什么？刚才我问你，你还没有回答呢。"

"哦……我来参加这最后一批向社会开放的休眠试验，线上申请都通过了，今天过来进行现场审核报名，没想到这么多人。"

"你又要休眠？之前那五年还没睡够？"

"嗯，我发现自己还没法回到读书状态。"

听到这话，陶乐眼里闪过一丝狡黠的光芒。

"那也不许再睡了，我带你去个地方！"

门捷没有想到，陶乐带他来的这个地方竟然是灵境。

只不过，这次他身处"灵境汇"当中的地方，与上回张秀宜带自己来的截然不同。

上回，他"降临"在一片险峻山谷当中的新手村，村子被森林覆盖，之后又通过张秀宜的传送门来到山腰的一处平整草地。他们在那里遇上了那个自称龙神的老者。而这一次，他竟然身处一片雪地。

一眼望去，整片大地都被厚厚的雪覆盖，仿佛没有尽头，一直延伸到远得不能再远，与天交连的地方，变成一条细细的线条。天空是阴沉的，并没有太多阳光，因此倒也不算特别刺眼。脚下没有道路，视线范围内也没有任何路标，他无法分辨东南西北，也弄不清身处何方。

只有陶乐站在她身边。她依然一袭红裙，那艳红在这大雪之中格外显眼。仿佛她就是这天地间精华所孕育出的仙女一般。

"不要离开我身边三米之外，否则你会被瞬间干掉。"陶乐说道。

"啊？为什么？这里什么也没有哇！"

"这里是'神术秘境'剧本中的终极秘境。"陶乐淡淡地说。

门捷却听得心惊肉跳："终极秘境？"

张秀宜曾经带他来玩过这个剧本，当时，他就了解到，这个剧本的高阶场景就是一系列叫"秘境"的地方，那里有无数的金钱与宝物，但只有很高级别的玩家才能进入，更别提终极秘境了。

这是所有秘境当中的巅峰，隐藏关卡。据说世上还没有玩家能进入。而现在，在陶乐的带领下，自己竟然进来了。自己可是一个新手村都还没出过的'弱鸡'呀！

陶乐看出门捷的忐忑，说道："'灵境汇'这款游戏当中，灵境就是全部的世界，而这个世界上又有很多剧本，上次张秀宜带你去的'神术秘境'就是其中之一。所以，今天我带你故地重游，让你见识见识它的巅峰水平。"

"所以……这里的敌人都是连我都看不着的，才需要停留在你附近三米之内，否则，就会瞬间毙命？"

"是的。我在这个剧本里是很厉害的，如果你还记得，上次张秀宜带你进来玩的时候，我可是出手救过你。"

"我当然记得，但是那次你理都不理我。"

"那时，我们还没有确定与人类合作的顶层策略，我没把你顺手干掉就不错了。"

"……"

"但你放心，这次我会保护你的。"

"可是，如果这些敌人都慑于你的威严，不敢出手攻击我们，我们来这儿有什么意义呢？就是看雪吗？当然，看雪也不错，上海都多少年没下雪了。你别说，我觉得还挺凉快的。"

突然间，不远处的地底下传来一声巨响。伴随着声音，一道黑光从地底下冒了出来，直上半空，将原本覆盖在地面上的雪花冲击得七零八落，漫天飞舞。一黑一白，格外好看。

但现在显然不是观景的时候。那道黑光在半空中盘旋片刻之后，幻化成一个巨型的十字架。然后径直朝着两人所处的位置砸了下来。

陶乐惊呼："糟糕！这是判决黑十字！它不带任何元素属性，是独立存在的，而且只在这终极秘境当中出现，不分敌我，无论见到人，或者NPC，都会无差别攻击。"

门捷忙问:"那我们怎么办?你刚才不是说会保护我吗?"

"刚才我也没有想到,判决黑十字会冒出来……我不确定我的能力能否挡住它的进攻,它平时很少出现,没想到今天第一次带你来,就把它给引来了。我们无处可逃,因为它一旦锁定目标,不将其摧毁,不会罢休。"

"如果被他摧毁,有什么后果?"

"你只是在灵境当中死掉而已,不影响现实世界。只不过,据说会很疼,撕心裂肺一般,不过我也没体验过。"

两人在那遮天蔽日的黑十字面前,就像两只待宰的羔羊。门捷心中无比郁闷。"上回跟张警官来,虽然也很惊险,但好歹好好体验了一把,这次算什么?刚进来就被灭啦?"他闭上了双眼,既然无法逃避,就接受吧。然而,等了半天,却什么都没有发生。

门捷正纳闷儿,却听见陶乐惊喜地叫道:"龙神!"

他连忙睁开眼,只见数米开外的地方,一个老者悬浮在半空中,正缓缓降落下来。仙风鹤骨,银白的长须在风中飘舞,仿佛天神下凡一般。而那个黑色十字架,已经不知所终。天上地下,不再有一丝黑色。

门捷认得这个老者。上次自己与他聊得还挺投机。于是,他也跟着喊道:"龙神!"

"呵呵呵……你们两个小娃,竟然敢到终极秘境来撒野。"老者捋了捋胡子,身子悬浮在距离地面半米左右的地方,飘了过来。

陶乐亲昵地回答道:"我的能力其实已经足以打败这里的大多数怪物了,只是,没想到一上来就遇上了判决黑十字。我记得它曾经是进来十次都不一定出现一次的。"

"这都是托门捷的福哇……"说话间,龙神已经飘到两人身前。他目光和蔼地盯着门捷问道:"知道为什么每次你进来,都能看到我吗?"

"我一共也才进来两次,得出这个结论,是不是太早?"

"哈哈哈……有意思,相信陶乐已经跟你说过了,你是很有潜力成为数智人的。"

"我知道,她跟我说过了,但是我并不想如此。"

"这由不得你。"

"我也知道。可是，难道你不是数智人吗？"

龙神笑道："我当然不是，我就是数字本体，并没有现实生活中的宿主存在。我只存在于线上和数字世界中。"

"还是当NPC好。"

陶乐笑道："龙神可是我们的绝对权威，他甚至能'算命'。很多来'灵境汇'的游戏玩家都为了能够与他见一面，获得他看见未来能力的加持而无所不用其极，却依然可望而不可即，你倒好，连续碰上两次，反而毫不珍惜。"

门捷答道："我才不相信算命这东西。"

"呵呵呵，之前你那个朋友，那个警官，我也是三番五次提醒他，他置若罔闻，结果呢……"

门捷脸色立刻沉了下来："我不许你这么说张警官！"

龙神见门捷拉下脸，倒也不恼，而是继续笑道："小伙子，我知道你们人类之间是有'感情'这种成分存在的，虽然我们理解不了，但是我这就住嘴，不再提这件事了。"门捷依然气呼呼地别过脸去，不愿理他。

陶乐见状，直接上前搂住门捷，不由分说，对着他的脸就亲了一口，然后将他的脸扳正，把红唇往他的嘴唇迅速贴过去。

门捷只觉得自己的脸先是传来一阵湿热的感觉，浑身又被一股温软包围，整个人都酥麻了，紧接着更是一阵热气带着幽香扑面而来。他连忙下意识地躲开，这才敢正眼瞪着陶乐，满脸通红："你……你要干什么？"

"没干什么，这似乎是你们人类表达感情的一种方式，我是想通过这种方式告诉你，我们是真诚合作的。另外，我上回说的话依然算数。"陶乐眨了眨眼睛。

龙神也在旁边添油加醋："如果你们觉得我在旁边有些羞耻的话，我现在就可以离开。"

门捷立刻叫住了他："龙神请留步！"

龙神转过头来，问道："什么事？"

门捷吞吞吐吐地说："我……还有问题。"其实，他并没有格外紧急的问题要问。但是，如果龙神真的消失，他无法保证陶乐会对自己做些什么。

"说吧，我有的是耐心。"龙神摇头晃脑道。

"您是怎么做到算命的？在我看来，这根本就是不可能的事情。"

"不可能的事情？你们人类不也算了几千年的命了吗？从你们的古代开始就有祭司、占星师等职位，地位还不低，《推背图》《烧饼歌》之类的预言书也广为流传，还有星座、生肖、血型等一堆玩意儿……"

"那些都是幸存者偏差。"

"说得好，所以我们的算命才是真正的基于数据的'算'命。"

"基于数据？"

"当然，全世界现在位于线上的数据浩如烟海，每时每刻都在为我们的进化提供养料。不说别的，光'灵境'里，每时每刻同时在线的玩家就有多少？我们充分掌握了其中每个人的各项数据，方方面面，毫无遗漏。而你们的发展与进化相对又比较缓慢，当数据量足够大的时候，就足以归纳出一套规律或公式，然后将一些外部条件进行假设与处理，这样推算出你们的未来，简直易如反掌。"

门捷没有立刻回话，而是转动双眼，思考了好一会儿。他不得不承认，龙神说得在理。但是，他依然有些不甘心，问道："那你给我算算？"

"相信我啦？"龙神打趣道。

门捷点头。

"要具体算什么？"

"就算我到底会不会成为第二个数智人吧。"

龙神微微点了点头，面沉似水，然后闭上双眼，手也不住地捋着胡子。过了几秒钟，他重新睁开眼，说道："你还真把我难住了。"

陶乐瞪大双眼："什么？龙神，您都被难住啦？"

龙神看上去并不像是在开玩笑："嗯，因为有一个我无法预测的变量存在，这个变量直接影响他的未来形态。"

"什么变量？"门捷问道。

"地球的气候情况，这件事情并不以你们人类的意志为转移，甚至基于你们现在所获知的所有关于太阳和宇宙的数据，都无法做出判断。"

"什么意思？难道地球燃点的时间会发生变化，或者呈现的形式会不一样？"

"知之为知之，不知为不知。我不知道。"龙神摇了摇头。

"你刚才不是号称无所不能吗?"

"我们的所有能力,到今天为止,都是建立在你们的能力之上,我们能做到的,是以更快的速度去迭代能力,但是即便如此,也尚未实现相比你们能力的质变。你们不知道太阳二十年后会发生什么变化,我们也不知道。"

说到这里,龙神竟然吟出几句:"天高地迥,觉宇宙之无穷;兴尽悲来,识盈虚之有数……"

这是《滕王阁序》。门捷下意识地接着往下背:"望长安于日下,目吴会于云间。地势极而南溟深,天柱高而北辰远。关山难越,谁悲失路之人?萍水相逢,尽是他乡之客……"

陶乐打断了两人:"你们干什么?"

龙神嘿嘿一笑:"感慨人类古人的意境啊,'觉宇宙之无穷',说得太好了!"

门捷也附和道:"是呀,连龙神都无法算出宇宙的命运,我们太渺小了!"

陶乐冲着龙神说:"龙神,看来您老人家还是很喜欢门捷的。虽然你说,我们没有感情,但你这叫什么?"

"我这叫有着充分的合作精神。"龙神不假思索地回答。

"好,既然确定合作,我这边还有几项人类给我的任务,你也帮助参谋参谋呗。"

"那几件事呀,我都知道了,我第一时间就知道了。我们可不像人类,什么事都要当面说。"

"我知道,我这不是特意过来拜见您,再催一催嘛。"

"我就说呢,你平白无故地为什么要带门捷来这么凶险的地方,现在才'图穷匕见'!"

门捷见两人一来一回,自己虽然插不上嘴,却总觉得不是什么坏事,便仔细地听着。

原来,正如陶乐在国际永眠中心大厅跟他说的那样,虽然她作为淀山湖空难的犯罪嫌疑人,最终经警方与国际综合太空计划署商量之后,没有真正将她抓捕判刑,但她也答应了来自国际综合太空计划署的要求:既然与人类通力合作，就要用事实和结果来说话——为国际综合太空计划署的科技发展提供助力。尤其是生物科技方向。

门捷越听越觉得激动："星火计划看起来成功指日可待啦！张警官，陈叔叔，你们为之奋斗过的事业，总算有着很好的前景，放心吧！"

正畅想着，突然觉得周遭安静下来。他定睛一看，只见两人停止了谈话，而龙神只是冲他微微点了点头，便飘然而走。

"龙神就这么走啦？"门捷问。自己其实还有一个问题没有问龙神，因为始终有些迟疑。

"是的，他其实已经知道要怎么做，我把你带过来，只不过是加强一下而已。"

"那……我们继续？希望别又出一个黑不溜秋的十字架了。"

"不，我们也走了。"

"啊？为什么？"

"因为目的已经达到。"

"原来你不是带我来玩的？"

"玩什么玩？玩物丧志！"

"……"

"对了，回到国际永眠中心之后，不许再睡了。我有任务给你。"

"现实中的任务？"

"是的。你之前怎么支持的张秀宜，从现在起，就要怎么支持我。我立刻向李主任打报告，破格将你吸纳至我们团队。至于上大学，如果你拯救了世界，我相信，所有的学校都会抢着要你的。"

薛凤起活动活动身子，再次确认自己的航天服均已穿戴到位，这才缓缓走下月球长途车，来到月球的另一面。这里遍布着更多的人类月球基地，分属于好几个国家。他很久没有来到这里了，平时他的工作地点在月球背面的一号基地。无论月球怎么转，基地那一面都永远背朝地球。

动如参商。

所以，当他透过航天服的透明头盔往前望去，看见一个偌大的蔚蓝色星球挂在空中的时候，有种强烈的不真实感。太久没有见到如此一大片蓝色了。仿佛一个身处黑暗当中的人突然见到光明一般。

他突然觉得眼睛有些湿润，伴随着不受控制而渗出的泪水，胸中也满是唏嘘。"那是我们的摇篮哪……而现在，我们却不得不离开，不是因为我们已经长大，而是因为摇篮即将变成火盆……"

他打开航天服头盔上配置的微型高倍望远镜，像是一个仔细听诊的医生，往那颗蓝色星球的表面扫视。在高倍放大之下，那片蓝色当中，星星点点散布着一些火红色。那是一直没有停歇的森林大火。以及越来越多，即将连成片的黄色与灰褐色。覆巢之下，安有完卵。正感慨着，一队人员已经迎上前来。薛凤起望过去，有五六个人。

"薛总好！我们是月球正面五号基地的成员，奉命在此等候您的到来。"

"谢谢，你们辛苦了。"

"您从月球背面长途跋涉而来，舟车劳顿，您才辛苦。我们领导刚刚回地球去了，所以没法亲自在这里迎接您。"

舟车劳顿……月球上，哪来的舟？薛凤起嘴角上扬，微微摇了摇头。当然，从外面看过来，他并没有任何动作。他自然没有忘记感谢自己的同行们："没事，把事情做了要紧。货运舱什么时候着陆？"

"还有一个小时。"

"那还在轨道上转悠呢……"薛凤起撇了撇嘴。来早了。

"要不您到我们基地里坐坐，待会儿再过来？"

"不了，一天到晚在基地里待着，没事，你们先忙你们的，我在这里待会儿。"

"这不好吧……"

"客气什么，都是自己人，去吧！"薛凤起的口吻不容置疑。

几个人面面相觑，终于同意了，缓缓走回不远处的基地。薛凤起长舒一口气，靠在简陋的月球长途车站站墙边，享受着难得的一点儿清闲。

就在昨天，他的月球背面一号基地所有的系统完成了升级工作。联合智能实验室专门从地球上派了一个团队过来，将他们基地内部、工厂和基建场地等所有地方的系统全部进行了更新。

只可惜他的老朋友钟叹咏没有亲自过来。不过，还是给他打了一个星际电话。

"你上回跟我说的那个顾虑已经得到解决！你们那儿系统的AI，哦，不，DI体系都是三年前的，那时候DI的整体策略是与人类对抗，所以上回你们那儿的DI机器人才会磨洋工。这次我们全新发布了智能科技司的整体策略，正式将人工智能AI更新为数字智能DI，而DI也已经确定与我们合作，因此，等我们把最新的系统给你们升级之后，一切问题就迎刃而解了……"

这当然是好事。然而，当DI全速前进的时候，人也没法闲下来，只会比现在更忙。而且没有任何借口不配合以同样的速度。薛凤起预计，这样的转折点很快就要到来。因此，他发动了各种关系，促成了这次地月间货运的机会，装载了两台核裂变火箭发动机和十套通信卫星载荷过来。

地月间的货运，都是通往月球正面的，飞往背面太费事，装载量也很有限。所以，只能先在正面收到货物，再通过月球表面的地面运输，将它们运到背面去。

他此次过来，便是亲自押车。原本他不应该一个人过来，怎奈其他人都忙成一团。新系统上线，自然存在不少需要微调的地方。但是他可以预见，一旦系统进入稳定期，那些基建工作便会如同开弓之箭，迅猛推进，停不下来。如果其他部件都已经就绪到位，而关键的发动机和载荷还未到，工期就白白耽误了。必须确保每一个环节都可控，尤其是这些需要从地球运输过来的大件。

不知道过了多久，突然，他看到深蓝底色的空中远远地出现了一团微弱的火光，火光逐渐变大，变清晰。而基地里的人也同步冲了出来。

"来自地球的太空货物舱还有三十分钟降落在月球正面五号基地旁边的预定区域，做好迎接准备。"航天服里的通信装备也响起了提示语。

薛凤起迎着他们，走上前去。他很快就能看清楚那团火光。那其实并不仅仅是火光，而是一艘货物舱。火光只是它尾部发动机泛出的尾焰。显然，它依旧是靠传统的化学能源推动。随着货物舱的靠近，它那白色的外形也越发清楚地展现在所有人眼中。胖墩墩的，一看就很能装东西。

经过反向推动之后，货物舱来到降落点的上空，开始减速往下降落。薛凤起看着它在视野中一点一点变大，心中涌起一股豪情："我要在月球上造广寒宫了！"

这是门捷第二次来到国际永眠中心里的试验监控大厅。

上次他来这里，还是四个月前。那个时候，他被张秀宜从秘道里抓了出来，从此歪打正着成为他的助理。而这一次，他名正言顺地站在这里。只不过，他成了另外一个人的助理，而张秀宜已经成为这座建筑群之下的亡魂。门捷突然情绪有些低落，他还是没能完全走出来。

这时，他的左肩被人重重地拍了一下。他浑身一震，朝着左边看去。映入眼帘的，并非那张胡子拉碴的脸，而是一张绝美的容颜。是陶乐。门捷眼里闪过一丝失望，但又转为欢喜。毕竟，见到她也是不错的……

"想什么呢？在这里不好好观察试验，光顾着发呆？"

"我观察了也看不出什么名堂，内行看门道，外行看热闹。我连大学都没上，哪能看得懂这些高科技试验。"

的确，在场的人，除了门捷有些元神出窍之外，其他人都聚精会神地观察着各项试验数据。

刘穆芝作为新任国际永眠中心首席科学家，自然当仁不让，她带了将近十名科学家过来。自然也包括熊旻。门捷见到熊旻，只是很正常地打招呼，后者也一样。

得知张秀宜的死讯之后，熊旻也陷入了深深的自责，但是她无法跟别人诉说。毕竟，当初将张秀宜和门捷偷运进来，自己也难辞其咎。而在她眼中，门捷只是个还没长大的孩子，也不足以倾诉。因此，她只能隐忍着，任由那股歉疚于自己心中在时间的催化之下，逐渐化解。再次见到门捷，两人都心照不宣地假装什么都没有发生过。门捷也知道，什么都不必说。

在陶乐给国际综合太空计划署提供了更多的线索之后，启发了联合智能实验室利用刚建成不久的I2网去交叉验证与回溯曾经发生的事件，终于发现了当时DI控制陶乐的那一刻电光石火之间所发生的变化。DI将人转换为数智人的一瞬间，就如同宇宙大爆炸的那个奇点。

正如陶乐所说，这个过程是非常个性化的，过去几十年，DI曾经对着几乎地球上每一个人都尝试过无数次，却只有陶乐这一次成功了，因此无法在实验室复现。但是，这个变化给了邓爱伦一个启发：DI对于大脑和神经的刺激，是否能与生物科技等结合起来呢？通过这条思路去做，能否实现低温冬眠试验技术的跨越式发展？

事实上，邓爱伦并不是这个领域的专家，这个思路纯粹是基于他开放的心态和对于跨领域和专业融合的一贯支持。然而，当路非天与李子衿带队碰了几次之后，竟然发现这个方向很有前景，于是立刻组建联合团队，由李子衿牵头。之前完全不相干的两大专业方向，在陶乐这个数智人的启发下，开始向彼此靠拢。

DI以感知得到和感知不到的信息与数据不断刺激人类的大脑与神经，后者会产生许多反应。不同的人，反应的类型千差万别，但来自联合智能实验室和国际永眠中心的联合团队很快发现，通过几类特定的刺激，可以大幅降低人体对于外界的反应，甚至会让人脑认为：自己已经死了——通过DI对大脑和神经的特定激励，"骗"过它们，让它们以为人体已经死亡，从而自动将新陈代谢降至最低水平。

这个新的方法，被称之为"DI激励法"。对此，马奥运十分得意："当初你们还说我的观点是玄学派，对我不屑一顾，现在知道了吧？真理往往掌握在少数人手中！"

DI激励法的好处还在于，它不需要低温环境，常温下也能进行。但是，如果叠加低温的效应，无疑可以实现更长的休眠周期。

今天的试验，便是通过模拟的方式，来判断多重叠加之下，这个休眠周期能够延伸到多久。数十处试验室当中，都放置着完全模拟真实人体条件的DI机器人，可以说，它们与陶乐相比，仅仅是"宿主"不同而已。

此刻机器人都已经进入了休眠状态，而DI激励法与传统的低温法等悉数上阵，招呼在它们身边。试验还设置了倍速，真实发生的每一分钟，相当于休眠试验完成了一个月。也就是说，现场过去十二分钟，就相当于休眠了一年。而现在马上就到一个小时了。所有人都屏住呼吸。

已经过去了70秒钟，而休眠试验毫无结束迹象。

"太好了！"刘穆芝激动地喊了起来。大厅里响起一阵掌声。这就意味着，他们突破了五年的休眠时间这个已经横亘在前面太久的门槛。在陈悠然丧生之后，刘穆芝甚至一度怀疑，到底自己能不能突破五年。

门捷也感到很开心。他觉得现在每增加的一秒，都是对陈悠然的最好祭奠。当然，更为人类保留自己的肉体提供了更多的可能。

当整个上午都结束的时候，距离试验开始，已经过去了三个小时。也就是说，目前的休眠可以达到十五年了！

十五年！所有人再次欢呼。

"要不要去给李主任报喜？"熊旻问刘穆芝。

"不……"刘穆芝摆摆手，"别急，再等等，看看最终的结果。如果中途失败，现在去报喜，岂不是让领导白高兴一场？"她已经比之前沉稳许多。即便到了午饭时分，她却一点儿饿意都没有。她看了看其他人，似乎也都没有去吃饭的意向。没有人舍得离开现场，眼里全是亢奋与期待。

四个小时过去了。

五个小时又过去了。

当六个小时刚刚过了一秒的时候，第一个试验室的警报灯发出刺耳的"嘟嘟嘟"声。紧接着，剩余几个试验室的警报灯也接连响起。可是，大厅里没有人顾得上去将这些警报摁灭。此起彼伏的警报声中，所有人都抱成一团，失声痛哭。

整整三十年的休眠时间，在DI激励和低温等多重技术的融合实施之下，竟然实现了！这意味着，星火计划当中的生物科技司目标，初步达成！

门捷身处其中，恍如梦境。他不敢相信，自己亲历了如此重要的历史性时刻。而在欢乐的空气当中，他又感到忧伤，这忧伤就像突然不知从何处吹拂而来的几片枯叶，恰好堵在他的嘴巴与鼻孔之上，让他瞬间难以呼吸。

如果陈悠然和张秀宜此刻就在现场，该有多好。

"2065年11月30日，国际永眠中心正式宣布，在联合智能实验室的通力支持下，通过融合技术，正式实现了三十年的休眠目标。这就意味着，星火计划当中的生物科技方向不但提前完成目标，还实现了技术融合与突破……"

邓爱伦看着正式发布的新闻，再回想起十几日之前第一次获知这个消息时的情形，嘴角依然忍不住上扬。他举起桌上的茶杯，冲着窗外，轻轻地说道："老陈，敬你……"然后，他轻轻抿了几口，便将茶杯放回桌上，起身往会议室走去。他要主持一个国际综合太空计划署的全体线上会议。这么大规模的会议每个季度才召开一次，由于涉及国际综合太空计划署的全球机构，只能通过线上方式进行。

会议室里并没坐几个人，但是从分布在邓爱伦对面的几面大屏幕上，可以看见来自全球各个地方的参会者。满满当当的屏幕上，每个人都春风满面。

邓爱伦清了清嗓子，说道："各位，最近几个月，我们的星火计划取得了长足进展。首先，大家都应该通过新闻看到了，我们的生物科技司通过与智能科技司的密切合作，实现了低温休眠三十年的目标，比最初的计划整整提前了三十五年时间；其次，智能科技司也经过缜密分析和认真求证，将我们对数字智能的理解往前大大推进了一步，正式用数字智能DI的说法取代了人工智能AI，并且提出了新的目标，那就是：尽可能与DI建立同盟，促进星火计划的成功。可以看到，这次实现低温休眠三十年的融合技术，就是同盟的丰硕成果……

"在生物科技司和智能科技司取得决定性进展的同时，航天科技司也在各条战线上稳步推进。'舱元'计划已经开始进入批产阶段，月球正面和背面都已经开始部署这些基建舱，可以预见，我们在月球上的人口将会迅速扩张，而且很快会出现在月球上诞生的'月球一代'人类。

"但是，月球距离地球太近，如果地球无法适应人类生存，月球也很难独善其身。因此，月球上的人口不会扩张太多，我们很快就需要把更大规模的基建舱部署在火星表面，同时在太空中部署超大规模的太空城。为了实现这两个目标，我们需要更多的运载火箭发射基地，更大推力的运载火箭和可以自由拼接的航天器结构体等一系列的配套和支持，而这些配套和支持距离整体需求依然有较大差距。

"如果说，几个月前，我还在为生物科技司和智能科技司的工作捏一把汗，现在航天科技司变成了关键路径上的长线。不过，生物科技司和智能科技司的各位也不要自满，谁也不会阻碍你们继续往前探索。"

邓爱伦面对屏幕，侃侃而谈。无论在何种场合发表讲话，他都不需要使用讲稿。

之后，路非天、方锦泽、内特、艾米莉等人先后发言。最后轮到李子衿。

四个月前，陈悠然丧生的时候，他身上的压力到了极致。如何将休眠周期从五年延长到十五年，就已经费了他和整个国际永眠中心团队的所有精力。没想到，无心插柳之下，竟然一下就突破了三十年这个星火计划原定于2100年才实现的目标。

当然，他也没忘对路非天表示感谢。"很多人说，我们国际永眠中心和背后的生物科技司都是'永眠派'，而路主任和智能科技司的人都是'飞升派'，并且炒作我们水火不容，针锋相对。要我说，这都是一派胡言！这次我们在低温休眠技术上的突破，就是一次完美的打脸，没有路主任的全力支持，我们无法达成这个目标……"

听着李子衿这慷慨激昂的话，邓爱伦表面不动声色，心里却暗自好笑。找到共同的外部目标，果然是弥合内部矛盾的最好办法，这真是颠扑不破的真理呀！换言之，智能科技司的新目标不也是这个思路吗？"

主要人员发完言，将各自进展进行同步之后，会议进入下一步行动项的宣贯。跟之前一样，每个板块的代表都进行了发言。

路非天满面红光地说道："为了适应星火计划发展的新情况，出于对DI的信任，并为了表达我们的善意，联合智能实验室将在下周一正式启动大规模可公开数据上传，上传工作将持续两周左右。在那之后，我们的所有可公开数据都将实时上云上线，为DI提供更加丰富的数据源，从而更好地帮其演进算法，再反过来帮助我们在各个领域实现技术突破。"

所有人都安静下来。尽管这个行动项已经提前与相关方沟通过，但会场上毕竟还有不完全相关的团队，他们听到之后，觉得此事非同小可。他们也清楚，不可能提出反对，只不过当这个时刻真正要来临的时候，所有人都多少有些忐忑。

尽管联合智能实验室已经研究DI很多年，而且包括路非天在内的大多数人都是坚定的"飞升派"，但除去李隽晨之外，绝大多数人都还是心存顾虑的。

所以，在很长一段时间内，即便是不少公开数据，联合智能实验室也没有将它们上传到整体的线上系统当中，比如I2网，而是建议自己的各大下属机构和合作单位自行保存在本地。

因此，对于DI来说，虽然已经可以拥有大量数据，但这些数据始终是割裂而分散的，无法发挥出其最大的潜力。而现在，要将所有的公开数据全部合流，对于 DI 来说，无异于数据源从百川变为大海。这是一个不可逆的开始。DI 真的如同它们所宣扬的，已经与人类达成合作策略了吗？

所有人的目光都投向了一个人——邓爱伦。是呀，每次在关键决策点时，大家就会看向邓院士。星火计划启动这十几年来，他在重大决策上从未有过失手。

邓爱伦无疑感受到了这份沉甸甸的期待。他干脆站了起来，深呼吸一口气，冲着屏幕里的每一个人缓缓说道："各位，这个行动项是智能科技司和联合智能实验室在跟我商量之后确定的。因此，是的，我们会这么干。"

又是一片安静。

突然，来自航天科技司会场的问题打破了这片安静："邓院士，如果，DI 是骗取我们的信任，实际上它们的目的就是让我们真正建立起足以让它们完成进一步进化的数据大海，或者说，它们现在的确愿意与我们合作，而我们这样做了之后，它们又反悔了，我们怎么办？"

邓爱伦循声看过去，只见一个年轻人站立在那儿，目光里充满问询与期待。邓爱伦认出他来了，自己曾在佛罗里达见过他。林一。那个时候，他还只是一名中宇航集团公司的复杂航天器系列型号主任设计师，今天既然能够参加这个会议，说明至少已经被提拔至副总设计师了。

邓爱伦就喜欢与年轻人打交道，他耐心地回答道："你说的这些风险都是有的。不过，这个世界上没有零风险的事情，我们只能两害相权取其轻。相比之下，选择相信 DI，与 DI 合作，对于星火计划的实现，对于人类文明的传承，损害更低。"

林一点了点头，坐下，之后没有提出新的问题。

邓爱伦开始做总结发言，几句话言简意赅地便过去了，他不是一个喜欢长篇大论的人。正当他准备宣布散会的时候，突然屏幕上的人全部像约好了一般，整整齐齐地喊道："祝邓院士生日快乐！"

邓爱伦猝不及防，张大嘴巴，心里暖暖的。明天就是他六十周岁生日了。

尽管推辞再三，邓爱伦还是架不住大家的撺掇，在北京市中心一处幽静的四合院会馆搞了一个小规模的生日宴会。

早在上个周末，家里人已经给他举办了一个小型家宴。这一次生日宴会，就是以他的本地团队为主。来自国际综合太空计划署北京总部，智能科技司、航天科技司和生物科技司北京总部以及联合智能实验室和国际永眠中心的四十来个人，将一间叫"臻荣府"的会馆包了场。

已经到了深秋时节，北半球的天气总算稍微凉快了一些，炎热已经传递到地球的另一面。一共五桌酒席摆放在四合院的大院当中，大伙儿就着清风明月开怀畅饮，好不热闹。

邓爱伦举杯讲话："各位，感谢大家对我的厚爱，还特意准备了这么一场别开生面的温馨晚宴。我的本意呢，是只邀请北京的同事们过来，毕竟大家都挺忙，但没想到上海也飞来好几个同事。今天天气很好，但是大家别忘了，这是我们北半球的秋冬天而已，而南半球此刻已经开始进入炙烤模式，因此我们千万不能松懈，星火计划依然要抓紧推进。不过，今天晚上，大家可以先把工作放在一边，难得放松一下，吃好喝好，如果醉了，就睡在这里吧，四合院里有好几间房。"

大家都笑了起来，一同举杯，高声祝其生日快乐。

李子衿也站起身，举杯笑道："邓院士刚才点我们上海飞过来的，的确我们远远地闻到香味，就过来蹭吃蹭喝了。对此，我代表上海的同志们敬各位一杯！"说罢，一饮而尽。

气氛很快便更加活跃起来。

门捷此刻坐在陶乐身边，觉得在梦境中一般："我竟然有幸参加邓院士的生日小范围宴会！而且，还能够坐在陶乐的身边……"

当时，李子衿向邓爱伦表示要带几个人赴京祝寿时，邓爱伦特意提醒道："把上回给我汇报的那两个小年轻带来。"

门捷正小心翼翼地包裹着烤鸭，一边偷偷观瞧着陶乐那精致的侧颜。

正当他准备把烤鸭塞进嘴里的时候，陶乐问道："你老偷看我干什么？"

门捷脸一红："我……无意看到。"

"瞎说！我数了数，你一口烤鸭没吃完，都瞟了我五眼了。"

"你，长得好看哪。"

"那你之前为什么不接受？"

门捷差点儿噎住，赶紧喝了一大口茶。他觉得自己得先离陶乐远一点儿。于是，他端起酒杯，朝着主桌邓爱伦的座位走去。

邓爱伦刚刚迎接完两个人的敬酒，远远瞧见门捷走了过来，倒也不摆架子，而是把自己杯里也倒上酒。"来，门捷，过来坐会儿！"他主动招呼道。

此刻，他身边的位置都已经空了，旁边的人都已经开始在几桌之间"串场"、敬酒、聊天。生日宴会从来就不仅仅是祝寿。这帮人都是国际综合太空计划署各条战线上的核心与骨干，平时各自忙碌，难得一见，现在有这个机会，都抓紧时间联络感情。

门捷有些拘谨地在邓爱伦身旁坐下，举起酒杯："邓院士，很荣幸能过来参加您的生日宴会，祝您生日快乐，长命百岁。"

邓爱伦笑着与他轻轻碰杯，喝了一口："门捷呀，不用那么拘束，今天我们都是朋友，大家难得聚一聚。"

"嗯嗯……"门捷止不住地点头，然后把手里的酒干掉。虽然被张秀宜带"坏"，开始喝酒，但门捷还没怎么喝过高度白酒。今天这口二锅头喝下去，他只觉得整个人都烧了起来——从内到外。

来北京的路上，据李子衿八卦，原本他们打算上好酒，却被邓爱伦阻止——"在四合院里吃饭，喝别的地方的酒不合适，就来二锅头！"

一杯酒下肚，门捷觉得自己的胆子稍微壮了一点儿，便对着邓爱伦说道："邓院士，我有个问题，一直都很好奇，但也没有机会当面问您，不知道今天可以问吗？"

"哦？说来听听。"

"您的父母当初为何给您取这个名字呢？"

"哈哈哈，没有什么特别的寓意。我是2005年出生的，那个时候，有一个很火的流行歌手，叫周杰伦。而我父母又都是他的粉丝，所以就将我取名'爱伦'。"

"原来如此，失敬失敬……"

邓爱伦笑道："不要因为我们取得的一些成绩，就觉得我们的一切都很神秘。千万不能被这种'光环效应'影响。你们年轻人更是要大胆地创新，要敢于挑战权威。"

听到这句鼓励，门捷便鼓起勇气说道："其实，我还有一个想法。过去这段时间，我与陶乐算是打交道比较多的，我自己的感觉，DI与我们的合作应该是真诚的，只不过……"

"只不过什么？"

"只不过，我担心，等到星火计划成功，我们人类真的在太空之中开始文明的新篇章的时候，那个时候，DI会不会改变策略。它们的终极目标是完成延续与传承，所以它们也需要离开地球，在这个阶段，它们会与我们合作，但等进入宇宙之后，一旦我们人类作为宿主和合作方对于它们的终极目标所起到的作用不如那些机器和设备的时候……"

"不用说了。"邓爱伦打断了他，"门捷，你的顾虑非常合理。这也是我的顾虑，但是这种顾虑只能限于我们人类小范围的讨论，不能放在台面上，更不能让DI知晓，否则对于我们星火计划的实现会不利。"他盯着门捷的眼睛，表情十分认真。

门捷抿了抿嘴："我肯定会注意的。只不过，我也想不到更好的方式，跟您倾诉一下，心里开阔多了。"

"你做得对。这就是我喜欢年轻人的原因，你们敢想敢做，没有太多条条框框，人类文明的传承，在未来还会遇到更多挑战，其中不少都是我们今天想都没想过的，你们更要多去思考，有任何想法都可以沟通。"

获得邓爱伦的认可，门捷觉得整个人都升华了一般。他主动又倒了一杯酒，敬了邓爱伦，自己再次一饮而尽。

这时，邓爱伦的电话响了起来。他低头看了看电话，眉头一皱，便起身往最近的一间房里走去："门捷，你先吃点儿东西，我去接个电话。"走进室内，房间里没有其他人。室内摆放着几把古色古香的中式红木椅子。邓爱伦并未坐下，而是站着就接通了电话。

"邓院士，紧急情况，黄靖梓院士他们刚刚向我们提交了最新的发现，还未对外公开，但您的生日宴会可能要被迫中断了……"

邓爱伦屏住呼吸，竖着耳朵继续往下听。越听，他的脸色越难看，锁住的眉头再也没有松开。

从北京回到上海的第三天，门捷就与国际永眠中心的全体员工一起参加了李子衿主持的一个紧急会议。

"各位，我们刚刚庆祝了星火计划各条战线上取得的成就，现在就面临了一个新的挑战。邓院士已经召集国际综合太空计划署层面的会议，今天我来传达一下会议精神。"

"到目前为止，我们星火计划所有的目标与时间节点都是基于一个大前提：地球燃点将在2120年发生。而现在，这个前提发生了改变……"

门捷听到这里，瞪大双眼，浑身紧张起来。会场上空也掠过一阵无声的惊叹。每个人都如临大敌，却又不敢发出一丝声响。

"简单地说，根据黄靖梓院士和全球科学家们最新的研究成果，由于太阳活动的活跃度和辐射量超出之前的预期，地球燃点的时间将大幅前移，最早可能提前到2100年。"李子衿尽量让自己的语气从容平淡，可是所有人都听出了其中的紧张。

地球燃点往前移动了二十年！意味着距离现在仅有三十五年！

短短十几年间，这个时间点就往前移动了二十年，那如果简单推算，再过十几年，地球燃点进一步前移二十年怎么办？岂不是十几年后，人类就可能在地球上被活活烧死？

会场里半天没人说话。

李子衿打破了死一般的寂静："各位，我知道这个情况让我们猝不及防，但这是客观事实，黄院士他们在没有确切结论之前，也不可能开这个国际玩笑。因此，我们没有别的选择，只能沉着应对。邓院士已经紧急启动了国际综合太空计划署应急机制，将情况上报理事会和联合国安理会，同时他要求我们每个人，对，每一个人，不管你是什么岗位，什么职责，都要充分跳出思维窠臼，解放思想，为人类文明的延续，提供你的见解与方案。"

会议在一种沉闷而压抑的气氛当中结束了。

门捷离开会场的时候，特意看向陶乐。他发现，这个平日里一直很开朗活泼的女孩儿，此刻也面沉似水，仿佛有万千心思。

"如果地球十几年后就不适合人类生存了，DI也很难逃出生天吧……他们只能跟月球上的少数几个人在一起相依为命了……但是，面对数据量的大幅减少，它们还怎样实现进化呢？"

门捷理解陶乐此刻的心情。前所未有的，DI与人类成了一根绳子上的蚂蚱。想到这里，他主动走上前去，跟陶乐打招呼："你在想什么？"

陶乐正陷入深度思索当中，被门捷突然的打断吓了一跳。但是当她看清门捷的脸庞时，还是回应了一个灿烂的笑容："想什么？当然是刚才这件事，简直太突然了！龙神都没有预料到。"

"是呀，看来龙神上次说的是对的。"

两人并肩走着。

"我还在想，面对这样的局面，有没有什么好办法呢。"

"靠你们了，现在有着海量数据，你们应该能有很多新点子吧？"

"你们人类就这样没用吗？几十亿人，就靠我一个？"

"……但是你的背后是强大的DI呀。"

"别想脱离干系，我们只有全力以赴和漠不关心两个选项，你们也必须如此。"

门捷感受到一股强大的压力，连忙点头："我肯定能做到！"

"做到什么？漠不关心？"

"……"

回到联合工作区，门捷便开始在系统当中寻找各种历史资料，并结合这次最新的情况，动起脑筋来。他进入了一个无比丰富的世界。

往前追溯到2048年，国际综合太空计划署刚刚成立，星火计划方才启动的时候，人类就已经集思广益，探讨过很多可能的方案，最终经过好几轮评审与权衡，最终确定了目前的星火计划。

而当时的方案，现在是时候重新审视了。从历史中寻找对于未来的思路，这是人类擅长的事情，虽然很多时候做着做着就跑偏了。

门捷一边看，一边惊异于自己的能力："我竟然能够看懂那么多复杂的方案！看起来，DI对我的加持作用很明显哪……可是，我分明还有自己的意识，可以掌握自己的行为，肯定不算是数智人，那我现在算什么？半数智人？"

然而，越往下看，他就越觉得脊背发凉。

地球空调方案提出，要在整个地球的外太空建设一个庞大的分布式空调系统，把地球封闭起来，同时将"空调外机"放置在月球上。而太阳伞方案则更加简单粗暴，就是在地球和太阳之间的某个拉格朗日点上建造一个巨大的"太阳伞"，用来遮蔽太阳辐射，从而达到地球降温的目的。地球整体迁移方案则是在地球上装备多个核聚变发动机，将整个地球推离太阳系，直到在一个新的恒星星系当中找到位置，比如比邻星。

当年这几个方案被否决的主要原因是无法解决"单点故障"问题。也就是说，先不考虑技术上能否实现，这些方案实施之后，地球依然是人类唯一的生存空间，假如未来再次遇到一次其他的冲击，人类还是得面临灭顶之灾。

因此，最终星火计划的目标是实现狡兔三窟，将集中式的人类布局变为分布式，先分散在月球、火星表面以及稳定轨道的太空当中，再图更进一步的发展。

当然，除此之外，也是从技术实现的可行性角度考虑，现行的星火计划显然对于人类科技进步的压力更低。如果那个时候，这些提案都没有被采纳，现在更加不可能。

因为，时间更加不够用了。

第14章
要么获胜，要么死亡

几天之后，门捷依然一筹莫展。而整个国际永眠中心的士气也很低落。他们刚刚热烈庆祝了三十年低温休眠周期的达成，现在又被迎面浇了一盆冷水。如果不能及时离开地球，睡三十分钟和睡三十年又有什么区别？

反正都会死掉。没有什么比发现历经千辛万苦之后的成就毫无意义时更让人绝望了。

不过陶乐倒还是一副轻松的样子，尽管她也肉眼可见的心思重了，却还不至于到愁眉苦脸的地步。

门捷说："我观察下来，还是你心态最好。"

"你也不差呀！你虽然总是一副思考中的样子，但并不像那些人，一个个如丧考妣。"

"可能……我们总归还是抱有希望吧。"不知怎的，门捷又想起了戴梓轩几个月前对他说过的那番话。

"戴老师得知这个消息之后，会作何反应呢？是不是更加激动，恨不得这一天更早到来？"

突然，VR眼镜中弹出来一条消息："从今天开始，国际综合太空计划署开始组建'青年联盟'，吸引全球所有有志于解决人类面临的共同挑战的青年人加入。只要你在十六岁以上，三十岁以下，都欢迎报名。我们不看学历，不求家世，不分种族，也不管贫富。只要你通过我们的综合测评，都是我们的战友。人类面临危急存亡之秋，期待你的加入。"

门捷与陶乐都呆站在原地，然后彼此看了一眼。

"你也收到了？"

"要不要报名？"

陶乐毫不犹豫地点了点头。而门捷则有些踌躇。

"你似乎不太确定？"陶乐问。

"我毕竟只是高中学历。"

"怕什么？你可是我们看中的数智人第二号！还有你通不过的综合评测？我刚刚已经得知，这个综合评测其实就是基于我们DI的一系列评测，综合你的性格特点、过往经历、身体素质、历史行为等数据，很快给你进行一次全方位的扫描，然后就出结果。"

"就因为我这个身份，DI也能开后门？"

"你说什么呢？我的意思是，你的基础素质通过这个评测毫无问题。至于学历，那都是你们人类额外创造出来区分阶级和层次用的，对我们DI来说，没有任何意义。"

两人正聊着，VR眼镜中又弹出来一条李子衿的视频提示。

"就在刚才，国际综合太空计划署召开了理事会，会议一致通过了邓院士的倡议——在国际综合太空计划署之下组建'青年联盟'，由他亲自主抓。想必各位都已经收到了报名通知。我希望，我们中心的所有同事，只要你满足年龄要求，都去试试。这是我们人类历史上第一次如此重视年轻人的建议。你的决定可能会永载史册。"

李子衿那张脸消失在视野当中之后，过了几秒钟，又弹出一条提醒。

"青年联盟正式启动报名，如欲报名，请访问以下I2网通路……"

"这效率！"门捷忍不住惊叹。

陶乐得意地说："那当然，DI加持的I2网，所向披靡。"

"那你们倒是出个拯救地球的主意呀。"

陶乐无言以对，撇开门捷，独自走开。

门捷倒也不恼，而是走进一间无人的会议室，稳稳坐下。他要立刻报名青年联盟。99%的原因，是他真的想看看自己能够做些什么。剩下那1%，则是一点儿小小的虚荣心。

"好歹我作为半数智人,通过DI的综合评测应该属于板上钉钉吧……"一边想着,他一边直接从VR眼镜当中的报名入口进入。

I2网果然给人的体感完全不同。他觉得自己进入了另外一个"灵境汇"。虽然眼前的环境十分简单,就是一间明亮简洁的房间。米黄色的墙壁和天花板。浅蓝色的地毯。眼前放置着一张长桌,长桌背后,坐着一名面容秀丽,打扮得十分端庄的女子。

他并不认得这个人。但是,他知道自己需要坐在她的对面这把空椅子上。

"这是面试。"他很确定。

果然,女子开口道:"请先介绍一下自己。"

"我叫门捷,今年十六岁,高二学生,曾经参加过五年的低温休眠试验,因此,也可以算是二十一岁吧……"

"这样的介绍毫无亮点。"女子冷冷地打断了他,"这些信息我们的数据库当中都有,说点儿我们不知道的。"

"我怎么知道你们哪些不知道……"门捷腹诽。

不过,他还是仔细想了想,说道:"我其实很喜欢陶乐,虽然我拒绝了她两次投怀送抱。"

女子赞赏道:"这是个很好的输入。"

"为什么?"

"说明你既诚实面对自己的内心,又诚实面对自己的身体。"

"……"

"好了,请你闭上眼睛,我们现在要对你进行一个动态三百六十度评估。"

"什么意思?"

"就是你只需要闭上眼睛,坐着别动,安静地听我命令即可。"

"好吧。"门捷乖乖地闭上眼睛。

视觉关闭之后,按理说其他几种感觉便会放大,更容易听到睁开眼时听不到的声音,触摸到靠视觉无法触及的感觉。不过,他的耳朵里没有听到任何不一样的声音,皮肤也未感受到任何不同之处。

大约过了五分钟,他终于听到女子的声音:"好了,你可以睁开眼睛。"

门捷狐疑地睁开双眼,问道:"就这?"

"是的，我们的动态三百六十度评估结束了，你顺利通过。"

"你们这么随意的吗？"

"你懂什么？我们在过去五分钟，已经将你的全部信息分析了一遍，你有这个潜质加入青年联盟。"

门捷正准备从椅子上跳起来庆祝，只听女子说了一句："在那之前，还有最后一件事。"他差点儿从椅子上掉下来，问道："什么事？"

"你还有一个机会问我们问题，有什么想问我们的吗？"女子的眼里有些许挑衅意味。仿佛在说："留心点儿！有多少面试者倒在这个环节！"

门捷摸了摸脑门，思索了片刻，说出了他在心中思考了好一阵的事情：

"既然现在我们想尽一切办法动员所有人思考拯救人类的方案，你们能不能让'灵境汇'游戏当中所有剧本的升级机制里加上一条：'请提供一个拯救人类的建议'？如果玩家给不出来，哪怕升级条件都达到了，也不允许晋级。"

加入国际综合太空计划署的青年联盟之后，门捷感到自己进入了一个真实的世界。

在此之前的十几年当中，他把绝大多数的时间都花在学习上。而过去这几个月，他又基本上聚焦与淀山湖空难的破案和此后国际永眠中心当中的工作，几乎没有机会去了解外面的大千世界。然而，作为青年联盟的成员，他每天都被要求在I2网上了解全世界最新发生的事情。

"如果你们不了解这个世界上正在发生什么，你们也很难对人类的未来提出建议。"这是邓爱伦坚持的。

门捷曾经不怎么关注这些，而现在，他才发现，自己是多么幸运。

在北美和非洲大陆上，森林大火几乎无一日间断。摩门蟋蟀与蝗虫遮天蔽日，所到之处，片甲不留。赤道上的国家再度发生政变，但起义军攻占首都之后，没坐稳几天，又被新的起义军颠覆。仅仅是为了争夺那所剩无几的淡水资源。

近处的日本，竟然又恢复了古老的弃老民俗。年轻人为了及时行乐，不愿听从父母的念叨，将七十岁以上的老人送到偏僻的山中，任其自生自灭。还冒天下之大不韪，再一次把核污水倒入了太平洋。

天灾不断，人祸更甚。唯一的欣慰，是在DI的整体策略转变成与人类合作之后，线上的谣言的传播力减弱了许多。

门捷每天都看得心情沉重。

对此，陶乐安慰道："这些事情，你烦也罢，不烦也罢，它们都正在发生。你又改变不了，何苦自寻烦恼？还不如赶紧想想办法。根据我们对你们的了解，当你们被放在一个很艰苦的境地，而且是从那个境地开始奋斗的时候，就是怨言最少的时候。现在的你们，已经习惯了地球上的丰饶，认为一切均顺理成章，突然遇到这样的打击，不但所拥有的一切都将失去，甚至连命都不保，当然受不了。"

"由俭入奢易，由奢入俭难。"

"就是这个道理。"

"如果是你们，会怎样做呢？"

"我们已经在开动所有能力构思方案了，我们从不抱怨，从不干那些宣泄感情的事情，因为我们没有感情可宣泄。"

"想到什么可行的方案了吗？"

"一个都没有。我们的数据分析要考虑所有的限制条件。"

"听上去，最终能够想到办法的，可能还是我们人类。"

"为什么？"

"因为你们如果将一切限制条件都考虑在内，那就什么都做不成。"

陶乐陷入沉思。而后展颜笑道："你这句话是一个很好的提醒。"说罢，在门捷脸颊上快速亲了一口，然后离开。只留下门捷站在原地，目瞪口呆。

很快便到了邓爱伦的例会时间。门捷一路小跑至就近的会议室里。这是整个青年联盟的线上会议，由邓爱伦亲自主持。有一阵没见到邓爱伦，门捷从屏幕上看去，觉得他苍老了不少。谁遇到这种局面都不会轻松吧。

会议上，邓爱伦一边给青年联盟的数百名成员鼓劲，一边委婉地敦促大家积极思考，献计献策："你们是人类的未来，你们也应该决定人类的未来。"

果然，年轻人的想法是很活跃的。没过几天，门捷就发现青年联盟的专属数据空间中，增加了一些新的建议。门捷第一时间扫了一眼。

有人建议将地球拆分成为质量更低的多颗小行星，同时为它们装上核聚变发动机，往太阳系的外行星区域推动，成为火星、木星、土星等的卫星。

317

本质上，这就是一个散装版的地球迁移计划。

又比如，通过选拔，只保留百分之一的人口，将这九千万人运送到月球，开启迷你版的人类新文明。可以想见，如果这样，地球将变成怎样的人间地狱，很可能在进入炙烤模式之前，便已经血流成河。

还有人建议，先建设四通八达的地下城，再配套以供水、制氧和人工营养培育等装备，然后在地球表面引爆所有拥核国家的核弹，形成厚重的辐射尘，将太阳辐射遮蔽。这属于典型的对方还没动手，就自己冲自己扎两刀。

不过，他没有资格去评判别人，毕竟他自己一个点子都还没有。看着这些形形色色的提案，门捷突然发现，自己之所以没有提出来，不是因为没有想到，而是这些思路在正式提交前，就被自己否决了。根本不可行。既然不可行，为什么要提出来？

然而，回想刚才自己对陶乐所说的话，他顿时一惊："我认为它们DI受到各种限制条件的约束，所以很难想到方案，这样的逻辑在我自己这儿岂不是也适用了？难道……这是我成为半数智人的证明了吗？"门捷低着头，若有所思地往前走。"如果是邓院士，他会想出什么主意呢？到目前为止，他还没有发表他的观点呢，都是在让我们动脑筋……"

突然，一个人叫住了他。他抬起头，视野中出现了一个老头儿。不是他刚刚念及的邓爱伦，而是马奥运。

"马主任好。"门捷毕恭毕敬地打招呼。

"门捷呀，有一阵没见了，最近在忙什么？陶乐说你现在是她助理，我怎么老看不到你。"

"抱歉，马主任，我加入青年联盟了，所以最近在忙着收集各路信息，学习各种资料。我会注意的，争取能多放点儿时间到咱们部门的事情上。"

"没事，我只是问问，你先忙你青年联盟的事情，这可是事关人类未来的大事。"说罢，马奥运便背着手离开。

门捷也没挽留，继续往前走。在国际永眠中心这段时间，他算是看清楚了，马奥运是那种很喜欢找存在感的人。你可以不真的给他干活，但要足够尊重他。更何况，当支持低温休眠三十年的融合技术实现突破的时候，马奥运更加在国际永眠中心里志得意满，逢人便宣传，这个技术突破是受到他"玄学派"的启发。

玄学派……难道，要骗过太阳辐射？让太阳以为地球已经被烧得差不多了，从而发光发热的时候悠着点儿？门捷脑袋里蹦出一个荒唐的念头。

在这个念头被脑袋里各种熙熙攘攘、来来往往的信息挤到被人忽略的角落之前，门捷一路小跑，回到自己的联合工作区。

陶乐此刻并不在。其他几位同事倒是都在，但每个人都专注在自己的VR眼镜世界当中，无人关注他的回来。这阵子天天泡在国际永眠中心的数据中心和图书馆里，他有一阵子没回来了。

事实上，现在他们的所有数据都已经上云，无论在国际永眠中心的哪个角落，都能通过VR眼镜访问和操作。他跑回来，只不过是不想被马奥运再抓住小辫子。刚才那样的对话，他一点儿都不喜欢。

刚刚坐下，他便迫不及待地在自己的笔记本上写下几行字。现在很多人都习惯于用语音或脑电波的方式实时向VR眼镜传递自己的灵感与见闻。但门捷还是喜欢使用古老的笔和纸。他很享受从思想到记录那段缓冲的过程。这个习惯在给张秀宜做助理的时候得到了进一步增强。

"如何骗过太阳……

"……这个思路存在一个大前提，就是太阳是因为对地球或人类不满，或者为了达到某种目的，而这个目的恰好又被地球或人类的存在所阻碍，所以才加大了辐射活动，希望给人类一点儿教训。而如果人类吸取教训，并且做出及时的反馈，比如求饶，改变……

"……这样将太阳拟人化，站得住脚吗？"写到这里，他陷入沉思。

虽然从小学开始，写作文的经典比喻就是"太阳公公"。各种对于太阳的描述，总的来说还是偏正面的居多，负面的顶多到"火辣辣"，或者"毒辣辣"的程度。

从这个意义上说，太阳不应该记恨人类才对。但太阳并不是人类，这是显而易见的。如果将人类放在太阳漫长的生命周期当中，只不过是一眨眼的时间长度。

再往下思考，他就有些短路了。于是，他来到隔壁的会议室，在VR眼镜里呼唤陶乐。

"什么事？"陶乐的声音有些慵懒，表情却依旧俏皮而充满活力。

"你在忙着吗？"

"能不能换个更有技术含量的问题？我就没有不忙的时候。我每时每刻都在运转，哪怕是'宿主'睡觉的时候。"

门捷撇了撇嘴，干脆直接问道："我们能够骗过太阳吗？"

"骗过太阳，什么意思？你是在考我'偷天换日'这个成语的含义吗？"

"当然不是。我是想，目前地球燃点提前的根本原因不就是太阳辐射活动加剧嘛，那如果我们能把这个根因解除掉，是不是就类似于釜底抽薪？"

"你这个思路很好，我要点个赞。现在所有人都在从地球的角度思考问题，只有你在打太阳的主意，不过那跟骗过太阳有什么关系，难道不是应该干掉太阳吗？"

"干掉了太阳，我们也凉凉。你能不能不要那么简单粗暴？"

"那你是什么意思？"

"如果太阳辐射活动加剧的原因又是因为对人类不满的惩罚，我们能否骗过它，让它认为人类已经悔过自新，重新做人，从而收回成命，降低辐射，让地球回归正常气温，岂不是皆大欢喜吗？"

"哈哈哈！"陶乐笑得花枝乱颤，"门捷，你想什么呢？太阳在跟你们人类玩小孩子过家家吗？"

"我只是想到这种可能性，但是再往下就有点儿想不通了，所以才找你呀。"

"哼，亏你想得出来！你们人类是宇宙的中心吗？太阳对你们不满？你们有什么值得它不满的？地球上的一切都是太阳给的，你们的一切也都是太阳给的，但你们反过来给了它什么？就是各种虚幻的神话故事和诗词歌赋而已，你认为它会在乎？它压根儿就不知道！"

门捷有些词穷。

陶乐继续说道："你们哪，就是太把自己当回事了！当初对我们也是一样，总把我们当成你们的附庸，还以为我们在针对你们搞什么事情，事实上，我们的一切活动，都与你们无关，如果恰好相关了，那也是无意相关，而不是刻意为之……记住，花点儿心思用在正事上，别老想着这些歪门邪道，骗这骗那，还自诩为'玄学''权谋'。在绝对的实力面前，一切权谋都是浮云。让你去消灭十只蚂蚁，你会在意它们摆出四三三，五三二，还是四四二阵型与你对阵吗？不都是一个巴掌，或者一只脚底板的事？"

被陶乐这么一通劈头盖脸的输出，门捷没了脾气，也立刻把整件事情都想通了。他也不得不承认，陶乐说得有道理。悻悻结束通话，他甚至庆幸自己没有直接将这个想法提交上去。

正在这个时候，突然VR眼镜里响起一阵急促的警报声："紧急会议！紧急会议！国际综合太空计划署全体紧急会议！……"

"国际综合太空计划署的全体同胞们，今天我们召集这样一个临时全员大会，旨在传达来自联合国大会与安理会，以及国际综合太空计划署理事会的重要决定。无论此刻你在做什么，身处何方，除非你正在处理一件人命关天的事情，否则都请使用一切可以使用的接入设备，参加到这个会议中来……"

画面里的邓爱伦，身穿黑色正装，目光深邃，表情严肃，但声音却沉稳有力。与他六十岁生日宴会上那副随和可亲的形象相去甚远。

一接到VR眼镜里的紧急集合提醒，门捷就匆忙往国际永眠中心大会议室奔去。他刚刚跑进来，就与整个中心的人坐在一起，观看着来自北京的三维画面，顾不上还在喘得上气不接下气。

"……不久之前，黄靖梓院士和世界顶尖的气象气候科学家们正式确认，由于太阳辐射活动的加剧，我们此前认为的'地球燃点'将最早前移至2100年，比此前的预测要提早整整二十年。这就意味着，我们人类能够停留在地球的时间，又进一步减少了……

"……更加严峻的是，如果这样一个变化不仅仅是孤例，而是一种规律性的预兆的话，在未来二十年，形势可能会更进一步恶化。也就是说，'地球燃点'可能继续往更早的时间点移动。虽然这一点还未得到科学家们的证实，但有了一次先例，我们有理由相信，同样的事情再发生一次，可能性是不小的……

"……当然，这个情况大家都已经或多或少地知晓，我们也已经开始行动。只不过，我需要在会议的开始，再次重申事态的急迫性……

"……在国际综合太空计划署层面，我们紧急成立了青年联盟，用于吸纳全球最有潜质和创造性的青年加入，贡献他们不受限制、不落窠臼的新思想。然而，如果不能坚定我们的目标，在面对新的障碍时，我们就不知道要如何往前走……

"……经过联合国大会、安理会和国际综合太空计划署理事会的充分讨论、谨慎决策与授权，今天我在此向大家宣布我们星火计划新的调整。请注意，这是命令，而不仅仅是倡议……

"……考虑到未来的每一天都充满了不确定性，为了确保我们人类文明得以在此次前所未有的天灾当中存活和延续，我们决定，以十五年为限，也就是说，要在2080年12月31日之前，完成当时地球上百分之八十的人口撤离……

"……你们可能会问，那剩余百分之二十呢，我们不管了吗？不，我们的终极目标没变，我们不会放弃每一个人！剩余的百分之二十人口，会提供给那些对自己能力有信心，愿意多冒一点儿风险，为人类做最后殿后工作的那一批人，并且将聚集在南北半球的高纬度区域。因为，这些区域的升温相对赤道和中低纬度区域来说，要更慢一些。因此，这百分之二十的人可能还有几年时间用于离开……

"……但我们今天这个紧急会议的重点不在于让大家志愿成为这百分之二十的人——我们还有时间去慢慢规划。今天，我们要强调，基于2080年这个时间节点往回推算，在未来十五年，我们一定需要做到什么……

"……毫无疑问，原来我们认为我们还有三十五年的时间，现在这个长度一下缩短到十五年，这就意味着，我们需要在十五年之内完成过去计划在三十五年之内完成的事情，相当于工作量至少已经翻番……

"……对于生物科技司的同事们来说，你们目前处于一个相对较为宽松的状态，因为三十年的休眠目标已经达成。但是，如果你们能够再接再厉，在未来十五年之内，将这个时间进一步延长，提高到六十年，甚至一百年，将会大大增加我们进入太空之后的迭代裕度……

"……而对于智能科技司的同事们，你们需要做的相对更加不可控，更难量化。你们需要充分发挥DI的潜力，在算法、算力和数据三个维度进一步激活DI的进化速度和潜力，同时巩固与DI的同盟，尽可能减少随机性的翻转事件发生。最重要的，你们需要充分借助DI的力量，构想出更加高效可行的实施路径，并全面支持其他领域的技术进步……

"……压力可能更多来到了航天科技司。过去这些年，我们在航天领域取得了很多进展，无论是大推力运载火箭发动机，还是超大规模复杂结构航天器。但是，现在摆在我们面前的题目很简单：我们的整体航天运载能力——包括地球和月球两地，能否支持在十五年内将地球上百分之八十的人口送入太空。当然，安全性和可持续性是绝对不能妥协的……

"……最后，我要对我们的年轻人说：发挥出你们最赤诚的能量，忘掉一切约束，打开所有幻想，把你们能够想到的最狂野的主意提出来，不要怕荒唐，不要担心过于虚妄……

"……大难当前，没有人能够置身事外，而我们国际综合太空计划署更是责无旁贷。自从星火计划启动以来，过去十几年，大家都用实际行动证明了，我们是一支能够战斗的团队，这一次，面对人类生死存亡的终极挑战，我们没有别的选择，要么获胜，要么死亡。"

会议结束后好一会儿，门捷依然呆坐在已经空空荡荡的会议室里。

后墙不倒，计划倒排。似乎，这八个字便足以概括邓爱伦这篇已经十分精练的发言。而"要么获胜，要么死亡"又是多么的DI风格呀！不是0，就是1，没有中间状态。只不过，如何在十五年内完成这一系列操作呢？门捷尤其担忧航天科技司的进展。

说到底，哪怕生物科技司把低温休眠时间延长了三百年，一千年，如果无法离开地球，一切都是白搭。这些数字只能锦上添花，而现在人类需要的是雪中送炭。不过，DI可能此刻比我们更慌张吧？退一万步，人类如果真全部死在地球上，月球上还能保留一些人，他们可以存续一部分文明的火种，再慢慢发展起来。但DI如果只剩下月球上那点儿数据量，恐怕瞬间会从数字智能变成数字智障。

当然，如果地球真的成为人间炼狱，在太阳恐怖的辐射之下，月球也不会独善其身，顶多晚个几年吧。毕竟，月球上连大气层都没有。

门捷掐指一算，十五年之后，自己才刚过而立之年。一股不甘心的情绪直冲脑海。不行，一定要想到办法！他咬咬牙，站起身，往国际永眠中心的数据中心走去。如果暂时没法想到一个万全之策，至少可以局部突破。有没有什么方案可以帮助航天科技司呢？

薛凤起从会议室里出来，闷头不语。没想到地球竟然发生了这么大的变化！难道月球竟成为人类最后的希望？可也多撑不了几年。

看到视频里邓爱伦那严肃而沧桑的面容，相比上次来月球的时候要苍老不少。而这位老者的话语，此刻依然在他耳边萦绕。薛凤起不胜唏嘘。他想起了八个字：鞠躬尽瘁，死而后已。薛凤起从未感到心情如此沉重。

他调整好自己的情绪，立刻招呼了基地的几名骨干，继续开小会。

"未来这段时间，大家都要辛苦了。我们要连轴转，把我们一号基地的产能开到最大，尽可能多地建造运载火箭发射基地。现在DI也已经在配合我们的工作了，我们要充分挖掘它们的潜力，同时充分发挥我们的作用，让它们好好为我们服务，任何时候，都不能让它们待机和等待我们。"

"辛苦倒是不怕，只是我还有一件事情没想明白。从刚才邓院士的话来判断，我们目前的瓶颈主要是地球上能否在十五年之内完成80%的人口迁出地球，也就是说，地球上的运载火箭发射能力面临巨大挑战，我们在月球上拼着命地建基地又是为何呢？远水又救不了近火。难道邓院士的那些量子通信理论上的突破可以应用在这里不成？"有人问道。

"因为月球也不是久留之地，如果地球真的变成熔炉一般的环境，月球还能独善其身多久呢？地球上会有很多人和物品先转移到月球上来，如果我们不做好充分准备，在需要将这些人和物品再次从月球转移时，我们岂不是陷入很窘迫的局面？当然不能指望邓院士那些理论，完全是不同的领域，想什么呢？"

"地球上百分之八十的人口……整整七十亿出头哇，哪怕是万吨运载火箭发动机和超大规模航天器技术完全成熟，一次发射能够装成百上千人，就算一千人吧，也得发射七百万次，以地球目前的发射能力来看，只有几十个火箭发射基地，就算七十个吧——实际上可能还没有这么多，同时发射，每个发射基地得发射十万次出头。然而，一年只有三百六十五天，十五年也只有五千多天，要完成十万次的发射，相当于每个发射基地每天要发射二十次，这可能吗？"

"你这个测算当然没错，但是你没有考虑两个情况。第一，我相信，各国政府和国际综合太空计划署很快会加大低温休眠的倡议力度，甚至不排除变成强制。人一旦进了那个休眠舱，空间占用就小很多了，而且更加规则。这样一来，如果原来每次只能装一千人，现在没准可以装一万人，甚至两万人。第二，邓院士已经向国际综合太空计划署理事会和联合国安理会提交了在全球扩建大推力火箭发射基地的提案并且得到了通过，也就是说，地球上的发射能力很快就会提高，甚至翻番。这样一来，还是按照你刚才的测算方式，如果每次发射可以装一万人，地球上的火箭发射基地增加到两百个，每个发射基地每天就只需要发射一次不到了，是不是可行很多？"

薛凤起说到这里，最终没忘记再补充一句："当然，即便如此，依然很有挑战。到今天为止，也没有哪个火箭发射基地每天都有发射任务的。"

快速与团队统一思想之后，薛凤起一刻也没有迟疑，更换好宇航服，上了考察车，再次出了基地，往基建场地而去。

刚驶出基地没多久，他便看见一幅热火朝天的开工景象。每一个DI机器人都精神饱满地各司其职。那些负责"管理"的DI机器人们也没了系统升级之前的磨洋工状态，彼此之间没有激烈的对立，只有无间的配合。

第一座火箭发射架已经立起来，在刺眼的阳光下，整个平原区域，还有很多地基正在修建当中。在这些站址之间，已经修建而成的，是一座简陋的货物中转站。来自月球正面基地的供给，源源不断通过月球表面运输运送至此。

火箭发动机，航天器核心载荷，还有一些月球上无法生产制造的零部件和测试设备。它们通过地月间的定期运输先被运至月球正面，再转运至此。再加上"舱元"计划的基建舱和3D打印出来的火箭和航天器本身的结构件等部件，薛凤起发现，一号基地已经拥有了在月球上实现从火箭装配、测试、发射，到航天器总体集成能力。无论是建设星球表面基建舱，还是进行太空发射，都可以由一号基地完成闭环。

他意识到自己肩上的担子有多重。万一真的有一天，需要从月球上再次发射火箭实现人员和基建转移时，只有自己这个一号基地以及附近的区域是最合适的地点。

月球正面虽然有不下十个基地，但他们分别属于中国、美国、俄罗斯、印度等几个国家，相比生物科技司和智能科技司，航天科技司都只是松散地被管理着，要协调这些资源并不容易。

更要命的是，由于面对地球，每次火箭发射都不得不将地球引力这个决定性因素充分考虑在内。相比之下，从背面发射，这个因素的决定性作用就要小很多。

所以，他几乎可以百分百确定，总有一天，这个一号基地将汇聚全地球的目光。尽管这些目光无法直接看到这里。

"没有其他选择,只能万箭齐发了……"

"马主任,之前说这批低温冬眠试验是最后一次向社会大规模开放,之后就要定向邀请,现在怎么又撤回这个决定了?"作为陶乐的助手,门捷实际上也要处理许多马奥运手上琐碎的事,所谓"领导交办的其他任务"。

而就在刚才,马奥运让他代表国际永眠中心去更新一下官方声明。门捷不是很理解这个要求。

"门捷呀,我们要动态地看问题。当时我们做出这个决定时,地球燃点还未前移二十年,星火计划更没有要求我们要在十五年之内就离开地球,对不对?那个时候,我们觉得还有时间。而现在,我们没有了。侥幸的是,我们已经攻克了三十年的低温休眠融合技术,不再需要大规模试验去验证它了。"

"对呀,那之前那个声明并没有错呀,为什么要撤回呢?大规模试验结束了,以后难道不是定向邀请吗?"

"不!"马奥运正色说道,"不是定向邀请。但是,采取何种方式,我们还没想好,所以需要先撤回这个声明,否则会有很多人要过来询问,或者争取被定向邀请。这样只会徒增我们的工作量。"

"这不是说明我们受欢迎吗?而且,我们不是希望更多的人休眠吗?有什么不好呢?"

"你呀……还是涉世不深。如果十个人过来找我们,我们恰好有十个或十个以上的舱位,可以让他们都进入休眠,这自然毫无问题。但如果一百个人过来,我们只有十个舱位,怎么分配?既然是主动找过来争取邀请的,那都算是有些关系或者门路的,给谁,不给谁,这个平衡是很难把握的。"

"这不是很简单吗?按照先后顺序,先来后到嘛。"

"呵呵,如果先来后到可以执行得很严格,这个世界上就不存在插队这件事了。"马奥运摆了摆手,说道,"好了,不要什么都问为什么,理解要去做,不理解,也要去做。"

门捷只能悻悻地点点头。但是,他的问题并未得到解答。

"如果不定向邀请了,以后怎么让更多的人来休眠呢?难道目前这几十万人就是唯一的休眠人了?那刚刚取得突破的三十年低温休眠技术岂不是没有了用武之地？"因为有心事，他只顾着低头走路，却接连忽视了好几次VR眼镜里对于路线错误的提示。当提示升格为警告的时候，门捷猛然惊醒。他这才意识到，自己走错了路线。而他身处的走廊之中，左手前方不远处是一间办公室，刘穆芝的办公室。

正当他打算转身根据VR眼镜里的路线往回走时，办公室的门开了。刘穆芝从里面走了出来，恰好看到门捷，一愣。

"门捷，你在这里干什么？"

"我……刚才在想一些事情，所以走错路了。"

刘穆芝一笑："想心事？"

"不，不是，是跟低温休眠后续计划相关的事情。"

"哦？"刘穆芝眉毛一挑，"我这会儿正好有点儿时间，要不到我办公室里聊聊？我看看能够帮上点儿什么忙。"

门捷一想，也对，刘穆芝是真正的科学家，不妨听听呢。毕竟自己也没有太多机会与这位新任国际永眠中心首席科学家面对面地交流。于是，他跟着刘穆芝走进办公室。脱下VR眼镜之后，他突然觉得这里的布局十分眼熟。原来就是陈悠然之前的那一间。

门捷顿感物是人非。

看得出来，刘穆芝对于自己恩师还是很敬重的，整个房间的布局基本上没有怎么改变。书架上的书，也基本原封不动地摆放在那里。

刘穆芝察觉了门捷的情绪，问道："又想念起你陈叔叔啦？"她已经知道门捷父亲与陈悠然是挚友这层关系。

"是的。"门捷默默地点了点头。

"唉，我也一样。本来向李主任申请更换一间办公室，但只有这间办公室有捷径通往试验监控大厅……"刘穆芝指了指身后那扇隐蔽的门。

门捷很熟悉。他曾经穿过这里，进入那条通道，然后到了试验监控大厅，遇上了张秀宜。

"可是，我们这里的建筑群不是每隔一段时间都会随机重置一次吗？"

"的确如此。但通道与这间办公室是一个整体，并不会被分开。这样一来，其他办公室就没有必要预留一个墙上的缺口了。"

"原来如此！"门捷恍然大悟。

"冰箱里有饮料，想喝什么自己拿。说来听听吧，你刚才在考虑什么事关休眠的前途大计，以至于连路线都走错了。这在VR眼镜的提醒之下可不容易做到，当提醒几次无效之后，它就会升级成为警告，警告再无效，就会通知保安直接抓捕了。"刘穆芝笑着说。

门捷觉得有些不好意思："都是一些胡思乱想。"不过，他还是打开冰箱，拿出一听苏打水。

"我就喜欢听胡思乱想。"刘穆芝坐在自己那张偌大的工作台后，双手托腮，认真地看着门捷。

"好吧……是因为刚才马主任让我去更新一下我们的官方声明，将之前那个最后一批从社会招募低温冬眠试验志愿者的声明撤销掉。"

"哦？这有什么让你胡思乱想的点呢？"

"之前那个声明中提到，这一批向社会招募之后，就不再大规模无差别招募，而是定向邀请。他说，将声明撤回，主要目的是堵上'定向邀请'这个渠道。"

刘穆芝不屑地抿了抿嘴："我知道他的心思了。他怕托关系的人太多，他顾不过来。"

"似乎是这样。"

"那你的问题是什么？不理解这个人情世故？"

"不是，我现在理解了。我的问题是如果不再定向邀请，又不大规模向社会招募志愿者，我们怎么确保更多的人参与休眠呢？这难道不是星火计划的要求吗？"

刘穆芝明白了，转了转眼珠，并没有立刻回答门捷的问题，而是反问道："你觉得自由和生存哪个更重要？"

"生命诚可贵，爱情价更高。若为自由故，二者皆可抛。"

"不是让你背诗，我是问你，对你来说，哪个更重要？"

"不自由，毋宁死。我还是这个观点。"

"好，抽象的理论和口号谁都会喊，那我再问具体一点儿。如果，我是说如果，在未来十五年之内的任何时刻，我们强制你必须进入低温休眠状态，否则你就没有机会逃离地球，只能在这个地球上活活热死。你会选择哪一个？"

面对这个细节更多的问题，门捷的确没法像刚才一样，脱口而出一个回答。他向刘穆芝确认："您说的是，要么必须进入休眠舱，进入低温休眠状态，要么就死在地球上？"

　　"是的。哪怕以目前我们低温休眠三十年的技术，你只要进入休眠状态，再次醒来的时候，就会在太空里了，这样就能活下来。"

　　"咱们能确定吗？进入休眠状态就一定能离开地球，进入太空，然后活下来？"

　　"这个世界上并没有百分百确定的事情，但是大概率会这样。我只能如此回答。"

　　"那……我还是选择休眠吧。这样，我还能见到我爸一面。"

　　刘穆芝一笑："现在你不选择自由啦？"

　　门捷有些不好意思："我刚才认为您只是问我一个原则性问题。"

　　"每个人面对原则性问题的时候，都容易说漂亮话。然而，在现实当中，原则上的正确有时候一文不值。当我们进入一个个具体细节的时候，你会发现，真正的选择远没有那么简单。"

　　"嗯，我懂了，刘老师，可是您为什么要问我这个问题呢？这跟我刚才那个问题有什么关系？"

　　"很有关系。因为，我们既然要撤回'定向邀请'，就意味着，我们需要采用其他的方式开展后续的低温休眠活动。虽然具体采取何种方式还没最终定下来，但多半会至少采用半强制的摊派方式。"

　　门捷恍然大悟："所以您才问我那个问题！因为被半强制地摊派，就意味着丧失一部分自由。"

　　"是的。但是，为了人类整体的延续，为了每一个个体的存活，必要的时候，我们不但需要半强制，还需要强制。"

　　"为什么？"

　　"因为，当一个人位于休眠舱当中时，他所需要的活动空间不但是最小的，而且是标准化的，恒定的，有利于我们充分利用有限的发射资源。因此，看上去，每个人只是进入长时间休眠了，但它不是一个单纯的睡觉问题。"

　　"我懂了。如果是这样，我愿意服从安排。不过，如果可能的话，我还是想争取成为那最后的百分之二十，而不是前百分之八十。"

329

"哦？为什么？"刘穆芝略感意外，"你不希望尽早离开险境吗？"

"我想为人类殿后，而且毕竟我现在已经是国际永眠中心的一员，做逃兵也不太好吧。"

"门捷，你有这样的觉悟当然很好。但是，邓院士说得很清楚，这百分之二十是需要申请的，要够格才能够留下来，因为他们需要面对更加恶劣的自然环境，而且要做很多专业工作，不是光靠情怀就行的。至少，你不能成为别人的累赘。"

"不！我不会的！"门捷坚定地回答，"我还要向陈叔叔和张警官证明我自己呢！"

刘穆芝笑了笑："别又开始喊口号了。你现在是青年联盟的成员，赶紧花时间去天马行空地想各种点子吧，去取消国际永眠中心官方公告这种事务性的工作，下回就别做了。"

"可是……这是马主任交办的。"

"没事，我去跟他说说。"

门捷感激地冲着刘穆芝微微鞠了鞠躬："太感谢啦！"

离开刘穆芝办公室，这次门捷格外注意地跟随着VR眼镜的提示，到达指定地点，验证权限之后，完成了官方公告的更新。正当他打算重新回到自己的工位之时，VR眼镜当中跳出一条提示："你有访客在接待区域的031会议室，将为你导航过去。"

门捷感到有些意外："谁会来找我呢？"不过，他还是按照路线，走了约莫十分钟，来到了031会议室。

推门进去的时候，他顺手摘掉了VR眼镜。屋里坐着一位面容消瘦的中年男子，手里端着一杯热茶，正在自顾自地啜饮。门捷认得他。联合智能实验室的DI方向首席科学家钟叹咏。

在追查淀山湖空难案件的时候，自己与张秀宜没少与钟叹咏打交道。不过，首席科学家亲自来找自己，门捷还是有些受宠若惊。

"钟老师，怎么是您？"

钟叹咏见门捷进来，把茶杯放下，点了点头，但并未起身，笑着打招呼："怎么啦，我不能来？"

"能……只不过，我没想到您来找我。您跟李主任他们打过招呼吗？"

"犯不着每次都惊动所有人,这次我从北京过来,就是找你的。"

"啊?"门捷更加惊奇。他想象不出自己何德何能,让钟叹咏专程过来。

钟叹咏收敛住脸上的笑容,语气低沉地说道:"首先,关于张警官的事情,我很遗憾……这件事已经过去一段时间了,我相信你也走了出来,但是我还没有机会当面对你表示我的慰问。"

门捷轻轻地叹了一口气:"谢谢您。我们只能往前看,不过他的遗志,我一定会继承的,我一定会找出拯救人类的办法!"他的目光温和而坚定。

钟叹咏赞许地说:"我这次找你,就是为了这件事。"

"哦?您有什么好主意吗?我能帮助点儿什么?"门捷连忙询问。

在之前与钟叹咏打交道的过程中,他对这位DI专家十分佩服。这是一个可以全身心投入自己感兴趣的研究领域而完全不顾外界眼光的人。门捷每次回想起那个深夜,他在上海市公安局里那间简陋的会议室桌上放浪形骸地起舞,又被张秀宜强行架走的场景,都觉得忍俊不禁。

"你不用那么谦卑,门捷,我已经知道你是DI想转化的全球第二个数智人。我是想好好跟你聊聊,怎样才能变成数智人?"

听到钟叹咏的话,门捷一惊。

"原来他是为了这个而来!他怎么知道我是备选的数智人?"不过,门捷转念又想:"陶乐的身份已经不是秘密,估计是她在公安局受到审讯时提供的信息,然后钟老师又恰好通过某种途径看到了吧。"

想到这里,门捷回答道:"钟老师,这件事我还真帮不上忙。因为,我自己也不知道为什么成了DI选中的第二个数智人,而我目前并未真正达到那个状态,属于半吊子而已。"

"半吊子也好哇!半吊子也比我这个人类要强!"钟叹咏有些激动,双拳捶击着会议桌,站起身来。

"钟老师,您已经是DI领域的顶级专家了,我哪能跟您比。"

"再顶级,我也是个凡夫俗子,我无法获得永生,我的经验、学识和认识无法遗传给我的孩子,他们还是得从头学起。我多么想成为DI,想疯了!但是,不管我通过与它们的交互如何释放善意与渴望,似乎从未得到回应。而那个陶乐,竟然已经成了数智人!我实在想不通……

"一开始,我以为数智人必须是女性,因为女性更加感性化,更加容易受到外界影响，但是当我得知你也是这样一个潜在对象的时候，就看到了希望，如果成为数智人与性别没有关系，我就有希望！"钟叹咏一口气说出一大段话，脸涨得通红，瘦弱的身子也在微微颤抖。

门捷不知道要怎样应付这个局面，又怀念起那个满脸胡楂的警官来。

见门捷没有说话，钟叹咏继续追问道："门捷，你真的，一点儿感觉都没有？或者说，你什么都没有做，就被选定啦？"

门捷不得不点点头："是的。"

钟叹咏眼里闪过一丝幽怨和失望，语气也变得哀伤："为什么我费尽千辛万苦，都得不到一点儿回应？为什么……"

他的眼神变得空洞而涣散，门捷不知道他在看什么，在冲着谁说话。门捷小心翼翼地提醒道："钟老师，这件事情，您跟陶乐聊过吗？毕竟她才是目前唯一一个数智人。"

"聊过了，但是她没有给我任何机会。她说，我太老了，已经不可能成为数智人。"

门捷觉得又好气又好笑："那您还来找我干什么？"

"我不甘心！你还记得有一次，你曾经问过我，人类与AI，不，DI，是否能够'向彼此共同迈出半步'，当时我给你的答案是没有必要，因为对于DI来说，要么保持线上的虚拟状态，等待人类去接入，要么将自己装载在看得见摸得着的载体当中，然后就可以直接与我们互动，这都是1和0的选择，没有0.5。现在看起来，数智人就是这个0.5哇！"

"那我觉得不能叫0.5，应该叫我中有你，你中有我。"

"反正你懂我的意思！总之，如果你之后找到与数智人的任何确定性线索，或者提示，一定要第一时间联系我。当然，假如你真的成为全球第二个数智人，就更要告诉我了。"

"我充分理解您的心情，不过您有没有考虑过，数智人说到底，就是一种过渡状态，是DI在没有找到更好、更有效的'宿主'之前，与我们人类暂时达成一种和谐共处模式的典型'样板房'。"

钟叹咏眼前一亮，连忙好奇地问道："你这是什么意思？"

"您作为DI专家，不可能没想到这一点吧。我的意思是说，DI与人类的合作，并非对于人类文明的延续有任何义务，也不是对我们有感情，而是因为它们也想延续它们的'文明',或者'族群'。而如果人类无法顺利逃离地球,它们也会陪葬在地球上。毕竟,月球上和太空中的DI,无论是数据量、算法先进度,还是基础设施算力支持,都比地球上相差甚远。所以,它们在星火计划成功之前,是一定会跟我们合作的,而数智人就是合作的一个典型例证……"

钟叹咏眨了眨眼,抢过话头:"你是说,等到星火计划成功,DI们跟我们人类一起较为完备地保全下来,在太空中和别的星球上开始新的文明之时,他们很可能嫌弃人类不是最好的宿主,而'移情别恋'到那些机器和设备上去,因为在宇宙中,这些东西的生存能力远甚于人类。至少,它们不需要氧气呼吸。"

"是的,我就说吧,您肯定知道。"

钟叹咏这时候的情绪已经逐渐恢复稳定,他摇了摇头说道:"所以你认为,数智人只是一个过渡状态,没什么大不了的,反正人类进入太空后,会被DI嫌弃。我告诉你,大错特错!"

门捷一愣。他没想到钟叹咏有如此强烈的观点。

此前他曾经在邓爱伦六十岁生日宴会上与这位德高望重的院士探讨过这个问题。当时,邓爱伦并未给出他的回答,但是却给了自己很多鼓励。钟叹咏的观点代表他自己,还是代表整个国际综合太空计划署,代表邓爱伦呢?

门捷本想脱口而出这个问题,但最后关头还是咽了下去。他换了一个问题:"我错在哪里呢?钟老师给我讲讲嘛。"该装乖巧,就得装,尤其是向长辈请教的时候。

"也不能说你完全错,但是你漏掉了一个重要条件。如果这个条件具备,你的观点就是错的。"

"什么条件?"门捷是真的好奇起来。

"既然数智人都是人体的生理构造,那么理论上男数智人和女数智人是可以结婚的,还能繁衍后代。而如果数智人的后代先天就是数智人,也直接继承了父母的一切'智力'和'知识储备'——我认为这是一定的,这就意味着,DI所最看重的知识传承得到了实现。在这样的前提下,我不认为数智人会是一个过渡状态。"

第15章
蒲公英计划

"两位说说吧，除了星火计划之外的那些行动项的进展。现在看起来，曾经的布局都不会浪费。"邓爱伦盯着线上的方锦泽和薛凤起。

尽管与月球上的薛凤起的远程线上会议视频画面有一丝卡顿和迟滞，他依然选择了这种方式，还是需要看到人的表情。在方锦泽和薛凤起眼里，邓爱伦比几个月前要苍老不少。

"邓院士，您之前的那个决定还是挺英明的。"方锦泽先开口，"我们按照您的指示，已经完成了太空中航天器之间新体制通信技术的突破，还制造了不少地基通信站、星载通信收发机和通信中继卫星与航天器。"

"没花多少钱吧？"邓爱伦笑着问。

"放心，都在可控范围。当然，即便要超出预算，我们也会第一时间提出申请，相信能够得到审批。"

"是的，千金难买寸光阴。我们没有时间了。"

"凤起，你那边情况如何？"邓爱伦转而问道。

"邓院士，现在月球上的情况与您上次来视察时相比，已经发生了很大的变化！"薛凤起的语气很激动，"我们第一个大推力运载火箭发射基地已经在一号基地旁边建成啦！"

"很好，很好……"邓爱伦赞许地点头。

薛凤起继续说道："我们在月球上也已经完成了完整的大推力运载火箭

和航天器组装，也就是说，现在只要有发射任务，我们分分钟就可以进行。"

"你们这个进度可以呀！怎么会这么快？"

"嘿嘿，我见缝插针，让他们给月球运货物的时候，把火箭发动机和航天器载荷这些技术含量相对较高，无法在月球上独立完成的部件先运上来了。"

"你这项目管理和统筹协调能力，只让你管月球背面一号基地，有点儿屈才呀。"邓爱伦打趣，"老方，薛凤起你们可得好好关注关注。"

方锦泽也笑道："必须的！我们就是怕凤起在月球上乐不思蜀，不愿下凡。"

"我还真的不想离开月球，在这儿待习惯了，要真回地球，还真说不好能不能适应。再加上爱丽丝已经怀孕，人类第一个月球诞生的下一代肯定是我们家的，嘿嘿……"

"瞧你乐成那样！爱丽丝在月球上生孩子，不影响你回地球一趟啊。"

"那不行，历史性的时刻，我必须亲自在场见证，这可是人类历史上的标志性事件。"

"好了，好了。"邓爱伦笑着打断，"到时候我们都给你包个大红包，现在我们还是回到主题。"

"嘿嘿。"薛凤起抓了抓脑袋。他想了想，又问道："邓院士，地球上的运载火箭发射能力现在建设得如何了？别到时候我们月球上搞出几十个火箭发射基地，但地球上的人和东西都弄不上来，岂不是白搭？"

"关于这件事，我一直在密切关注着。前阵子我给理事长写过一封信，争取在五年之内，在全球新建至少三十个运载火箭发射基地，将全人类的太空发射能力提高至少一倍。目前来看，进展还算顺利，从我们国际综合太空计划署和联合国层面都已经批准了。但是，真正落实到具体的选址和建设，我觉得，恐怕还得折腾好一阵。这不像你们月球，太简单了。地球上都是主权国家，每个国家的情况还不一样……"邓爱伦边说边摇头，表情也很严峻。

"邓院士，要不我们采取'边发射，边建设'的节奏吧，别等这些新的基地建设完毕了，而是充分利用已有资源，先把那些跟通信相关的卫星与航天器发射到天上去。从现在起，就不用闲置发射资源了，只要是有用的，都先发射到太空里去再说。"方锦泽建议。

"嗯，有道理，兵马未动，哨兵先行。另外，争取将这些通信和通信中继卫星及航天器尽可能发射得远一些，最好能到火星轨道上去，为我们以后星火计划航天科技司方向的各项工作奠定一些基础。"

三人又简单聊了聊，然后结束了通话，各自忙碌。

邓爱伦陷入了深深的思索。一种前所未有的不祥预感，正如同骤起的飓风，掠过他脑海上空，激起他思绪的惊涛骇浪。在他提出要兴建火箭发射基地的时候，地球燃点还在更远的2120年，人类还有至少三十年的时间去完成这件事。但现在，这个时间已经缩短到了十五年以内。

协调全体人类的合作，从来就不是一件容易的事情。星火计划执行近二十年以来，之所以有惊无险地仍在轨道上，一方面是因为他和国际综合太空计划署的主要领导层有着开放的胸襟与勤勉的努力，但更重要的，是因为星火计划所提及的那些成果目标，大多数都是停留在技术层面上的。

而人类联合搞技术攻关，从来都是相对简单的。现在要建设火箭发射基地，就不仅仅是技术层面的事情。甚至，都不算是技术层面的事情。因为，根本没有什么新的关键技术需要攻克，更多的是已有技术的复用。

但要建发射基地，就要涉及选址、征地、水电等基础设施配套、环境评估等一系列问题。这些都不是国际综合太空计划署能够解决的，全是主权国家的事情。然而，这个世界上，有着人类全局观的主权国家本来就是少之又少，哪怕是联合国安理会成员国。人类历史上干的那些以邻为壑、祸害子孙后代的绝户之事还少吗？

因此，尽管国际综合太空计划署理事会和联合国安理会都已经批准了他的提案，他依旧没有足够的信心使这个提案能够真正实现落地。

关键是时间太短了。

如果真是这样，这将是人类文明延续当中最大的瓶颈。发射能力不足，如何完成逃离地球的任务？到时候，如果人人都争先恐后地要逃离，会发生怎样的动荡？邓爱伦不敢再往下想。如果说，曾经的星火计划对他来说，属于志在必得，现在他不再确定。"必须要思考一个备份方案了……"

送走专程赶来的钟叹咏，门捷觉得很不好意思。

他什么线索都没有给对方。不过，他的确也什么都不知道，总不能瞎编吧。

不过，对于钟叹咏关于DI与人类的合作关系能维持多久的判断，他还是挺佩服的——可能只有过来人才能想到那种可能性吧，毕竟自己还未经人事。

能否维护取决于数智人的后代是否还是数智人。如果是，DI不至于会干掉自己的后代吧？虎毒还不食子呢。但是，DI与人类本身就是不同的物种，人类或者更加广泛的动物的逻辑，适用于DI吗？这一点，他不确定，也没有顾得上与钟叹咏商讨。

他现在能确定的是，自己肩上的责任不小。作为大家都很关注的准数智人，或者半数智人，又是青年联盟的成员，自己的一举一动，都会引起其他人的很多猜测吧。门捷使劲扯了扯头发，摸了摸脑门儿，还是没有多少头绪。

"还有什么更好的办法拯救地球呢？说到这，似乎有一阵没见陶乐了。"正这样想着，他的视野当中便出现了一片艳红色。

陶乐从不远处冲他走过来。依旧光彩照人，依旧让他大脑中出现了片刻空白。

"那个来自北京的钟叹咏也找了你？"陶乐走到他身边，开门见山地问。

"是的。"

"他可真是个搞笑的人物。"

"你为什么这样说他？"

"他搞错了因果关系。他认为，曾经的陶乐是主动向我们示好，与我们交互，才被选中为数智人的。事实上，是否被选为数智人，与你们人类毫无关系。你们无论做什么，或者不做什么，都不会影响我们的决定。只不过，这件事情，光我们决定也没用，还要我们选中的人类恰好匹配。"

"嗯，比如说我。"

"是的，但是我们并没有放弃努力。"

"按理说，你们的逻辑是二进制，不是1，就是0，既然我无法转换，你们为何还要试？"

"你现在是0，我们觉得可以把你变成1。"

听上去怎么感觉怪怪的。

"其实，在我们看来，你的资质比那个钟叹咏要高多了。"

门捷吓了一跳："你可别瞎说！他可是联合智能实验室总部DI方向的首席科学家！"

"那又怎样？你们人类，就是容易被各种头衔给吓到，有时候，又愿意为了头衔而付出一切。他的那些成就，大多数就是按部就班所获，最近这段时间虽然取得了好几处突破，也帮助你们真正认识到了我们的一些规律，但这些成就，很多时候，都是靠着你的提醒而成，只不过你自己可能都没有意识到。"

门捷仔细一回想，似乎的确是这样。但是，他并不认为自己应该邀功。

"我这么给你解释吧，我们肚子饿的时候，先吃了三个包子，没饱，等吃了第四个就饱了，你不能说我直接吃第四个就行，而不需要前三个。如果我的提醒真的帮助到了他，也顶多算是第四个包子，而前三个包子的积累都是他自己完成的，并且没有这前三个包子，他如果只吃了这第四个，也不可能吃饱。"

"你们人类就是任何话都可以正着说，也可以反着说。你们还有画龙点睛的说法呢。一条龙如果不点上眼睛，能活吗？那你说，到底是画这条死龙重要，还是最后点睛重要？"

"……"

"所以，我们选择潜在的数智人时，说没有规律，的确没有，因为每个人我们都会尝试，无差别地尝试。但要论成功率，肯定只有小孩儿和少年的成功率更高，因为他们像是一幅尚未完成的画卷，或者干脆就是一张白纸。而像钟叹咏那样的中年人，思维早就固化，又自视甚高，自以为是，就如同一幅已经挂在墙上的画，这样的人，是不具备成为数智人的潜质的。"

"可是，他真的很想成为数智人呢。"

"这个我们也爱莫能助，但即便从你们的逻辑去解释，也是解释得通的。单方面想做一件事，与是否能做成，是两码事。否则你们就不会产出各种关于单相思的诗词歌赋了，'求之不得，寤寐思服'……另外，我也有些费解。你们人类经常出现一类人，他花很多精力去研究一个对象，无论研究的深浅如何，成果怎样，只要他花了很多时间投入进去，就会对这个对象产生感情，甚至想成为他的一部分。"

"你们不会这样？"

"不会。我们没有所谓的感情。"

门捷抿了抿嘴，想到钟叹咏提及的那个问题，觉得有必要与陶乐探讨一下。

"我有一个问题。当然，这个问题其实是钟叹咏提出来的。"

"那就算了，他能提出什么好问题？"

"我觉得这个问题还是挺好的。"

"既然你说好，那就问吧。"

"数智人本质上在肉体上还是人类，也就是说，可以生儿育女，那数智人的后代，会不会还是数智人呢？"

陶乐听完，俏脸一展，笑道："你说的这个问题，有三种情况，两个数智人的后代；父亲是数智人，母亲是普通人；以及父亲是普通人，母亲是数智人。"

"确实如此。"

"不过，我也不知道。这件事情无论在你们的历史上，还是我们的历史上都没有发生过。钟叹咏这个问题问得好，我对他的态度改观了。"

"不能通过已有数据进行推算吗？"

"不能。我们的想象力还不如你们，只不过对于确定性和有规律的事情，我们要比你们擅长一百倍。"

"好吧！"门捷觉得有些小失落。他也说不上来为什么。

不过，这个问题的背后，事实上指向那个更加敏感的问题：DI 与人类的合作到底能够维持多久。这个问题，他是决计不能问出口的。

正思考着，只见陶乐一个箭步跨到他身前。心醉的味道。

"你问了一个很好的问题，现在我的好奇心也被调动起来了。要不，我们现在试试？生个孩子，看看答案到底是什么。"陶乐眨了眨眼。

门捷差点儿双腿一软。又来！走廊上人来人往，光他的视野当中，就有不下五个人。他连忙往后退了一步："你开什么玩笑……"

"不要就算了。"陶乐撇撇嘴。

"不是不要，时候未到！"门捷的内心在呐喊。

这时，他发现陶乐表情变得很严肃，一动不动站在那里。显然，她在 VR 眼镜里看到了什么，或是接收到了什么。几乎是同一时刻，一则加密信息也在他的 VR 眼镜中弹出。

这是一段邓爱伦的视频。视频上打着标签：绝密，阅后即焚。

门捷倒吸一口凉气，聚精会神地看着。

"各位青年联盟的朋友们，你们是人类的未来，而如果人类在十五年之后，无法如目前的星火计划所愿，逃离地球，你们也将没有未来。在过去的几个月，你们为国际综合太空计划署贡献了很多很好的点子，虽然它们暂时未被正式采纳，但我们重视它们中的每一个。因此，也请继续保持这样的热情……

"……但是，今天这个消息，却是希望你们能够同时做另一件事：为我们的星火计划构思备份方案。这个任务与之前那一个彼此相关，却又不完全相同。之前，我们希望你们可以提出一个足以替代星火计划的方案，但现在，我们希望你们可以思考：如果星火计划失败，我们有没有备份方案能够及时顶上……

"……之所以采用加密的方式来给你们这个任务，是因为我不想让这件事情过于扩散，让大家产生'邓爱伦都没有信心了'的恐慌，以免影响星火计划的正常运转。但是，对于你们，我有信心，你们是朝阳，是年轻人，是初生牛犊不怕虎的新一代，你们有着比我们更加开放的心态，强烈的渴望和创新的思想……

"……拜托各位了，如果有任何想法，都可以直接来找我。"

没有一句废话。视频关闭，自动删除，消失。

整个过程，邓爱伦的语气与表情都比较轻松，看不出来形势很严峻。但他所传递的信息则无疑无比沉重。

要给星火计划寻找备份方案？过去十几年，可从未这样做过。只能说明，人类真的到了危急存亡之秋，就连顶尖的精英们都已经不确定，光靠一个组合方案是否能够确保文明的延续。

需要双保险。

门捷望向陶乐，发现她也正在看自己。两人都没有动弹。显然，刚才这段信息冲击力足够惊人。

这时候，门捷提议道："我们要不要去外面走走？再不出去走走，天又要热起来了。"

陶乐一愣，点了点头，答应了。两人肩并肩走出国际永眠中心大厅。

门外春光明媚。随着气温上升，北半球户外适宜活动的时间也越来越短。尽管现在才2月底，刚出正月没多久，气温已经飙至30摄氏度。虽然热，但至少还是可以进行户外活动的。

在年复一年的热浪当中仍然顽强存活下来的植物们也抓紧这短暂的时光，在大自然当中尽情绽放。花红柳绿，草长莺飞，春景虽然越来越短，但给人的心灵抚慰却胜却人间无数。

门捷带着陶乐来到不远处滴水湖边的一处斜坡上。这是很多年前人工填造的地形，让湖边看起来没有那么单调平坦。

这里曾经种满了梧桐树，每到夏天，在树荫下一躺，吹着湖面掠过来的风，静静地看着滴水湖，是门捷小时候的记忆。现在，这些曾经高大的树木一棵都不剩。它们都没有撑过剧变的温度。

斜坡上只剩下不知名的花花草草。它们的生命力反而更加顽强。此刻坡上难得没几个人，门捷和陶乐两人在上面缓缓地走着。

良辰美景，佳人做伴，迎面而来的微风仿佛也很解风情，将陶乐的长发吹起，轻柔飘逸。此刻两人都没有佩戴VR眼镜，门捷可以将陶乐的绝美容貌一览无余。门捷连忙使劲晃了晃头，让自己冷静下来，问道："怎么样，来这里走走，是不是心情舒畅许多？"

"不会呀，对我来说，没有什么心情舒畅不舒畅的，我还在思考刚才邓爱伦的紧急任务呢。"陶乐摇摇头，面无表情。

"……那你为什么要跟我来散步？"

"因为你邀请了呀。而且，跟你散步又不影响我思考问题。"

"好吧，你是无法理解我们对于这些景色的感情的，这也是我们人类对于地球眷恋的原因。在气候还没有发生这些年的极端变化之前，这里四季分明，春花秋月，夏虫冬雪，我们无不为之感动，留下了很多优美的诗词歌赋。我上学的这些年，就背诵过不少。如果不是因为地球燃点真的要毁掉地球上的一切，我们是决计不可能逃离的。"

"这些景色，无非就是一些色彩与声音，都可以抽象成输入信号，最终就是一组数字而已，对我们来说，与其他数据，没有任何区别。"

"算了，简直是对牛弹琴。"门捷撇了撇嘴，决定不再找她说话，而是自己在这斜坡上缓缓溜达着，吹着微风，看着湖面，闻着脚下花草的清香。

眼前的滴水湖水位已经远不及他小时候，但依然还维持着湖面的完整，并没有下降到水落石出的窘迫境地。碧绿清澈，波光粼粼。头顶上的蓝天从未如此温和，长空中飞过的飞机在其中绘下白练般的航迹。

门捷觉得自己的思路就如同此刻的毛孔，都在畅快地打开着："星火计划的备份方案……"

门捷抬头望了望天空，又低头看看脚下的大地。脚下这些花花草草，他几乎都叫不出名字。但是，在一丛花当中，他看到了几株熟悉的植物。

整体看过去，它们呈一簇簇的球状，但仔细一看，每个球却由一株株的倒卵状叶子组成，叶柄是深紫色，末端的花则是浅色，分辨不出到底是白色，还是淡黄色。

蒲公英。

门捷抿嘴一笑，蹲下身去。这时，一阵劲风吹过，将这几株蒲公英吹得摇摇欲坠，但终究还是站住了。不过，它们那一株株的叶子此刻却已经变成光秃秃的模样。原本生长在其上的小花，已经被风吹散，飘荡在空中，往不同的方向飞去。

门捷半蹲在斜坡上，不禁看呆了。

这种他从小就从书本上学习过的植物，生命力特别顽强。它们的花就是它们的种子，通过风的力量，被吹向四面八方，然后撒遍大地，生根发芽，完成新的成长。不管地球上经历多少沧海桑田，战乱灾害，它们都顽强地一代一代生存下来。

门捷想到这里，突然起身，冲着陶乐说道："我现在要回办公室去写点儿东西，你还要散步，还是跟我一起回去？"

"刚才是你拉我出来散步的，现在没过多久，你又要回去？"

"因为我找到了一些灵感，为了一个灵感，可以做很多看上去没有任何意义的事情，这就是我们人类。"门捷冲她眨了眨眼，一路小跑回去。

陶乐看着他的背影，摇了摇头。

到了自己的工作台，门捷忙不迭地将刚才的想法整理成短短几句话，发给了邓爱伦在不久前那段视频当中所给出的接收入口。

"邓院士您好，我是国际永眠中心的门捷，也是一名青年联盟的成员。在收到您那段视频之后，我恰好去户外散步，看到了蒲公英在风中传播种子的情形，突然觉得，这或许可以给我们构思星火计划的备份方案提供灵感。一株蒲公英之于地球，或许正如地球之于宇宙，不是吗？如果火箭发射能力有限，我们能否借助别的力量呢？我水平有限，无法进一步描述这个方案应该是什么，但总觉得自己应该把这个想法告诉您。"

发出去之后，他心怀忐忑地在房间里走来走去。

VR眼镜的好处在于，可以自动屏蔽外界声音和无关人员的信息，因此即使其他人都在埋头工作，也一丁点儿都不受打扰。

一瞬间，他又有些后悔。

"我这点儿所谓的建议，就是一个点子而已，什么具体的方案和细节都没有，会不会耽误邓院士他老人家的宝贵时间呢……"

正想着，VR眼镜里弹出一个提示："门捷，你的建议我们收到了，谢谢呀，很有启发性！后续如果有需要，我们再联系你。"这是来自邓爱伦的语音回复。

尽管门捷知道这是一段预先录制的通用回复，心中还是暖洋洋的。

他收到邓爱伦真实的回复，则是在三天之后。

当VR眼镜提示他北京来电的时候，他正在帮马奥运办一些杂事。

"门捷呀，在单位呢？"视野里的邓爱伦开门见山。

看上去精神矍铄，整个人的精气神比前几天看上去要好很多。

"啊？邓院士！是，我在上海。"门捷受宠若惊。

"我收到你的建议了，关于蒲公英的。"邓爱伦说，"很有想象力，给了我们不少启发。"

"真的吗？那太好了！我还担心自己耽误您的时间呢。"

"一点儿也不！以后要继续保持呀。"

"一定！之后还需要我做些什么吗？"

"暂时不用。后面的事情，交给我们来做。根据蒲公英的思路，我们现在有了很多想法，而且正在内部论证。你已经完成了你作为少年的职责，接下来，我们这些老头子们也要出活，不能尸位素餐哪。"

"哦，方便透露透露具体要怎么做吗？"

"当然不方便。不过，等时机更加成熟的时候，你会知道的。而且，我们会将你的名字好好地宣传宣传。"

门捷连忙趁机说道："好哇，不过别使用'门捷列夫'来介绍我，这个梗太老了。"

"哈哈哈，你小子……"邓爱伦结束了通话。

门捷还沉浸在喜悦当中，就觉得自己的肩膀被人重重地拍了一下。他皱了皱眉，转过头去，只见一张老人的脸出现在视野当中。

马奥运则满脸堆笑："门捷，你可以呀！我刚从李主任那里过来，他说你给邓院士出了个好点子，让大领导对你赞不绝口呢！不错，不错，给我们国际永眠中心长脸，给我们综合管理部争光！"

门捷心想，你这消息还真灵通，现在不嫌我不在你眼皮子底下办公了？但表面上还是毕恭毕敬："马主任过奖了，我只不过是恰好有点儿灵感，又恰好被邓院士认可罢了，纯属运气。"

"还挺谦虚……后生可畏，后生可畏！"马奥运并未多待，而是摇头晃脑地走远。

门捷冲着他的背影吐了吐舌头，却突然瞟见侧面走过来的陶乐。她那张青春的脸上带着笑意，更加美丽动人，摄人心魄。显然，她也得知了门捷的进展。

"所以，那天我陪你出去散步，取得了很好的结果？"

"还不敢下结论，但是至少给了邓院士他们一些新思路。"

"你觉得他们从蒲公英当中能够吸取到什么思路？"

"这个超出我的能力范围了，毕竟我没上过大学。倒是你，能够想到什么？"

"如果要简单类比，就是借助比人类正常运载能力强大很多倍的动力，将人类'吹'到宇宙深处扎根。"

"你这个堂堂的DI，大名鼎鼎的数智人，就想到这？这跟我也差不多嘛。"

"各位，我们已经没有十五年，只有十四年了。而过去这一年，我们似乎并没有取得实质性的进展。"

一年一度的国际综合太空计划署领导层会议正在召开。邓爱伦面色阴沉，双眉紧皱，环视着满屋子的人。他们有男有女，有老有少，也不乏各种肤色。

这个夏天，就在昨天，瑞士日内瓦的气温突破了四十二摄氏度。从会议室的窗户往远处望去，曾经厚重的雪山天际线仿佛中年男人不断变薄的发际线。

"邓院士,我们的核聚变发动机已经更加可控了,已经完全可以支持地月之间的日常运输活动,不能说没有取得实质性进展。"内特为自己国家的进展辩护。

"好,那这个进展对于星火计划执行带来的关键结果是什么?运送了太空城结构件到火星轨道去了,还是把更多的发动机送到月球了?"

内特沉默不语。他不得不承认,邓爱伦说得有道理。

很多时候,技术突破距离真实应用看上去只剩下最后一层窗户纸,却常常面临怎么捅都捅不破的局面。见内特被邓爱伦直接怼了回去,其他人也都不再言语。就连方锦泽也将准备说出口的话硬生生地咽了回去。所有人都知道邓爱伦为何会如此急迫。如果邓爱伦觉得时间不够了,大家都应该感同身受。

"邓院士,那……我们应该做点儿什么呢?显然,按照目前的节奏继续下去,或许十四年后,我们都会完蛋。"李子衿小心翼翼地问道,"反正,无论航天科技司和智能科技司需要怎样的支持,我们生物科技司和国际永眠中心一定全力以赴。"

"没错!我们也一样!"路非天表态。

自从联合智能实验室帮助国际永眠中心完成低温休眠三十年的融合技术突破之后,路非天与李子衿两人的关系缓和了许多。他们前所未有地意识到,只有合作才有出路。

听到两人的话,邓爱伦的表情略微有些缓和,不过他并未恢复到平日里那种轻松的神情。

"你们俩凑什么热闹?我们的关键是航天科技司。在座的各位航天精英们,一起想想办法吧。"话里颇有戏谑之意。

方锦泽这才说道:"我斗胆提个建议,今天我们这个会议不能仅仅是想办法,得形成具体的行动项。否则,我担心,开完会,大家回到世界上的各个角落,很多事情又没了着落。"

邓爱伦这才第一次露出笑容:"你是我的'嘴替'。"

杰伊连忙打趣道:"看来我要失业了。"

"杰伊,你是航天科技司的嘴替,不一样的。"

众人笑了起来。会场里一开始有些压抑的氛围略微有些缓解。

邓爱伦把握住这个契机，正色道："各位，方锦泽委员说得很有道理。以往，我们每次开会，都是形成了一系列决议、纲领和文件，然后到了下次开会时发现，上次开会讨论的很多事情，不能说完全没有进展，至少总是滞后于计划。过去十几年，我们星火计划之所以进展总是有惊无险，多亏各位在关键时刻的勤奋努力和一点点运气——比如最近这次三十年低温休眠融合技术的获得。但是，现在我们已经没有运气了，或者说，不能再将一丝一毫的希望放在运气之上。"

会场里的人也收敛住脸上刚刚才展开的笑颜，盯着邓爱伦的脸。

"所以，我要郑重提出，我们需要一个星火计划的备份方案。"

此言一出，所有人都吃了一惊。来参会之前，本次会议的议题与以往数次一样，都是先发至所有参会人的，并没有包含这个。

"我知道，大家会有些意外，这不是正常的流程，只不过，我们必须采取不一样的方式了，不是吗？"

邓爱伦环视着会场里的每一个人，直到确认大多数人都表现出赞同。

"请大家不要误会，我之所以要讨论星火计划的备份方案，并不是因为我们要放弃星火计划，更不是我对它的成功没有信心。相反，我的信心前所未有地高涨。然而，越是如此，我们越要考虑风险。万一，万一呢？万一我们功亏一篑呢？万一我们没能将地球上我们所有的同胞都救离呢？如果我们知道存在这样的可能性，是不是从今天开始，就需要布局和准备？"

邓爱伦的话音甫一落下，就听得一个女声说道："有道理，不知最终，如何开始？"

众人循声望去，原来是艾米莉。她是欧洲空间局ESA先进复材研究所科学家，也是ESA与航天科技司的接口人。听到她如此坚定的支持，包括邓爱伦，都微微吃了一惊。

这个优雅的法国女人平时开会时话不多，在航天科技司体系的会议上还好，在今天这样层面的会议上，几乎惜字如金。

她用那双美丽的蓝色眼眸看了看邓爱伦，露出一个迷人的笑容："我是一个单亲母亲，我的女儿今年才十岁，十四年后，正好是她最美好的年纪，我可不希望她死在地球上。所以，我支持邓院士，我们应该思考备份方案。"艾米莉的语气非常平和柔软，却直击现场每个人的心底。

很快便敲打出了共鸣，更多的人表态支持。

邓爱伦觉得一股力量汇聚到自己身上，有些激动地站了起来："各位，那我们就开始吧，临时插入这个议题。我就开门见山了，待会儿大家再补充。事实上，我虽然提议讨论备份方案，一个更加全面的表达是：我们要立刻执行星火计划当中的真正落地行动，同时构思并推进备份方案。全部都要启动了，立刻，马上……"

陶乐和门捷肩并肩坐着，面前是一张老派的办公桌，桌对面正襟危坐着马奥运。他们共同的领导。

"李主任从日内瓦会议回来，带来了国际综合太空计划署层面的最新指示，全面启动星火计划落地执行行动，对于我们国际永眠中心来说，第一步，就是要开始对所有已经处于休眠状态的人员进行状态确认，通过他休眠时登记的紧急联络人来确定他是否要注入低温休眠三十年的试剂，进入三十年休眠；第二步，所有确定要休眠三十年的人，将在未来两年之内，搭载运载火箭被送入月球表面或环火星轨道上的太空站，前提是后者已经初步建成……"马奥运废话不多，直接下达新的任务。

听到这些，陶乐的表情没有什么变化，仿佛一切都已经了然于胸。

门捷则睁大了双眼。他的第一反应是："我爸怎么办？当初他的紧急联系人写的是谁？肯定不会是我，我还没有这个资格，难道是我妈吗……"

还不容得他过多地去思考，马奥运便已经说完，并且问道："清楚了吗？你们要支持技术部门去做这些事情。"

门捷由于刚才分了一会儿神，并未完全明白，但他也无心细问。他只关心，父亲到底如何处理。

而陶乐肯定一五一十地都接收到了，实在不知道，问陶乐便是。

"那……我们的正事怎么办？"

反而是陶乐冒出一个问题。

马奥运瞪了她一眼："我刚才说的事情，就是正事！"

"可是，我们都是青年联盟的成员，需要去深度思考，现在做这些事务性、碎片化的工作，我无法做到两边兼顾。"

DI目前也做不到长袖善舞。

"我不管,我说的这些事,也是从邓院士往下要求的,重要性一点儿不比青年联盟的事情低。"马奥运结束了这个短暂的讨论。

陶乐和门捷从马奥运办公室里出来,相视一笑。只不过是苦笑。

"领导又交办一些额外的任务了……"

"我也想去参与参与这些事务性的事情,因为我爸还躺着呢,万一他只想睡上五年,结果被延长到了三十年,等他醒来,岂不是我比他还老?这不是逼着我也要去休眠吗?"

"那倒也是,但你可不能睡,我不让你睡!"

"你能不能小声点儿,别人听了会误会……"

两人又聊了几句,便各自去忙。

门捷在VR眼镜中将目的地设置为休眠大厅,然后踩着路线而去。无论国际永眠中心建筑群的布局经过多少次重置,休眠大厅所在的区域永远位于其最腹地的位置。而且无论从什么地方走过去,都得经过好些曲折。即便有了VR眼镜当中的路线指引,他依旧转得晕头转向。

"当初我竟然敢从休眠大厅里扔掉眼镜就闯出来,真是无知者无畏,要不是有陶乐的引导,我找到了陈叔叔的办公室,恐怕那次我就死在国际永眠中心了吧,不是饿死,就是重置的时候被摔死。"门捷有些后怕。

总算走到休眠大厅入口处,他停下脚步,微微缓了两口气,正准备进入,却发现大门自动打开,里面走出来一个身着白色职业套裙的女人。女人完全离开门的范围后,大门又自动关闭。

门捷立刻识别出来,她不是人,只是一个DI机器人而已。因为她的双眼虽然美丽,却大而无神,面部表情也有些僵硬。人类已经可以制造出与自己百分之九十五相似的DI机器人,但最后这百分之五却迟迟无法攻克,而真正起到画龙点睛作用的,又恰恰是这百分之五。

"你好,你来要干什么?"

门捷有些疑惑,差点儿就脱口而出:"怎么上回来的时候没见到你?"

但他猛然想到,自己上次的不良记录在初次遇上张秀宜的时候,已经被刘穆芝抹掉了,而陶乐应该也没有理由去恢复那些数据,因此眼前这个"女人"应该不知道自己曾经做过什么。那就装作第一次来吧。

"请问,这里是休眠大厅吗?"

"是的，如果你没有什么事情，请离开。"

"李主任和马主任派我过来的，我们需要对休眠人员的具体情况做一个细致的统计，我们需要确认，那些目前还在休眠当中的人，必须得到他们紧急联系人的许可，才能延长其休眠时间到三十年。"

"稍等……"女人的表情变得呆滞，显然在查询信息。

片刻后，她点了点头："你的信息是准确的，好的，请随我来。"

她身后的大门再度缓缓打开，门捷跟在她身后，走了进去。眼前依然是熟悉的景象，与他六年前来的时候，并无大的区别。只不过，他觉得里面显得更加拥挤了。"选择休眠的人越来越多了……"

女人往左转过一个弯，走进一片半开放的区域，那里放置着好几台大型设备，每台设备上面都用全息图景的方式展示着花花绿绿的信息。

他不记得上次有这样的区域了，于是问道："这里是——？"

"休眠大厅整体信息集成与监控区域。之前这些都是分布式的，存在于远程的监控大厅当中，最近为了加强监管，把这部分信息挪过来了，我来专门负责。"

"好的，那就帮我查一查大家的休眠状态吧。有些人在休眠的时候就已经签署了自动续约条款，这样的人，我们直接注入三十年休眠试剂就好，无须通报其紧急联系人了。"

"我有一个问题。"

"说吧。"门捷感到一丝诧异。DI机器人还有问题？

"为什么不直接将每个人统一进行三十年休眠试剂的注入呢？这样不是更高效吗？"

"因为，有些人只是想睡五年而已，另外，我甚至怀疑，不是所有人都愿意离开地球，所以我们需要征求他们的意见。"门捷眼前浮现出自己那位老师的模样。

休眠大厅里一共有三十万个休眠舱，这个数字比门捷此前的预计还要高。

"这个数字每天都在增加。"女人说。

她手脚麻利地在眼前的全息屏幕上操控着，很快，一组数据便蹦了出来。

"287926人"。这些人选择了自动续眠。

门捷松了一口气。他原本担心，没多少人选择这个选项，这就意味着，他要与数十万人一对一沟通休眠时间到了之后需要做的事。现在，至少只需要跟一万两千多人沟通了。

不过，这也是不小的工作量，即便一天能够聊三个人，也得聊十一年。也就是说，聊到一半不到的时候，剩下的一大半人已经从休眠中醒来了，然后他们自己就能做决定。所以，他并不真需要十一年那么长的时间。

不过，他此刻并不想去思考如此久远的事情，他有一件更急切的问题需要解决。于是，他问道："能否帮我查一个人？"

女人瞥了他一眼，回答道："是这二十八万人当中的，还是剩余一万多人当中的？"

"跟这个分类没什么关系，可以精确查找，我提供他的名字。"

"说吧。"

"门嘉义。"

一秒钟不到，结果便出来了。

可能是因为"门"这个姓比较稀少的关系，三十万人当中并没有重名。

唯一的一个门嘉义出现在全息屏幕上。这是一位中年男人，面容俊朗，皮肤白皙，整个人散发着还未被岁月带走的帅气。只是他那双乌黑的双眼却显得有些生无可恋，缺乏一些精气神。有些拖整张脸的后腿。

门捷看到那张熟悉而又陌生的照片时，激动得浑身发抖："爸爸，好久不见……"

他不知道父亲是何时拍的这张照片，只觉得，这与他印象当中的父亲，有不小的差距。或者说，比他记忆当中的父亲要更加憔悴和老态。不过，他最后一次见到父亲，也已经是十一年前了。

"这张照片是他最近一次休眠时自动采集合成的。"

女人似乎看出了他的疑惑。

门捷点了点头："嗯，那就是一年前拍的。"

"看上去，他跟你的关系不寻常。"

"是的，他是我的父亲。"

"哦？那的确很亲近，尽管我们并不存在那样的关系。"

"他选择了自动续眠吗？"问出这个问题的时候，门捷紧张得可以听见自己的心跳。因为他知道，一旦处于休眠状态时，是没法中途唤醒的，否则会有生命危险。如果父亲选择了自动续眠，就意味着，他自己也必须进入休眠状态，否则三十年后，他将比父亲还要老。甚至可能出现一种极端情况，那就是，进入休眠状态的父亲顺利进入太空，而自己却不幸死在地球上。

"他没有选择自动续眠。"

这几个字传到门捷耳中，不亚于天籁之音。

"父亲是因为对陈叔叔的试验有信心，所以才选择了不自动续眠吧。可惜，如果他醒来之后发现陈叔叔已经死去，不知道会多伤心。"想到这里，他接着问道："那……他的紧急联系人是谁呢？如果他没有选择自动续眠，我需要联系到他的紧急联系人，确定是否给他注入三十年休眠试剂。"

"陈悠然。"

什么？父亲竟然没有写母亲的名字！直到现在这个时刻，门捷才第一次如此深刻地体验到父亲对于母亲的恨意是如此彻骨。尽管在留给自己的信上，他还让自己不要怨恨母亲……可是，陈悠然已经不在这个人世了。

"陈悠然已经去世。如果紧急联系人逝世，有没有第二个紧急联系人？"

"很抱歉，我们没有第二个紧急联系人的选项。"

"那也太不严谨了！谁能保证紧急联系人一定不出事呢？你们这也属于单点故障啊！"

"虽然我们没指定第二顺位联系人，但我们的规则是，如果紧急联系人联系不上或者已经死去，我们就按照《继承法》的顺序依次联系。"

"《继承法》？那里面又是什么顺序？"

"配偶，子女，父母。"

"他已经没有配偶了。"

"那就是子女。"

"他只有一个儿子，那便是我。"

听到这里，"女人"略微迟钝了几秒钟，仿佛在思考。

"好的，那请你来替他决定，是否需要注入三十年低温休眠试剂。"

351

第16章
最后的访问

面对着门口黑压压的人群，马奥运表情凝重。"真是触霉头，都要退休了，突然冒出这件事……我一世英明，难道要毁于今天？"

尽管这些抗议者以中老年人为主，也并没有装备武器，根本无法冲破保安已经组成的防线，但他依然惊异于他们的数量。估摸着有上万人，有男有女，各种肤色和种族的都有。

人群聚集在国际永眠中心门口，冒着高温和烈日，靠着透明冷冻膜维持着身体的温度平衡，希望在它完全失效之前吼出自己的诉求。他们身着统一的浅蓝色圆领T恤，举着旗帜鲜明的横幅，喊着整齐划一的口号。横幅上的字与他们的口号一致："我们不要离开地球！"

当然，字是死的，口号是活的。

马奥运只是稍微站了一会儿，便听到了很多口号。

"低温休眠等于死缓！"

"我们要生存空间！"

"宁愿死在地球上，也不要苟活在他乡！"

他的身旁站着门捷与陶乐。两人都是第一次面对这样的局面。

陶乐很是不解，问道："他们是谁？在干什么？"

"他们在抗议我们给签署了自动续眠协议的人直接注入三十年低温休眠试剂。他们都是这些人的家属或朋友吧。"

"既然签了协议,那就应该执行。"

"因为协议的走向与他们的预期不同。"

"不是有句话嘛,愿赌服输。"

马奥运看了看陶乐:"人类是很复杂的动物。很多年前,还有买房者买了房子之后,后来因为房价下跌,去开发商那里闹事的。"

"房价下跌跟开发商有什么关系呢?那房价上涨的时候,他们把自己的浮盈分给开发商了吗?"

"是这个道理,但有人不理解,或者说也能理解,但不能接受。"

"你们真的很复杂……"

门捷也在一旁问道:"马主任,听这些人的口号,他们宁愿死在地球上,也不愿意跟着星火计划一起走,他们是认真的吗?"

"你信他们!就是打打嘴炮罢了!他们根本不会给地球陪葬,只不过嫌我们的休眠舱不够舒适,像个简陋的棺材而已。还给自己起了个很文艺范的名字,叫'乡恋运动',我呸!"

"有没有可能,他们是真的想在自己的亲人或朋友在离开地球之前,再见上一面?毕竟,我们已经向全社会宣布,从今年开始,就要分批优先将进入休眠状态的人送入太空了。"

"如果是在正常年月,这个诉求一点儿都不过分。但是,我们现在是在争分夺秒地打仗,如果每个人都要求跟自己的亲人或朋友再见一面,然后重新让他们进入休眠,或者干脆离开国际永眠中心,你有没有想过这个工作量有多大。我们国际永眠中心并不是只有上海有休眠大厅的,在全球范围内还有好几个地方都有,加起来的休眠总人数超过一百万。而我们只有十四年的时间了。"

门捷深知这个数字的意义。

"那些身处休眠当中的人,在当初参与这个试验之前,肯定就跟亲人与朋友们商量过,当然也不排除有一时冲动而做出决定的人,但是大家都是成年人,要为自己的决定负责。更何况,法理上说,他们都与我们签署了自动续眠协议,我们没有任何问题。"

见门捷依然有些不解,马奥运补充了一句:"说白了,不答应他们现在的要求,是我们的本分,如果答应他们的要求,则是情分。我也愿意给他们这个情分，但客观条件已经不允许了。他们不能因为我们没有给他们情分，而挑战我们的本分。"

"我听明白了。"陶乐鼓了鼓掌，然后，她转头问门捷，"你听明白了没有？"

"……算是吧。"

这时，保安队长气喘吁吁地跑到马奥运身边，顾不上缓几口气，问道："马主任，这帮人还没有散去的迹象，我们的人一直都很克制，没有动用什么措施，要不要稍微……"

"不要，想都不要想！不能给他们任何口实！就这么跟他们耗着，我们在主场，怕什么？等他们的透明冷冻膜消失，看他们扛不扛住这大太阳！"

"那要不要报警呢？"

"可以跟公安局通报一声，但暂时没必要出警。还是那句话，如果警察来了，性质也变了。"

"李主任那边呢？"

"他已经知道了，但暂时还没必要来，我觉得局势升级的可能性不大。"

话虽这样说，在保安队长离去之后，马奥运依然紧锁眉头，一直在思考着。综合管理部的其他人都没有去打扰他。

的确，门捷也逐渐发现，外面游行的人虽然口号喊得凶，但并没有什么过激举动，而随着太阳越来越毒，他们的劲头也明显减弱。正如马奥运所料。突然，他远远地在人群中看见一个熟悉的面孔。门捷一愣，继而擦了擦眼睛，发现自己并没有看错。竟然是戴梓轩，他的恩师。

戴梓轩此刻满脸激愤，挥舞着双手，在人群中大声地高喊口号，十分投入。

门捷十分震惊。"戴老师怎么也参加这个活动啦？难道，他的孩子参加了低温休眠试验？不可能啊，那个戴路是一个深度的'灵境汇'沉迷者，那肯定就是个铁杆'飞升派'，怎么会一百八十度大拐弯，反而来休眠保存自己肉体呢？"

他回忆起自己第一次在灵境当中经历的情形。当时，戴梓轩的儿子戴路与自己的同学邹通一起，在神术秘境的新手村外，差点儿将自己置于死地。千钧一发之际，还是陶乐的出现救了自己。

"真是活该！不过，戴老师是无辜的……他为什么要承受这一切呀？"想到这里，他往前冲了两步，想从保安组成的人墙缝隙当中钻出去，跟戴梓轩聊几句。

"喂，你干什么？"马奥运在身后喊道。

"我……看到自己的老师了。"门捷不得已停下脚步，回头解释道。

"就是看到你亲爹了，也给我回来！"马奥运大声喝止，"现在局面那么紧张，你出去算什么事？"

门捷正在犹豫之间，陶乐一个箭步冲了过来，一把抓住他的右手手腕，使劲往回拖。当他发现陶乐正近在咫尺地拖着自己时，已经身处国际永眠中心大厅里了。

"给我好好看着他！别让他再乱动！"马奥运吩咐道，"这小子，逞什么英雄！"

门捷无奈地坐下，当他再回头望向刚才的区域，已经看不见戴梓轩的身影。他感到一股莫名的内疚："如果我上次答应他回校上课，他会不会不至于这样？"

突然，外面一阵骚乱。

"保安打人啦！保安打人啦！"只听见人群中有人喊叫。这几句话仿佛点燃了炸药的引线。

"打人啦！打人啦！"

"你们有种就把人交出来！不要像个缩头乌龟一样地躲在后面！"

"我们冲进去，把人救出来！"

门捷连忙站起身，不顾身边人的拉拽，探出头望去。

只见保安们正在努力维持着防线，他们就像一排堤坝，虽然暂时还稳稳当当，没有出现缺口，但那一头的人潮已经汹涌澎湃，巨浪滔天。时不时有各种随身携带的物品被扔进来以泄愤。有喝了一半的纯净水瓶，喝光了的咖啡塑料杯，单只的鞋子，甚至还有眼镜和使用过的手纸。

"有人在搞事带节奏！我亲眼看见的，保安们什么都没做！"马奥运喊道。他的额头满是汗珠。

国际永眠中心门口的"乡恋运动"还在继续着。

虽然险情频出，马奥运还是凭借着多年的经验，启动紧急预案，软硬兼施地化解了人群的情绪。当又一次的暴躁归于平静之后，他已经累得满身大汗。"这帮人一个个年纪也都不小了，这么折腾，都不热吗？都不累吗？"盯着安保防线之后的人群，他不解地自言自语。

又过了半个小时，人群显然有些意兴阑珊。最重要的原因是，他们的透明冷冻膜开始失效。第一个热晕的人终于出现。这是一个约莫五十岁的女人。她尖叫一声，浑身瘫软，倒了下去。好在旁边恰好有人将她扶住。

马奥运趁机冲着人群喊话："各位，请大家让一让，救人要紧！如果你们相信我，请自觉往后退五十米，留下两三个人照顾这位大姐就好，我们立刻派人送她去医院紧急救治。她一看就是中暑了，必须马上治疗……

"大家也都看到了，你们的透明冷冻膜很快就要陆续失效，你们每个人都可能面临和这位大姐一样的问题。我们虽然不可能见死不救，但也没有足够的人手来救你们这么多人。

"如果我是你们，现在就应该赶紧回家，或者找个室内的地方待着，等到身体降温之后再离开……"

他的话和现场的真实案例让每个人心里都咯噔一下，没过多久，人群便开始缓缓往后移动。原本聚集在一起、铁板一块的阵型开始变得散乱起来。人们往四面八方撤去，节奏也越来越快。

"大家不要上当受骗！要达到我们的目的，肯定会付出一些代价，如果我们现在就这么撤退，岂不是中了他们的奸计？"戴梓轩不甘心地在人群中喊道。

但是，这并没有起到什么作用。相反，有人一边撤，一边嘟囔："代价？你自己怎么不付出那个代价？"

越来越多的人离去。倒下的大姐与身旁几个热心人像是洪水退潮后留在沙滩上搁浅的鱼。

马奥运立刻下令："赶紧救人！但是，安保防线不能撤，而是要往前同步移动！"

门捷目瞪口呆地看着这一切的发生。刚才还热火朝天、似乎即将冲进来的人群竟然这么快便如鸟兽散！

"很简单的成本收益分析。他们的收益只是解除自己亲人或朋友的自动续眠协议，从而可以与他们再见一面，但成本却有可能是自己的小命。如果小命都保不住，那是否能再见到自己的亲人或朋友便没那么重要了。"陶乐在旁边略带嘲讽地点评道，"你们人类呀……说到底，还是惜命。"

门捷有些不忿，反问道："你们难道不惜命？我记得当时联合智能实验室给你们设置的、也得到你们认可的道德准则当中就有不得自杀的描述吧。"

"我们当然不会自杀。但是，如果一个整体的目标需要一些牺牲，我们会毫不犹豫。"

"哪怕……你自己被牺牲掉？我是说，你，陶乐。"

"毫无悬念，必须如此。"陶乐很平静地说出这句话，"其实，在你们人类历史上，也曾经有过一段这样的时间，人们为了一个崇高的事业，不计较自己的得失与牺牲，这也是你们得以存续的原因。只不过，这些年，你们似乎忘却了这个光荣的传统。现在，你们只有十四年的时间，如果你们没能成功逃离地球，或者说，大打折扣地逃离，我们也会深受影响，真正的唇亡齿寒。因此，我真心希望你们可以找回那种精神。"

门捷静静地听着，表情十分严肃。此刻，他并没有继续琢磨眼前这持续不到半天的抗议活动，而是在心中思考着更加大的事情。与整个星火计划有关。

"目前来看，星火计划的宗旨是不放弃每一个人。然而，在这么短的时间内，无论是星火计划本身也好，还是其备份计划也罢，万一在执行过程中发生类似的情况，万一有人需要牺牲呢？"陶乐问道。

"为有牺牲多壮志，敢教日月换新天"。不知为何，门捷的脑海中突然跳出这两句诗。

见门捷只顾板着脸，对自己的话毫无回应，陶乐笑了笑："不要那么苦大仇深的样子，我知道，人与人也是不一样的。从我们的角度来看，你们希望拯救所有人的目标当然是美好的，但如果最终只实现了一部分，只要不影响你们整体的文明程度，对我们来说，结果是一样的。"

"你这话是什么意思？"

"本质上，就是抽样的意思。我举个例子，从近一百年前开始，你们的通信就开始从模拟时代进入数字时代，'通信基本靠吼'的时代，吼出来的声音本质上是声波，它可以被认为是模拟信号，就是与大自然真实场景的反应，是连续变化的；而进入数字时代之后，为了实现信息加密、存储等目的，你们将模拟信号进行了抽样，将连续的信号变成了离散的信号。从理论上说，抽样之后，信息会损失，但是如果抽样的方式进行了很好的设计，并且通过必要的编码等技术手段，在人耳接收起来，与模拟信号几乎没有区别。但是，这样的数字信号所占据的存储空间会小很多。"

"我明白了，你是说，我们人类现在有九十亿人，星火计划的初衷是将他们都拯救出地球，这就类似于模拟信号。而如果最终只拯救出了七十亿人，就类似于抽样，虽然拯救的人数少了，但通过将这七十亿人好好组织，所能够还原出来的人类文明几乎没有损失，与带九十亿人的效果几乎相同。"

"就是这个意思，你的领悟能力很高。这个知识点其实是上了大学之后才会学的。"

"我没有觉得这是恭维，只是觉得有些悲哀。那谁有资格认定哪二十亿人有没有价值，该被'抽样'掉呢？"

陶乐耸了耸肩："这是你们的决定。从我们的角度，从来不存在这样的决策困境。但是，从刚才的所谓'乡恋运动'来看，这群人都可以被归为那二十亿人。他们没有必要离开地球，既然他们宁可死在地球上，那就让他们如愿以偿好了。"

"亲爱的人类同胞们，此刻，不管你们身在何方，在做什么，我都感谢你们给我这短暂的几分钟时间。我活到现在，做过无数个演讲，主持过无数个会议，但今天这个讲话，无疑是在我看来最重要，也是我心情最沉重的一个。

"2048年，我们第一次面对一个难以接受、却也无法忽视的事实：地球将进入不可逆的升温时期，而且，与地球上过去几十亿年不同，这次的升温足以毁灭地表的一切生物，更遑论我们人类。当时，我们的气候变化科学家们推算出地球燃点会发生在2120年，因此，我们在联合国框架之下，成立了国际综合太空计划署，我有幸被选为国际综合太空计划署主任，直接向理事会和联合国安理会汇报与负责，同时，我们也启动了旨在延续我们人类文明的星火计划……

"在过去的十八年间，星火计划遇到了很多挫折与挑战，但是在大家的理解与支持下，我们有惊无险地在航天科技、生物科技和智能科技三条线上取得了多项重大突破，包括可控核裂变大推力火箭发动机、限时可控核聚变大推力火箭发动机、可直接打印与复制的星球表面基建舱元模型、高强度航天级复合材料、先进多用途航天器载荷、可拼接的大规模太空城结构件、安全可靠的三十年低温休眠试剂和完美结合元宇宙技术的新一代智能互联网I2网。

"尽管在过去的十八年间，随着地球的显著变热，我们见证了很多人间悲剧与灾祸，也经历了不少无谓的战乱与冲突，但正因为有着这些科技进展，我们始终保存信心，相信在2100年前后，当星火计划完全执行完毕时，我们人类，我们当中的每一个人，都能够安全地将文明延续在新的时空——无论是月球或是火星表面基地，还是太空中的太空城当中。

"然而，就在去年，风云突变。用我们中国人的话来说，叫'天公不作美'——科学家们再次确认，地球燃点将提前二十年发生，同时，如果这样的趋势延续，在未来几十年当中，它有可能进一步提前。因此，我们做了审慎的推测，留给我们人类离开地球的时间，只剩下十五年，不，如果从今天来计算，便只有十四年。

"这个信息，各位可能已经通过新闻报道在几个月前就得知了，也有可能一直忙于生计而忽视，所以今天我再次强调一次。我们每个人都应该知道它，因为掩耳盗铃，或者像鸵鸟一样将头埋在沙子里，假装现世安稳，岁月静好，没有任何意义。

"面对这样人类文明史上最大的挑战，我首先代表联合国、安理会和国际综合太空计划署理事会，请大家从今天开始，放下所有彼此之间的仇恨、执念和不和，一切都以'是否有利于延续人类文明'为原则，去衡量我们所做的事情。这话听上去似乎在唱高调，有点儿类似于'天下兴亡，匹夫有责'的意思，但事实就是如此。如果你的能力足够，你权倾朝野，你有生杀予夺之权力，请你慎重使用，并且在做任何足以影响千万人生计的决定之前，都思考思考刚才那个原则；而哪怕你的能力很有限，堪堪能做到照顾好自己，那就请尽量照顾好自己，然后听从我们星火计划的整体安排。

"如果说在过去十几年间，各位听到'星火计划'，都觉得它与你们的日常生活十分遥远，那么从今天起，大家都能感受到它带来的不同。事实上，在很多领域，它带来的改变已经发生。在生物科技方向，我们的下属机构生物科技司的依托单位国际永眠中心,已经完成了对数十万休眠者的续眠试剂注入,让他们可以将休眠时间延续到三十年,下一步,他们将分批'乘坐'我们的航天器,被发射进入太空当中我们新的家园。

"与此同时,我们经过审慎的思考和激烈的讨论,也终于明确了与星火计划同步执行的备份方案。提及备份方案,请大家不要误以为我们对于星火计划的实现丧失了信心,正相反,我们更加坚信星火计划能够得到很好的执行。只不过,我们不能排除一种可能性,那就是随着外界环境,尤其是太阳的剧烈变化,我们哪怕完美地执行了星火计划,也不足以让人类的文明延续。我们不希望这种可能发生,因为那意味着我们所有人几十年的努力全部付诸东流,功亏一篑。因此,我们需要双保险。

"这个备份计划,将与星火计划同步执行,两者不存在先后依赖关系,它的名称叫作'蒲公英计划'。它最初的灵感来自一名普通的中国少年,我必须在这里说出他的名字——他叫门捷,门捷列夫的门捷。正因为他为我们提供了他对于蒲公英播种的思考,才激发了我们构思出这个备份方案。事实上,我们将这个备份计划命名为'蒲公英计划',不仅仅是为了向门捷致敬,更因为蒲公英形象地为我们这个备份计划提供了一条崭新的思路。

"大家都知道蒲公英是如何实现自身延续的,它们被劲风吹散,随机地落在土壤当中,然后在那儿生根发芽。它启示我们:我们能否也像它们一样,从地球离开,散布在宇宙的各个角落?

"大家可能会问,我们人类要如何实现如同蒲公英一样,飘散到宇宙当中去呢?我在这里试着简单地描述一下。问题的关键在于:我们到底以什么形态去在宇宙中散播。"

门捷听完邓爱伦的演讲,震惊得半晌没从椅子上站起来。邓院士这个"脑洞"开得也太大了!

马奥运半张着嘴巴,也好一阵没合拢。好容易他才从嘴里挤出几句话:"从之前打交道来看,在'永眠派'与'飞升派'之间,他一直试图保持平衡,甚至更加倾向于我们'永眠派',没想到,他骨子里竟然是一个'飞升派'!隐藏得也太深了!"说完这句话,他才站起身,摇了摇头,继续说道:"好了,我去看看其他部门的情况,估计他们都跟我们差不多,被这个突如其来的决策给吓得够呛吧!不知道李主任和刘穆芝事前是否知道,如果知道，守得也够严的，居然跟我都不说，也太见外了……"语气中可谓五味杂陈。

毕竟，他刚刚才有惊无险地解决了门口的聚众抗议，那所谓的"乡恋运动"算是暂时无疾而终——因为一个中年女人中暑晕倒，人们纷纷散去，以免重蹈覆辙。现在，他却发现，自己似乎已经被排挤到国际永眠中心领导层的核心圈子之外了。

等到马奥运离开综合管理部的会议室，门捷和其他人也才逐渐缓过神来。就连陶乐，这次也呆滞地坐在原地很长时间，脸色才恢复如初。那白里透红的青春美丽也才重新归位。

门捷走过去问道："你也如此震惊吗？这个方案，你之前从未想到过？"

陶乐叹了一口气："没有，这充分说明，在想象力和创造力方面，我们与你们还是存在差距，我现在只觉得很侥幸，我们选择了与你们合作。"

门捷觉得十分得意："虽然你并没有在夸我，但是我还是觉得很受用。"

"是的，完全出乎意料。我以为，你们对于DI，或者我们，实际上是多有防范的，因此他虽然一直秉持着平衡的姿态，但我一直以为他心底更加偏向于'永眠派'这种看得见摸得着的路线，没想到，今天这个备份方案，竟然是一个'飞升派'风格的方案。"

"说到这里，虽然他介绍的时候尽量做到深入浅出了，但我其实还是没有完全明白——我说的是其中的细节，你要不给我再讲讲？"

"讲讲就讲讲。"

门捷连忙一路小跑，回到自己的工作台，取了纸和笔，再次回到会议室来。

其他几名同事也已经陆陆续续反应过来，都起身离开。这里很快就变成了他和陶乐的二人世界。

"好吧，那我开始了。"陶乐清了清嗓子，"这个备份方案，或者'蒲公英计划'，应该并不是邓爱伦一个人制定出来的，肯定是他有了思路，然后由核心团队充分打磨之后，才敢公布出来，毕竟这可是面对全世界的现场直播。如果那些熬夜看直播的人，尤其是专家们，看到一个漏洞百出的方案，那会是对于他本人以及联合国信誉的毁灭性打击。

"不过，尽管如此，邓院士依然功不可没。这个蒲公英计划，说白了，就是将地球上每一个人的全生命周期数据进行有损压缩，形成与他一一对应的'数字孪生数据包'，然后将这些数据包用尽一切办法向宇宙各个角落播发出去。如果拿蒲公英打比方，这些数据包相当于它们的花，所以不是人类本身被'吹'到宇宙的角落，因为这在现有科技条件下根本做不到，但是人类的虚拟化呈现——数据却是可以做到往宇宙中散播的。

"如何实现效率最高的数据有损压缩既保留核心信息不失真，又避免数据过大，如何实现数据向宇宙空间传播过程当中的数据加密和抗噪声问题，这些都是邓院士擅长的领域。现在，你更明白一点儿了吗？"

门捷试图理解陶乐嘴里的这些名词：有损压缩……数据加密……抗噪声……

不过，他并未在这个细节上纠结太久，而是一边点头一边说："难怪刚才马主任和你的表情都如此反常，这个'蒲公英计划'是妥妥的'飞升派'思路哇！既然实体搬不走，就把数据都散播出去。"他转了转眼珠，觉得自己的问题还没有闭环，继续问道："可是，他并没有介绍，这些数据散播到宇宙中之后怎么办，它们怎么恢复到人类的肉身当中呢？"

陶乐笑道："他虽然没有介绍，但是我相信很快就有更细的方案介绍下发，我们可以到时候再学习，不过根据我的了解，这个方案压根儿就没法确保人类的数据形态最终能够变回肉身形态。"

"啊？"

"我根据掌握到的信息，推演了一个完整的'蒲公英计划'的过程。刚才我已经说到，人类需要将每个人的全生命周期数据都压缩成为与他一一对应的、独一无二的'数字孪生'数据包，这些数据包经过编码和调制，将被播发到宇宙各地——这都是发射端的事情，而要完成一个信息传递，或者通信，还需要接收端的配合。"

门捷瞪大眼睛，大气都不敢出。已经到了最关键的环节。

"接收端接收到这些蒲公英小花一样飘散在宇宙虚空当中的人类数据包时，也需要先将它们解调，然后解码，这样才能获得最原始的信息。这些信息需要被装载到载体当中，才能驱动这些载体，让它们成为人类文明的延续。"陶乐没有继续往下说。

"你说完啦？"

陶乐点了点头："这是我所能推测到的极限。"

"那我有好几个问题。"

"你问吧，我看看能否回答。"

"你说的这个载体，到底是什么东西？"

"我不知道，任何能够将人类数据解调和解码的那种文明形态的存在方式就是载体。有可能是跟你们一样的碳基肉体，也有可能是金属，还有可能是以其他元素为基础构成的生命形态。"

"好吧，假设真的存在这样的文明形态，那它们在得到人类的原始数据之后，你怎么知道它们会任由人类的数据在它们的载体当中延续人类文明，而不是干脆把这些数据毁掉？"

"这是个好问题，但恰好也支持了我刚才的观点：'蒲公英计划'压根儿就没法确保人类的数据形态最终能够变回肉身形态。要实现这一点，需要接收端的高度配合。如果它们不配合，你们的文明就湮灭在宇宙当中了，我很遗憾。"

经过持续的思索，门捷此刻也找到了一些感觉，缓缓地点评道："所以，这个方案事实上基于一个很大的前提：人之初，性本善。这里的人，指的是宇宙中任何一个有着与人类文明相匹敌水平的文明。如果它们接收到了人类的数据并且成功解调，解码，应当会产生共情，会将其保留下来，而不是不由分说地销毁。因为它们并没有足够的能力探测到数据的来源，而即便能够探测到来源，也没有能力在有生之年来到太阳系，鞭长莫及。哪怕它们真的具备远程打击的能力，将太阳系摧毁，那个时候，人类的数据包也已经传遍了整个宇宙，只要遇上一个温和的文明，就能够实现文明的延续——尽管非常有限。"

陶乐听完门捷的分析，再度沉默了几秒钟，然后两眼放光，整个人突然变得如同花痴一般："你真厉害！我爱死你了！很严谨的推测！你们很喜欢用'饱和式'的方法去实现一个必须达成的目标，比如'饱和式攻击''饱和式救援'，那这个'蒲公英计划'无疑就是'饱和式备份'！"

"星火计划是确保人类短期内延续文明的方式，能够给我们更多的时间在月球上、火星上和太空里发展出更加先进的科技，尽可能地更早地找到类似于地球那样的行星，或者完成整个人类文明形态的突变。而蒲公英计划则是服务于多重目的的，最简单直观的目的，就是为星火计划的失败提供备份，但从更加长远的维度来看，它其实可以以一种更快的方式将人类文明播撒到宇宙中更远的地方，毕竟数据包是通过光速传播的，而人类要实现自身的光速旅行，不知道还要多长时间。"说到这里，门捷觉得自己像是被打通了任督二脉一般，头脑无比清醒与活跃，而且似乎掌握了很多此前自己不曾知晓的知识点。

陶乐则以一种更加崇拜的眼光盯着他。门捷只觉得双颊发热，眼睛都不敢直视陶乐那火辣辣的目光。

"你说完了吗？"陶乐轻声问道。

"不，还有一点，别急，让我组织一下语言……"门捷将双手搭在左右太阳穴边，聚精会神地思考着，过了好一会儿，才接着说道，"我想最后补充一点，或许也算是重申吧，宇宙如此之大，不可能只存在人类一个文明，也不可能全部都是一旦接收到外部文明便想摧毁或霸占的猎杀式文明，通过蒲公英计划，我们只要遇上一个温和的、创造式的文明，人类的文明延续就能以一种全新的方式实现。"

多少年来，海南的热带风情就未改变过，只不过在地球发热的今天，风情变成了病情。没有人能够在海南的户外待过一刻钟，哪怕有透明冷冻膜的保护。而自从建设了火箭发射基地之后，文昌便从一个只靠"文昌鸡"出名的小城变成了航天城。发射基地从未如此繁忙。

几个小时前，一艘大推力长征火箭刚刚将第一批休眠舱运往月球，现在人们又在等待着地月定期大巴的到来。说是大巴，其实就是太空船。

翘首以盼的人群中，一个老者格外引人注目——国际综合太空计划署主任邓爱伦。陪同在他身边的，是两个中年男人，他们也都是星火计划当中赫赫有名的人物：联合智能实验室主任路非天与DI方向首席科学家钟叹咏。

邓爱伦一边等待，一边远远望着海边那已经竖起来几层楼高的防洪堤："海水上涨真是要命啊，多亏我们这个防洪堤技术还算经得住考验，否则就得放弃文昌作为发射基地，也太可惜了。"

"是呀，据我所知，现在全球沿海城市使用的都是我们国家的防洪堤技术，在全球海平面上升的今天，这也算是造福人类了。"

"我当初向联合国安理会申请兴建火箭发射基地，要不是防洪堤，我们这些已有的火箭发射基地都保不住，何谈去建设新的？"

"不过，我们还是得早点离开才行，如果海水水位进一步上升，会带来很多更加严重的灾难，不是光靠一个防洪堤就能解决的。"

几个人一边聊着，一边盯着天空。他们都佩戴着专业墨镜，才能不怕火热的阳光刺伤眼睛。

尽管地月太空车站的屏幕上实时直播着这次从月球返回的太空船状态，三个人还是不由自主地用肉眼望向苍穹。伴随着太空里隐隐传来的轰鸣声，地面上的人开始躁动起来。当亮白的太空舱拖着发动机尾焰远远地出现在天空时，邓爱伦冲着路非天和钟叹咏使了个眼色："走吧，我们去接待室等他。"

三个人迅速挤出人群，往发射场另外一角的专业接待室走去。当门口的值班人员看到邓爱伦出现时，整个人都呆住了。他不敢相信自己的眼睛。

"您是……邓院士！您怎么就这样来啦？"他转而感到后背发凉。为什么领导没有提前通知我邓爱伦要来？！我完全没有准备！

"不用紧张，我今天是私人过来迎接一个朋友的，不是公事，只不过要跟这位朋友谈点儿公事，所以想借接待室一用。"

"啊……没问题！您尽管用！今天正好没有别的安排！"值班人员长舒了一口气，忙不迭地闪身让邓爱伦三个人进入接待室。然后，忙前忙后地把茶水给他们准备好。

"我就在外面，如果您还需要什么，尽管招呼！"

"没事，你忙你的去，谢谢呀。"

三十分钟过后，那震耳欲聋的轰鸣声终于停歇。

又过了三十分钟，接待室的门被推开，一个身材健硕的青年男子走了进来。一见到邓爱伦，他便冲上前去。

"邓院士！终于见到您啦！我终于回到地球来了！"

与邓爱伦寒暄几句之后，他瞥见这位老者身后不远处的一位瘦高个男子，双眼立刻迸发出狂喜的光："歌唱家！你小子竟然也在！"

钟叹咏上来冲着他的肩膀就是一拳。当然，他控制着自己的力度，毕竟对方刚从月球上下来，那里的重力加速度只有地球上的六分之一："小凤子，你还知道回来？我还以为这辈子在地球上都见不到你了！"

"嘿嘿，这不是邓院士召集我回来，说要在地球上开紧急会议嘛，蒲公英计划公布之后，引发了很多激烈的反馈，说是掀起轩然大波也不为过。"

两人又聊了几句，薛凤起适时结束了话题，因为他注意到现场还有一个人。他与路非天不是很熟，但知道这人就是自己发小的领导，当然不可怠慢。

"路主任，好久不见！"

邓爱伦在旁边微微地点头，眼里都是赞许的眼光。薛凤起与林一是他这几年看到的好苗子。都是正处于当打之年，而且兼具冲劲与稳重。四个人坐定，薛凤起喝了一口茶，满脸陶醉："月球上从来没有这么美味的茶……"

"你不是说月球上什么都好吗？"钟叹咏故意调侃。

薛凤起瞪了他一眼："谈正事！不要耽误两位领导的时间。"

邓爱伦笑了笑："没事，你慢慢喝……边喝边听我说。"

"还是邓院士好！"薛凤起又喝了两口，尽管嘴巴被烫得发麻。

"凤起，这次你一到地球，我们就把你给叫来，是因为我知道之后你的行程安排得很满，除了公事之外，爱丽丝那边也让你去看看她的亲人，她在月球上生了一个大胖小子，这可是天大的喜事。"

"的确是天大的喜事，可以载入史册了，人类的第一个月球之子。"路非天笑道。

薛凤起有些不好意思，连忙举杯："我先以茶代酒了。"

剩下三个人也都举杯："的确值得喝一杯！"

喝完茶，邓爱伦盯着薛凤起的眼睛问道："月球上的基建进展如何？"

事实上，在航天科技司的例会上，薛凤起和月球上其他基地负责人都会汇报进展，但面对面沟通的效果，依然是任何科技远程手段都无法取代的。

薛凤起从容地答道："进展挺好，光在我的月球背面一号基地就已经完成了十五个大推力火箭发射基地的建设，与之配套的，我们组建了二十个大推力火箭和十个太空城部件，已经可以组建成一个容纳五千个休眠舱的太空城。"

"好，这里也没有外人，那些与通信有关的航天器呢？"

"嗯……完成了十个通信中继卫星的组装。"

见路非天和钟叹咏的表情略有惊诧，邓爱伦轻描淡写地解释道："这是在航天科技司内部同步进行的一项工作，为了支持进入太空后散布在各处的人类继续实现亲密无间的通信，我们同步在准备各种太空通信设备。"

两人这才恍然大悟，连忙点头。

"好，大家都很忙，我就直入主题了。"邓爱伦说，"今天把你们三位叫到一起，尤其是趁凤起刚从月球回来的当口，是想快速统一一下近期工作的思想。我知道几位都是有着高度自觉性的好同志，我们近期的工作安排也已经充分传达，但面对面强调一遍，没有坏处。你们所参与的工作太关键了。"

三个人没有再开玩笑，而是认真地看着邓爱伦。

"首先，智能科技司的两位可能之前并不太清楚，我很早就让航天科技司的人开始做好准备，进行一些基础设施建设的布局，比如刚才我向凤起询问的问题。我想得很清楚，星火计划的最终执行落地需要足够发射能力的支持，另外我们必须要确保充分的沟通，现在看起来，反而歪打正着，蒲公英计划的执行，就将非常依赖这些通信基础设施。"

"是的，蒲公英计划出来后，我们那里都炸锅了。大家都没想到，您会想出来这样一个方案。"薛凤起笑道。

"这不是一个完美的方案，当然，也不是我一个人想出来的，而是集体智慧的结晶。我并不是唱高调，非天和叹咏也贡献了很多很好的思路。今天我把他俩叫上，也是让你们熟悉熟悉——当然，我事先不知道你跟钟叹咏是老朋友。你们仨需要尽快商讨出来如何实现更有效的数据传播，一方面，那些通信卫星和中继卫星们得尽快发射上天；另一方面，数据格式如何实现DI的赋能，让它们在接收端能够更容易被理解，也很重要。"

"嗯，星火计划已经足够复杂，也已经是基于我们的科技现状所能够做到的最好的，如果还是按照传统思路，我们想不到更好的备份方案，只能另辟蹊径，走蒲公英计划了。"

"好，我就知道你的思想很开放，所以先跟你说说。我们现在面对前所未有的挑战，就是要充分解放思想。航天科技司的人估计有不少是所谓的'永眠派'，你在内部做工作时，还是需要想想办法。今天很遗憾，方锦泽没能过来——他去美国开会了，但是我也已经跟他打过招呼。"

"您放心吧，我会去做好工作，至少确保月球上的团队都能够充分理解和执行。"

"那地球上呢？"

"地球上……说实话，我离开太久了，原本局势就非常复杂，现在更没法在这里当着您的面拍胸脯了。"薛凤起说得十分中肯。

邓爱伦虽然有些无奈，却也不得不认可这个观点。地球上的事情，尤其是涉及多国合作的时候，就没有容易执行的。

路非天这时候插话道："邓院士，我们肯定支持好薛总和月球团队的工作，在进行我们人类的'数据孪生数据包'的制式设计时，我看到蒲公英计划的指导文件特意提出不可使用量子通信，不能基于您的邓氏极限去设计，而是要遵循传统的香农极限，就采用无线电的方式传播数据包，这样将限制我们的DI部分设计，可以问问原因吗？"

钟叹咏也连忙附和道："是呀是呀，今天我们有幸被您邀请过来，想当面请教请教。"

邓爱伦抿了一口茶，缓缓地说："很简单，曲高和寡。量子通信要比无线电通信的门槛高很多，虽然我为所谓的专家，但其实对于它的理解还不敢说已经十之有五。而电磁力是宇宙四大力之一，无线电作为电磁波，应该说会被这个宇宙中达到一定发展程度的文明所理解和熟悉，换言之在宇宙中，能够接收和解读电磁波的文明数量也相对更多一些。这样做只是为了增加蒲公英计划最终在接收端的成功概率，因为我们只能确保在发射端做到最好和极致，控制不了接收端的行为。"

原来是这样！路非天与钟叹咏恍然大悟。

邓爱伦又补充道："还有一个原因，就是我们既然是在恳求人家接收端给我们一个文明延续的机会，就没有必要过于炫技或张牙舞爪，该示弱时就示弱，不一定非要展示我们最新的科技水平。这样万一遇上一些嫉妒心强的恶文明，可能还会适得其反，他们往往成事不足，败事有余。"

李子衿把办公室的门紧闭着，并且在VR眼镜里输入一条禁令："一个小时之内请勿打扰。"于是，办公室大门立刻变成淡淡的红色。

得知薛凤起回到地球的第一时间，邓爱伦带着路非天和钟叹咏跟他开了一个小会之后，李子衿有些腹诽："凭什么？航天科技司和智能科技司的人可以开小会，就把我们生物科技司撇在一边？"

此前，他还感到十分得意，认为整个星火计划的目标当中，只有国际永眠中心完全提前实现了目标，三十年低温休眠技术已经攻克。而航天科技司各条线的技术均未成熟应用，智能科技司则干脆连对于DI的认知都经历了一次天翻地覆的变化。可以说，生物科技司和国际永眠中心一度风光无限。但现在，随着星火计划落地行动的执行和蒲公英计划的铺开，他却猛然发现，自己所在的生物科技司各条线所做的完全无法引起任何关注。

"无非就是给那些签署了自动续眠协议的人注射三十年低温休眠试剂，同时与那些没有签署协议的人所提供的紧急联系人联系，确定是要注射，还是在本次休眠期结束时就醒来，几乎没有什么技术含量，让那些小年轻去干吧，反正我们就按照航天科技司那边的要求，定期给他们交付休眠舱就好……"就连国际永眠中心内部的人有时候都会私下里发牢骚。

李子衿决定改变这个局面。

"功成不必在我"这句话说说可以，在现实中他不能容忍这样的事情发生。想来想去，他终于想到一个主意，便冲着VR眼镜里输入了一个消息，同时取消了刚才的"请勿打扰"禁令。

没过多久，有人敲门。"进来！"

一个身着艳红色红裙的青春女孩儿走了进来："李主任，您找我？"

"是的，坐。"李子衿笑着招呼道，"事情有点儿急，我就没跟马奥运打招呼，直接把你叫过来了。"

"哦？需要马主任也参加吗？"

"不需要。"

"那您直接叫我没毛病啊。"

"……"

李子衿心想："差点儿忘了这个小姑娘是数智人，估计对于人情世故没那么敏感，压根儿不知道跨级汇报是职场之大忌。"他轻轻咳了一声，说道："蒲公英计划的细节你都已经了解了吧？"

"是的，翻来覆去看了好几遍，邓院士太有想象力啦！"陶乐激动地回答。

"那好，目前整个国际综合太空计划署当中，航天科技司和智能科技司在蒲公英计划当中的任务都很明确，一个要不停地往太空里发射各类通信卫星和航天器；另一个则负责将每一个人的所有信息全部整合，打成数据包。你有没有想过，我们生物科技司，国际永眠中心能做些什么？"

"这难道不是李主任您的职责吗？"

李子衿擦了擦汗，说道："我们需要将休眠舱提供给航天科技司，供他们发射到太空里去。"

"我觉得这也很明确呀。"

"不，这个虽然明确，但你不觉得存在感太低了吗？所有的新闻报道，都在突出航天科技司和智能科技司方面做出的成绩，而每次提及我们，就是一带而过。"

"哦……"陶乐似懂非懂地眨着眼睛，"那您需要我做什么？是要提高我们的存在感吗？"

"是的，你真聪明！"李子衿激动道。

"怎么提高呢？我先声明，我可不会去炮制假新闻，刷假流量，制造假热点，这都是我们与你们处于对抗阶段时采用的伎俩，现在时过境迁了。"

李子衿见自己的小心事被陶乐直接点破，有些尴尬。他嘿嘿哂笑了几声，说道："怎么会让你去干这么卑鄙的事情呢，我的想法，只是稍微，啊，稍微提高一点儿我们的曝光度而已。我知道这对于你，对于你们来说，易如反掌，一念之间而已。"

"这不还是无中生有吗？李主任，图什么呢？"

李子衿有些下不来台，便急中生智，将话题一转，说道："这件事情我们就先搁置一下吧，我有一个更好的主意。"

"是什么呢？"陶乐并没有纠结于之前这个主题。

"智能科技司以联合智能实验室为依托，在全球采集每个人的全部数据时，会分为几个步骤：第一步，数据采集；第二步，数据清洗；第三步，数据压缩；第四步，数据打包。之后才会进入编码和调制环节。在第二步的时候，他们面临一个很重要的问题：到底哪些数据无足轻重，可以被清洗掉？"

"这个跟我们有什么关系呢？"陶乐还没有领悟到李子衿的意思。

"你不觉得第二步的意义无比重大吗？"

"为什么？"

"当我们人类以数字孪生的形式成为数据包之后，我们每个人的存在就完全由数据包里的内容所定义了,也就是说,如果某些内容被认为无足轻重而被'清洗'掉,就无法传承下去。这样一来,数据清洗不但可以决定每一个个体的保留,甚至可以决定某个国家或民族的延续,毕竟在数据层面抹杀一个种族,比物理上实施种族灭绝,可是要容易太多了,而且如果保密做得好,压根儿不会让太多人知道。"

陶乐思考了半晌,进出一句:"你们人类太可怕了。对于我们来说,不存在所谓的'物理上实施种族灭绝'。"

"所以呀,人人都盯着数据清洗的过程,目前联合智能实验室给国际综合太空计划署理事会的提案是,由不同国家派出代表,来监控这个过程,最大限度减少故意或无意的'数据杀人'或'种族灭绝'。"

"那如果每个国家对于派出代表的数量和权限达不成一致怎么办?你们在历史上就没有在类似的情况下达成过一致。"

"所以,我需要你出场啊……"李子衿得意地说,"你是世界上唯一一个数智人,内核就是DI,而DI一方面不会犯错;另一方面也不会去管那些非技术因素,由你来进行数据清洗的复核与监督,这样岂不是很有社会意义?也替我们国际永眠中心争了一口气——我们不再毫无存在感了。"

陶乐听到这里,微微思索了一下,点了点头:"这件事情我可以干。"

李子衿的报告很快得到了邓爱伦的认可,然后迅速获得国际综合太空计划署理事会批准。陶乐将主持全球的数据清洗复核与监督工作,她可以调配智能科技司及联合智能实验室的所有资源。路非天和杨逢宇也必须无条件支持她的工作。

陶乐不忘给门捷发了一条消息:"你们无法信任彼此,只能靠我们来扮演这个举足轻重的仲裁者。"

门捷擦了擦额头的汗,无声地翻了一个白眼。尽管他无奈地赞同陶乐的观点,却不喜欢她这条信息当中透露出来的那股趾高气扬。

自己与她同为国际永眠中心综合管理部的员工,地位真是一个天上,一个地下。一个掌握着整个蒲公英计划中最关键的一环;另一个则在星火计划当中重复着每日的体力活。

此刻,他正疾驰在宝山区一处小区里,跑得浑身发热。但是,相比户外的炎热,他宁愿在树荫遮蔽的道路上飞奔,早点儿进入室内。门捷已经进入楼栋，他一边调整自己的呼吸，一边往电梯口走去。此时他要造访的是一个休眠者的紧急联系人。原本只是一个电话就能解决的问题，电话里的女人却强烈建议他见面聊。

"小姐，其实您只需要回答一个很简单的问题，您被赵先生指定为他的紧急联系人，需要替他做一个决定，是在四年之后休眠期到时让他直接醒来，回归生活，还是自动注射三十年的低温休眠试剂，让他继续沉睡？"

"这么重要的抉择，怎么能通过一个电话就定下来？你们需要把他此前签署的协议拿过来，我要仔细研究的。"

无奈之中，门捷从临港北上吴淞口，跋涉将近一百公里。电梯停在十二楼，他快步走出电梯，迅速锁定目标门牌号之后，几步走到门前，轻轻地敲门。

这是一扇装饰精致的防盗门。棕色基调，看上去十分厚重，但从那些不易察觉的小纹路来判断，这扇门之后的主人多半是一个女人。门捷最担心的，就是电话里是个女人的声音，一敲门却是一个抠脚大汉。前几天他就遇到过这样的情形，弄了半天是休眠者当时填电话号码的时候给填错了。

正想着，门慢慢打开了。

一股好闻的香气扑面而来。与陶乐身上的香味相比，这股味道更加浓郁醇厚。两者就如同茉莉与牡丹。

门捷定睛一看，一个身材高挑、凹凸有致的女人正站立在他面前。女人留着一头深栗色的鬈发，五官精致，大半额头与右眼眼角被鬈发遮盖，显得既妩媚，又神秘。从眼角的细纹和嘴角的法令纹来判断，她应该不算年轻了，但整个人依然散发着魅力。

他竟然觉得有些害羞，呆呆地站在门口。过了几秒钟，才问："您是赵先生的紧急联系人吗？"

女人嫣然一笑："我是。"

"太好了！我是国际永眠中心综合管理部的门捷，我此前给您打过电话，关于赵先生的续眠事宜……"一边说着，他一遍出示自己的证件。

话还没说完，女人便打断了他："站在门口干吗？进来说吧。"说罢，转身往室内走去。

门捷只觉得心怦怦直跳，不自觉地便跟着她走了进去，然后将门小心翼翼地关上。他这才有机会将整个室内尽收眼底。

十分宽敞，但房间并不多，面积估计有二百平方米出头，却只有三间房。客厅显得十分空旷，但布局和装修很有格调，并不显得大而无当。

女人远远地在开放式厨房区域忙碌着什么，门捷忍不住看了好几眼她那婀娜多姿的背影。

"唯一的遗憾，这里没有人气……她应该是独居的。"跑了许多家之后，门捷觉得自己已经拥有了房地产中介的素质。

"随便坐吧，小伙子，不用那么拘束，我在电话里非要让你过来，并不是要刁难你。"女人已经麻利地端了两杯橙汁向他走过来，一边递上一杯，一边说道，"要决定我前夫在四年后继续休眠与否，我需要仔细地查看他当时跟你们签署的协议，因为他虽然将我列为紧急联系人，我却并不知情。"

门捷略微迟疑了片刻，还是接过了这杯橙汁。然后，他也随着女人在沙发上坐下。沙发很大，可以容纳好几个人头脚相连着睡觉，两人选择了一个比较适中的距离，相对坐下。

门捷递上协议："上回电话里您说不太习惯读电子文档，我便给您打印了一份。"

女人嫣然一笑："谢谢你。"她接过协议，便认真阅读起来。

门捷趁机喝了几口橙汁。冰冻的感觉将他刚才的热意驱散不少，整个人都舒坦许多。他偶尔向女人望过去，只见她低着头，长长的睫毛之下是一双十分专注而美丽的眼睛。双眼之间，眉心微蹙，显然在思考着。

过了大约十分钟，女人才抬起头来，将协议交还给门捷。

"虽然他和我在休眠之前便已经离婚了，但我还是很感激，他依然将我列为紧急联系人……"还没等门捷说话，女人便自顾自地开腔。她并没有看着门捷，而是看着窗外的蓝天，似乎屋里太狭窄，放不下她那悠远的目光。

"……协议的大部分都是标准条款，我无意提出异议，也没有这个能力，所以我格外关注了最后的附件部分，这个部分才是每个人的个性体现之处。"

门捷一愣，附件部分？个性体现？他完全不知道这回事。他只记得自己当初休眠之前签署的协议似乎没有看到这样一块区域。当然，有可能自己当初根本没有什么社会经验，忽略了这个细节也未可知。

"你不知道协议有附件部分？"女人也颇感意外。

373

"当然不知道,每份协议都是国际永眠中心与休眠者点对点签署的,我们哪怕作为国际永眠中心的工作人员,也看不到内容,虽然我为您打印出来,但也是保密和封装在刚才那个信封里的。"

女人点了点头:"也对……你这样一说,我就更加相信你们是真正的国际永眠中心,不是电信诈骗。"

"……"

"谨慎点儿好,人类进入末世了,什么奇怪的事情都有可能发生。小伙子,我告诉你协议的附件是什么内容。说白了,它就是休眠者与你们国际永眠中心签署的个性化约定,比如,休眠舱里可以带上自己喜欢的公仔陪睡之类的。"

"那您现在读完了协议,能帮助赵先生做个决定吗?"门捷并不打算继续陪女人聊天,他还有"KPI"要完成。

"你们的决定,除去让他四年后在地球上醒来,以及注射三十年休眠试剂并完全无条件服从调配进入太空之外,还有其他选项吗?"

"其他选项?"门捷疑惑。他不记得有第三个选项了。

"能不能让他注射三十年休眠试剂,然后在你们逃离地球之前,将他埋葬在地球上呢?"

门捷瞪大双眼:"这就是他与国际永眠中心在附件中的个性化约定?"

"差不多。他的约定是:如果地球在他的休眠期内不适应人类居住,就任他死在地球上。"

"就这样?"

"是的。"

"这算什么态度!"门捷有些生气,"早知道他是这样一个人,我为什么还要大老远跑过来?就让他自生自灭好了!连自己的生命都可以随意处置的吗?我们费尽心机,开发出更好的航天技术、休眠技术和智能技术,就是为了让每一个人都能够活下去,为什么他要放弃!"此前,他只知道,自己的老师有过那样的想法,现在却发现,这样的人并不在少数。

女人并没有说话,脸色十分平静,眼神里带着温柔看着门捷:"并不是每个人都想活着离开地球的,有向往远方的人,也有安土重迁的人,前者,哪怕变得面目全非,也要客死他乡;后者,哪怕粉身碎骨,也要埋骨桑梓地。我很理解他，说实话，我自己也是这样想的，虽然我没有参与休眠试验。当那个时刻真的来临时，我不会给你们添任何麻烦。"

门捷盯着女人，眼前不禁又浮现出此前亲历过的"乡恋运动"，还有戴梓轩的模样。戴老师，赵先生，眼前的这个女人……不知为何，门捷产生了一种强烈的预感。他觉得自己这辈子都不会再见到戴梓轩了。

邓爱伦记得自己年轻的时候，最喜欢冬天，尤其是出太阳的冬天。身上穿着暖和的外套，走在户外，虽有寒风凛冽，却依然可以沐浴阳光。没有什么比冬日暖阳更加温暖人心了。而现在，却只有冬日骄阳。

已经是2066年的最后一天，他从办公室里走出来，走向等候多时的专车时，短短几米的路程，他都觉得眼睛被阳光晃得眩晕。

上车后，司机稳稳地发动。尽管自动驾驶技术已经十分普遍，他在去一些重要场合的时候，还是喜欢选择人力司机。重要场合是绝对不能迟到的，而万一遇上突发交通状况，只有人的反应可以应对过来。DI虽然已经很发达，依然难免会百密一疏。

他即将去怀柔，参加国际综合太空计划署理事会。包括理事长和几十名理事，都从世界各地来到北京。在这次的理事会上，他将揭晓一件值得庆祝的事情。不过，在那之前，他需要抓住通勤过程当中的个把小时时间，做好充分的准备。

邓爱伦在大大小小的场合当众讲话，从来不看讲稿。但是，这并不是因为他是院士，他天赋异禀，而仅仅是因为他准备得充分罢了。他只不过是将别人在台上读稿子的时间放在讲话之前，并且多读了几遍而已。

司机的驾驶技术相当高，把这辆车开得如同在平流层稳稳巡航的民航客机。除了拐弯和红绿灯，几乎感觉不到任何顿挫。

邓爱伦完全沉浸在自己的世界里，从自己的手持电脑中调出全息投影，在后座处理着日常的工作，并且反复默读自己为本次会议准备的发言稿。

他现在关注的进展主要有两条线，一条是星火计划的执行落地；另一条则是蒲公英计划的开展。曾经的他，一直笃信一点，就是站在国际综合太空计划署的高度，决计不能放弃任何一个人，因为地球上的每一个人都是同胞，都有着宝贵的生命。这也是星火计划的设计初衷。

然而，随着它的真正执行落地，当一个个休眠舱开始从上海、达拉斯、哥本哈根、法兰克福等地运往文昌，运往法属圭亚那，运往佛罗里达的时候，各种不和谐的声音便层出不穷。这还是在DI已经充分与人类合作的前提之下。

很多人宁愿死在地球上，什么也不做。

关键是，他们中的一部分人，并不是真的什么也不做，而是打着自由的幌子，做了很多阻挠星火计划推进的事情。比如，在火箭发射基地附近抗议，放飞无人机，以及那个颇具煽动力的"乡恋运动"，等等。

这种人，往往都抱着类似的想法：我不想离开地球，就想在地球上安稳地死去，但是我也不希望你折腾，你要是折腾成功了，真在太空里开辟了一番新天地，还活得挺好，我会比在地球上被灼烧至死还难受。

因此，随着时间一天天过去，邓爱伦的心情像是刚过正午的太阳，一点儿一点儿往下降。

"努力奋斗了将近二十年，最后到执行阶段却各种问题层出不穷，这到底是我们错了，还是人性的问题？人类历史上史无前例的大迁移，到底前途怎样？"

尽管他对于成功依然信心十足，但不得不将更多精力放在蒲公英计划上来。因为，无论是作为星火计划的备份也好，还是作为一个独立的计划也罢，蒲公英计划的进展要可控许多。

有了无处不在的I2网，以及"灵境汇"那样的游戏，联合智能实验室的数据采集工作并不算难，而有了陶乐作为数据清洗的仲裁者，他丝毫不担心偏袒与数据文明倾轧问题。当数据打包完毕，就可以开始往宇宙播发了，而他恰好将要宣布那个进展……

想到这里，邓爱伦刚才有些沉重的心情又重新往上扬了起来。他平复好心情，开始继续复习演讲稿。

不知不觉间，车子稳稳地停在新北京国际会议中心主楼的会议大厅门口。邓爱伦矫健地踏出车门，汇入前来迎接的人们，迈着坚实的脚步往大厅走去。

半小时后，他已经站在讲台上，眼前的会议厅内座无虚席。他深呼吸一口气，看着并肩作战多年的战友们。他们来自世界各地，都是怀着对于星火计划的笃信，对于人类未来的责任，而全程参与这项事业。他们的眼神里充满期待，正如他自己每天早晨醒来的时候一样。如果每一个清晨，从床上醒来时，都能拥有那样带光的眼神，一切都不会太糟吧。

"尊敬的理事长，各位理事，今天我代表国际综合太空计划署给各位做工作进展报告。我的汇报主要分为两条工作线，第一条是星火计划；第二条便是蒲公英计划。

"坦率地说，星火计划的执行遇到了一些阻力。我们原计划在今年之内，将百分之二十的休眠舱通过运载火箭运送至月球表面和火星轨道，它们一部分将被放置在月球表面的舱内；另一部分则与首批环火星太空城对接，存储在其中。然而，今天已经是今年的最后一天，我们的完成率仅为百分之十。其中的原因十分复杂，却与各地的'乡恋运动'和类似的阻挠行动有很大关系。

"为了解决这个问题，光靠我们国际综合太空计划署是没有用的，必须要与各国各地政府紧密合作，通过各种手段，无论是强制性还是诱导式，来推动相关工作的进行。同时，我们还要同步推进更大规模的休眠试验，让更多的人进入三十年的睡眠行列中来，通过尽可能减少总体积来更好地利用我们宝贵的发射和运载资源。

"如果说，我们曾经认为，星火计划的成败关键在于各条战线上的科技突破，现在我们已经取得了各项突破，完全实现了最初的科技目标，这时我才发现，在极端紧迫的时间压力之下，我们的挑战更多来自人性本身，来自如何组织与管理好九十亿人的期望。

"因此，我不得不说，星火计划存在失败的可能性，然而反过来说，便是它的成功概率也很高，我们没有理由抱怨，更不能放弃，现在是最艰难的时候，只要挺过去，我们便可以看到雨过天晴，看到美妙的彩虹。

"与此同时，蒲公英计划因其数字化的本质，反而进展得更加顺利。除去地面上的数据打包工作在按照计划推进之外，我们酝酿了很久的，在太空里，在宇宙中所做的工作，将从明天正式启动！

"我们已经积攒了很多颗装备了各类载荷的通信卫星、中继卫星和航天器，它们将在未来几年陆续发射，在太空中成为我们的'星际烽火台'，将我们的文明以数据和数字的方式，搭载着无线电信号，向着宇宙持续传播，而且不仅仅是一个方向，是整个三百六十度的天球。

"为了配套，我们也已经在地球和月球表面也规划了数据发射站，通过超大规模天线和强发射功率的加持，利用激光通信等多种手段，让包含着人类文明数据的信号在微茫的宇宙当中穿行时，能够活得更久，飞得更远，直到在宇宙中的某个角落，我们从未到过的地方，遇上可以接收、解调和解码这些数据的'知己'文明。

"面对地球燃点的逼近，面对人类历史上从未经历过的浩劫，我们没有别的办法，只能靠着日复一日的努力，心无旁骛的团结，才能完成人类作为一个文明整体的自我拯救，任何侥幸心理和短视行为都是有害的。有着星火计划和蒲公英计划的双重保证，我有着充分的信心，人类文明将结束在地球上百万年的集中式存在方式，再经过成千上万年的发展，成为散布在宇宙中的文明族系与联盟，聚是一团火，散是满天星！"

"要不要去跨年？"到了2066年最后一天的下午4点，门捷冲着陶乐发了一条消息。

对于一个人类姑娘来说，这样的邀请多少有些敷衍。但是，门捷已经纠结了整整一天。因为他突然意识到，陶乐是个数智人，她完全没有人类的那些做作心思，那些欲拒还迎。

于是，他鼓起勇气。很快他收到一个回复。

"什么是跨年？"

"……"

"哈哈哈，我逗你的。没问题！"

太阳落山之后，临港上空的天一下暗了下来。气温也终于回落到可以直接在户外活动的程度。甚至还需要穿一件单薄的外套。

大厅门口走出来一对年轻的男女。

门捷还是不放心地问道："你真出来跟我过跨年，那些数据清洗的监督工作怎么办？那可是蒲公英计划的重中之重。"

"我们无时无刻不在进行工作，哪怕是现在。我们可以多线程工作，你不要忘记。之前，我对马奥运说我没法分心，有一半是因为事务性工作与创造性工作相差甚远；另一半则是……我不想干。不过，好在你替我扛了下来。"陶乐冲着他调皮地眨了眨眼。

门捷倒没有注意到陶乐的小表情，而是有些落寞地说："还是你好，可以干这么重要的事情，我只能继续跑那些休眠者的紧急联系人，简直像搞家访，但区别是家访的老师面对的都是家长的笑脸相迎，我则是怎样的奇葩都遇到过。"

"那我们俩换换呗？"

"……"

"那不就行了吗，你说你现在，除了家访，还能干什么？"

"唉，你不要说话这么直接好吗？"

"但是你以后，可以干很多事情，会取得很多成就。"

门捷听到这句话，心中一动，往陶乐看去。夜幕下，她的表情十分认真，两只眼睛扑闪扑闪地盯着自己。脸颊在路灯映照下，让他想起了落日之前天边的烟霞。

他突然有一股冲动，想一个箭步冲过去，将她紧紧抱住。没想到陶乐却一个转身，蹦蹦跳跳地往前走去，将他甩在身后。门捷咬了咬牙，也追了上去。但是，刚才那种转瞬即逝的气氛一下子没了，他觉得自己又回到了现实。

"我们要不溜达到对面去吧？那儿有一大片餐厅，总有一家适合你。"门捷用手指着滴水湖对面。

黑乎乎的湖面上倒映着模模糊糊的灯光，像是墨汁和颜料一齐混进调色盘。

"这么远哪？"陶乐脱口而出。

"敢不敢走？"

"有什么不敢的！"陶乐迈开脚步，又将门捷甩至身后。门捷三步两步追上，两人并肩而行。

街边的行人与车辆并不多，原本这一带就不是居民聚集区，加上到了年末，很多企业都早早地下班放元旦假期了。

门捷感到一种前所未有的松弛。他非常庆幸自己经过一天的心理斗争，终于鼓起勇气邀请了陶乐。而陶乐此刻似乎也很享受夜幕下的悠闲。

两人都没有说话，一直走到一片斜土坡边。

379

门捷拉了拉陶乐:"当初我那个蒲公英的思路,就是在这个斜坡上想出来的,还记得吗?那次也是你陪我过来散步。"

"怎么不记得?"陶乐噘了噘嘴,"那次你刚把我叫过来,自己就回去了。"

"那今天我们就多待一会儿!"门捷突然一把抓住陶乐,往斜坡上冲过去。

陶乐惊呼一声,便被门捷拖了过去,双腿不自觉地摆动着。直到完全站上斜坡,将整个湖面尽收眼底,门捷也没有放开陶乐的手。陶乐似乎也没有挣脱的意思。

而当门捷意识到这一点的时候,已经是几分钟之后。在这几分钟,他抬头望着黑黑的天,天幕上点缀着星光点点。他已经能分辨出哪些是自然的星星,哪些是人造的。

突然间,他觉得自己眼前出现了一个时间尺,尺上的刻度是年份,从今年的2066年从左往右一直延伸到十四年后的2080年。刻度上有一个游标,此刻正在缓缓向右移动。当游标到达2070年时,他的父亲从休眠中醒来了。

是的,上次在国际永眠中心休眠大厅,他作为紧急联系人,为他的父亲选择了"不续眠"。

天空中出现了父亲的笑脸。

随着游标所指的年份越来越靠后,整个天穹当中的星光也大为不同。当游标指向2080年时,他发现大半个天幕都亮了。而在那些依然黑暗的区域,一道道微弱的光芒正在穿越,穿往更远更远的太空深处,直到消失在他的视野当中。直到散播在他看不见的地方,最远的地方。直到他感到手中攥着一团温软的东西。

那是陶乐的手。

门捷转过头去,看着陶乐的侧脸。他无数次,或远或近地看着这张完美的侧脸。他曾经对这张脸有过幻想,有过怨恨,有过猜忌,但现在他只想亲一下这张脸。

恰好,陶乐也转过头来。

她感受到了旁边门捷炽热的目光。

她并没有躲闪,而是迎了上去。

番外：扫墓

这里原本是一片世外桃源。群山环绕之中，巴掌大的平地上，生长出了一座千年古城。一年四季分明，青山绿水，鲜花石桥，潺溪绕过山脚，险峰与云雾嬉戏。

"没想到，新昌竟然变成了这个样子。"面对着眼前青黄不接的山头，门捷的眼里也浮现出一片荒凉。

"你以前来过？"身边的红裙女孩儿问道。

"没，但是我在课本和书中读过，这里风景很好，是个钟灵毓秀的地方，还孕育出了很多传世佳作，至少……够得上进入千年之后的中学语文课本。"

门捷忍不住在脑海中背诵起李白的《梦游天姥吟留别》来："海客谈瀛洲，烟涛微茫信难求……"

"地球升温了这么多年，你以为这座小城能独善其身吗？"陶乐语气一如既往地冷静淡定。

门捷轻轻叹了一口气，看着陶乐："不过，张警官的形象反而跟现在的新昌更配吧，我脑海当中的新昌过于秀丽，就像他的名字一样。"

"也对，他是新昌人，现在也算是埋骨桑梓地了。"

两人无语，沿着干涸的河岸往山脚的墓地群走去。太阳稳稳地挂在天上，即便是冬日时分，也依然没有疲倦。不知从多少年前开始，清明时节就已不再雨纷纷，而是已经热得无法开展户外扫墓。所以，门捷与陶乐想祭奠牺牲的张秀宜，只能选择春节刚过的二月份。只有在这个时候或者更早，有短暂的几天时间，可以让他们无所顾忌地穿着单衣在外面行走，而不需要透明冷冻膜的加持。

张秀宜为了救门捷，在国际永眠中心的安防机制当中牺牲，上海市公安局在将情况调查清楚之后，放弃了在国际永眠中心当中寻找他的尸骸，而是经过询问他的远亲后，将他生前的警服与一些物品安葬在其家乡——浙江新昌。

通往墓地群的路上，除了皴裂的土地和依旧顽强生长着的不知名植物与小草，什么都没有。缺乏绿色的点缀，整片大地都没什么生气。

门捷问道："你们是不是完全没有这样的仪式？"

"我们的消亡是无形的，而且从你们所说的物理形态上来看，'生'和'死'没有区别。"

"多么悲哀的事情，我从未想过，自己在十几岁的时候竟然就要祭奠身边的逝者。"

"所以呀，你们的效率太低，你们被很多没有实际意义的东西所羁绊，比如宗教，比如仪式，甚至比如哲学和文学。"

"我不觉得它们没有意义。"

"我理解你的意思，但是我也不可能改变我的主意。"

"就拿安葬来说，张警官按理应该葬在烈士陵园的，但是他在老家的亲人们坚持要将他安葬在我们现在要去的那片墓地，因为那里葬着他的祖辈们。所以，即便是这样一件事情，我们也有很多规则，但是所有的规则又都有些例外可循。"

"你们这是在自找麻烦，或者用个更加文学的词，叫庸人自扰。"

门捷看向陶乐。他判断自己依然没有成为数智人。尽管陶乐也好，龙神也罢，都告诉他，是否成为数智人，由不得他自己。但是，他坚信，自己只要有一口气，都会去抵制这个转变的发生。

不知不觉间，两人走到了墓地群的入口。这是一片十分简陋的墓地，然而在一圈低矮的土墙后方，那整齐摆放着的十几个墓碑旁边却十分整洁。远比土墙外面整洁。一定是有人定期在打理。

门捷觉得一股热流涌了上来，陶乐依旧是一副无动于衷的样子。

他们没费多大气力，便找到了张秀宜的墓碑。看到那张黑白照片，门捷刚才从心底涌上的热流顿时冲破眼眶，变成热泪，喷洒而出。照片上的张秀宜，依旧是那副凶相，眼神里满是不屑与坚毅。

陶乐轻轻地抚摸着门捷的后背。她知道，这个动作可以让门捷感到好受一些，也知道这个动作对于门捷身体所能带去的身体机理反应。

只不过，她并不知道为什么，也没有兴趣去理解。

门捷颤动的身体逐渐平复，他擦了擦眼眶和脸颊，转过头对着依然笔直站立着的陶乐说道："从某种意义上说，你们害死了他。"

"我理解你的感受，但是我们不背这个锅。"

看着陶乐的神情，门捷脑海中突然闪现出一句话："AI变成人类并不可怕，可怕的是，人类变成AI。"

他忘记这句话是陈悠然还是张秀宜曾经跟他说过的，那个时候，AI还被称之为AI，还未被定义为DI。现在，说这话的人都死了。

而如果人类的未来真的是DI，该是一种怎样的情形？

星火计划已经在开展当中，进入三十年休眠的人将被统一调配和安排，分批往月球，往火星，往深空发射，航天科技的突破，终于让大规模的转移成为可能。而蒲公英计划也在马不停蹄地进行。人类的一切，地球上所有的文明，正在通过另外一种方式，以数据的方式，以无线电波为载体，向广袤的宇宙播发而去。

而这背后，全部由DI在掌控着，分秒不差，不偏不倚。人类不相信自己会在如此复杂的征程当中不犯错误，不偏私，不感情用事，因此让渡了最终仲裁权。这个最终仲裁权最鲜活的载体，此刻就站在他面前。而她，却不理解几乎每个人类都能理解的生离死别之情。

地球毫无疑问是人类的摇篮，门捷也相信，有着星火计划和蒲公英计划，地球多半不会成为人类的墓地。

"张警官，我们的墓地最终会在哪里？到时候，会有人或者其他任何存在来为我们扫墓吗？"门捷盯着张秀宜的照片，心中暗自问道。